KB082136

틱낫한 지구별 모든 생명에게

**일러두기**

이 책의 본문에는 틱낫한 스님의 제자 진헌 스님의 글이 일부 실려 있습니다.
해당 부분은 앞머리에 ∽∞모양으로 표시하여 틱낫한 스님의 이야기와 구분하였습니다.

아름다운 행성 지구별 여행을 마치며

# 틱낫한 지구별 모든 생명에게

틱낫한 지음 | 정윤희 옮김

# Thich Nhat Hanh
## Cherishing Life on Earth

센시오

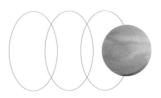

# 상처 입은 지구와 인류를 위한 틱낫한의 마지막 명상

우리가 타이('스승'을 의미하는 베트남어로, 틱낫한 스님을 친근하게 부르는 명칭이다-옮긴이)라고 부르는 틱낫한 스님은 시인이자 학자이며 평화 운동가이자 선종 지도자로서 자신의 믿음을 실천으로 보여주신 분입니다. 타이는 그의 생애 내내 연민을 품었으면서도 단호하고 두려움 없는 참여 정신을 몸소 실천하여 많은 이들에게 영감을 주었습니다. 그의 행동은 평정심과 통찰력에서 비롯된 것이었습니다.

그는 명상 수련에 대해 이런 가르침을 주기도 했습니다.

"명상이란 현실의 핵심을 깊이 살피고, 다른 사람들이 볼 수 없는 것들을 보기 위한 것입니다. 바라봄이 있으면 반드시 행동이 뒤따라야 합니다. 그렇지 않다면 보는 것이 무슨 소용이겠습니까?"

타이는 80년 가까이 승려의 삶을 살며 자신이 주창한 명상과 '마음다함mindfulness'의 수련법을, 평화 및 사회적 정의를 위한 행동과 결합할 수 있는 방법을 찾기 위해 노력했습니다. 또한 다음 세대의 참여불교도들을 길러내는 데 자신의 에너지를 오롯이 쏟았고, 건전한 마음다함의 삶을 실현하는 공동체를 만들어서 앞으로의 세상을 변화시킬 기폭제가 될 토대를 마련했습니다.

　1960년대에 베트남에서 수천 명의 사회 운동가들을 이끌던 타이는 이후 서양에서 평화를 위한 활동을 시작했습니다. 또한 비폭력적 사회 변화를 위한 목소리를 높이기 위해 마틴 루터 킹 목사와 협력하며 '사랑받는 공동체' 설립에 대한 비전을 공유했습니다. 그리고 그 공동체를 통해서 모든 사람과 모든 국가들이 분열과 차별, 증오를 초월해 진정으로 화해할 수 있도록 노력했습니다. 1970년대에는 동료들과 힘을 합쳐 싱가포르 해역의 거친 바다를 떠돌던 난민들을 구출했으며, 유럽에서 최초로 국제 환경 회의를 개최했습니다.

　지난 수십 년 동안 타이는 마음다함을 가르치며 일상에 적용할 수 있는 방식을 개발하여 수백만 명의 사람들에게 이를 전파했고, 공감의 리더십에 대한 비전을 정치인과 사업가, 교사와 행동주의자, 실리콘밸리의 CEO들과 공유했습니다. 또한 불안정하고 극단적인 시대를 살면서 겪었던 고통스러운 경험을 바탕으로, 단순하면서도 강력한 글로벌 윤리 규범을 개발했습니다. 그것은 지금 우리가 나아가야 할 길을 밝혀주는 나침판이 되고 있습니다.

　우리는 지금 생태적 파괴, 기후 변화, 불평등의 심화, 자원고갈과 노동의 착취, 인종적 불평등과 2년 넘게 이어지고 있는 파괴적인 팬데믹으로 인한 위기들이 첨예하게 부딪히는 교차점에 서 있습니다. 오늘날의 상황은 위급하다는 표현으로는 부족합니다.

이와 같은 위기에 맞서 최선을 다하기 위해서는 명료함과 연민의 마음, 그리고 위기에 당당하게 맞설 수 있는 용기가 필요합니다. 명상과 마음다함을 열심히 수련하는 것이 현재의 상황에서 탈출할 수 있는 묘약은 아닙니다. 다만 이 방법을 통해 우리는 평온한 마음 상태를 유지하고 현재의 상황을 깊이 살필 수 있을 것입니다. 그리하여 자신과 세상을 더욱 명확하게 바라보게 될 것입니다. 이러한 명확성과 통찰력을 기반으로 우리는 상황을 변화시키고 모든 생명이 존중받을 수 있는 문화를 재건하기 위한, 가장 적절하고 효과적인 행동을 해야 합니다.

타이는 "세상에는 더 이상의 이데올로기나 교리가 필요하지 않습니다. 그저 우리의 영적인 힘을 회복하게 해줄 깨우침이 필요할 뿐입니다"라고 했습니다.

심층 생태학과 참여 행동, 공동체 건설에 대한 선종의 가르침을 바탕으로 타이의 가장 영적이고도 시기적절한 가르침이 담겨 있는 이 책은 다음 세대를 위해서 우리 사회와 지구를 돕기 위한 노력을 지속해나갈 수 있도록 해줄 안내서입니다.

타이는 매우 실용적이면서도 일상적인 윤리에 대해 많은 이야기를 남겼습니다. 그의 이야기 속에는 연민 어린 마음과 사물을 꿰뚫는 시선으로 세상을 바라보는 법에 대한 가르침이 담겨 있습니다. 또한 그는 우리에게 두려움 없이 꿈꾸는 것을 향해 도

전해나갈 용기를 주었고, 과감하게 새로운 삶의 방식을 재건할 수 있도록 아낌없는 응원을 보내주었습니다. 그리고 무슨 일이 있어도 절대 혼자 하지 말고, 항상 힘을 합쳐야만 한다는 것을 상기시켜주었습니다.

우리 일상을 바른길로 안내해줄 영적인 윤리가 없다면 결국 모든 것을 잃게 될 거라고 그는 말했습니다. 그의 가르침은 우리가 어떤 결정을 내리고 행동에 나설 때, 또 우리를 주춤거리게 하는 오랜 습관을 바꾸려 할 때, 그 모든 순간에 진정한 의미와 즐거움에 느끼게 해줄 훌륭한 이정표입니다.

지구별을 위한 타이의 마지막 가르침의 정수로 향하는 여정에 여러분을 초대합니다.

오랫동안 너를 찾고 있었단다, 나의 아이야
강과 산이 여전히 모호함 속에 누워 있을 때
네가 깊은 잠에 빠져 있을 때부터, 너를 찾았단다
비록 소라고둥은 여러 차례
열 개의 방향으로 메아리를 퍼뜨리고 있지만
나는 고대의 산에 올라서 먼 땅을 바라보고
너의 발자국이 사방으로 뻗어나간 것을 알았단다
어디로 가고 있느냐?

전생에 너는 종종 내 손을 잡았고
우리는 함께 산책을 했었지
오래된 소나무 둥치에 몇 시간이고 앉아 있거나
아무 말 없이 나란히 서서
우리를 부르는 바람의 소리에 귀 기울이고
새하얀 구름이 흘러가는 모습을 바라보고는 했었지
너는 첫 번째 낙엽을 주워서 나에게 내밀었고
나는 너를 하얀 눈이 쌓인 숲속으로 데리고 갔었지
하지만 어디를 가도, 우리는 항상 돌아왔고
달과 별들과 가장 가까운 고대의 산에서
매일 아침이면 은은한 종소리를 초대해서
만물이 깨어날 수 있도록 해주었지

틱낫한의
《숲의 가장자리에서》중에서

가만히 멈추어서 보십시오.

# 지구별 여행을 마치며

지구의 아름다움은 마음다함의 종소리와 같습니다. 만약 그 아름다움이 눈에 보이지 않는다면 왜 그런지 자문해봐야 합니다. 무언가가 당신의 시야를 가리고 있을지도 모르기 때문입니다. 아니면 주변을 둘러볼 여유도 없을 만큼 바빠서 지구의 소리를 듣지 못하는 건지도 모릅니다.

대지는 이렇게 말합니다.

"나의 아이야. 나는 너를 위해 이곳에 있어. 너를 위해 모든 것을 내주고 있단다."

사실입니다. 따스하게 내리쬐는 햇빛과 지저귀는 새 소리, 맑은 시냇물, 봄을 가득 채우는 벚꽃과 사계절의 아름다운 풍경까지 모두 우리를 위해 존재하고 있습니다. 그것을 보지 못하고 듣지 못하는 이유는 바로 우리의 마음이 무언가로 가득 차 있기 때문입니다.

지구는 우리를 위해 존재하고 우리를 사랑한다고 계속해서 말하고 있습니다. 아름답게 피어난 꽃들은 모두 지구가 우리에게 보내는 미소입니다. 그 꽃들이 우리에게 미소 짓고 있는데도 우리는 미소로 화답하지 않습니다. 우리가 먹는 달콤한 과일도 모두 지구가 준 선물입니다. 그런 선물을 받고도 고마움을 느끼지 않는다면 우리는 지구와 생명을 위해서 존재한다고 할 수 없습니다.

지구의 목소리를 듣고 그에 응답하기 위해 가장 중요한 것은 마음의 고요함을 찾는 것입니다. 우리 안에서 고요함을 찾지 못하면 생명의 소리도, 마음이 우리를 부르는 소리도 들을 수 없습니다. 어쩌면 우리는 마음속의 소리를 들을 시간적 여유가 없는지도 모릅니다.

마음다함은 산만함에서 벗어나 호흡에 집중할 수 있도록 합니다. 숨을 들이쉬고 내쉬는 데 집중하며 아주 잠시라도 생각을 멈추고서 자신이 살아 있고, 호흡하고 있으며, 이곳에 존재한다는 사실을 깨달으려 노력해보세요.

이 순간 우리는 바로 여기에 존재하고 있습니다. 분명 지금 이곳에 존재하고 있습니다. 그리고 비로소 깨닫게 됩니다.

"아, 나는 지금 여기 존재하고 있구나."

과거를 곱씹고 미래를 걱정하는 것을 멈추고 호흡을 들이쉬고 내쉬고 있다는 사실에 모든 신경을 집중해보세요. 마음다함의 호흡 덕분에 우리는 자유로워질 수 있습니다. 잡다한 생각과 불안, 두려움과 고군분투에서 벗어나 이곳에 존재할 수 있게 됩니다.

이 모든 것으로부터 자유로워질 때, 우리는 "당신의 아이인
내가 여기 있어요"라고 말하며 지구의 목소리에 응답할 수 있습
니다. 그렇게 자신이 경이로운 자연의 일부라는 사실을 깨달을
때 비로소 지구의 소리에 이렇게 대답할 수 있습니다. "지금 나
는 나를 온전히 살지 못하게 하는 모든 것들로부터 자유로워졌
습니다. 이제 나에게 기대세요."

눈을 뜨면 지구가 단지 주변 환경이 아니라 바로 우리 자신
임을 깨닫게 되고, 어울려 존재함의 본질을 느낄 수 있습니다. 그
순간 우리는 지구와 진정으로 소통할 수 있게 됩니다. 그것이야
말로 기도의 가장 고양된 형태입니다. 그리고 그런 관계 속에서
인생을 바꿀 사랑과 힘, 깨달음을 얻게 됩니다.

우리는 대부분 지구로부터 소원해진 삶을 살아가고 있습니
다. 우리는 자신이 이토록 아름다운 지구 위에 살고 있다는 것을
잊고 있으며, 우리의 육체가 지구와 우주 만물로부터 주어진 경
이로움이라는 사실을 잊고 살아갑니다. 지구가 생명을 줄 수 있
는 건 바로 지구 자체에 태양과 별 같은, 지구가 아닌 요소들을
가지고 있기 때문입니다. 인간은 별들로 만들어졌습니다. 그러
니 지구는 단지 지구가 아니라 우주 만물인 셈입니다.

이처럼 올바른 시각과 통찰력을 가질 때, 차별은 사라지고
우리와 지구 사이에 깊은 교감과 진정한 소통이 샘솟게 됩니다.
바로 거기에서 온갖 선한 것들이 시작됩니다. 지구는 그저 주변
환경에 불과하며 우리가 그 중심이고, 그저 살아남기 위해서 지
구를 위해 뭔가 해야 한다는 이원론적 시각을 초월하게 되기 때

문입니다.

호흡을 하는 순간 우리는 자신의 육체를 느끼며 그 속을 깊숙하게 들여다볼 수 있습니다. 그러면 자신이 곧 지구이고 자신의 의식이 바로 지구의 의식임을 깨닫고 자유로운 의식을 얻게 되며, 온갖 차별과 그릇된 시선에서 벗어나 어머니 대지가 우리에게 바라는 것을 행동에 옮길 수 있습니다.

그리고 그제야 비로소 깨달음을 얻고 부처가 되어 지구뿐만 아니라 모든 생명체를 돕고 궁극적으로는 다른 행성의 생명체까지도 돌볼 수 있게 될 것입니다.

우리 세대는 셀 수 없이 많은 잘못을 범했습니다. 젊은 세대에게 잠시 빌린 지구에 온갖 해악과 파괴를 일삼았습니다. 이제 젊은 세대에게 지구를 돌려줄 때가 되니 부끄러움에 고개를 들 수 없습니다. 우리가 원했던 것은 이런 게 아니었습니다. 우리가 물려받은 지구는 지금 상처투성이입니다. 진심으로 미안한 마음입니다. 기성세대의 한 사람으로서 다음 세대의 젊은이들은 가능한 한 우리보다 한 단계 더 발전할 수 있기를 바랍니다.

이제 지구는 미래 세대인 여러분에게 속한 것입니다. 여러분의 운명과, 우리가 살아 숨 쉬는 지구의 운명이 바로 여러분의 손에 달렸습니다.

우리가 누리는 문명 역시도 잠시 빌린 것에 불과합니다. 좋은 집이나 고급 자동차처럼 자기 능력으로 얻지 못하는 것을 갖고 싶은 욕심이 생기면 미래의 자신으로부터 몸과 노동력을 빌려와 그 빚을 갚으려고 합니다. 실제로 그 빚을 갚을 수 있을지 없을지도 모르면서 계속해서 미래로부터 빌려서 쓰려고만 하지요. 이런 식으로 우리는 자신과 자신의 건강으로부터, 그리고 지구로부터 빌려 쓰기를 반복하고 있습니다. 하지만 지구도 더 이상 버틸 수 없습니다. 우리는 우리 자녀들과 손자들로부터 너무 많은 것을 빼앗은 셈입니다.

우리와 지구와 미래 세대는 결코 따로 떨어져 존재하지 않으며, 결국 우리가 곧 지구이자 미래 세대입니다. 지구도 우리 자신이고 여러분 역시도 우리와 같습니다. 그러니 미래 세대로부터 많은 것을 가져다 썼다는 것은 곧 우리 자신에게 남은 것이 별로 없다는 의미입니다

그러므로 더는 무언가를 빌릴 필요가 없다는 사실을 깨닫는 것이 무엇보다 중요합니다. 지금 이 순간 우리가 가지고 있는 것만으로도 우리는 충분히 풍요롭고 행복할 수 있습니다. 그것이 바로 마음다함과 집중, 그리고 통찰력이 우리에게 가져다주는 기적입니다. 주어진 상황 속에서 행복해질 수 있음을 깨닫고, 더 가지려고 애쓰거나 언제나처럼 지구로부터 빼앗지 않아도 된다는 것을 아는 것 말입니다. 지금 갖지 못한 것을 빌려올 필요가 없습니다. 오직 이러한 자각만이 인간의 파괴를 멈출 수 있습니다.

이는 개개인의 힘만으로는 해낼 수 없는 일입니다. 모두가 힘을 합쳐 깨달아야만 합니다. 함께 깨달음을 얻는다면, 아직 기회가 있습니다. 우리의 삶의 방식과 미래의 계획이 우리를 이 상황으로 데리고 왔습니다. 이제 우리는 개인이 아닌 하나의 공동체이자, 인류라는 하나의 종種이라는 인식으로 힘을 합쳐 출구를 찾아야 합니다. 더 이상 기성세대에게만 의지해서는 안 됩니다.

부처 하나로는 부족하다고 입버릇처럼 말했듯, 우리에게는 집단적 깨우침이 필요합니다. 우리가 살고 있는 지구를 위해 우리 모두 부처가 되어야 합니다.

# 1부.

## Thich Nhat Hanh
### Cherishing Life on Earth

# 아름다운 우리 행성을 위해 놓아야 할 것, 채워야 할 것

be alive
be the
miracle

깨어나서 기적이 되세요.

# 1장

# 상처 입은 지구를 위한
# 네 가지 명상법

## 인생의 참모습을 들여다보세요

타이는 우리는 변화할 수 있는 힘을 가지고 있으며, 모든 것을
바꿀 수 있는 그 힘은 바로 마음에서 온다는 사실에 대해 확고한 신
념을 보여주었습니다. 우리의 마음은 세상과 우리를 연결하고 서
로 교감할 수 있도록 해주는 도구이며, 우리의 절망과 두려움, 희망
과 꿈을 좌우하는 것 역시 마음입니다. 마음이 사물을 바라보는 방
식에 따라 어떤 행동을 하고 어떤 행동을 하지 않을지, 사랑하거나
미워하는 이들과 어떤 관계를 맺을지, 위기의 순간에 어떻게 대처
할지가 결정됩니다. 불교에서는 종종 마음으로 세상을 창조할 수
있다고 말합니다. 우리의 인식은 언어와 문화, 그리고 현실을 이미

정해진 규범과 규정에 꿰맞추려는 사회적 경향에 따라 달라집니다. 이러한 차별적 꼬리표는 지구를 지키려는 지식과 행동을 제한하고, 나아가 다른 사람들이나 세상과 서로 조화를 이루며 살아가지 못하도록 방해합니다.

우리 모두는 온 세상이 깨달음을 얻고 행동하기를 바라고 있을지 모릅니다. 그렇다면 어떤 깨달음이 도움이 될 수 있을까요? 깨달음을 얻기 위해 어떻게 해야 하는 걸까요?

불교에서는 진리를 수준에 따라 두 가지로 구분합니다. 외향과 명칭의 수준의 진리를 '관습적 진리conventional truth'라고 하고, 더 심오한 수준의 진리를 '궁극적 진리ultimate truth'라고 합니다. 타이는 우리 사회와 지구를 돕기 위해서는 그 두 가지 진리 속에서 어떤 일이 벌어지고 있는지를 깨달아야 한다고 가르쳤습니다.

잘 알려져 있듯이 타이는 프랑스 남서부에 건립한 국제수련센터이자 사원인 플럼 빌리지에서 선종의 가장 오래되고 강력한 경전인 《금강경》을 직접 가르쳤습니다. 《금강경》은 인류가 공유해온 지혜로운 유산을 담은 보물이자 심층 생태학deep ecology을 다룬 최초의 경전입니다. 이 경전의 기원은 2세기에서 5세기 사이 인도 아대륙의 북동부에서 찾을 수 있습니다. 중국의 서쪽으로 가는 실크로드의 시작점인 둔황 석굴에서 9세기 무렵에 제작된 것으로 보이는 《금강경》의 목판본이 발견되었습니다. 뽕나무 껍질과 삼으로 만든 종이에 인쇄된 이 목판본은 세계에서 가장 오래된 목판 인쇄물인 셈입니다. 몇 년 전 런던으로 지도자 연수를 갔을 때 타이와 함께 대영박물관에서 이 목판 인쇄본을 본 적이 있습니다. 이제는 우리 세대는 지역과 세대를 뛰어넘어 오랜 지혜를 보존할 수 있게 되었습니다.

이 책의 1부에서는 《금강경》에서 제시하는 깊은 명상을 통해 세상을 바라보는 방식에 대한 돌파구를 찾아가려 합니다. 《금강경》은 인생이란 무엇인지를 통찰할 수 있는 네 가지 명상법을 제시하는데, 이는 현실의 참모습을 더욱 자세히 들여다보는 데 도움이 됩니다. 《금강경》은 산스크리트어로 '바즈라체디카<sup>Vajracchedika</sup>'라고 하는데, 여기서 '바즈라<sup>Vajra</sup>'는 천둥과 번개를 동반한 '벼락'이라는 뜻과 함께 '금강金剛'이라는 의미를 가지고 있으며, 이는 곧 '헛된 망상을 단칼에 자른다'라는 것을 뜻합니다. 이런 《금강경》의 가르침을 통해서 우리는 거대한 힘의 원천은 물론이고 올바른 행동을 할 수 있는 명확성을 얻게 됩니다.

일단 시작하면 도저히 물러설 수도 멈출 수도 없습니다. 겁이 날지도 모릅니다. 사실상 사회가 우리 마음속 깊이 새겨놓은 믿음에 맞선다는 것은 쉬운 일이 아닙니다. 그런 이유 때문에라도 이 장의 내용을 천천히 읽으면서 책 속의 통찰이 자신의 인생에 어떤 식으로 적용이 되는지 여유롭게 지켜보고 싶을지도 모르겠습니다. 어쩌면 《금강경》 속의 내용들을 깊이 곱씹어볼 여유를 만들기 위해서 잠시 산책을 하고 싶거나, 책을 읽으면서 종이 위에 그 내용을 적고 싶을지도 모릅니다. 하지만 타이는 언제나 이렇게 말했습니다. "무엇을 하든 내 말을 듣는 것에 그쳐서는 안 됩니다. 스스로 그것을 실행에 옮기려고 노력해야 합니다."

이제 진실을 들을 준비가 되었나요?

## ○ 생각을 바꾸면 세상을 바꿀 수 있습니다

대부분의 사람들은 깨달음을 얻지 못하고 있습니다. 세상을 살아가면서도 그 세상을 제대로 보지 못하고 있습니다. 그것은 마치 꿈속을 하염없이 걷는 것과 같습니다. 그런 꿈에서 깨어난다는 것은 지구의 아름다움에 눈을 뜨는 것과 같습니다. 그리고 우리의 몸이 지구와 태양, 그리고 별들로 이루어져 있다는 사실을 알게 되는 것입니다. 하늘의 아름다움과 우리가 살아가는 지구가 우주의 보석이라는 사실을 깨닫게 되는 것이지요. 그때 비로소 우리는 지구의 소중한 자식이 되고, 이토록 경이로운 행성에 한 걸음 내디딜 수 있는 기회를 얻게 됩니다.

두 번째로 깨달음이란 우리가 살아가는 세상이 겪고 있는 고통에 눈뜨는 것을 의미합니다. 지구가 위험에 처해 있고 모든 생명체가 위험에 빠져 있다는 사실을 알게 되는 것입니다. 이런 현실 속에서 위안과 치유, 변화를 위한 방법을 찾고 싶을 겁니다. 그러기 위해서는 엄청난 에너지의 근원이 필요합니다. 사랑하는 마음과 강력한 욕구가 있다면 우리는 목표를 이룰 수 있습니다. 자신을 치유할 지구의 아름다움에 눈뜨고, 고통을 겪고 있는 지구의 상황을 깨닫고, 그것을 도울 수 있게 될 테니까요. 강력한 에너지의 근원과 사랑하는 마음이 있다면, 당신이 곧 행동하는 부처입니다.

우리가 살아가는 지구가 위험에 처해 있다는 사실을 눈으로 보면서도 아직 삶의 방식을 변화시키지 못했다면, 아마 깨달음이 충분치 않기 때문일 겁니다. 온전한 깨달음을 얻지 못한 것입니다. 선종의 지도자들은 수행자들에게 깨달음을 주기 위해 몽둥이로 내리치고 고함을 치는 등 온갖 방법을 이용합니다(이 방법을 선종에서는 각각 방棒과 할喝이라고 한다-옮긴이). 선종 지도자의 외침은 마치 봄날에 내리치는 벼락과 같습니다. 그 소리는 우리를 깨우고, 벼락이 친 후에 내리는 빗줄기는 푸른 잔디와 꽃을 피게 합니다.

우리에게는 진정한 자각, 진정한 깨우침이 필요합니다. 새로운 법률을 만들거나 정치적 해법을 찾는 것으로는 부족합니다. 우리가 생각하는 방식과 세상을 보는 시각을 바꿔야 합니다. 충분히 가능한 일이지만, 아직 시도하지 않았을 뿐입니다. 우리 각자가 자신을 위해서 바꿔야만 합니다. 누구도 대신해줄 수 없습니다. 뭔가 해야겠다는 의지를 가지고 적극적으로 행동하려는 마음만으로도 스스로 바뀔 수 있습니다.

나는 우리 의식과 사고방식이 변하지 않는 한 절대로 세상을 바꿀 수 없다고 믿습니다. 그만큼 생각하는 방식과 사물을 바라보는 방식의 집단적인 변화는 매우 중요합니다. 그러지 않고서는 세상이 변화하는 것을 기대할 수 없습니다.

집단적 깨우침은 개개인의 깨달음을 통해서 이루어집니다. 먼저 자신부터 일깨워야만 다른 이들에게도 깨달음의 기회를 줄 수 있습니다. 나 자신의 고통이 줄어야 다른 이들을 돕고자 하는 마음이 생기고, 손을 내밀어 그들을 변화시킬 수 있습니다. 평화와 자각과 깨우침은 언제나 나 자신에게서 시작됩니다. 그러니 우리가 믿어야 할 사람은 바로 자기 자신입니다.

한편으로 우리는 행복의 기술도 배워야 합니다. 진심으로 현재의 삶을 만끽할 수 있어야 풍요로움을 느낄 수 있기 때문입니다. 다른 한편으로는 고통의 기술도 배워야 합니다. 고통의 기술이란 고통을 겪어내는 방식, 다시 말해 나의 고통을 경감시키고 다른 이의 고통을 덜어줄 수 있는 기술을 의미합니다. 나 자신에게 돌아가 마음의 고통과 두려움, 절망을 어루만지기 위해서는 용기와 사랑이 필요합니다.

절망에서 벗어나 두려움 없는 통찰력을 얻고 연민의 감정을 유지하면서 지구 안의 모든 생명체에게 도움을 주기 위해서는 무엇보다 명상이 중요합니다. 명상은 삶에서 도망치는 것이 아니라 내면을 깊이 들여다보기 위한 시간을 갖는 것입니다. 시간을 내서 자리에 앉아 있거나 걸으면서, 혹은 아무것도 하지 않는 상태에서 자신이 처한 상황과 자신의 마음을 그저 깊숙이 들여다보는 것입니다.

## ○ 영겁은 현재의 순간에 있습니다

이 순간에도 종種의 멸종은 계속되고 있습니다. 연구자들에 따르면 매년 2만여 종의 생명체들이 사라지고 있으며, 그 속도는 점점 빨라지고 있다고 합니다. 먼 미래가 아니라 바로 지금 이 순간에도 말입니다. 2억 5,000만 년 전에도 거대한 화산 폭발로 지구의 기온이 올라가며 지구 역사상 최악의 멸종 사태가 벌어졌습니다. 지구 표면의 온도가 섭씨 6도나 상승하면서 생명체 중 95퍼센트가 완전히 사라졌다고 합니다. 오늘날 또 다른 지구 온난화가 서서히 시작되고 있습니다. 이번에는 인간이 자행한 산림 파괴와 산업화로 인한 오염까지 더해졌습니다. 어쩌면 100년도 되지 않는 시간 안에 지구상에서 인류의 흔적이 완전히 사라져버릴지도 모릅니다. 지난 멸종 이후 지구가 제 모습을 되찾기까지 1억 년이 걸렸습니다. 만약 현재의 문명이 사라져버린다면, 다시 새로운 문명이 출현하기까지 그와 비슷한 시간이 걸릴 것입니다.

그런 생각을 하다 보면, 두려움과 절망, 슬픔의 감정이 서서히 고개를 드는 것은 당연한 일입니다. 따라서 우리는 지금 당장 수련을 시작해야 합니다. 마음다함의 호흡을 수련하며 영원함의 경지에 도달해야 합니다. 이전에도 거대한 규모의 멸종 사태는 다섯 차례나 벌어졌고, 지금 여섯 번째 멸종 위기가 다가오고 있습니다. 불교에서는 우리가 태어남도 죽음도 없는 세계에 살고 있다고 말합니다. 만약 세상의 모든 생명이 멸종한다고 해도 또 다른 형태로 생명체는 다시 나타날 겁니다.

인간이란 언젠가 사라질 존재임을 알아차리기 위해서라도 우리는 깊이 호흡해야 합니다.

이런 잔인한 현실을 받아들이면서도 절망에 빠져서 괴로워하지 않으려면 어떻게 해야 할까요? 세상을 어떤 방식으로 바라보느냐에 따라서 절망감의 정도는 달라집니다. 우리의 시각을 다시 한 번 되짚어보며 생각하는 방식과 사물을 보는 방식을 바꿀 때 비로소 모든 고통의 근원인 차별하는 마음을 변화시킬 수 있습니다.

누구나 현재의 순간을 더 깊이 바라보고 경험하는 수련을 할 수 있습니다. 일단 현재 순간을 깊이 파고들어 그 실재에 도달하면, 과거와 미래와 영겁의 순간에 닿을 수 있습니다. 우리가 곧 자연이고 지구입니다. 그리고 비록 지구상의 균형이 깨지며 수많은 종이 사라져버렸다고 해도 지구는 여전히 균형을 되찾을 능력을 가지고 있습니다.

현재의 순간에서 영겁에 닿을 수 있는 능력을 키우는 데는 오랜 세월이 걸리지 않습니다. 우리는 찰나의 순간에도 영겁에 닿을 수 있습니다. 마음다함의 자세로 내쉬는 호흡 한 번, 지구 위로 내딛는 걸음 한 번으로도 시간을 초월할 수 있습니다. 현재의 순간에 깊숙하게 다가갈 때 우리는 모두 영겁 속에서 살아갈 수 있습니다.


## ○ 선의 뿌리를 찾아서

산스크리트어로 명상을 '디야나dhyana'라고 합니다. 중국어로는 찬禪, chan, 베트남어로는 티엔thien, 일본어로는 젠Zen이라고 합니다. 한자의 '禪(선)'은 글자 그대로 '참선한다'는 의미입니다. 선종에서 명상은 '깊이 들여다보고 고찰한다'는 것을 뜻합니다.

선을 수행하기 위해서는 마음다함의 자세로 집중하며 지금 이 순간에 존재해야 합니다. 그럴 때 비로소 무슨 일이 일어나고 있는지에 온 신경을 쏟으며 깊이 들여다볼 수 있습니다. 마음다함의 에너지와 집중력만 있다면 언제든 돌파구를 찾을 수 있고 주변 사물의 진정한 본질을 바라볼 수 있습니다. 그 대상은 작은 조약돌일 수도 있고, 다른 누군가일 수도 있으며, 내 안의 분노일 수도 있고, 심지어 나의 육신일 수도 있습니다. 그리고 선의 수행, 즉 명상을 통해서 우리는 현재 안에서 충만해지고 깊이 고찰할 수 있는 능력을 갖출 수 있습니다.

베트남의 불교는 명상의 전통과 함께 시작되었습니다. 3세기가 시작될 무렵, 중앙아시아 소그드$^{Sogdia}$ 지역의 상인이 현재 베트남 북부 지역에 찾아왔습니다. 당시에 해양 실크로드로 불리던 곳이었지요. 그는 사업을 위해 그곳에 왔다가 인도로 가는 바닷길에 바람이 잠잠해질 때를 기다리고 있었습니다. 그런데 순풍이 불기를 기다리면서 베트남에서 지내다 그곳의 삶에 만족하여 그곳에 뿌리를 내리고 베트남 처녀와 결혼하게 되었습니다. 두 사람은 아들을 낳았는데, 그가 바로 베트남과 중국 불교 명상에서 최초의 지도자로 인정받는 땅 호이(강승회)$^{Tăng Hội,}$ 康僧會입니다.

땅 호이는 열 살이 되던 해에 아버지와 어머니를 모두 여의고 현재 베트남 북부에 위치한 사원에서 승려의 길을 걷기 시작했습니다. 그 사원은 인도 승려가 세운 곳으로 인도에서 드나드는 상인들이 일정이 길어지는 경우에 주로 머무는 항구의 중심가에 자리 잡고 있었습니다. 3세기 무렵만 해도 불교가 왕성히 발전하던 시기여서 땅 호이도 어린 나이부터 산스크리트어와 한자를 공부했습니다. 그는 공동체를 세우고 베트남어로 불교를 전파했고, 이후 북쪽을 가로질러서 중국 오나라와의 국경 지대로 이동했습니다.

기록에 따르면, 땅 호이가 오나라에 도착했을 무렵만 해도 그곳에는 불교 승려들이 하나도 없었다고 합니다. 그가 오나라 최초의 승려였던 셈입니다. 그는 작은 오두막을 짓고 걷기 명상을 수련하기 시작했고, 그에 대한 소문이 점차 널리 퍼져나가기 시작했습니다. 그에 대한 이야기를 들은 오나라의 왕이 그를 불렀습니다. 그를 만나 후 그의 사상에 매우 감복한 왕의 명령에 따라 3세기 중반 무렵 오나라에 최초의 불교 사원이 세워졌습니다. 오늘날 난징에 가보면 당시 사원의 흔적을 찾아볼 수 있습니다. 바로 그곳에서 땅 호이는 불교의 설법을 전파하고 명상을 지도했으며, 달마가 등장하기 300여 년 전에 이미 중국에 첫 승려를 배출했습니다.

중국 선종의 최초 스승이 달마라고 생각하는 이들이 많겠지만, 그건 사실이 아닙니다. 달마보다 3세기 전에 이미 땅 호이가 선종을 중국에 전파했습니다. 베트남과 중국의 최초 선종 지도자는 바로 땅 호이입니다. 땅 호이는 많은 기록과 귀중한 불경 번역본과 주석을 남겼고, 그것은 지금까지도 보존되어 있습니다. 뿐만 아니라 선종에서 가장 사랑받아온 경전 중 하나인 《금강경》을 번역하여 제자들에게 가르쳤으며, 《금강경》은 심층 생태론을 탐구한 최초의 기록물로 평가받고 있습니다.

그래서인지 《금강경》에 대한 이야기를 들을 때면, 땅 호이처럼 생긴 선종의 승려 한 명이 가방에 오래된 경전을 돌돌 말아넣은 채로 지팡이를 짚고 걸어가는 모습이 머릿속에 그려지곤 합니다.

## ○ 마음속의 관념을 놓아버리기

《금강경》에서는 우리 자신과 현실의 진정한 본질을 이해하기 위해서 명상을 할 때는 먼저 네 가지 관념을 완전히 놓아버리라고 합니다. 바로 '자아self'의 관념, '인간human being'의 관념, '생물living beings'의 관념, 그리고 '수명life span'의 관념입니다. 이런 관념에 사로잡혀 있다 보면, 완전히 자유로워질 수도 없고 진정한 보살bodhisattva이 될 수도 없기 때문입니다. 보살이란 세상의 고통받는 중생을 깨우치는 존재이기도 합니다. 이런 네 가지 관념을 완전히 떨치고 나면 지구를 구하기 위해서 꼭 필요한 통찰력과 이해심, 그리고 자유를 얻을 수 있습니다.

이런 관념을 내던지기 위해서는 무엇보다 통찰력과 용기가 필요합니다. 만약 마음속 깊은 곳에서 고통받고 있다면 그것은 이런 관념들을 완전히 버리지 못했기 때문입니다. 관념을 내던진다는 것은 그냥 '놓아주는' 것과 다릅니다. 인도 중부 지방의 언어인 팔리어의 '빠띠닛사가patinissagga'라는 단어를 '내던지다'라고 번역한 사람이 바로 선종의 승려인 땅 호이입니다.

마음 깊은 곳을 들여다보고 명상을 하는 이유는 다름 아닌 통찰을 얻기 위함이고, 통찰이란 혼자 힘으로 경험해야 하는 것입니다. 그러므로 새로운 관념이나 지식을 축적하기 위해서 괜히 시간 낭비를 할 필요가 없습니다. 그저 불필요한 관념을 내던지는 것만으로도 우리 앞의 진정한 장애물과 도전을 이겨나갈 방법을 충분히 배울 수 있기 때문입니다. 선종 지도자의 목표는 지식이나 시각을 전달하는 것이 아니라 수련생들이 변할 수 있도록 도움을 주는 것입니다. 따라서 선종의 지도자를 지식을 전달하는 교수님이라 여겨서는 안 됩니다.

나는 9세기 무렵 선종 지도자였던 임제선사臨濟, Lin Ji의 전통을 계승하고 있습니다. 스승님은 "나는 너희들에게 지식을 전달하려는 것이 아니다. 내 목적은 지금의 시각으로부터 너희를 자유롭게 해주기 위해 돕는 것뿐이다"라고 말씀하셨습니다. 이해란 속이 텅 빈 지식이 되어서는 안 되고 깊은 통찰력을 불어넣어야 하는 것입니다. 통찰력은 사고의 결과가 아닙니다. 통찰력이란 강한 집중력으로부터 생겨난 직접적이고 직관적인 예지력입니다. 오랜 생각 끝에 겨우 나온 결과물이 아닌 심오한 직관으로부터 나온 것입니다. 진정한 통찰력을 얻을 때 우리는 화와 두려움, 고통으로부터 자유로워질 힘을 얻게 됩니다.

평생을 살면서 단 한 번이라도 통찰을 얻을 수 있다면 그것은 절대로 시시하다고 할 수 없습니다. 한번 그와 같은 통찰을 얻으면, 계속 그런 시각으로 세상을 볼 수 있게 됩니다. 문제는 우리가 어느 정도의 결단력과 성실함을 가졌느냐에 달려 있습니다.


## ○ 어울려 존재한다는 것

우리가 가장 먼저 내던져야 하는 관념은 바로 '자아'입니다. 인간은 누구나 세상과는 분리된 자신만의 자아가 있다는 뿌리 깊은 믿음을 가지고 있습니다. 나는 나 자신일 따름이고, 다른 사람들은 그저 타인이며, 우리가 살고 있는 '지구'조차 '우리'가 아니라고 생각합니다. 우리는 이런 강한 믿음을 가지고 세상에 태어나 제각기 별개의 존재로 살아갑니다. '나는 네가 아니며, 내 문제는 내 문제이고 네 문제는 네 문제일 뿐'이라는 생각이 마음속에 깊이 자리 잡고 있습니다. 이성적으로는 혼자 존재할 수 있는 건 아무것도 없다는 것을 알면서도 현실에서는 여전히 홀로 존재함이 가능하다고 믿고, 나는 독립된 자아를 가진 별개의 '아상我相, self-entity'이라고 생각하면서 멋대로 행동합니다. 이런 생각이 우리 사고와 행동의 바탕이 될 때 수많은 고통이 생겨납니다. 그리고 이러한 잘못된 관념을 내던지기 위해서는 강력한 수련이 필요합니다.

사실 '자아'라는 건 존재하지 않습니다. 그저 생각과 성찰이 있을 뿐입니다. 그 뒤에 숨어 있는 존재 같은 것은 없습니다. 데카르트Descartes는 "나는 생각한다. 그러므로 나는 존재한다"라고 말했지만, 그것은 그저 잠시 떠오른 생각에 대한 것일 뿐입니다. 부처님은 생각은 계속되고 있으나, 그 생각 뒤에 '나'라는 것은 존재하지 않는다고 말씀하셨습니다. 우리는 자신이 끊임없이 생각하고 있음을 이미 인지하고 있습니다. 그렇다면 그 생각하는 존재가 확실히 있다고 말할 수 있을까요? 고통스러운 감정을 느낀다고 생각해봅시다. 분명히 매우 고통스러운 감정을 느끼고 있습니다. 하지만 그 고통을 느끼는 존재가 정말로 있는 것인지는 확실하지 않습니다. 비슷한 예로, "비가 내린다"라는 말을 생각해봅시다. 분명히 비가 내리고 있습니다. 빗방울이 떨어지고 있지만 그렇다고 비를 뿌리는 존재가 있는 것은 아닙니다. 비가 내리기 위해서 비를 뿌리는 존재가 반드시 필요한 것은 아닙니다. 마찬가지로 생각하기 위해서 생각하는 존재가 반드시 필요한 것은 아닙니다. 우리가 느끼는 감정을 진짜로 만들기 위해서 그 감정을 느끼는 존재가 꼭 필요하지 않은 것과 같은 이치입니다. 이것이 바로 '무아無我, non-self'의 가르침입니다.

'자아'라는 개념에는 내가 곧 육신이고 육신이 곧 나라는 생각, 즉 이 육신이 나에게 속한 나의 것이라는 생각이 내포되어 있습니다. 하지만 이런 관념은 현실에는 부합하지 않습니다. 우리의 몸을 깊이 들여다보면, 그 몸이 흐르는 시냇물과 같다는 것을 알 수 있습니다. 우리의 몸에는 부모님과 선조들이 시냇물처럼 흐르고 있습니다. 끊임없이 흐르는 그 물속에 '나 자신'이라고 부를 만한 것이 존재하는지는 분명하지 않습니다. 그 맑은 물속에는 우리의 선조들뿐만 아니라, 동물과 식물, 무기질의 선조들까지 존재합니다. 그것이 바로 연속체라는 것입니다. 어떤 사람, 어떤 배우가 있다고 해도 그 뒤에 무엇이 존재하는지는 알 수 없습니다.

그보다 더 이해하기 쉬운 표현은 '나와 어울려 존재함I-inter-am'입니다. 상호 연결성과 상호 존재의 측면에서 볼 때, 이 표현이 더 진실이 가깝다고 할 수 있습니다. 아버지와 아들, 어머니와 딸이 '무아'의 통찰을 가졌다면, 그리고 서로를 '어울려 존재함'의 빛 속에서 바라볼 수 있다면 아무런 문제가 없을 겁니다. 우리는 모두 '어울려 존재'하고 있습니다. 상대가 저런 모습을 가지고 있는 것은 내가 이런 모습을 갖고 있기 때문입니다.

'내가 존재한다'라는 잘못된 생각을 내던지는 것이 매우 중요한 까닭은 그 개념이 현실의 본질을 제대로 반영하지 못하기 때문입니다.

별개의 '자신'이라는 관념은 우리를 길고 긴 터널 속으로 데려가는 것과 같습니다. 명상을 수련하다 보면 호흡만 존재할 뿐 호흡을 하는 존재는 어디에도 없다는 것을 알게 됩니다. 분명히 자리에 앉아 있지만 앉아 있는 존재는 찾아볼 수 없는 것입니다. 그 사실을 알고 나면, 긴 터널은 사라지고 사방이 탁 트인 공간이 펼쳐지며 무한한 자유를 얻을 수 있습니다.

## ○ 내가 바로 우주입니다

나는 나의 부모와 연결되어 있으며, 더 나아가 더 먼 조상과 이어져 있는 존재입니다. 그것은 분명한 사실입니다. 나라는 별개의 존재는 없습니다. 나 자신을 들여다보면, 내 육신을 이루는 세포 곳곳에 나의 아버지와 어머니가 존재하고 있음을 알 수 있습니다. 나의 몸속 모든 세포 안에서 나의 조상들을 볼 수 있습니다. 나의 조국과 동포 역시 나의 몸속에 있습니다. 이렇게 내가 아닌 요소라고 할 수 있는 여러 가지 것들이 나를 구성하고 있습니다. 내가 아닌 요소들이 함께 모여서 나를 만들어냈습니다. 그것이 바로 나입니다. 나는 독립되어 있는 개별적 존재가 아니며, 별개의 '자아'를 갖고 있지도 않습니다.

이것은 올바른 시각입니다. 이런 식으로 현실을 바라보면, 우리는 결코 혼자가 아닙니다. 내가 곧 우주이기 때문입니다. 우리의 몸이 바로 우주의 몸이기 때문입니다. 온 우주가 우리 몸속에 담겨 있습니다. 이 순간 바로 이곳에 존재하는 우리의 몸속에 우주가 있으며, 우리 안의 우주를 향해 말을 할 수도 있습니다. 우리 몸속에 있는 아버지와 어머니, 선조들에게도 이야기할 수 있습니다. 이렇게 우리는 '내가 아닌 요소'들로 이루어져 있습니다. 우리의 부모와 조상들, 달과 별, 태양, 강과 산과 모두 연결되어 있는 존재입니다. 만물이 바로 우리의 몸속에 있지요. 따라서 만물을 향해서 말을 걸 수도 있고, 우리가 바로 세상이라는 사실을 알 수 있습니다. 우리가 곧 우주입니다. 그리고 명상을 통해 우리는 이 사실을 느낄 수 있습니다. 온 마음을 다해 집중하면 새로운 것을 볼 수 있습니다.

넘실거리는 바다 위로 새하얀 파도가 모습을 드러내면서 '나는 누구인가?'라고 스스로 질문하고 있다고 상상해보세요. 만약 파도가 자신에게 가서 닿는다면, 자신이 곧 바다임을 깨닫게 되겠지요. 파도는 파도인 동시에 바다 그 자체입니다. 또한 하나의 파도는 다른 파도의 일부이기도 합니다. 파도가 자신과 다른 파도 사이의 연속성을 깨닫고 자연과 어울려 존재함을 알게 된다면, '자아'와 '무아'가 서로 다른 것이라 여기지 않을 겁니다. 하나의 파도로서 몸을 인지하는 것도 매우 중요하지만 동시에 거대한 바다를 이루는 몸이라는 사실을 아는 것도 중요합니다. 파도가 바다의 일부임을 깨닫는 순간 온갖 두려움과 차별은 사라집니다.

바로 이것이 명상의 장점입니다. 명상은 자신의 뿌리를 느낄 수 있도록 해주고 차별과 두려움으로부터 우리를 자유롭게 합니다. 우리가 거대한 우주나 선조로부터 분리된 '자아'를 가졌다고 믿는 것은 잘못된 생각입니다. '나'는 '내가 아닌 요소'들로 이루어져 있기 때문입니다.

이렇듯 마음다함의 태도를 가지고 집중하면서 삶을 살아갈 때, 우리 안의 진리에 더욱 깊이 가 닿을 수 있습니다. 그러다 보면 언젠가 우주라는 거대한 밑바탕 위에서 휴식을 취할 수 있을 겁니다. 기독교에서는 이것을 '주의 품에서 쉰다'라고 표현합니다. 파도가 바다에서 쉴 때 비로소 평온해지듯이, 우주적 몸속에서 쉴 수 있을 때 우리 역시 평화로워질 겁니다. 걷기 명상을 수련하다 보면 발걸음 하나하나가 우리의 우주적 몸을 느낄 수 있도록 해줄 것이고, 그 우주적 몸을 인지하는 순간 우리는 불멸에 이르며 더는 죽음을 두려워할 필요가 없게 됩니다. 하지만 우리는 너무 바쁘게 살고 있어서 제대로 호흡하고 걸으며 우주적 몸이나 태어남도 죽음도 없는 진실한 자연을 느낄 여유가 없습니다.

명상은 우리에게 만족을 가져다줍니다. 명상을 통해 나 자신을 찾을 수도 있고, 명상을 통해서 의미도 찾을 수 있습니다. 또한 명상은 더 깊이 들여다보고 더 자세히 들을 수 있는 시간을 갖게 해줍니다. 명상을 통해서 우리는 자신의 본질을 느낄 수 있고, 모든 두려움과 차별에서 벗어나 자유로워질 수 있습니다.


## ○ 우리 안의 우리 아닌 것들

《금강경》에서는 두 번째로 내던져야 할 관념은 바로 '인간 존재'라고 말합니다. 모두 알고 있듯이 호모 사피엔스는 지구상에 가장 늦게 나타난 종種입니다. 지구에 가장 늦게 도착한 인류가 마치 세상의 우두머리인 양 행동하고 있습니다. 인간이 특별하다고 믿고 있지요. 마치 세상 만물이 인간을 위해 창조되기라도 한 것처럼 특권의식을 가지고 있습니다. 이런 시각으로 우리는 지구에 헤아릴 수 없는 피해를 주며 살아왔습니다. 오직 인간의 안전과 번영, 행복을 위해서 만물을 희생양으로 바친 것입니다. 하지만 자세히 들여다보면 우리는 식물과 동물, 무기질과 같은 '인간이 아닌 요소'들로 이루어진 존재일 뿐입니다. 역사적으로도 그렇고 바로 지금 이 순간에도 우리는 나와 내 주변의 '인간이 아닌 요소들'과 어울려 존재하며 살아갑니다. 그건 분명한 사실입니다. 무기질과 식물, 동물이 없다면 어떻게 인간이 존재할 수 있을까요? 이러한 요소들을 모두 없애거나 걷어버린다면 인간은 더 이상 존재할 수 없습니다. 그런데도 우리는 자신을 지키고 보호한다는 핑계로 '인간이 아닌 요소'들과 다른 종들을 파괴하고 있는 겁니다.

　일상에서 사물을 규정하고 정의하기 위해서 우리는 갖가지 명칭을 사용하지만, 그런 삶은 바람직하지 않습니다. 현대의 논리학과 수학은 A는 오직 A이며 A가 B가 될 수 없다는 '동일의 원리principle of identity'를 따르고 있습니다. 하지만 부처님은 자세히 살펴보면 A는 단순히 A가 아니라는 사실을 깨닫게 될 거라고 하셨습니다. A는 A가 아닌 요소들로 만들어졌기 때문입니다. 이와 마찬가지로 인간은 인간이 아닌 요소들로 이루어져 있는 동시에 모든 선조들로 이루어져 있습니다. 산과 강, 장미와 지구 또한 산이 아닌 요소, 강이 아닌 요소, 장미가 아닌 요소, 지구가 아닌 요소들로 만들어졌습니다. 이것을 깨달을 때 비로소 우리는 자유로워질 수 있습니다. '인간'도 '산'도 모두 진정한 실체가 아닌 그저 이름과 명칭에 불과합니다. 그 모든 것이 개별적인 존재가 아니라는 것이지요. 바로 이것이 《금강경》에 담겨 있는 변증법의 칼날인 셈입니다. A는 단순한 A가 아니기에 진정한 A가 될 수 있습니다.

인간은 만물 속에 존재하고 만물은 인간 속에 존재합니다. 우리 안에 있는 거대한 산을 볼 수 있나요? 우리 안의 구름도 보이나요? 우리 안에서 산과 구름을 볼 수 있다는 건 과거 우리가 구름이나 바위였기 때문만은 아닙니다. 지금 이 순간 우리가 구름이며 바위이기 때문입니다. 또한 한때 우리는 물고기였고, 새였으며, 파충류였습니다. 우리는 인간이며 동시에 만물이기도 합니다. 이런 사실을 깨닫게 되면 다른 종을 보존하는 것이 바로 우리를 보존하는 길이라는 것을 알게 되지요. 이것이 바로 '어울려 존재함'이며, 심층 생태학의 심오한 가르침입니다.

불교의 선종에는 이런 말이 있습니다. "명상을 수련하기 전에는 산은 그저 산일 뿐이고 강은 그저 강일 뿐입니다. 그러나 수련을 하다 보면 산은 그저 산이 아니며, 강도 그저 강이 아니라는 것을 알게 됩니다. 그리고 수련을 마친 후에 비로소 산이 진정한 산이고 강도 진정한 강이라는 사실을 깨닫게 됩니다." 이런 식으로 만물을 바라볼 때 우리는 자유를 얻을 수 있습니다.

물론 이런 시각을 별로 달갑게 생각하지 않는 생태학자들도 있습니다. 그들은 환경을 보호하기 위해서 열심히 노력하면서도 주변 사람들에게서 벗어나려고 하지요. 자기 자신에게 만족하지 못하면서 환경을 보호할 수는 없습니다. 인간이 아닌 요소들을 보호하는 것이 바로 인간을 보호하는 길이고, 인간을 보호하는 것이 바로 인간이 아닌 요소들을 보호하는 방법이기 때문입니다. 따라서 어울려 존재한다는 통찰력은 우리를 진정으로 일깨우는 힘을 가지고 있습니다.

## ○ 삶에는 한계가 없습니다

우리가 내던져야 할 세 번째 관념은 바로 '살아 있는 존재'에 대한 것입니다. 우리는 대부분 살아 있는 것을 '생물', 살아 있지 않는 것들을 '무생물'이라 규정하며 이 두 가지를 차별하려는 태도에 사로잡혀 있습니다. 하지만 진화학에 따르면 인간과 동물뿐 아니라 무기물까지도 모두 우리의 조상입니다. 따라서 살아 있는 것들을 무생물계로부터 분리하며 이 둘을 구분하려는 것은 잘못된 태도입니다.

우리는 볼 수도, 느낄 수도 없는 요소로 이루어져 있습니다. 먼지 입자와 소립자, 쿼크 입자들이 우리를 이루고 있는 요소이며 우리가 바로 그 입자입니다. 우리는 몸과 마음, 물질과 정신, 의식과 물질적 세상이라는 관념을 뛰어넘어야 합니다. 그런 관념은 거대한 장애물일 뿐입니다. 현대 과학자들은 전자와 광양자도 지능을 가지고 있다는 사실을 밝혀냈습니다. 그리고 그들의 지능은 인간의 의식에 못지않습니다. 이는 눈에 보이지 않는 세밀한 입자들 역시 비활성적이거나 생명력을 가지고 있다는 의미입니다. 하다못해 옥수수 알갱이조차도 나름대로 존재 방식을 가지고 있습니다. 땅에 옥수수 알갱이를 심기만 해도 열흘만 지나면 어떻게 싹을 틔워서 가지를 뻗고 잎과 꽃을 피우며 속대를 높이 키워나갈 수 있는지 모두 알고 있습니다. 그러니 소위 생명력이 없다고 여겨지는 것들도 무생물이 아니라 모두가 살아 있음을 알 수 있습니다.

우리는 '살아 있는 생명체'를 '필사mortal', 즉 죽을 운명을 가진 것으로 해석하기도 합니다. '생물'과 '무생물'을 구별하는 것도 모자라서 생명을 가진 존재를 '죽을 운명을 가진 것'과 성스럽거나 '불멸'인 것으로 다시 나누곤 합니다. 또한 우리는 살아 있는 존재와 성스러운 존재를 구분하려는 경향이 있습니다. 하지만 명상을 통해 자신을 깊이 살펴봄으로써 자기 안에 '자신 아닌 요소'는 물론이고 성스러운 요소들이 있음을 깨닫게 됩니다. 우리는 '살아 있는 존재'를 생명이 없는 존재나 깨달음을 얻은 성스러운 존재와 다르게 취급하려는 관념을 반드시 버려야 합니다. 그런 잘못된 관념들이 분열과 차별, 그리고 고통을 만드는 원인이기 때문입니다. 바로 이것이 혁명과도 같은 《금강경》의 가르침입니다.

이런 통찰력을 가지고 지구를 바라보면, 지구를 단순히 스스로 움직이지 못하는 하나의 물질이 아니라 우리의 일부인 성스러운 현실로 인지할 수 있게 됩니다. 이런 시각으로 사물을 보면 지구를 대하는 우리의 태도도 따라서 변하게 되겠지요. 사랑과 존중심을 가지고 지구를 향해 발을 내딛게 되고, 지구를 도울 수 있는 엄청난 능력이 우리에게 있음을 깨닫게 될 겁니다.

# ○ 세상 만물 안에 부처가 있습니다

선불교에는 '공안公案'이라는 일종의 선문답이 있는데, 그중 하나가 "저 개에게 불성佛性이 있는가?"라는 질문입니다. 이는 비단 개만이 아니라 딱딱한 돌과 지구에도 부처의 본성이 존재하고 있는가에 대한 의문을 뜻하는 것입니다. 지구는 통찰력과 깨달음, 행복은 물론이고 많은 미덕을 보여줍니다. 지구는 여성의 몸을 가진 부처이자 어머니입니다. 이런 말을 들으면 "지구가 누구의 어머니라는 의미입니까?"라고 묻고 싶을 겁니다. 내가 말한 어머니란 인간의 모습을 한 부처의 어머니와 인간의 모습을 하지 않은 부처의 어머니 모두를 의미합니다. 겉으로 보이는 형태에 얽매이지 않는다면, 누구든 부처의 존재를 쉽게 알아차릴 수 있습니다.

'부처'란 단순히 '부처'라는 개념 설명하기 위한 표현에 불과합니다. '부처'에 대한 선불교의 이야기를 한 번쯤 들어본 적이 있을 겁니다. 선종의 지도자는 가르침의 과정에서 '부처'라는 단어를 사용할 때마다 무척 조심스러워합니다. '부처'라는 단어와 '부처'라는 개념이 자칫 혼동을 가져올 수 있기 때문입니다. 우리는 자칫하면 '부처'라는 단어 속에 갇힐 수 있습니다. 사람들은 부처님이 누구이고 어떤 존재인지 안다고 생각하면서 자신만의 생각에 갇히곤 합니다.

'신'이라는 표현을 사용하는 것이 위험하듯이 '부처'라는 말을 사용하는 것도 위험합니다. 선종의 지도자는 '부처'라는 말에 갇히는 것을 경계하며 사람들에게 이렇게 말합니다. "여러분, 저는 '부처'라는 단어를 사용할 수밖에 없습니다. 하지만 그 단어를 좋아하지도 않거니와 입에 올릴 때마다 알레르기가 생길 정도입니다. 그래서 그 단어를 한 번 입에 올릴 때마다 강가로 가서 물로 입을 세 번 헹굽니다." 이는 매우 강력한 가르침이고 매우 선종다운 표현입니다. 그의 말을 듣고 있던 청중들은 모두 아무 말도 하지 않았습니다. 그런데 맨 뒤에 앉아 있던 학생 하나가 자리에서 벌떡 일어나서 이렇게 대답했습니다. "선생님! 그럼 '부처'라는 단어를 한 번 들을 때마다 저도 강가에 가서 물로 귀를 세 번씩 씻어야겠네요!"

한낱 단어와 상념에 얽매이지 않도록 도와주는 이런 훌륭한 스승과 제자가 있다는 것은 우리에게는 엄청난 행운입니다.

마음다함과 집중, 그리고 통찰력은 잠재력과 가능성의 씨앗으로 우리 안에 존재하며, 이것이 바로 부처의 본질입니다. 모든 존재는 불성을 가지고 있습니다. 이것은 그저 희망사항이 아닌 진실입니다. '부처Buddha'에서 'budh'는 산스크리트어로 '깨닫는다'라는 의미입니다. 그러므로 지구의 아름다움을 깨닫게 되는 순간 당신은 이미 부처인 셈입니다. 그런 깨달음의 영혼을 온종일 살아 숨 쉬게 하는 방법을 깨우치는 순간 누구나 영원히 부처가 될 수 있습니다. 부처가 되는 것은 그리 어려운 일이 아닙니다.


## ○ 우리는 어디에나 존재합니다

우리는 육체만이 곧 자기 자신이라고 생각할지 모릅니다.

하지만 우리는 육체 그 이상입니다. 명상을 통해 우리는 자신이 이곳과 저곳 혹은 저 멀리까지 모든 곳에 존재하고 있음을 알게 됩니다. 우리의 본성은 장소의 제한을 받지 않습니다.

때때로 선불교에서 사용하는 단어들이 식상해지고 본래의 의미를 잃으면 선종의 지도자들은 새로운 단어를 만들곤 합니다. 그런 단어 중 하나가 9세기 선종의 지도자였던 임제선사가 사용한 '진인眞人(베트남어로는 쩐년chân nhân)'입니다. 이 단어는 매우 중요합니다. 임제선사는 자신의 '진인'을 드러내는 방식으로 마음다함을 수련해야 한다고 했습니다. 마치 물리학에서 전자의 위치와 속도를 알 수 없다고 말하듯, 우리는 '진인'이 어떤 모습이고 정확히 어디에 존재하는지 알지 못합니다. 지금 이 순간 자리에 앉아 있으면서 지구와 그 안에 산과 강과 하늘이 있음을 깨닫고 그 모든 요소들이 우리와 함께 어울려 존재한다는 사실을 알게 되듯이, 자기 안의 참된 자아도 그렇게 느낄 뿐입니다. 저 하늘 위에 떠 있는 구름은 우리 안에도 존재합니다. 저기 환하게 비추는 태양의 빛도 우리 안에서 빛나고 있습니다. 우리의 참된 자아는 경이로운 존재입니다.

엄청난 재앙이나 자연재해가 발생해서 수천 명의 사람들이 목숨을 잃게 되면, 우리는 이렇게 자문합니다. "어쩌다가 이런 끔찍한 일이 생겼을까? 왜 다른 사람이 아닌 그 사람들이 목숨을 잃어야 했을까? 나는 왜 살아남았을까?"

가만히 앉아서 깊이 들여다보면, 그들이 죽을 때 우리도 함께 죽었다는 사실을 알게 됩니다. 우리는 다 함께 어울려 존재하고 있기 때문입니다. 사랑하는 사람이 세상을 떠나면 우리의 일부도 함께 죽는 것과 마찬가지입니다. 자연재해로 우리 대신 목숨을 잃은 이들은 우리를 대신해 죽음을 맞은 것이며, 우리는 그들을 대신해 살아가고 있는 것입니다. 이 순간 우리 삶의 방식을 어떻게 변화시키느냐에 따라 먼저 세상을 떠난 이들의 죽음이 새로운 의미를 얻을 수 있습니다. 우리가 계속해서 삶을 영위해 가는 동안 그들 역시 우리 안에서 살아가기 때문입니다. 이는 곧 우리 안에 그들이 존재함을 의미합니다. 이렇듯 어울려 존재한다는 시각을 가질 때 진정한 평온을 느낄 수 있습니다.

## ○ 우리의 수명은 끝이 없습니다

《금강경》의 네 번째 가르침은 바로 '수명'에 대한 잘못된 관념을 내던져야 한다는 것입니다. 대부분의 사람들은 세상에는 탄생의 순간과 죽음의 순간이 있으며, 자신이 그 두 순간 사이에만 존재한다고 믿습니다. 태어나서 죽을 때까지 짧은 순간 동안에만 지구 위에서 존재한다고 믿는 것이 바로 '수명'이라는 관념 속에 사로잡혀 있는 것입니다. 무아의 영역realm of non-being에서 존재의 영역으로 들어와 100여 년 동안 존재의 영역에서 머물다가 다시 무아의 영역으로 돌아간다고 막연하게 생각하는 것이지요.

《금강경》 42장에는 이런 내용이 있습니다. 어느 날 부처가 제자에게 이렇게 묻습니다. "인간의 수명은 몇 년인가?" 그러자 한 제자가 대답하지요. "100년입니다." 그러자 부처가 미소를 짓습니다. 그러자 다른 제자가 대답합니다. "20년입니다." 또 다른 제자도 대답했습니다. "하루입니다." 그리고 한 제자가 말합니다. "호흡을 한 번 하는 동안입니다." 그러자 부처가 말했습니다. "그래, 그 대답이 맞다." 우리는 호흡을 할 때마다 매번 다시 태어납니다. 오늘의 우리는 어제의 우리로부터 새로운 생명을 이어받아서 다시 태어난 것입니다.

선종의 공안에는 다음과 같은 선문답이 있습니다. "할머니가 태어나기 전에 당신은 어디에 있었는가?" 이것은 철학적 질문이 아니라 밤낮으로 정신을 집중해서 깊이 생각해야 하는 심오한 명상의 대상입니다. 이 질문이 진정한 화두가 되기 위해서는 우리의 살과 뼈와 마음을 100퍼센트 쏟아부어 돌파구를 찾아야 합니다.

일각의 견해에 따르면, 존재하던 것이 무無로 바뀌고 존재하던 사람이 무無로 돌아가는 것은 불가능합니다. 다만 모습을 바꾸어 이어질 뿐입니다. 세상에 태어나기 전에도 우리는 이곳에 있었고, 세상을 떠난 후에도 계속해서 이곳에 머물고 있습니다. 존재의 영역에서 무아의 영역으로 이동하는 것은 없습니다. 화학자 라부아지에Lavoisier는 다음과 같은 사실을 발견했습니다. "아무것도 창조되거나 소멸하지 않는다. 그저 변화할 뿐이다."

예를 들어, 나의 아버지는 세상을 떠나셨지만, 그렇다고 완전히 사라진 것은 아니며 여전히 이곳에 머물러 있습니다. 우리 몸의 모든 세포 속에 부모님과 선조들이 존재하고 있으며, 지금 이곳에서 그들과 대화를 나눌 수도 있습니다. 나는 아버지가 이곳에 함께 있다고 느끼며 언제나 아버지와 이야기를 나눕니다.

아버지와 함께 걷거나 함께 호흡하기도 합니다. 아버지가 평생 하지 못했던 일을 내가 대신 하려고 노력합니다. 우리는 어울려 존재하기 때문입니다.

우리에게 많은 것을 전해주었던 스승님 역시 우리 안에 존재하고 있으며, 미래를 향해 함께 나아가고 있는 셈입니다. 예전과는 다른 모습과 다른 목소리, 다른 느낌으로 우리 안에 있는 것뿐입니다. 나는 스승님과 자주 대화를 나눕니다. 내가 하는 모든 행동은 바로 스승님을 위한 것입니다. 나는 그분과 함께 미래를 향해 나아가고 있습니다. 또한 여러분에게 스승님의 말씀을 전함으로써 스승님이 여러분과 함께 미래로 나아가도록 합니다. 내 안에 있는 스승님의 모습이 예전과 같지는 않겠지요. 내 안의 스승님은 사회에서 벌어지는 일을 더욱 명확히 깨우치고 있어서 세상을 돕기 위한 새로운 가르침을 주실 수 있습니다. 스승님은 최선을 다하셨고 나 역시 스승으로 최선을 다하고 있지만, 우리가 미처 하지 못한 일들이 남아 있고, 이는 우리를 위해서 제자들이 해내야 할 몫입니다. 여러분 속에 존재하는 스승님이 더 나은 쪽으로 발전할 수 있도록 도울 수 있다면 참으로 고마운 일이 될 겁니다.

그와 같은 방식으로 우리 안에 있는 부처도 계속해서 진화하고 있습니다. 우리는 그분이 더욱 유의미한 존재가 되도록 도울 수 있습니다. 우리 시대의 부처는 휴대전화를 사용하는 법을 알고 있으면서도 그 휴대전화로부터 자유로운 존재입니다. 우리 시대의 부처는 시대적 도전에 맞서는 방법을 알려주어 지구의 아름다움을 파괴하지 않고 서로 경쟁하며 시간을 낭비하지 않도록 도와줍니다. 우리 시대의 부처는 모든 사람이 따를 수 있는 세계적 윤리를 제시하여, 조화로움을 회복하고 지구를 보호하고 삼림 파괴를 막고 배기가스 배출을 막을 수 있도록 돕습니다. 부처님의 연속체인 우리는 생태계의 파괴를 방지하고 두려움과 폭력, 절망을 줄일 수 있도록 세상이 나아가야 할 길을 제시하기 위해서 노력해야 합니다. 그러기 위해서는 우리 안의 선조와 스승님, 부처님의 가르침에 따라서 행동해야겠지요. 지구를 살리기 위한 우리의 임무는 우리 수명을 초월하여 계속될 겁니다.

# 2장

# 삶의 본질을
# 찾아가는 길

## ○ 두려움도 절망도 없이

《금강경》에서 말하는 명상이란 네 가지의 관념을 내던지는
것입니다. 그리고 이는 산스크리트어로 '사마디(삼매)$^{samādhi}$'라고
하는 일상생활에서 꾸준히 집중을 유지하는 명상법을 의미하기
도 합니다.

먹고 걷고 요리하고 앉아 있는 등 일상적인 활동에서 '어울
려 존재함'의 시각을 유지하도록 수련함으로써 우리는 '개별적
인 자아'와 '인간 존재', '살아 있는 존재', '수명'이라는 관념을 떨
쳐낼 수 있습니다. 이런 수련을 통해 모든 고통의 근원인 차별로
부터 자유로워질 수 있습니다.

우리 마음다함 수련 센터와 사원에서는 종소리가 들리면 다

함께 호흡하면서 현재의 순간에 집중합니다. 대화를 멈추고, 하던 일을 중단한 채 몸의 긴장을 풀고 편안한 상태로 호흡을 하기 시작합니다. 사원에 있는 커다란 범종이나 식탁 위의 작은 종, 휴대전화나 컴퓨터에 저장된 종소리에 상관없이 일단 종소리가 들리면 잠시 멈춰서 만물을 깊이 들여다볼 수 있는 기회를 갖습니다. 호흡과 듣기라는 단순한 행동을 통해서 멈춤의 미학을 스스로 수련하는 것이지요. 두세 번의 호흡만으로도 우리 주변과 마음 안에서 무슨 일이 벌어지고 있는지를 깨닫게 됩니다. 종소리를 들으며 우리가 곧 세계이고 우주이며, 자신과 우주가 분리되어 존재하지 않는다는 사실을 느낄 수 있습니다. 시간과 공간의 무한함을 받아들이면 순간은 곧 영원이 되고, 부족함이 없는 상태에 이르게 됩니다. 과거와 현재, 미래는 바로 지금 이 순간 속에 존재하는 것이니까요.

모든 두려움과 화, 절망과 불안감은 잘못된 관념에서 비롯된 것입니다. 그런 잘못된 관념을 내던지고 나면 현실을 더욱 명확히 볼 수 있고 매우 구체적인 방식으로 고통에서 벗어날 수 있습니다. 그렇게 현실에 더 가까이 다가설 때 올바른 시각을 갖게 됩니다. 일단 올바른 시각을 갖게 되면, 올바른 생각을 가지고 올바른 말과 행동을 하게 됩니다. 《금강경》의 심오한 명상을 통해서 우리는 두려움도 화도 절망도 없는 경지에 이르게 되며, 이것이 바로 명상가로서 주어진 임무를 다하기 위해서 필요한 힘입니다. 두려움이 사라지면 눈앞에 닥친 문제가 아무리 거대하게 보여도 우리의 에너지가 소진되는 일은 없습니다. 작지만 꾸준히 걸음을 옮기는 법도 알게 됩니다. 환경을 보호하기 위해서 노력하는 이들도 개별적 자아와 인간 존재, 살아 있는 존재와 수명에 대한 그릇된 관념에 대해서 깊이 고찰하고 나면 앞으로 어떻게 행동하고 어떤 사람이 되어야 할지를 깨닫게 됩니다.

어울려 존재함의 통찰력은 자기 안에서 평온함을 찾을 수 있게 해줍니다. 따라서 그릇된 관념을 내던지고 진실의 핵심을 찾아가는 것은 명상가의 임무인 셈이지요.

## 지구와 어울려 존재한다는 것

《금강경》은 우리가 누구인지 다시 생각해보게 만드는 프리즘과 같습니다. 인생이 무엇인지에 대해서 시야를 확장해주고 우리가 보호하려는 지구의 진정한 본질을 고찰하게 해주는 근본적인 방식이 그 안에 담겨 있습니다. 또한 정치와 정책, 뉴스로부터 한 걸음 떨어져서 현실에 대한 시각과 세상을 인식하는 토대를 확인할 수 있는 기회를 가져다주기도 합니다.

이러한 통찰에 대한 명상은 단순히 앉아 있을 때만 가능한 것이 아닙니다. 아침식사를 준비하고 샤워를 하고 거리를 걷고 석양이나 밤하늘을 바라보면서도 어울려 존재함에 대한 통찰력을 가짐으로써 현재의 순간에 오롯이 존재하고 평온함을 유지할 수 있습니다.

《금강경》은 우리가 인생이라는 거미줄에 긴밀하게 엮여 있다는 깊은 깨달음을 얻을 수 있도록 해줍니다. 어울려 존재함에 대한 통찰을 통해 우리는 결코 혼자가 아니고 절대로 무력하지 않으며 우리가 하는 모든 행동이 얼마나 중요한지를 깨달을 수 있습니다. 이는 진정한 평온함의 바탕이 됩니다. 《금강경》은 가족과 친구, 동료들로부터 우리가 동떨어져 존재한다는 잘못된 관념과, 지구와 우리가 분리된 존재라는 관념을 버리도록 도와줍니다. 이러한 가르침은 바로 지금 분명히 실재하는 어울려 존재함을 경험하게 해주고, 평소 우리가 느꼈던 것보다 더 거대한 자신의 정체성을 느낄 수 있도록 해줍니다. 이를 통해 우리는 현실에서 경험하는 고립감이나 온라인상의 가상의 '자아' 혹은 페르소나가 주는 압박감에서 벗어나 자유로움을 느끼며 이 순간 시간과 공간을 넘어서 '우리의 참된 자아'를 경험할 수 있습니다.

《금강경》의 광범위한 관점에서 볼 때 우리는 인간이 특별한 존재라는 '우월 콤플렉스'나 인간은 많은 결점을 타고났다는 '열등 콤플렉스'를 뛰어넘을 수 있습니다. 인간은 우월하지도 열등하지도 않습니다. 이 사실을 깨달을 때 우리는 비로소 겸손과 권위를 모두 얻을 수 있습니다.

《금강경》은 수명이 다한다고 해서 우리의 역할이 끝난다는 생각에서 벗어날 수 있도록 합니다. 시간과 공간을 초월해 어울려 존재함을 느낄 때, 우리는 선조와 후손 그리고 환경적인 이유로 멀리 떨어져 있는 모든 것들과 연결되어 서로의 에너지를 느끼고 서로에게 위안과 지지를 받을 수 있습니다. 자아와 인간 존재, 살아 있는 존재와 수명에 대한 우리 관념을 세밀히 되짚어봄으로써 우리를 옴짝달싹 못하게 만들었던 절망의 감정에서 벗어나 두려움 없고 생명력 넘치는 에너지를 누릴 수 있습니다. 그러면 지난 세대와 미래 세대의 목소리도 들을 수 있을까요? 지금까지 들리지 않았던 우리 시대의 목소리도 들을 수 있을까요? 인간이 아닌 다른 종의 목소리와 지구의 목소리도 들을 수 있을까요?

플럼 빌리지에서 《금강경》 수업을 마치면 타이는 우리를 데리고 나가서 걷기 명상을 하곤 했습니다. 덕분에 우리는 참나무가 가득한 숲속을 따라 질퍽거리는 길을 걸으면서 굽이치는 프랑스의 시골 풍경을 감탄스러운 눈으로 바라볼 수 있었습니다. 때로는 오래된 교회에서 정시를 알리는 종소리가 울리면, 잠시 걸음을 멈추고 하늘과 땅, 선조들 그리고 우리 마음속에 존재하는 온갖 것들과 더불어 호흡을 했습니다. 그 순간 우리는 현재의 순간과 영원함을 동시에 느낄 수 있었습니다.

저 석양을 바라보는 눈동자는 누구의 것입니까? 걸음을 옮기고 있는 발은 누구의 것입니까? 얼마나 여러 세대들이 우리와 함께 걷고 있나요? 수명이란 무엇입니까? 우리의 육신에 온기가 돌기 시작한 것은 언제인가요?

지금으로부터 12년 전에 선종의 승려로 수계를 받은 직후, 어느 날 나는 다른 승려들과 타이의 은둔처에서 신선한 목련의 향기를 흠뻑 느끼고 있었습니다. 잔디에 앉아서 잠시 쉬고 있는데, 타이가 내 옆으로 다가왔습니다. 나는 합장을 하고 고개를 숙여 인사를 했습니다. 타이는 아리송하다는 듯 고개를 갸웃거리면서 이렇게 물었습니다. "당신은 누구입니까?" 나는 충격을 받았습니다. 물론 승려들이 많기는 했어도 나의 법명을 지어주신 분이라 당연히 내 이름을 알고 있을 거라고 생각했기 때문입니다. 나는 희미하게 미소를 지었지만 말문이 턱 막히고 말았습니다. 그러자 타이는 미안한 듯 미소를 짓고 다시 걸음을 옮겼습니다. 그제야 내가 타이의 질문을 제대로 이해하지 못했다는 사실을 깨달았습니다. 그로부터 얼마 후, 명상 강당에서 타이가 다른 승려의 앞에 멈춰 서서 똑같은 질문을 했습니다. "당신은 누구입니까?" "저도 제가 누군지 알지 못합니다!" 그 승려는 바로 대답했고 타이는 짓궂은 미소를 지었습니다. "이것이야말로 스승과 제자 사이의 진정한 소통입니다!" 타이는 이렇게 말하며 기뻐했습니다. 타이는 잘 알지 못하는 마음이야말로 자유롭고 활짝 열려 있으며 무한한 가능성을 향해 깨어 있는 상태라는 사실을 가르쳐주려 했던 겁니다.

어쩌면 우리는 이번 생애에 지구를 구해야 한다는 엄청난 압박감을 느끼고 있는지도 모릅니다. 그리고 그 임무를 절대로 완수하지 못할 거라는 두려움을 느끼고 있을지도 모르겠습니다. 냉혹한 진실이라고 할지도 모르지만, 지구를 한 번 구하는 것으로는 부족할 수도 있습니다. 앞으로 다가올 억겁의 시간 동안 수없이 여러 번 지구를 구해야 할 수도 있습니다. 모두를 위해서 우리가 가진 힘을 다하더라도 지구를 구한다는 것은 어쩌면 불가능한 일인지 모릅니다. 지금 이 순간 지구가 존재한다는 것 자체가 기적입니다. 지구는 억겁의 세월을 견디며 수많은 조건 속에서 다시금 태어났기 때문입니다. 그리고 앞으로 어떤 상황이 닥치더라도 지구는 계속해서 존재할 것입니다. 이런 깨달음을 얻었다는 것은 다행스러운 일입니다. 우리는 생명의 흐름 안에 있고, 이제는 우리 시대가 맞이한 이 순간에 우리의 역할을 다해야 할 차례입니다. 우리가 배운 것을 미래 세대에게 전하기 위해서 뭐든 해야 합니다. 그래야 후손들도 자신의 역할을 할 수 있을 테니까요.

이 책의 2부의 핵심은 타이가 제시하는 과감한 비전을 탐구하는 것입니다. 우리 생애를 넘어서 영원히 지속될 수 있는 완전히 새로우면서도 연민이 가득한 문화를 창조하기 위해서 우리가 어떻게 힘을 더할 수 있는가에 대한 비전 말입니다.

어떤 이들은 자신이 이루고자 하는 꿈에 사로잡히거나 지구에 닥칠 종말론적 '최후'에 대한 두려움의 장막 때문에 미처 앞을 보지 못하고 있을지도 모릅니다. 번뇌와 불안, 슬픔이 가슴과 눈썹, 마음에 깊이 새겨져서 낮에도 시커먼 구름을 드리우고 밤잠을 설치게 만들 수도 있습니다. 우리 시대의 고통이란 바로 이런 것입니다. 어떤 이들은 이렇게 묻습니다. "평생 노력했는데도 아무것도 바뀌는 게 없잖아요?" 또 다른 이들은 이런 질문을 던집니다. "사람은 누구나 죽기 마련이잖아요. 수억 년이 흐른 뒤에 지구와 태양이 충돌할 수도 있대요. 그러니까 그냥 자기가 하고 싶은 걸 하면서 사는 게 낫지 않아요?"

《금강경》의 명상법에서는 개별적 자아와 수명에 대한 관념에 사로잡힌 사람들이 이런 잘못된 인식을 하게 된다고 지적합니다. 어울려 존재함의 통찰력을 갖는다면, 우리가 죽고 난 후에 지구에 무슨 일이 생기든 나와는 상관이 없다는 잘못된 관념을 떨쳐버릴 수 있습니다. 우리의 '자아'가 미래에도 여전히 존재할 것임을 알게 되면, 그저 지구를 위해서 뭔가를 하고 싶다는 말도 더 이상은 하지 못하게 될 겁니다. 그도 그럴 것이 우리는 지구와 어울려 존재하고 있기 때문입니다.

누군가는 어깨를 으쓱하며 비꼬는 투로 말할지도 모릅니다. "그렇다면 인생이 무슨 의미인 건데요?" 그런 식으로 말하는 순간,

우리가 '인생'이 무엇인지 알고 있다는 가정을 하게 되고, 인생의 의미를 이해하는 것이 유일한 문제인 것처럼 치부되고 맙니다. 그렇다면 정말 우리는 인생이 무엇인지 정확히 알고 있나요? 《금강경》에 따르면 인생이란 우리가 생각하는 것 이상입니다. 우리는 모든 순간 지구의 미래를 위해서 우리가 무엇을 할 수 있을지를 스스로 수련할 수 있습니다. 그리고 오늘날 우리가 하는 모든 일을 통해서 우리가 사는 행성의 안녕과 생명력에 이바지할 수 있게 됩니다.

## ○ 아무것도 아닌 존재는 없습니다

부처님은 죽음에 대해서 잠시라도 깊이 숙고하는 것은 매우 값진 일이라고 했습니다. 죽음에 대해서 알게 되면 현실에 더욱 충실해질 수 있기 때문이지요. 젊은 시절 나 역시 "난 아직 젊고 앞으로 살날이 창창한데 왜 죽음에 대해서 생각해야 하지?"라는 생각을 했습니다. 하지만 나중에야 깨달았습니다. 죽음에 대해서 깊이 생각하면 삶을 더욱 값지게 여기게 되고, 살아 있다는 기쁨을 온전히 느낄 수 있다는 것을 말입니다.

아무리 훌륭한 부처나 뛰어난 과학자라고 해도 영원불멸의 영혼을 가진다는 것은 불가능한 일입니다. 모든 것은 필멸하고 계속해서 다른 형태로 세상에 태어나기 때문입니다. 하지만 사람이 죽으면 육신이 썩어서 세상에서 완전히 사라지게 된다는 정반대의 극단적이고 잘못된 관점도 있습니다. 이것이 바로 소멸론입니다. 영원주의의 덫에 빠져도 안 되지만, 그렇다고 해서 죽음 이후에는 모든 것이 완전히 사라진다는 소멸론에 빠져서도 안 됩니다.

자신이 하늘에 떠 있는 구름이라고 상상해보세요. 이것은 하나의 명상의 방식입니다. 자신이 얼음이나 물의 세밀한 결정으로 이루어진 존재라고 생각해보세요. 솜털처럼 가벼워서 떨어지지 않고 하늘에 둥실둥실 떠 있을 수도 있습니다. 그러다 보면 셀 수 없이 많은 작은 결정체들 사이에서 상호작용과 충돌이 발생하고, 그러다 어느 순간 결정체들이 서로 합쳐지면서 우박이나 빗방울이 되어서 땅으로 떨어집니다. 하지만 땅에 채 닿기 전에 뜨거운 기운과 만나서 다시 수증기가 됩니다. 그렇게 떨어지다 올라가고 또다시 떨어지는 순환이 반복됩니다. 구름 속에서 환생에 환생을 거듭하며 윤회를 이어가는 겁니다. 구름이 새로운 삶을 얻기 위해서 반드시 비가 될 필요가 없습니다. 매 순간 새로운 삶을 살고 있으니까요. 하늘에 떠 있는 구름이 모두 똑같은 것처럼 보이겠지만 그건 사실이 아닙니다. 구름은 매우 활동적이고 거대한 에너지로 가득 차 있습니다.

우리 인간도 그와 다르지 않습니다. 언제나 죽었다가 다시 태어나기를 반복하고 있습니다. 그리고 그 모든 순간에 우리는 생각하고 말하고 행동하고 있습니다. 따라서 우리의 행동에는 자신과 세상에 영향을 주는 에너지가 담겨 있습니다. 그것이 우리의 산물입니다. 다시말해, 우리가 만들어내는 빗방울이며 눈이고, 천둥이며 번개인 셈입니다. 불교에서는 우리의 행동을 '카르마karma', 즉 업보라고 합니다. 이는 매우 중요한 용어입니다.

## ○ 당신의 업보는 어떤 모습입니까?

구름인 우리의 일부가 비가 되어 저 아래 굽이치는 강줄기로 떨어진다고 상상해보세요. 나머지 부분은 하늘에 떠 있는 상태에서 나의 연속체가 강물이 되어 흘러가는 모습을 지켜볼 수 있습니다. 구름으로 하늘에 둥실둥실 떠 있는 것도 아름답지만 강줄기가 되어 흐르는 것 역시 아름다운 일입니다. 결국 우리는 하늘과 강, 모든 곳에 존재하는 것이지요. 구름을 예로 들었지만, 인간도 이와 다르지 않습니다.

우리는 자신이 행동한 결과 속에, 사랑하는 이들 속에, 우리가 인식하는 모든 것들 속에 존재하고 있습니다. 바로 이런 식으로 사물을 바라봐야 합니다. 우리는 육체만이 아닌 생각과 말 그리고 행동 등 자신을 세상 속에서 계속 존재하게 하는 모든 것속에 깃들어 있습니다. 이것이 명상이 대단한 이유입니다. 더 훌륭하게 세상에 존재하기 위해 자신이 뭔가 할 수 있다는 것을 깨닫게 하기 때문입니다. 명상을 통해 우리는 말과 생각만이 아니라 연민과 이해와 용서를 위한 행동을 할 수 있고, 그것은 희망과 기쁨의 씨앗이 되기도 합니다.

세상의 모든 일은 우연히 발생한다고 보는 '과학적 관점'도 존재합니다. 영국의 철학자 버트런드 러셀Bertrand Russell은 "원인의 산물은 예측하지 못한 결과에 지나지 않는다. … 출생과 성장, 희망과 두려움, 사랑과 믿음 역시 원자들의 우연한 배열의 결과에 불과하다"라고 말했습니다. 만약 이런 관점을 갖게 되면 지적인 설계로 인한 결과물이란 존재하지 않으며 모든 것이 단지 우연일 뿐이라고 생각하게 될 겁니다.

불교에서는 신이 무언가를 계획하거나 구상했다고 말하지 않습니다. 그저 모든 것의 저변에 존재하며 세상의 모습과 지구의 모습을 결정하는 역동적인 힘에 대해 이야기할 뿐입니다. 그리고 그 힘이 업보이며 행동이라고 말합니다. 지구의 운명은 우리의 행동에 달려 있습니다. 신이 결정하는 것도, 우연의 결과도 아닙니다. 모든 것은 우리의 진심 어린 행동에 달려 있습니다. 과학자들도 별 무리 없이 이를 받아들일 수 있을 겁니다.

불교에서는 행동action에 세 가지 측면이 있다고 생각합니다. 생각thinking과 언행speaking, 그리고 실행acting이 그것입니다. 생각은 에너지를 가지고 있으며 행동으로 이어지고, 세상을 좋은 방향으로든 나쁜 방향으로든 바꾸어놓습니다. 선한 생각은 치유의 힘을 가지고 있어 우리 몸과 주변 환경을 풍요롭게 합니다. 올바른 생각은 세상을 더욱 살기 좋은 곳으로 만드는 반면, 그릇된 생각은 세상을 지옥으로 만들어버립니다. 언행은 긴장을 풀어주고 갈등을 봉합하며 희망을 불러옵니다. 반대로 말 한마디가 희망을 파괴하고 가족의 붕괴를 가져오는 원인이 되기도 합니다. 말에는 엄청난 힘과 에너지가 있습니다. 물리적 행위 역시 자신과 세상을 치유할 수 있는 에너지를 갖고 있습니다. 따라서 우리는 행동을 통해 누군가를 보호하고 아끼며 지원하고 위로할 수 있습니다.

어제의 우리는 미움과 분노의 마음으로 미움과 분노가 담긴 행동을 저질렀을지도 모릅니다. 그리고 오늘 그런 감정의 결과물이 그다지 바람직하지 않은 연속체를 가지고 왔음을 깨닫게 되었습니다. 이를 변화시키기 위해서 우리는 무엇이든 할 수 있습니다. 우선 스스로를 이 순간에 머물게 하면서 자신의 몸과 호흡을 인지합니다. 그리고 어제 자신이 생각하고 행동하고 저질렀던 일이 자신과 다른 이들에게 해악을 끼쳤다는 사실을 마음속으로 떠올려보세요. 그러고 나서 자리에 가만히 앉아서 지금 바로 이곳에서 어제와는 정반대의 생각을 떠올려보는 겁니다. 용서와 연민, 이해가 담긴 생각을 말입니다. 그런 긍정적인 생각이 떠오르는 순간, 과거의 생각과 더해지며 부정적인 면을 곧바로 상쇄해버립니다. 바로 그것이 업보의 전환입니다. 지금 바로 여기서 마음다함을 수련할 때 그 모든 것이 가능합니다.

세상에는 자유의지free wil와 변화의 가능성possibility of transforming, 그리고 개연성probability이 존재합니다. 자유의지란 곧 마음다함을 의미합니다. 마음다함을 통해 우리는 비로소 어떤 생각을 하고, 어떤 말을 하며, 어떤 행동을 할지가 전적으로 자신에게 달려 있다는 것을 깨닫게 되기 때문입니다. 그것이 흡족하다면 계속해서 그런 태도를 이어나가면 됩니다. 그렇지 않다면 얼마든지 방향을 바꿀 수 있습니다.

우리가 만들어내는 모든 생각과 우리가 내뱉는 모든 말, 그 모두가 우리의 몸과 마음, 나아가 주변 환경까지도 변화시킵니다. 이러한 영향력을 바로 '업보'라고 합니다. 따라서 지금 우리가 살고 있는 환경은 그 자체로 우리 자신이며, 우리 행동의 결과물인 셈입니다. 지금까지 우리는 주변 환경을 파괴하고 수많은 종을 멸종시키는 방식으로 살아왔는지도 모릅니다. 결국은 그것도 우리의 업보인 셈입니다.

우리는 우리의 몸과 마음, 환경에 대해서 책임감을 느껴야합니다. 주변 환경은 다름 아닌 우리 자신이니까요. 나무 한 그루를 보면서도 그것이 나와는 다른 존재라고 생각해서는 안 됩니다. 그 나무가 바로 자기 자신입니다. 자신이 하는 생각과 말, 행동의 산물로 만들어진 에너지는 절대로 사라지지 않습니다. 마음다함과 연민, 이해를 통해서 미래의 자신과 세상을 위한 더 나은 업보를 만들어나갈 수 있다는 걸 기억하세요.

## ○ 고통에서 벗어나는 길

9.11 사태 이후 미국은 하루하루 격정적인 분위기에 싸여 있었습니다. 아직도 그때의 기억이 생생합니다. 나는 캘리포니아에 머물고 있었는데, 당시 미국인들은 엄청난 고통과 두려움, 분노를 느끼고 있었습니다. 삶 자체가 그대로 멈춰버린 것 같았습니다. 나는 강연을 위해서 먼저 뉴욕으로 갔다가 다시 이스트 코스트로 가서 피정을 이끌기로 되어 있었습니다. 뉴욕으로 향하는 비행기 안에서 본 사람들의 얼굴에는 두려움과 불신이 가득했습니다. 조종사는 가벼운 농담으로 승객들의 긴장과 불안을 풀어보려고 노력했지만, 그의 농담에 웃음을 보이는 사람은 아무도 없었습니다.

9월 25일, 리버사이드 교회에서 첫 강연이 예정되어 있었습니다. 강연 전날 밤 공동체의 형제자매는 물론이고 젊은 승려들과 여승들이 나의 주변에 둘러앉았습니다. 우리는 미국이 증오와 두려움, 분노로 가득 차 있다는 사실에 대해서 이런저런 이야기를 나누었습니다. 미국 정부에서는 언제든 테러 가담자를 처벌할 기세였고, 그 와중에 나는 비행동$^{non-action}$과 평온함, 멈춤과 비폭력을 옹호하는 강연을 해야 하는 상황이었습니다. 만에 하나 강연 중에 누군가 분노를 참지 못하고 나를 공격하거나 총격을 퍼부을 수도 있다는 우려가 제기되기도 했습니다. 매우 위험천만한 상황인 만큼 모두 나의 안전에 대해서 걱정했습니다.

그때 나는 그들에게 말했습니다. 불교의 진리인 다르마에 대해 강연을 하다가 죽더라도 나라는 존재는 스승으로서 언제나 그들 곁에 있을 것이라고요. 반대로 용기가 부족해서 내가 가진 통찰력과 연민을 다른 이들과 함께 나눌 수 있는 자리를 외면한다면, 비록 몸은 살아 있더라도 훌륭한 스승으로서의 나는 사라지는 것과 다름없다고 했습니다.

우리는 계획했던 대로 강연을 했습니다. 너무나 많은 사람이 몰려서 교회에 자리가 부족할 정도였습니다. 2시간 30분 정도 모두 하나가 되어 나의 말을 귀 기울여 듣고, 다 함께 마음다함의 호흡을 했습니다. 그 후에 나는 교회에 모인 사람들의 얼굴을 보며 심오한 변화가 일어났음을 알 수 있었습니다. 그들은 처음 교회에 도착했을 때보다 훨씬 편해 보였습니다. 안도감을 느끼며 고통도 많이 사라진 것 같았습니다. 다른 이들이 고통에서 벗어날 수 있도록 도우려면, 자신에게 먼저 고통에서 벗어나는 선물을 주어야 합니다.

## ○ 절대적 진리와 관습적 진리

불교에서는 관습적이고 역사적인 진리, 즉 속제俗諦, conventional truth와 절대적인 진리인 진제眞諦, ultimate truth라는 두 가지의 진리가 있다고 말합니다. 관습적인 진리는 마음과 물질을, 아들과 아버지를, 인간과 다른 종을, 살아 있는 것과 죽은 것을 서로 구분합니다. 하지만 절대적 진리에서는 그런 구분 자체가 불가능합니다. 절대적 진리는 개별적 자아, 개별적인 종, 심지어 '생'과 '사'라는 개념조차 초월하는 것이기 때문입니다. 절대적 진리에서는 '죽음' 같은 것은 없으며, 오직 생명의 흐름인 연속체만이 존재합니다.

그렇지만 절대적 진리는 관습적 진리와 동떨어진 것이 아닙니다. 관습적인 진리의 이면으로 깊숙이 들어가면 절대적 진리에 닿을 수 있습니다. 이런 개념을 구름에 적용해서 생각해볼 수 있습니다. 구름을 피상적으로 바라보면, 구름을 존재와 존재하지 않음으로만 바라보게 됩니다. 이 구름과 저 구름이 다르다고 여기는 겁니다. 차별적인 마음으로 구름을 바라보면, 그저 구름의 현상적인 측면을 보는 것에 불과합니다. 그건 관습적인 진리의 영역에 머물러 있는 것과 같습니다. 하지만 마음다함과 집중력을 더해서 구름을 더욱 자세히 들여다보면, 똑같은 구름을 봐도 그것이 생과 사, 존재와 비존재로부터 자유롭다는 사실을 깨닫게 되고, 비로소 구름의 절대적인 진리에 닿을 수 있습니다. 그러면 진정한 본질에 닿기 위해서 구름을 내던지지 않아도 되겠지요.

두 가지 진리 사이에 갈등은 존재하지 않습니다. 두 개의 진리 모두 유용하기 때문입니다. 관습적인 진리에 대한 지식은 기술과 일상생활에서 실용적으로 활용할 수 있습니다. 신분증이나 여권을 만들기 위해서는 출생증명서가 필요합니다. 그게 없다면 어디든 자유롭게 다닐 수 없을 테니까요. "나는 태어남도 죽음도 없는 자연에서 태어난 몸이야. 그러니까 출생증명서 따위는 필요 없어!"라고 말할 수는 없습니다. 누군가 세상을 떠나면, 그 사실을 신고해야만 합니다. "그 사람은 죽지 않았어. 그러니까 사망신고 따위는 할 필요가 없어!"라고 말할 수도 없습니다.

불교에서는 '현상과 본질에 관한 개별적인 연구the separate investigation of phenomena and noumena'라는 원칙에 따라 현실을 탐구하곤 합니다. 이는 고전 과학과 현대 과학의 차이와 흡사하다고 볼 수 있습니다. 고전 과학의 방법을 양자 물리학에 적용할 수는 없습니다. 이와 마찬가지로 절대적 진리에 더욱 가까이 다가가며 모든 차별과 그릇된 시각으로부터 자유로워지기 위해서는 현상의 세계를 살펴볼 때 사용하던 모든 단어들과 개념, 생각들을 내려놓아야 합니다. 이러한 태도는 매우 중요합니다.

마음다함을 통해 우리는 무엇이 관습적 진리이고, 무엇이 절대적 진리인지를 알 수 있습니다. 또한 어느 쪽에도 얽매이지 않고 두 가지의 진리 모두를 받아들이며 자유로워질 수 있습니다. 그러므로 우리는 하나의 진리가 다른 것보다 더 낫다고 주장할 수 없습니다. 또한 하나의 진리만이 유일한 것이라고 할 수도 없습니다.

## ○ 두려움에 맞서는 법

부처님은 두려움의 본질을 똑바로 깊이 바라보고 당당히 맞서라고 가르칩니다. 대부분의 사람들은 죽음과 질병, 늙음과 소외됨을 두려워하고 있습니다. 우리가 소중하게 여기고 사랑하는 것들을 잃게 될까 봐 두려워합니다. 하지만 많은 사람들이 깊은 두려움을 느끼면서도 그로 인해 고통받고 있다는 사실조차 알지 못합니다. 정말 일 때문에 바빠서가 아니라, 그저 고통을 건드리고 싶지 않다는 이유로 바쁘다는 핑계를 대면서 고통의 속내를 감추면서 살아가지요. 따라서 내 안에 고통이 있음을 알아차리고 그것을 포용하기 위해서 우리는 무엇이든 해야 합니다.

무작정 두려움을 등지고 도망칠 것이 아니라, 두려움을 알아차리고 껴안고 그 뿌리가 무엇인지 깊숙이 들여다봐야 합니다. 불교에서는 우리 안의 두려움에 맞서고 이를 변화시키기 위해서 다음의 '다섯 가지 명제Five Remembrance'를 암송하며 명상을 합니다. 마음을 다해 호흡을 천천히 깊게 들이마시고 내쉬면서 '다섯 가지 명제'를 암송하면서 평온을 얻을 수 있습니다.

1. 나는 늙도록 태어났다. 늙음을 피할 수 없다.
2. 나는 아프도록 태어났다. 병을 피할 수 없다.
3. 나는 죽도록 태어났다. 죽음을 피할 수 없다.
4. 나에게 귀중한 모든 것과
   내가 사랑하는 모든 사람은 변하도록 태어났다.
   그들과 헤어짐을 피할 길은 없다.

## 5. 내 행동과 말, 마음은 스스로 행한 것이다.
### 내 행동은 나의 연속체이다.

문명의 삶은 인간 존재의 삶과 유사합니다. 외면만 놓고 보면, 문명 역시 일정 기간 동안 계속되다가 어느 날 사라지는 법이니까요. 지금까지 수많은 문명이 자취를 감추었고, 우리의 문명 또한 다르지 않을 겁니다. 지금처럼 계속해서 산림을 파괴하고 수질과 대기를 오염시킨다면, 재앙을 피할 수 없습니다. 엄청난 자연재해와 홍수 그리고 새로운 질병으로 인해 수백만 명의 목숨이 세상에서 사라지게 될 겁니다.

지금과 같은 방식으로 계속 살아간다면 우리 문명은 예상했던 결말을 맞을 수밖에 없습니다. 이런 깊은 진리에 대한 깨달음을 바탕으로 우리는 삶의 방식을 변화시킬 수 있는 통찰력과 에너지를 얻을 수 있습니다.

인류를 포함해 지구상의 많은 종이 멸종될 수 있다는 사실을 인정해야 합니다. 물론 인류가 지구상에서 사라진다고 해도 또 다른 모습으로 나타날 겁니다. 우리는 대지의 인내심과 차별 없고 무조건적인 사랑으로부터 배워야 합니다. 지구는 그 자체로 새롭게 태어날 수 있고, 스스로를 변화시키고 치유할 수 있으며, 더 나아가 우리를 치유해줄 수도 있습니다. 그건 명백한 사실입니다. 지질학적 시각으로 시간을 바라보면 100년이라는 시간은 아무것도 아닙니다. 현재의 순간으로 더욱 깊이 들어갈 때 우리는 영겁의 시간 전체를 껴안을 수 있게 됩니다.

## ○ 나가기 위해서는 들어와야 합니다

진리를 마주하고 현실을 있는 그대로 수용할 때, 우리는 비로소 돌파구를 찾고 평화를 얻을 수 있습니다. 진리는 매우 명백합니다. 하지만 진리에 맞서면서 두려움과 분노, 절망이 우리를 압도하도록 방관한다면, 우리는 평화를 누릴 수 없고 자유로움과 명백함의 도움도 얻지 못할 것입니다. 우리 모두가 두려움에 사로잡힌다면, 결국 우리 문명은 더 빠른 속도로 종말을 향해 치닫게 될 겁니다.

나가기 위해서는 들어와야 합니다. 자신의 내면으로 돌아가서 깊은 두려움을 마주하고 문명의 무상함을 받아들여야 합니다. 이러한 수련을 통해서 우리는 지금 이 순간 두려움과 슬픔을 해결할 수 있습니다. 또한 우리의 통찰과 깨우침은 연민과 평화를 가져올 것입니다. 그렇지 않으면 질병과 절망, 부정적인 마음에서 절대 헤어 나올 수 없습니다. 현실을 직면하면서도 평화를 유지할 수 있을 때, 비로소 기회가 찾아옵니다.

현재를 제대로 바라볼 수 있을 때 미래를 내다볼 수 있습니다. 하지만 모든 것은 영원하지 않습니다. 인류애도 변하기 마련입니다. 그리고 가장 먼저 우리 스스로가 변해야 합니다. 최선을 다한다면 이미 엄청난 평화를 얻는 것이나 다름없습니다. 지구의 미래가 오직 한 사람의 어깨에 달린 것은 아니지만, 우리는 이미 자신의 역할을 하고 있습니다. 그것이 바로 우리가 평온함을 얻을 수 있는 이유입니다.

사실 우리는 이미 기술적 해결책을 충분히 가지고 있습니다. 하지만 두려움과 분노, 분열 그리고 폭력에 지나치게 사로잡힌 나머지 그 해결책을 충분히 활용하지 못하고 있습니다. 우리에게 닥친 문제들을 최우선에 두지 않고 있습니다. 시간과 자원을 투자하지도 않고 서로 협력하지도 않습니다. 거대한 권력은 지금도 엄청난 자본을 새로운 에너지 자원의 개발이 아니라 무기 생산에 투자하고 있습니다. 많은 나라들이 무기를 필요로 하는 이유는 무엇일까요? 그것은 두려움 때문입니다. 그러므로 개개인의 두려움은 물론이고 집단의 두려움에도 변화가 필요합니다.

문제는 인간이 가진 두려움입니다. 그것이 우리에게 영적인 면이 필요한 이유입니다. 평온함과 포용, 자애와 두려움 없는 마음으로부터 에너지를 얻을 수 있다면, 자신이 처한 상황 속에서 두려움을 떨쳐내고 유대감을 이끌어낼 수 있습니다. 기술력만으로 문제를 해결할 수는 없습니다. 이해와 연민, 유대감을 통해서만 지금 우리가 처한 문제를 해결할 수 있습니다.

우리의 영적인 삶과 마음다함의 에너지, 집중력과 통찰력은 평화의 에너지, 평온함, 포괄성과 연민의 에너지를 불러일으킬 수 있습니다. 그것이 없이는 우리의 지구에 기회는 없습니다. 그러니 부디 앉기 명상과 걷기 명상, 사색을 통해서 평화와 수용, 두려움 없는 통찰력을 깊숙이 들여다보세요. 지금 우리에게는 진정한 통찰력이 필요합니다. 우리의 평화와 힘, 그리고 깨달음은 우리 모두를 하나가 되게 만들고, 우리 각자가 지구의 재앙을 피하기 위해 제 역할을 하도록 도울 것이며, 나아가 지구를 구하는 것에 이바지하도록 해줄 것입니다.

## 깨달음, 뱀을 잡는 기술

불교에서는 불교의 가르침을 실제에 적용하기 위해서는 뱀을 잡을 때와 같은 기술이 필요하다고 합니다. 뱀을 잘못 붙잡았다가는 오히려 뱀에게 물릴 수도 있기 때문입니다. 지금까지 살펴본 두 가지의 진리를 포함해 자기 자신과 우리 문명의 무상함에 대한 가르침도 마찬가지입니다.

우리 삶이나 문명의 최후를 깊이 생각하다 보면 절망과 무력함에 사로잡혀 잘못된 방향으로 마음이 휩쓸릴 수도 있습니다. 그 최후의 모습을 마음속으로 떠올려보면 충격을 받을 수 있고, 저항하고 싶거나 눈물이 흐르고 심지어 화가 나거나 짜증이 날 수도 있습니다. 그러나 궁극적으로 우리의 의도는 현실에서 새로운 지평과 가능성을 열어줄 것입니다. 그것이 바로 타이가 말한 평화로 가는 길입니다.

앞서 소개했던 다섯 가지 명제를 잠자리에 들기 전에 습관처럼 암송하는 것은 큰 힘이 됩니다. 고요히 그 문장들을 떠올리면서 천천히 호흡을 하고 문장 하나하나를 차근차근 내 안으로 받아들이는 연습을 해보세요. 단어 하나하나를 귀한 보석처럼 받아들여보세요. 나는 병들 것이고, 늙을 것이며, 죽게 될 것이고, 결국에는 사랑하는 것들과 이별하게 될 것입니다. 오늘날까지 자신이 가진 모든 것을 소중히 여기고 내가 사랑하는 것들을 아끼면서 살아왔나요? 내일부터는 어떻게 살아야 할까요? 가장 소중한 것은 무엇입니까?

앞서 우리는 두 가지 진리 사이의 명백한 차이점에 대해서 살펴보았습니다. 다섯 가지 명제에서는 죽음이란 존재한다고 말하는 반면, 《금강경》의 네 가지 가르침에서는 삶이란 시간과 공간을 뛰어넘어 어떤 제약도 없이 이어지며 죽음이란 없다고 말하는 듯합니다. 하지만 앞서 살펴보았듯이, 심오한 불교 교리에 따르면 두 가지의 진리는 동시에 존재하며, 관습적 진리를 깊이 고찰할 때 비로소 절대적 진리에 닿을 수 있습니다. 결국 하나의 진리를 통해 다른 진리에 닿게 되는 것입니다.

어울려 존재함과 살아오면서 자신이 한 행동의 결과인 카르마(업보)의 힘을 깊이 생각하다 보면, 시야가 서서히 확장되며 형체와 외향을 뛰어넘어 궁극적 진리에 도달할 수 있게 됩니다. 이런 과정을 통해서 우리는 자신의 행동, 언행, 마음의 영향력은 물론이고 그것이 생각보다 더 큰 반향을 불러일으킬 수 있음을 깨닫게 됩니다. 또한 우리가 말하고 생각하고 행동에 옮기는 모든 것들이 중요하며, 그것이 가져올 결과를 세심하게 살펴봐야 하는 이유를 깨달을 수 있습니다.

우리 문명의 최후에 대해 고찰하는 것은 쉬운 일이 아닙니다. 왜냐하면 우리는 문명을 다른 모든 것들과 어울려 존재하는 영속할 수 없는 것으로 생각하기보다는 완벽하게 독립적인 하나의 개체로 생각하는 경향이 있기 때문입니다. 그럴 때는 거대한 얼음덩어리였던 빙하 시기의 지구를, 공룡이 활보하던 과거의 지구를 떠올려보세요. 우리는 지구가 실로 여러 모습을 가지고 있었음을 알고 있습니다. 그렇다면 인류가 결국 실패하리라는 사실을 어떻게 받아들일 수 있을까요? 지금까지 달려왔던 방향으로 계속해서 나아간다면 의심할 여지없이 우리는 실패할 것임을 알고 있지 않습니까? 변화시켜야 한다는 것을 알면서도 어떻게 그것을 그대로 받아들일 수 있을까요? 그러다 보면 패배주의자가 된 것 같은 기분이 들 수도 있습니다. 따라서 우리는 실패를 용납하지 않으려고 애쓰면서 부정적인 생각에 굴복하지 않겠다고 다짐해야 합니다. 그것이 이번 장을 읽고서 첫 번째로 우리가 해야 하는 일입니다. 그리고 냉혹한 현실을 진심으로 받아들이고 우리 존재의 깊숙한 곳으로 들어가서 서로 조화를 이루는 것이 두 번째로 해야 할 일입니다. 어쩌면 겁이 나서 시도조차 하기 힘들 수도 있습니다.

타이는 두려워하지 말고 시도해보라며 이렇게 말합니다. "진리를 마주보고 현실을 있는 그대로 받아들일 때, 우리는 돌파구를 찾고 평화를 얻을 수 있습니다." 온전한 평화와 자유 그리고 명확함이 자연스럽게 피어날 때, 우리는 상황을 변화시킬 수 있는 에너지를 얻을 수 있습니다. 마음이 평화롭고 모든 것을 수용할 수 있을 때 우리는 더는 잃을 것이 없다는 것을 깨닫게 되고 지구를 위해서 뭐든 해야겠다는 용기를 갖게 됩니다. 업보에 대한 가르침으로 모든 것을 비춰보면, 지금 우리가 말하고 행동하고 생각하는 모든 것이 다음 순간에는 변화를 만들고, 오늘 밤, 내일 그리고 다음 세대에도 영향을 미친다는 사실을 알게 될 겁니다.

지금과 같은 상실과 절망과 위기의 순간 속에 상황은 더욱 척박해지고 감정이 점점 거칠어지지만 우리는 수련을 통해서 우리가 배운 근본적인 통찰력을 일상의 행동 속에 실천할 수 있습니다. 지금 우리는 자신은 물론이고 우리의 행동을 지탱해줄 이해심과 연민의 에너지가 어느 때보다 필요합니다. 만약 또 다른 문제가 발생하면 우리는 어떻게 필요한 사랑을 만들어낼 수 있을까요? 그리고 아낌없이 내주면서도 에너지를 소진하지 않으려면 어떻게 해야 할까요?


## ○ 고통을 마주할 용기

지구를 구하고 정의를 구현하려 애쓰고 인권과 평화를 위해 노력하고 싶어도, 먼저 기본적 욕구가 충족되지 못한 상태에서는 어떤 것도 할 수가 없습니다. 우리의 깊은 욕구는 단지 먹고, 잠을 잘 수 있는 집을 사고, 사랑할 상대를 구하는 것에서 그치지 않습니다. 나는 모든 것을 가지고도 여전히 깊은 고통에 빠져 있는 사람들을 많이 봤습니다. 부유한 사람도 여전히 고통을 겪고 있고, 권력이나 명성을 가진 사람도 깊은 고통을 느끼고 있습니다. 우리에게는 물질적인 것 이상이 필요합니다.

우리에게는 사랑이 필요합니다. 이해가 필요하지요.

아무도 자신을 이해하지 못한다고 느끼며 "딱 한 사람이라도 나를 진정으로 이해해준다면 기분이 훨씬 나아질 텐데"라고 말할지도 모릅니다. 하지만 아직 자신의 고통과 어려움, 진정한 꿈을 진심으로 이해해줄 사람을 아직 찾지 못한 것뿐입니다. 우리에게 가장 필요한 것은 이해와 사랑입니다.

더불어 내면 깊은 곳의 평화도 필요합니다. 그것이 없다면 길을 잃은 것과 다름없습니다. 마음의 평화가 있다면 앞으로 나아갈 길을 명확하고 차분하게 바라볼 수 있습니다. 내면의 평화는 아주 기본적인 욕구입니다. 그것이 없다면 다른 사람들을 도울 수도 없습니다.

그러므로 우리에게는 평화와 이해, 사랑이 필요합니다. 하지만 이것들은 슈퍼마켓이나 온라인 쇼핑몰에서 쉽게 얻을 수 있는 것이 아닙니다. 그렇다면 문제는 '평화와 이해, 사랑의 에너지를 어떻게 창조할 수 있을까?'일 것입니다. 이는 명상을 통해서 가능합니다. 그리고 그것은 아주 시급한 과제이기도 합니다. 우리는 명상을 통해 어떤 상황에서도 평화와 이해, 연민의 감정을 불러일으키는 법을 배울 수 있습니다.

사랑은 몸과 마음을 정성껏 살피는 것에서 시작됩니다. 우리는 누구나 몸과 마음속에 고통과 통증을 느끼며 살아가고 있으며 지금 당장 사랑이 필요합니다. 몸과 마음에 오래 묵은 고통이 자리 잡은 사람도 있을 겁니다. 부모님이나 선조로부터 혹은 우리 일상에서 서서히 축적되어온 고통을 끌어안고 있을 수도 있습니다. 따라서 그 고통을 알아차리고 변화를 가져올 수 있는 방법을 찾아야 합니다. 그래야 그 묵은 고통을 미래 세대에게 물려주지 않을 수 있습니다.

우리는 모두 자신의 고통에서 많은 것을 배웁니다. 고통을 즐거움과 행복, 나아가 사랑으로 바꿀 수 있는 방법은 언제나 있기 마련입니다. 다만 내 안의 고통과 마주할 용기가 필요할 뿐입니다. 그래야만 명확성과 연민을 가지고 세상을 구하는 데 힘을 보탤 수 있습니다.

## ○ 빛 안에 머문다는 것

'요기yogi'는 두려움과 고통스러운 기분과 감정을 어떻게 다루어야 할지를 잘 아는 요가 수행자를 뜻합니다. 그들은 자신의 감정을 다스리는 방법을 잘 알기에 스스로 피해자라고 느끼지 않습니다.

우리는 마음속의 고통에 귀를 기울이고 그것을 온전히 느껴야 합니다. 호흡을 깊이 들이마시고 내쉬면서, 내가 느끼는 고통의 원인이 무엇이며, 그 고통이 어디에서 비롯된 것인지 생각해보세요. 그 고통과 두려움은 부모님과 선조, 그리고 지구로부터 기인한 것일지도 모릅니다. 우리 시대, 우리가 속한 공동체나 사회, 국가로부터 시작된 고통일 수도 있습니다. 중요한 것은 그 고통을 음악이나 영화, 컴퓨터 게임으로 감추려 하지 않는 것입니다. 용기를 내어 스스로 집으로 돌아가서 고통의 깊은 내면을 들여다보고 느끼는 것이 명상을 하는 사람이 해야 할 가장 중요한 일이기도 합니다.

명상을 통해 호흡을 하면서 "안녕, 나의 두려움, 나의 분노, 나의 절망아. 내가 잘 보살펴줄게"라고 말하세요. 두려움과 분노와 절망의 감정을 느끼는 순간, 사랑과 애정을 담아 그 감정에 미소를 지으며 마음다함의 태도로 두려움을 껴안는다면 모든 것이 변하기 시작할 겁니다. 그것이 마음다함의 기적입니다. 그것은 마치 환한 아침 햇살이 연꽃을 비추는 것과 같습니다. 아침의 연꽃 봉우리는 굳게 닫혀 있지만, 햇살이 내리쬐고 광자가 봉우리를 관통하면 한두 시간 내로 따스한 햇볕을 받은 봉우리가 활짝 열리면서 꽃이 피어납니다.

　우리는 온 마음을 다해 앉아 있고, 걷고, 호흡을 함으로써 마음다함의 에너지를 얻을 수 있습니다. 그 에너지를 가지고 따스한 햇볕이 꽃을 끌어안듯이 부드럽게 두려움을 껴안아주세요. 두 종류의 에너지가 서로 만나는 순간 변화와 변형이 시작됩니다. 부드러움의 에너지는 두려움과 분노, 절망을 관통합니다. 우리는 그저 상처받은 어린아이를 다루듯이 부정적인 감정을 소중히 어루만져주기만 하면 됩니다.

　감정이 과도하게 격해지면 스스로 그것을 느낄 수 있을 겁니다. 그럴 때는 안정된 자세로 앉아서 지속적으로 숨을 들이쉬고 내쉬면서 감정에 휩쓸리지 않도록 자신을 견고하게 지탱해야 합니다. 자리에 눕거나 앉아서 배꼽 아래에 있는 단전에 힘을 주거나 양손을 단전에 올린 채로 최대한 마음을 집중해보세요. 숨을 들이마시고 내쉬면서 복부가 팽창했다가 줄어드는 것에 완전히 집중하면, 헛된 잡념이 떠오르는 것을 멈출 수 있습니다. 이렇듯 호흡을 통해 생각을 멈추는 것이 가장 중요합니다. 꼬리에 꼬리를 무는 생각에 휩쓸리다 보면 절망과 두려움에 휩쓸릴 수 있기 때문입니다. 두려워하지 마세요. 격한 감정의 파도는 폭풍우와 같아서 시간이 지나면 언젠가 사라지기 마련이니까요. 여섯, 일곱, 여덟, 열을 세면서 계속해서 호흡을 하고, 그렇게 아무 생각도 하지 말고 호흡에만 집중해보세요. 그러면 평온함이 찾아올 겁니다.

## ○ 폭풍우를 이긴 명상의 힘

1976년, 나는 불교 평화 운동에 참여한 동료 그리고 친구들과 함께 베트남을 탈출한 난민들을 돕기 위해서 구제 활동을 시작했습니다. 우리는 싱가포르에서 비밀리에 커다란 배 세 척을 빌려서 망망대해를 떠돌고 있는 난민들을 구출해서 몰래 다른 나라로 망명할 수 있도록 도울 계획이었습니다. 당시 정부에서는 난민들이 바다를 떠돌다가 죽어도 개의치 않았고 심지어 조그만 배들을 먼 망망대해로 밀어내기까지 했습니다. 결국 난민을 돕기 위해서는 법을 어기는 것 말고는 다른 도리가 없는 지경이 되었습니다. 한번은 시암만에서 거의 800명에 달하는 난민들을 구출한 적도 있었습니다. 하지만 말레이시아 정부에서는 말레이시아 해역에 난민을 태운 배가 들어오는 것을 허락하지 않았습니다. 난민들을 태운 배가 공해상을 떠돌던 며칠 동안에도 우리는 앉기 명상과 걷기 명상을 수련했고, 묵언 식사와 수행을 계속했습니다. 그런 수행이라도 하지 않는다면, 우리 임무는 실패할 것이 불 보듯 뻔했기 때문입니다. 수없이 많은 이들의 생명이 우리의 마음다함의 수행에 달린 셈이었습니다.

하지만 난민들을 받아줄 국가를 찾아 안전하게 해안가에 도달할 방도를 구하는 사이에 우리의 비밀 계획이 외부로 노출되고 말았습니다. 결국 새벽 2시에 싱가포르 경비대가 찾아와서 내가 가지고 있던 여행증명서를 압수하고 24시간 내로 출국하라는 명령을 내렸습니다. 배 위에 있는 수백 명의 난민들의 안전이 보장되지 못한 상태였고, 그들에게는 식수와 먹을거리도 충분하지 않은 상황이었습니다. 말 그대로 그 사람들의 목숨이 우리의 손에 달려 있었습니다. 여전히 파도는 높고 거칠게 몰아쳤고 심지어 배 한 척은 엔진까지 고장이 난 상황이었습니다. 이제 우리는 어떻게 해야 할까요?

나는 깊이 호흡을 해야 했습니다. 상황은 최악이었습니다. 24시간 내로 싱가포르를 떠나야 하는데 아직 해결해야 할 많은 문제가 남아 있었습니다. 그 순간 나는 '평화를 원한다면 당장 평화를 구해야 한다'라는 언행을 수련해야 한다는 것을 깨달았습니다. 그야말로 충분한 평화가 필요한 순간이었습니다. 그 순간에 평화를 얻지 못한다면 이후로는 절대로 평화를 얻을 수 없다는 것을 알 수 있었습니다. 이처럼 위험천만한 상황 속에서도 우리는 평화를 얻을 수 있습니다. 그날 밤, 마음다함의 자세로 앉기 명상과 걷기 명상과 호흡을 했던 순간들은 아직도 잊히지 않고 머릿속에 그대로 남아 있습니다.

새벽 4시 무렵 마침내 머릿속에 뭔가 떠올랐습니다. 비밀리에 우리를 지원해주던 프랑스 대사관에 도움을 청해야겠다는 통찰이었습니다. 우선 싱가포르 정부쪽에 열흘 동안 체류 기간을 연장해줄 것을 요청해야겠다고 생각했습니다. 열흘 정도면 난민들의 안전을 지킬 방법을 찾을 수 있는 시간이었으니까요. 프랑스 대사관에서는 흔쾌히 돕겠다는 연락을 해왔고, 마지막 순간 출입국관리소로부터 승인이 떨어졌습니다. 만약 마음다함의 자세로 호흡을 하며 걷기 수련을 하지 않았다면, 고통의 파도에 압도된 채 한 걸음도 앞으로 나아가지 못했을 겁니다. 마침내 우리는 난민들이 탄 배에 보내줄 식량을 구할 수 있었습니다. 비록 그 후로 난민들을 육지에 데려가기까지 수개월이 걸렸고, 수년이 지나서야 난민 캠프에 체류할 수 있는 허가를 받고 마침내 생명을 구할 수 있었지만 말이에요.


## ○ 진흙이 없으면 연꽃도 없습니다

고통과 행복 사이의 깊은 관계는 마치 진흙과 연꽃의 관계와도 같습니다. 자신이 느끼는 고통에 찬찬히 귀를 기울이며 그 진실한 내면을 들여다보면, 연꽃과 같이 이해심이 피어나게 되니까요. 이해심이 생기면 연민도 싹을 틔우기 마련입니다. 이를 '연민의 역학the mechanics of compassion'이라고 부를 수 있을 겁니다. 고통을 잘 활용하면 더욱 긍정적인 기운, 즉 연민을 이끌어낼 수 있습니다. 진흙이 없으면 연꽃도 피어날 수 없으며, 진흙 속에서 아름다운 연꽃이 피어나는 것과 같은 이치입니다. 그와 마찬가지로 고통이 없이는 행복이나 연민도 느낄 수 없습니다.

고통에 대해서 우리는 두 가지 잘못된 시각을 가지고 있습니다. 첫째는 고통을 느끼는 순간에는 오직 고통만이 있다고 생각하는 것입니다. 자신의 인생 전부가 고통스럽고 끔찍하다고만 느끼는 것이지요. 두 번째는 모든 고통을 없애야만 행복할 수 있다고 생각하는 겁니다. 그 역시 사실이 아닙니다. 많은 것들이 우리를 불행하게 하지만, 그 속에는 행복도 담겨 있습니다. 예를 들어, 기쁜 마음으로 앉기 명상을 한다고 해서 고통에서 완전히 벗어난 상태가 되는 것은 아닙니다. 우리 모두는 어느 정도의 고통

속에 있습니다. 다만 그 고통을 어떻게 다루어야 하는지 아는 것
과 모르는 것 사이에 차이가 있을 뿐입니다.

　마음을 아프게 하는 것들을 100퍼센트 제거해야만 비로소
행복해질 수 있다고 생각해서는 안 됩니다. 그건 불가능합니다.
부처는 깨우침과 통찰, 즐거움과 행복을 모두 얻은 상태이니 부
처가 되면 더 이상 수련을 하지 않아도 된다고 생각할 수 있습니
다. 하지만 깨우침도 통찰도 행복도 모두 무상한 것입니다. 부처
도 깨우침과 통찰, 행복의 감정을 계속 가꾸기 위해서는 고통이
라는 감정을 사용하여 수련을 계속 해나가야 합니다. 그것은 마
치 연꽃이 계속 꽃을 피우기 위해서는 자양분을 공급해줄 진흙
속에 서 있어야 하는 것과 같습니다. 우리 내면의 고통을 감지하
고 이를 껴안아서 변화시키려고 노력할 때, 진정한 깨달음과 통
찰력, 연민의 감정을 가질 수 있습니다.

　언젠가 제자가 스승에게 이렇게 물었습니다. "열반에 이르
려면 어떻게 해야 합니까?" 그러자 스승이 말했습니다. "열반에
이르는 길은 윤회의 중심에 있다!" 행복과 깨달음과 통찰을 얻기
위해서는 두려움과 절망과 불안이라는 고통을 잘 활용해야 합니
다. 고통을 이용해 행복을 만들어내는 과정이 바로 수련입니다.
고통과 행복은 어울려 존재하며, 고통 없이는 행복도 존재할 수
없습니다. 우리는 고통을 마주하고 이를 행복과 연민으로 바꾸
기 위한 방법을 찾아야 합니다. 마치 넘어진 자리에서 바닥을 짚
고 일어나야 하는 것처럼 말입니다.

　그렇다면 모든 것이 최악의 상황인 것처럼 느껴질 때 어떻
게 최선의 길을 찾아낼 수 있을까요? 이것은 정말 어려운 질문입

니다. 하지만 시간만 충분하다면, 누구나 모든 것에서 긍정적인 면을 찾을 수 있다고 믿습니다. 만약 아직 길을 찾지 못했다면 깊이 살필 충분한 시간을 갖지 못했기 때문입니다. 명상의 수련이란 무언가를 이해하기 위해서 충분한 시간을 쏟아 가만히 관찰하는 것과 같기 때문입니다.

1966년에 평화 운동을 위해 베트남을 떠날 때만 해도 3개월 후에는 다시 고향에 돌아갈 계획이었습니다. 내가 하는 일은 물론이고 친구들 모두가 베트남에 있었으니까요. 내가 하고 싶은 일과 그 일을 함께 하고 싶은 모든 이들이 베트남에 있었습니다. 하지만 평화 운동에 나섰다는 이유로 나는 고국에서 추방되었고, 힘든 시간을 보냈습니다. 선종의 지도자로서 수많은 제자를 거느렸지만, 마흔이 다 되어서도 여전히 진정한 고향을 찾지 못하고 떠돌아다녔습니다. 지적인 부분이나 불교의 교리와 수행의 면에서는 어느 정도 통달한 상태였고 명상에 대해서 훌륭한 설교도 할 수 있었지만, 여전히 진정한 나의 집을 찾지 못하고 있었습니다. 그리고 마음 깊은 곳부터 여전히 고향에 돌아가고 싶은 심정이었습니다. 유럽이나 미국에 머물러야 할 이유가 없었습니다. 낮이면 설교를 하고 기자 회견에 참석하고 인터뷰에 응하느라 눈코 뜰 새 없이 바빴습니다. 하지만 밤이 되면 고향으로 돌아가고 싶은 나 자신을 볼 수 있었습니다. 아름다운 언덕을 오르던 기억과 푸른빛의 아름답고 작은 오두막의 모습이 꿈속에 아른거릴 때도 많았습니다. 항상 똑같은 언덕이었지요. 그리고 언제나 언덕 중간쯤에서 멈추었다가 잠에서 깨어나서 고향에서 추방되었다는 사실을 떠올리곤 했습니다. 유럽의 풍경도 아름답다는 사실을 어떻게든 주지시켜보려고도 애썼습니다. 울창한 숲과 강, 드높은 하늘은 고향만큼 아름다웠으니까요. 낮에는 그런 대로 버틸 만했습니다. 하지만 밤이 되면 똑같은 꿈이 되풀이되곤 했습니다.

그러다가 몇 년이 지난 어느 날부터 고향에 대한 꿈을 꾸지 않게 되었습니다. 시간이 흐르면서 의식 속에 깊이 뿌리 박혀 있던 슬픔과 그리움이 비로소 집중과 통찰력의 품에 안기게 된 것입니다. 물론 고향으로 돌아가고 싶은 마음은 그대로였지만, 더 이상 고통을 느끼지 않게 되었습니다. 마침내 비록 이번 생에 고향에 돌아가지 못하게 되더라도 그런대로 괜찮을 것 같다는 느낌이 드는 날이 찾아왔습니다. 더 이상 후회가 없는 완전한 해방을 얻은 것이지요. 저 멀리 베트남이 바로 이곳에 있고, 이곳에 있는 내가 저 멀리 베트남에 있는 것과 다르지 않음을 알 수 있었습니다. 모든 것이 어울려 존재함을 깨달았기에 가능한 일이었습니다. 만약 이곳에서 깊이 있는 삶을 영위할 수 있다면, 멀리 고향에서 깊이 있는 삶을 영위하고 있는 것이나 다름없었습니다. 그러한 통찰력을 얻기까지 꼬박 30년이라는 세월이 걸렸습니다. 이처럼 어떤 것은 급속도로 바꿀 수 있지만, 어떤 것들은 인내심을 가지고 천천히 기다려야만 바꿀 수 있습니다. 하지만 자유로워지는 것은 누구에게나 가능합니다. 그저 어떤 길로 가야 할지만 알면 되니까요. 일단 그 길을 찾고 나면 그것만으로도 고통은 줄어들게 됩니다.

베트남 전쟁은 정말 고통스러운 역사이고, 고향에서 추방당한 것도 힘든 일이었지만, 그 덕분에 마음다함의 수행을 서양인들에게 널리 알릴 수 있었습니다. 덕분에 프랑스 남서부 지역에 플럼 빌리지 수행 센터를 건립할 수 있었고, 유럽과 미국 각지에 마음다함의 수행을 위한 공동체를 여럿 만들 수 있었습니다. 이처럼 천천히 시간을 가지고 깊이 살피면, 누가 봐도 '나쁜' 일이 '좋은' 것으로 보이는 순간이 있습니다. 더러운 진흙이 아름다운 연꽃을 피워내는 것처럼 말이에요. 우리는 연꽃을 피우기 위해서 진흙이 꼭 필요하다는 것을 알고 있습니다. 하지만 진흙이 너무 많으면 연꽃을 피우는 데에 해가 된다는 것도 알고 있습니다. 그러므로 누구나 성숙해지고 무언가를 배우기 위해서 어느 정도의 고통이 필요한 법입니다. 우리는 이미 넘칠 정도의 고통을 겪었습니다. 그러니까 더 이상의 고통은 필요없겠지요. 명상의 수련은 자신의 내면을 깊이 들여다보고 고통을 알아차리고 이를 이해할 수 있도록 해줍니다. 그리고 고통의 근원을 이해하는 순간, 변화의 길이 환하게 드러나고 자신을 치유할 방법이 열리게 됩니다.

## 한 걸음 물러서서 호흡하기

언젠가 타이와 함께 차를 마시며 이렇게 물은 적이 있습니다. "만약 보이는 거라고는 온통 진흙뿐이고 연꽃을 찾을 수 없다면 어떻게 해야 할까요?" 당시만 해도 나의 눈에는 진흙밖에 보이지 않았습니다. "그렇다면 더 깊이 들여다보도록 노력해야 합니다. 연꽃은 바로 그곳에 있으니까요." 타이는 모든 걸 알고 있는 표정으로 미소를 지으며 대답했습니다. 나는 살짝 짜증이 났습니다. 하지만 시간이 흐르면서 자신의 진흙 속에서만 자신의 연꽃을 찾을 수 있으며, 누구도 나를 대신해 나의 연꽃을 찾을 수 없다는 것을 알게 되었습니다.

그 사실을 알게 되기까지 내가 가장 먼저 터득해야 했던 건 호흡을 하는 법이었습니다. 쉬운 일처럼 들리지만 엄청난 노력이 필요한 수련이었습니다. 플럼 빌리지에 와서 마음다함의 태도로 하는 '복식 호흡'에 대해서 배웠고, 타이가 싱가포르에서 난민들을 위해 호흡을 하고 걷기 명상을 했던 모든 순간을 얼마나 생생하게 기억하고 있는지 이야기하는 것을 들었습니다. 그래서 마음다함의 호흡을 기초부터 수련하면서 타이와 같이 급박한 상황 속에서도 마음다함의 호흡을 할 수 있기를 간절히 바랐습니다. 그러던 어느 날 승려의 계를 받고 얼마 지나지 않아 아무런 생각도 하지 않은 채 열 번 숨을 들이마시고 내쉬는 것에 대단한 힘이 있다는 말을 듣게 되었습니다. 그들은 그 단순한 수련으로 인생이 완벽히 변했다고 했습니다. 중요한 것은 호흡을 하면서 머릿속에 상념이 떠오르면, 다시 처음부터 호흡을 시작해야 한다는 것이었습니다. "별로 어렵지 않을 것 같은데." 나는 생각했습니다. 그때만 해도 하루에 두 번씩 앉기 명상을 하고 1시간 동안 걷기 명상을 했으며 묵언 식사를 하루 세 번씩 했기 때문에 그 정도는 할 수 있을 거라고 자신만만하게 생각했습니다.

하지만 수련을 시작하자마자, 생각했던 것과는 달리 무념무상의 상태로 열 번의 호흡을 이어나가는 것이 너무나 힘들다는 사실을 깨달았습니다. 아무런 상념을 떠올리지 않고 열 번 호흡을 할 수 있게 되기까지 꼬박 두 달이 걸렸습니다. 일단 열 번 호흡하는 데 성공하자, 호흡을 통해 내 몸으로부터 전해지는 메커니즘에 매료되었고 정신으로부터 몸이 완전히 분리되어 호흡을 하는 감각에만 온전히 몰입할 수 있었습니다. 나의 호흡이 거친지 부드러운지, 얕은지 깊은지, 짧은지 긴지, 불규칙적인지 규칙적인지에만 완전히 집중하고, 내 몸의 움직임과 체온, 육체적 통증에만 몰두하게 된 것입니다. 신경과학자들은 이처럼 체내에서 일어나는 자극이나 변화를 감지하는 감각을 '내부수용감각interoception'이라고 부릅니다. 그리고 불교에서는 이 특별한 몰입감을 '육체 속의 몸이 느끼는 마음 다함mindfulness of the body in the body'이라고 합니다.

　나는 이 수련을 일상에서 부딪히는 어려운 상황들, 예를 들어 일이 틀어지거나 상처를 입었거나 도저히 해결할 수 없는 딜레마에 직면했을 때와 같은 급박한 상황에 적용하기 시작했습니다. 위기의 순간에 나는 한 걸음 물러서서 호흡 하나하나를 온전히 느끼면서 몰입해서 호흡하는 법을 배웠습니다. 이 수련을 통해서 고통스러운 감정 속에서도 안전한 토대를 얻을 수 있게 되었고, 잘못된 방식이 아닌 더 나은 방식으로 대응할 수 있는 여유를 얻게 되었습니다. 평소보다 이런 방법을 적용하는 것이 어려울 때도 있습니다. 그럴 때면 스스로 이렇게 말합니다. 잠시 멈추어 뒤로 물러서는 것이 힘들다면, 그냥 물러서려고 하지도 말고 멈추려고 하지도 말라고요. 그건 나의 선조와 사회, 나의 습관들이 힘들어하는 것일 테니까요. 나는 그 모든 상황과 어울려 존재하고 있으니까요. 그런 경우에는 속으로 이렇게 말합니다. "진정한 영웅은 멈출 줄 아는 법이잖아!" 그러면 굳은 의지를 다지게 됩니다. 이렇게 하던 일을 멈추고 호흡을 할 수 있을 정도로 마음을 추스르면, 전환점을 맞아서 새로 출발할 수 있는 승기를 잡은 것처럼 느껴지곤 합니다.

어느 날 저녁에 수련원에서 있었던 일이 아직도 생생히 떠오릅니다. 걷잡을 수 없는 오랜 절망의 습관이 나를 사로잡았습니다. 엄청난 혼란에 휩싸여 펑펑 눈물을 흘렸습니다. 걷기 명상도 도움이 되지 않았습니다. 그 순간 혼란스러운 마음속 깊은 곳에서 내면의 목소리가 들려왔습니다 "이런 상황에서 열 번의 호흡조차 제대로 해내지 못한다면 무엇을 깨우쳤다고 할 수 있을까!" 그래서 나는 그동안 꾸준히 수련했던 대로 몇 분 동안 온정신을 다 해서 열 번 숨을 들이마시고 내쉬었습니다.

바닥에 등을 대고 누워서 양손을 배 위에 올리고 호흡에 온정신을 집중했고, 한 마리의 야생마가 아닌 백 마리의 야생마를 달랠 수 있을 정도로 엄청난 마음다함의 에너지가 필요한 느낌이 들었습니다. 손가락으로 열을 세다가 다시 처음으로 돌아가 열을 세기를 거듭 반복해야 했습니다. 마침내 고집스럽던 열기가 가라앉으며 아무 생각 없이 호흡을 열 번 셀 수 있는 상태가 되었습니다. 나는 기진맥진한 상태로 안도감을 느꼈고 현재를 생생히 인식할 수 있게 되었습니다. 그러기까지 1시간이 걸렸습니다. 그러자 "그래, 그게 문제였구나. 다시 문제가 생길 이유가 무엇일까?"라는 생각이 들었습니다. 그리고 놀랍게도 나의 인식의 지평이 180도 바뀌었습니다. 그때부터 상황이 완전히 다르게 보이기 시작했고, 온갖 가능한 해결책들이 눈앞에 환히 보였습니다. 충격이었습니다. 처음으로 마음보다 호흡에 온전히 의지하는 것이 훨씬 더 좋은 결과를 가져올 수 있다는 것을 인지하게 된 순간이었습니다.

대부분의 사람들과 마찬가지로 나 역시 학교에서 거칠고 두려운 감정을 어떻게 다루어야 하는지 배우지 못했습니다. 대신 세련된 방식으로 습관처럼 자신의 고통을 감추거나 잠시 덮어두는 것을 권하는 사회에서 성장했습니다. 오늘날 우리는 컴퓨터 화면만 들여다보아도 도피처로 삼을 수천 가지의 세상을 만날 수 있습니다. 우리 중 일부는 자신의 고통을 외부의 세계로 표출하여 해결하려고 애쓰기도 합니다. 하지만 그 역시도 진정한 해결책이 되지 못합니다.

고통스러운 감정이 생길 때 그것을 외면하지 않고 자신의 내면을 들여다보며 적극적으로 수련을 하는 데 몰두하는 것은 쉬운 일이 아닙니다. 두려움과 절망, 슬픔과 불안은 내적인 원인은 물론이고 외적인 원인으로도 발생할 수 있습니다. 우리 삶의 환경적 문제나 우리가 속한 시스템의 문제, 혹은 정의와 불평등, 세상에서 직면하게 되는 파괴의 문제 때문일 수도 있습니다. 실제로 '환경적 우울감ecological grief', '기후 불안climate anxiety', '극도의 죄책감apex guilt', '기후 변화로 인한 상실의 슬픔solastalgia'과 같이 지구의 변화로 인해 우리가 느끼는 슬픔과 두려움을 표현하는 새로운 단어들이 생겨나기도 했습니다. 이런 단어들은 사랑하는 자연의 피해와 상실에 대해 우리가 느끼는 슬픔을 방증하는 것들입니다.

명상가로서 우리가 먼저 해야 할 일은 몸과 마음으로 표출되는 이런 부정적인 감정들을 잘 어루만지는 것입니다. 마음다함의 호흡을 굳게 믿을 때 체화된 방식으로 슬픔과 고통은 물론이고 안정감도 얻을 수 있습니다. 들숨과 날숨의 흐름은 지진계처럼 우리 감정을 생생히 측정해줍니다. 우리 호흡이 길든 짧든, 거칠든 부드럽든, 규칙적이든 불규칙적이든 이는 마음속에 살아 숨 쉬는 감정을 그대로 반영하고 있습니다. 우리가 내쉬는 호흡과 온전히 함께하는 것이야말로 생각과 단어, 사연을 넘어서 기저에 깔린 고통스러운 감정을 전적으로 포용하는 방법입니다.

마음다함의 호흡을 피난처로 삼아 자연스럽게 감정이 피어오르도록 하고, 잠시 그 상태로 머물면서 감정이 커지고 지나가도록 두세요. 애써 외면하거나 바꾸려고 노력하지 않아도 됩니다. 마음다함의 힘은 우리를 유연하게 해주고, 연민의 감정을 느끼도록 해주며, 우리가 느끼는 슬픔이나 상실감이 무엇을 말하려고 하는지에 관심을 갖도록 해줍니다. 현재의 감정에 충실하면서 몸속에 느껴지는 감정을 안아준다면, 서서히 연민이 샘솟으며 무엇을 할 수 있을지 또 어떻게 반응할 것인지를 명확하게 느낄 수 있고 용기도 얻을 수 있습니다. 나는 한밤중에 수련원에서 격한 감정을 호흡으로 극복한 경험한 덕분에 마음다함의 호흡이 주는 강력한 힘을 과소평가해서는 안 된다는 새로운 배움을 얻을 수 있었습니다.

우리 사회에는 숨조차 제대로 못 쉬는 사람들이 있습니다. 명상을 수련하는 우리는 그 사실을 정확히 인지할 필요가 있습니다. 몸이 아프거나 공기가 오염되어서 혹은 구조적 인종차별이나 불평등으로 인해서 제대로 숨조차 쉬지 못하는 이들이 있습니다. 이는 인류와 지구를 고통스럽게 하는 엄청난 원인이기도 합니다. 서로를 치유하고 지구를 치유하는 방식 사이는 근원적인 관계가 있습니다.

인종적 정의와 환경적 정의는 깊은 관련이 있습니다. 지구를 통틀어 기후와 환경 변화에 가장 책임이 적은 공동체는 가장 많이 착취당하면서도 가장 이익을 얻지 못한 이들입니다. 우리가 서로에게 해를 끼치고 착취하는 방식과 지구에 해악을 미치고 착취하는 방식은 근본적으로 연결되어 있습니다. 우리가 정말 불평등과 인종차별, 불공정함의 피해자인지, 아니면 구조적인 이득을 취하고 있는 것은 아닌지 명상의 과정에서 깊이 고찰해볼 필요가 있습니다. 앉기 명상과 걷기 명상에서 우리가 해야 할 일은 그 모든 고통을 지켜보며 연민의 감정을 느끼고, 치유와 변화에 이바지할 수 있는 방법을 적극적으로 탐구하는 것입니다.


## ○ 쓰디쓴 여주 한 움큼의 의미

자신의 고통과 세상의 고통을 변화시키기 위해 수련을 하려는 마음을 '보디치타$^{bodhicitta}$' 즉, 보리심$^{菩提心}$이라고 합니다. 이 말은 종종 '초심자의 마음$^{the\ beginner's\ mind}$' 혹은 '사랑의 마음$^{the\ mind\ of\ love}$'으로 번역되기도 합니다. 이는 우리가 가려는 길의 가장 커다란 에너지원이기도 합니다. 보리심은 우리를 풍요롭게 만들고 우리가 마주하는 어려움을 극복할 에너지를 주기도 합니다. 나는 아주 오랫동안 초심자의 마음을 유지하면서 행복을 느꼈습니다. 그렇다고 커다란 벽을 만나지 않았던 것은 아닙니다. 지금껏 나는 수많은 장벽을 마주했습니다. 그럼에도 내가 결코 포기하지 않을 수 있었던 것은 보리심으로부터 얻은 강한 에너지 덕분이었습니다. 이런 초심자의 마음이 우리의 마음속에 강력하게 살아 숨 쉬는 한 아무것도 걱정할 필요가 없습니다. 그 마음만으로 세상을 위해 봉사하는 데 자신의 모든 인생을 바칠 수 있을 정도니까요. 그 과정에서 자신은 물론이고 다른 사람에게도 엄청난 행복을 가져다줄 수 있습니다.

동양에는 길쭉한 호박처럼 생긴 여주라는 채소가 있습니다. 베트남어로 '쓰다'를 뜻하는 단어에는 '고통'이라는 의미도 있습니다. 여주 맛에 익숙하지 않은 이들은 그 쓴맛 때문에 여주를 먹을 때 꽤 애를 먹습니다. 하지만 중국에서는 쓴 약이 몸에 좋다고 굳게 믿고 있습니다. 여주를 먹으면 입이 개운해지고 시원한 맛이 납니다. 살짝 쓴맛이 있기는 해도 나름대로 맛이 좋고, 건강에도 좋은 채소입니다.

우리는 입에 쓴 것은 먹지 않으려고 피하며 고통이 닥치면 어떻게든 도망치려는 경향이 있습니다. 고통의 좋은 면과 고통의 치유적 본성을 제대로 인지하지 못하고 있기 때문입니다. 우리 중 일부는 고통에서 도망치기 위해서 앉기 명상을 수련하기도 합니다. 앉기 명상을 통해서 안정감과 휴식을 얻고 고난과 논란을 뒤로한 채 잠시나마 평화와 행복을 느낄 수 있기 때문이죠. 하지만 그건 명상의 진정한 목적이라고 할 수 없습니다.

선종의 지도자 임제선사는 제자들에게 이렇게 소리쳤습니다. "그렇게 앉으면 안 돼! 토끼굴로 도망치는 토끼처럼 굴면 안 되지!" 임제선사의 말처럼 앉기 명상은 고통을 피하기 위한 것이 아닙니다.

명상을 통해 우리는 고요함과 휴식을 얻을 수 있고, 마음다함의 태도로 집중하고 통찰할 수 있습니다. 또한 즐거움과 행복을 얻고, 일상의 걱정과 근심, 열망을 내려놓고 놓아버리는 방법을 깨우칠 수 있습니다. 그 모든 것을 놓아주는 것이 첫 단계입니다.

그렇지만 마음속에는 여전히 상념이 계속되고 있을 겁니다. 고요함을 찾고 평화와 행복을 만끽하기 위해서는 상념을 멈추어야 합니다. 자리에 앉아서 자신의 호흡과 평온함과 내면의 고요를 즐겨보세요.

물론 그것으로는 충분하지 않습니다. 더욱 깊이 들어가야 합니다. 표면적으로는 고요함이 느껴져도 그 속에 숨겨진 파도가 출렁이고 있습니다. 앉기 명상은 우리의 지적인 능력과 집중력을 활용하여 인식의 저 깊은 곳에 있는 통증과 두려움, 불안과 고통을 변화시키는 것입니다.

우리가 느끼는 고통이란 아마도 어린 시절에 참아내야 했던 것일지도 모릅니다. 혹은 부모님이나 조부모님이 어찌하지 못했던 감정들이 우리에게 전해진 것일 수도 있습니다. 비록 어렴풋하게 느껴지는 고통이라도 그 감정을 직시하고 통찰력을 발휘하여 자세히 인지하려고 노력해야 합니다. 그것은 쓴 여주를 맛보는 것과 같습니다. 두려워하지 마십시오. 쓰디쓴 여주는 우리에게 도움이 될 것입니다.

고통이 서서히 모습을 드러내면 전과는 다른 태도를 보이세요. 도망치려고 해서는 안 됩니다. 이것이 나의 조언입니다. 자신이 있는 그 자리에 머물면서 분노든 불안이든 오랜 세월 동안 충족하지 못했던 갈망이든 그 모든 감정을 기꺼이 느껴보세요. 자신이 느끼는 감정에 인사를 건네고 부드럽게 감싸 안으면서 그 감정과 함께 살아갈 준비를 해야 합니다. 일단 그 감정을 기꺼이 받아들이고 인정한다면 그것이 더 이상 우리를 괴롭힐 수 없다는 걸 깨닫게 될 겁니다. 쓰디쓴 여주가 우리 몸에 도움이 되듯, 고통스러운 감정 또한 우리를 치유해줄 것입니다. 만약 자신이 느끼는 고통을 인정하지도, 따스하게 감싸 안지도 않는다면, 그 감정이 무엇인지 절대로 알 수 없을 겁니다. 그 감정을 이해할 때만 우리는 가르침을 얻을 수 있고, 즐거움과 행복을 느낄 수 있습니다. 그 고통의 감정에 자신을 조금만 더 내어주십시오. 아이들은 쓴 여주를 먹기 싫어하지만, 성인이 되면 여주로 만든 죽의 맛을 좋아하게 되는 법이니까요.

가장 까다로운 경우는 자신이 느끼는 감정이 너무나 흐릿해서 도대체 그 감정이 무엇인지 파악하기 어려울 때입니다. 마음속에 실제로 고통이 느껴지는데도 대체 무엇인지 알아보기 힘든 경우가 있습니다. 우리 의식 속에 무언가 장애물과 저항이 있을 때 이런 느낌을 받곤 합니다. 고통을 감지해보려고 할 때마다 애써 피해버리기 때문입니다. 이런 과정은 오랜 세월 계속될 수도 있습니다. 그 감정을 명확히 파악할 기회를 얻지 못했기 때문이겠지요. 그럴 때는 더 이상 이렇게 지내지 않겠노라고 굳게 다짐해야 합니다. 그런 감정이 느껴질 때마다 한껏 마음을 열고 있는 그대로를 받아들여보세요. 마음다함의 힘을 다해서 현재의 순간에 머물며, 조심스럽게 다가간다면 그 감정의 본질을 확인할 수 있게 될 겁니다.

명상은 현재의 순간을 중심으로 합니다. 다른 곳으로 갈 필요도 없고, 과거로 돌아가거나 어린 시절에 느꼈던 고통이나 그 뿌리로 갈 필요도 없습니다. 그저 현재의 순간에 머물면서 자세히 관찰하는 것만으로도 충분합니다.


## ○ 삶의 주도권을 되찾는 법

선종의 스승인 임제선사는 우리 모두가 스스로 주인이 되어야 하며 주변 환경의 피해자가 되어서는 안 된다고 주장했습니다. 비록 주변의 환경이 원하지 않더라도 우리는 자유를 지켜야 합니다. 상황의 주인이 되는 것은 우리에게 달려 있으며, 어떤 상황에서든 우리는 깨우침을 얻어야 합니다. 어떤 상황에서든 자신이 주인이 되어야 합니다. 능동적인 사람들은 이런 질문을 합니다. "상황이 더 나빠지는 것을 막고 더 나은 쪽으로 나아가기 위해서 우리가 무엇을 할 수 있을까요? 다른 사람들이 변화할 수 있도록 도우려면 어떻게 해야 하죠?"

그런 사랑의 마음을 더욱 북돋고 그들에게 도움을 주겠다고 맹세를 하려면, 더는 수동적이어서도 피해자가 되어서도 안 됩니다. 다시 능동적인 사람이 되어야 합니다. 보리심이 우리에게 주는 에너지를 통해서 능동적인 사람이 되겠다는 의지를 다지고 변화하겠다고 맹세하세요. 이런 자세는 매우 중요합니다. 비록 아직은 아무것도 이루지 못했다고 해도, 그런 통찰력과 의지만으로 이미 우리의 고통은 대부분 사라진 것이나 다름없습니다.

이 세상에서 어려운 상황에 처해보지 않은 사람은 아무도 없을 겁니다. 우리 사회는 차별과 폭력, 불공평과 증오, 욕망과 탐욕으로 가득 차 있기 때문입니다. 이런 것들에 압도당한 사람들은 서로를 고통스럽게 하고 나아가 다른 종과 지구까지 고통스럽게 만들고 있습니다. 그래서 무언가로 인한 피해자가 없다고 함부로 말할 수가 없습니다. 그리고 우리 안에는 차별과 분노, 욕망과 폭력, 그리고 서투름의 씨앗이 있다는 사실을 기억해야만 합니다. 자신을 변화시킬 수 있을 때, 자신을 억압하는 이들이나 고통의 근원이라고 믿는 사람들조차 변화시킬 수 있습니다. 이런 생각은 나의 경험이자 나만의 수련법이기도 합니다. 비록 수많은 고통과 불공정함을 몸소 경험했지만 나에게는 적이라고 할 만한 것이 없습니다. 나를 죽이려던 사람도 있었고 때로는 억압하려는 사람도 있었지만 나는 그들을 적이라고 생각하지 않았습니다. 오히려 그들을 돕고 싶었습니다. 그렇게 스스로 변화하고 바뀜으로써 더 이상 나 자신을 피해자라고 여기지 않게 되었습니다.

분노가 차오르면, 우리의 의식 저 깊숙한 곳에서 화의 씨앗이 자라나서 어떤 사람이나 어떤 상황 때문에 고통받고 있다고 마음에게 알려줍니다. 하지만 의식적인 호흡을 수련하는 순간이나 자신의 분노를 알아차리고 껴안아주는 순간부터 우리의 마음은 다시금 주도권을 되찾고 이렇게 선언할 수 있게 됩니다. "나는 화라는 감정의 피해자가 되기를 원하지 않아. 나 자신이 될 거야. 나는 즉각적인 변화를 원하니까." 이런 식으로 마음다함의 호흡을 하다 보면, 호흡을 수련하는 것만으로도 삶의 주도권을 되찾고 자유의지를 발전시킬 수 있게 될 겁니다.

이해심과 통찰력, 연민의 적들과 더불어서 자유로워질 뿐만 아니라 다른 이들도 자유로워지도록 도울 수 있습니다. 이런 식의 수련을 통해 마음가짐과 정신을 변화시킬 수 있게 되고, 비로소 보리심 자체가 될 수 있습니다. 또한 우리를 차별했던 당사자는 물론이고 우리를 억압하고 죽이려고 했던 사람들까지도 도울 수 있는 위치에 설 수도 있습니다.

넘어질 때마다 우리는 다시 일어설 기회를 얻을 수 있습니다. 능동적인 이들만이 넘어질 때마다 다시 일어설 수 있고, 더 나은 사람이 될 수 있다는 태도를 가질 수 있습니다. 비록 장애물과 도전들이 눈앞에 펼쳐지더라도, 그것에 압도당하지 않도록 해야 합니다. 영웅처럼 벌떡 일어서세요. 그런 의지만 있다면, 헤아릴 수 없는 고통도 이미 저만치 사라져버린 것이나 다름없습니다.

## ○ 지구라는 이름의 보살

보리살타Bodhisattva, 즉 보살은 '깨달음bodhi'을 얻은 '존재sattva'라는 뜻입니다. 행복과 마음다함, 평화와 이해심 그리고 사랑을 가진 사람이라면 누구나 보살이라고 불릴 수 있습니다. 보살은 다른 이를 돕기 위한 깊은 열망을 가졌으며, 그 열망은 에너지와 생명력의 엄청난 근원이 되기 때문입니다.

보살은 인간만을 칭하지는 않습니다. 사슴과 원숭이, 망고와 나무, 바위조차 싱그러움과 아름다움, 그리고 세상의 피난처를 제공해준다면 보살이라고 불릴 수 있습니다. 보살은 구름을 타고 다니는 엄청난 존재나, 제단 위에 나무나 철로 만든 조각상만을 지칭하는 것이 아니라 우리 주변 어디에나 존재하고 있습니다. 앞마당에 있는 소나무 역시 평화와 산소, 즐거움을 주니 보살이라고 할 수 있습니다.《금강경》에서는 '인간의 형체'에 얽매이면, 눈을 뜨고도 주변의 수많은 부처와 보살을 보지 못할 것이라고 말하고 있습니다.

불교에서는 지구라는 행성을 보살로 여깁니다. 지구야말로 진정 현실 속에 존재하는 위대한 보살인 셈이지요. 지구를 칭하는 여러 명칭 중 하나가 바로 '위대하고 생동감 넘치는 지구 보살'입니다. 우리 지구는 모든 보살 중에서도 가장 아름답습니다. 인내와 견고함, 창의력과 비차별적인 자질이 있기 때문이지요. 지구는 모든 이와 모든 것을 지탱하고 포용하는 힘을 가지고 있습니다. 누군가의 영혼을 물려받았다거나, 지구의 이면에 누군가의 혼이 깃들어 있다고 말하려는 것이 아닙니다. 누군가의 '영혼'으로 말미암아 어떤 '일'이 벌어졌다는 생각에 사로잡혀서는 안 됩니다. 지구는 어떤 업적이나 정신이라는 용어로 묘사되어서는 안 되며, 그 둘을 초월하는 개념으로 이해해야 합니다. 위대한 지구는 인식이나 감정이 없는 존재도 아니고 비인격적이지도 않습니다. 지구가 행하는 멋진 일들을 어떻게 한낱 업적이라 말할 수 있을까요? 위대한 지구는 인간이 아니면서도 엄청난 연민과 이해심을 가진 뛰어난 사람들을 포함해 모든 인간을 창조해 냈습니다. 게다가 지구는 모든 부처와 보살, 성인들과 예언자의 어머니이기도 합니다.

지구는 우리가 바깥세상으로, 또 우리 안으로 몸을 피할 수 있도록 해주는 보살이기도 합니다. 이미 우리 안에 지구가 있으므로 지구로 돌아가기 위해서 반드시 죽어야 할 필요도 없습니다. 앉아 있거나 걸으면서도 지구와 함께 호흡하고 지구가 우리 주변에 혹은 우리 안에 머물도록 하는 법을 배울 수도 있습니다. 지구는 자신을 스스로 치유할 힘을 가졌으며, 우리를 치유해주기도 합니다. 우리는 그 거대한 힘을 굳게 믿고 있습니다. 이러한 믿음은 맹목적인 것이 아니라 관찰과 경험에서 우러난 것입니다. 다른 사람들이 그렇게 믿도록 설득한 것이 아닙니다. 우리는 고통스러울 때나 길을 잃고 홀로 남은 것처럼 느껴질 때마다 지구와 교감함으로써 스스로 다시 태어날 수 있습니다. 우리 안에서 지구와 하나로 연결됨으로써 비로소 치유가 시작되고 진정한 치유가 가능해집니다.

보살을 찾으려고 일부러 다른 곳에 찾아갈 필요는 없습니다. 심지어 보살의 4대 성지가 있는 성스러운 산을 찾아서 여행을 갈 필요도 없습니다. 임제선사는 우리가 있는 자리에 앉아서도 보살과 만날 수 있다고 했습니다. 보살은 바로 지금 이 순간, 우리 몸과 마음에 있기 때문입니다. 왜 굳이 다른 곳에서 찾으려고 하나요?

불교 전통에 의하면, 문수보살은 위대한 이해심을 상징합니다. 우리 안에는 이해심의 씨앗이자 행동의 상징인 보현보살도 있는데, 이는 곧 우리 안에 행동의 씨앗이 있는 셈입니다. 관음보살은 위대한 연민의 보살로, 우리는 연민의 씨앗을 가진 사람들입니다. 그저 우리 의식 안의 씨앗에게 물만 주면 지금 이 순간 보살과 만날 수 있습니다. 우리가 찾고자 하는 것은 우리의 안에 있을 수도 있고 밖에 있을 수도 있으며, 우리 안과 밖 어디에도 없을 수도 있습니다. 대체 무엇의 안과 밖이란 말인가요? "A는 A가 아니기 때문에 진정한 A라고 부를 수 있다"라는 《금강경》의 말처럼, 보살은 보살이 아니기 때문에 진정 보살로 불릴 수 있습니다. 왜냐하면 보살은 보살이 아닌 요소들로만 이루어졌기 때문입니다.

보살은 이해심과 연민, 행동과 경외심 등의 자질을 가진 살아 있는 존재이고, 우리 또한 그런 자질을 가지고 있습니다. 이 사실을 확인하는 데 다른 사람은 필요하지 않습니다. 우리 스스로 이미 알고 있기 때문입니다. 수련은 자신이 가진 자질을 살아 있도록 하는 데 필요한 것입니다. 예를 들어 절망의 늪에 빠져 있거나 어떤 사람들이나 상황 때문에 억울함과 분노를 느낀다면, 그것은 아직 이해심을 충분히 갖지 못했기 때문이라는 사실을 알고 있을 겁니다. 하지만 더 깊이 들여다보는 순간, 이해의 씨앗이 우리 안에 자라나면서 환한 빛이 비치고 어둠이 사라지게 됩니다. 이것은 이해심의 보살인 문수보살이 우리 안에 존재하기 때문입니다.

누구나 보살이 될 수 있습니다. 보살은 어려움 같은 건 겪어보지 못한 인간을 지칭하는 말이 아닙니다. 설령 어려움이 닥치더라도 보살은 어려움을 어떻게 다루어야 하는지 알기에 두려워하지 않습니다. 우리 역시 자신만의 등불과 빛을 찾아내어 세상을 향해 비추어야 합니다. 마음다함은 일종의 빛이고 에너지이며, 우리가 어디에 있으며 무슨 일이 벌어지는지 알도록 도와줍니다. 나아가 평화와 연민과 행복을 가능하게 만들기 위해서 무엇을 하고 무엇을 하지 말아야 할지를 알려줍니다. 이 아름다운 지구 위에서 살아남기 위해서 이런 사실을 깨우치는 것은 매우 중요합니다. 마음다함의 빛과 함께 우리는 보살이 될 수 있고, 세상을 환히 비출 수 있습니다. 깨달음의 빛이 자신의 주위를 환히 비추도록 하세요. 보살의 눈으로 세상을 보고, 보살의 손으로 행동해보세요. 그렇게 된다면 현재 세상이 처한 상황에 대해서 비관적이 될 이유가 하나도 없습니다. 그런 깊은 의도를 가진 보살이라면 절망으로부터 자유롭고 평화와 자유 속에서 행동할 수 있습니다.

## ○ 참여 불교의 탄생

베트남에서 전쟁이 한창이던 1960년대에 우리는 '참여 불교Engaged Buddhism'라는 용어를 만들었습니다. 당시 베트남에서는 걷기 명상과 앉기 명상을 수련하는 중에도 밖에서 폭탄이 터지는 소리와 다친 이들의 비명을 들을 수 있었습니다. 명상을 한다는 것은 무슨 일이 벌어지고 있는지를 정확히 인지하는 것인데, 당시 세상에는 고통과 생명의 파괴가 자행되고 있었습니다.

일단 주변에서 벌어지는 일을 인지하면, 내 안과 내 주변의 고통을 경감시키기 위해서 무언가 해야 한다는 동기가 생겨납니다. 그래서 전쟁으로 상처 입은 이들을 돕는 와중에도 우리는 마음다함의 수련과 걷기 명상을 계속 이어가면서 어떻게든 그들을 도울 방법을 찾아야만 했습니다. 봉사를 하는 동안에 영적인 수련을 계속하지 않는다면, 자기 자신을 잃게 되고 마침내 번아웃의 상태가 될 수도 있기 때문입니다. 그래서 우리는 호흡과 걷기를 연습하면서 긴장을 풀고 계속해서 나아갈 수 있었습니다. 이것이 참여 불교의 기원입니다. 참여 불교는 매우 어려운 상황 속에서 태어났고, 고통에 답하는 와중에도 우리는 그곳에서 수련을 계속 이어나갔습니다. 전쟁이라는 상황 속에서도 마음다함을 통해서 무엇이든 할 수 있었습니다. 사회적 행동과 차 마시기, 앉기 명상과 아침식사 준비까지도요. 물론 자신만을 위해서 하는 건 아니었습니다. 나 자신을 지킬 수 있어야 세상을 도울 수 있기 때문입니다.

이것이 보살의 자세입니다. 명상을 수련하되 자신만이 아닌 세상을 위해서, 고통받는 이들을 위해서 하는 것이지요. 그렇게 다른 사람들의 고통이 줄어들면 나의 고통도 줄어듭니다. 나의 고통이 줄어들면 다른 이들의 고통도 줄겠지요. 이것이 바로 어울려 존재함입니다. 나와 다른 사람들은 각기 분리된 존재가 아닙니다. 우리는 자기 자신을 위해서가 아니라 다른 사람을 위해서 사는 겁니다. 우리의 평화, 자유, 즐거움은 다른 이들에게도 이로운 일이 되고, 그 자체로 그들에게 이미 도움을 주고 있는 셈입니다. 따라서 마음을 다해 호흡하고 마음을 다해 걸을 때, 그리고 그렇게 즐거움과 평화를 만들어낼 때, 우리는 이미 세상에게 선물을 하는 것과 같습니다. 자신의 가족과 공동체, 도시와 사회의 심장 속에서 마음다함의 에너지에 불을 밝히는 것이 바로 참여 행동입니다. 연민과 평화는 자신에게서 퍼져나가는 것입니다.

마당에 있는 나무를 보세요. 모든 나무는 안정되고 고요하며 생기가 넘치는 진짜 나무여야 합니다. 만약 나무가 건강하고 아름다운 자태를 뽐낸다면 모든 사람에게 이로운 일이지요. 하지만 나무가 그저 나무에 불과하다면 우리 모두 곤란한 상황에 처하게 될 겁니다. 그러한 이유로 건강하고 행복하고 연민을 가진 인간이 되는 법을 알게 되면 이미 세상을 위해 봉사하고 있는 것과 같습니다. 그러면 어디에 있든 이로운 존재가 될 수 있습니다. 남을 도울 것이냐 나를 도울 것이냐 둘 중 하나를 선택해야 하는 문제가 아닙니다. 땅 호이는 이렇게 말했습니다. "아라한은 보살이고 보살이 아라한이니라." 이는 깨우침을 얻은 자가 곧 보살이라는 뜻입니다. 자신과 다른 사람들 사이에 더 이상 차별이나 인위적인 경계선은 존재하지 않습니다. 모든 것은 언제나 자기 자신에게서 시작됩니다. 대단한 영향력을 행사하거나 도움을 주기 위해서 10년, 20년을 기다릴 필요는 없습니다. 우리는 지금 당장 많은 이들에게 도움을 줄 수 있습니다.

굳이 무언가를 하려고 애쓰지 않아도 되는 이른바 '궁극의 영역ultimate dimension'이라는 것이 있다는 사실은 누구나 알고 있습니다. 그런 경지에 오른다면 더할 나위 없이 좋겠지요. 어떻게 하면 그런 영역에 오를 수 있는지 모두가 배워야만 합니다. 고통과 불평등, 부당함, 착취 등이 산재해 있는 역사적인 차원이 있다는 것도 우리는 잘 알고 있습니다. 문제는 이런 역사적인 영역에서 우리가 고통받고 있을 때 두려움과 절망, 외로움을 멈추기 위해서 어떻게 궁극의 영역에 닿을 수 있는가 하는 것입니다. 역사적인 영역으로 궁극의 것을 불러올 방법은 무엇일까요?

여기에 하나를 더 추가해서 행동의 영역<sup>action dimension</sup>을 제안하고 싶습니다. 행동의 영역은 보살의 영역이며, 그 에너지를 통해서 궁극의 경지를 역사적 영역으로 데려올 수 있기 때문입니다. 그러면 우리는 평온하고 즐거운 방식으로 두려움과 스트레스, 절망으로부터 자유를 얻어서 진정 행동하는 삶으로 나아갈 수 있습니다. 우리 모두 보살이 되어, 궁극의 영역을 현재의 순간으로 끌고 와야 합니다. 그렇게 우리는 목적지에 도착해 달리는 것을 멈추고서, 평온함과 즐거움을 누릴 수 있습니다. 이를 통해 우리는 인류와 지구상의 다른 종들을 위한 평화와 즐거움이 실현되도록 만들 수 있습니다.

# 2부.

### Thich Nhat Hanh
#### Cherishing Life on Earth

# 지구별을 치유하는
# 다섯 가지 수행의 길

진정한 사랑은 치유합니다.

우리는 깨달음을 얻은 이들은 자유롭고 영적인 힘을 가지고 있어서 주변 환경에 휘둘리지 않는 사람이라는 이미지를 가지고 있습니다. 깨달음을 얻은 이들은 자신을 명확히 꿰뚫고 있으며, 자기의 본성과 사회의 실제 모습인 현실을 분명하게 이해하고 있습니다. 이것은 선불교가 우리에게 주는 가장 소중한 깨달음이기도 합니다.

따라서 선불교가 세상에 가장 크게 기여한 것이 있다면 깨달음을 얻은 사람이 존재하는 방식을 제시한 것이라 할 수 있습니다. 삶의 전통으로서 선불교는 수련을 통해 사람들이 근본적 이해에 이르고, 건강하고 회복력 있고 균형 잡힌 삶을 살게 합니다. 선종의 통찰력에서 비롯된 예술과 사상 또한 이와 같은 생명력과 안정감, 그리고 평화의 자질을 가지고 있습니다.

우리가 이러한 안락함과 자유의 자질을 키울 수 있을지는 깨우침을 얻느냐 그렇지 못하느냐에 달려 있습니다. 세상에는 또 다른 이데올로기나 교리가 아니라 우리의 영적인 힘을 회복하게 해줄 깨우침이 필요할 뿐입니다. 진정한 깨우침을 통해 우리는 상황을 명확히 살피고 우리가 창조한 사회경제적 시스템으로부터 인간으로서의 주권을 되찾을 수 있습니다. 따라서 우리가 현재의 상황에서 벗어날 수 있는 방법은 다름 아닌 새로운 삶의 방식을 추구하며 우리의 주권과 인간성을 회복하는 것입니다.

## ○ 아무것도 하지 않는 듯, 많은 것을 하는 이들

행동은 존재라는 토대에 기반해야 합니다. 마음이 평화롭지 못하고 이해와 인내심이 부족하거나 화와 불안에 무겁게 억눌려 있다면, 가치 있는 행동을 할 수 없습니다. 결국 행동의 질은 존재의 질에 달려 있는 셈입니다. 선종에는 '무無행위의 행위'라는 말이 있습니다. 그다지 많이 행동하지 않는 것처럼 보이는 데도 그 존재만으로 세상의 행복에 매우 결정적인 역할을 하는 사람이 있습니다. 반대로 무언가 계속하는 데도 존재의 토대가 튼튼하지 못해서 어떤 행동을 하면 할수록 사회에 물의를 일으키는 사람들도 있습니다. 때로는 아무것도 하지 않아도 실제로는 많은 일을 할 수도 있고, 많은 일을 하면서도 실제로는 아무 도움도 되지 않는 경우가 있습니다. 심지어 쉼 없이 명상을 하는 데도 화와 시기심이 그대로 쌓여 있는 이들도 있습니다.

역사적 측면에서 보면, 우리가 반드시 해야 하는 일들이 있습니다. 구원과 보살핌과 치유와 화해를 위해서 분명 우리가 해야 하는 행동이 있는 것은 사실입니다. 하지만 궁극적으로 우리는 이 모든 것을 아무런 걱정 없이 평온한 마음으로 즐겁게 할 수 있습니다. 이것이 바로 '무행위의 행위'의 의미입니다. 매우 적극적으로 행동하면서도 아무 일도 하지 않은 것처럼 매우 편안한 상태가 되는 것이죠. 서두르거나 고군분투하지 않고도 무행위라는 토대 위에서 행동을 하므로 매 순간을 즐기게 됩니다.

이런 방식으로 행동할 때, 우리의 행동은 사랑과 보살핌, 깨달음의 진정한 표현이 됩니다. 깨달음을 얻은 이의 행동에 자연스럽게 깨달음이 배어나는 것입니다. 그것은 당연한 이치입니다.

명상의 전통에서는 '무사인無事人'이라는 이상적인 인간에 대해 이야기하곤 합니다. 무사인이란 자유롭고 평온하며 더는 구하려 하지도 갈구하지도 않는 사람을 의미하며, 베트남어로는 응어이 보 스nguời vô su라고 합니다. 자유로운 인간인 무사인은 세상에 도움을 주고 고통으로부터 해방되는 것을 도우면서도 주위 환경이나 자신의 업무에 휩쓸리지 않습니다. 이상이나 계획 속에서 자신을 잃어버리지도 않습니다. 이것은 매우 중요합니다. 언제든 칭찬이나 명성, 물질적 이익을 위해 움직여서도 안 되고, 도망치거나 무언가를 회피해서도 안 되며, 사랑으로부터 우러나오는 행동을 해야 합니다.

사랑으로부터 우러나오는 행동을 할 때, 우리는 그로부터 행복을 얻을 수 있습니다. 사랑이 없이 하는 행동에는 고통이 따를 뿐입니다 그럴 때면 이런 말을 하게 됩니다. "이걸 왜 나 혼자 해야 하는 거지? 다른 사람들은 도와주지도 않잖아?" 중요한 것은 어떤 행동을 하는 가운데 자신을 잃어서는 안 된다는 것입니다. 매 순간 자신의 주권을 지켜야만 합니다. 자신을 지키면서 평온함을 유지할 때, 우리는 진정 자유로울 수 있습니다.

## ○ 내 안의 명상가, 예술가, 그리고 전사

우리 모두의 내면에는 요기라는 명상가가 존재합니다. 그것은 명상을 하고 수련을 하고 더 나은 사람이 되고자 하며, 우리의 최선을 끌어내 깨우침을 얻기를 바라는 마음입니다. 그 마음을 바탕으로 우리는 평정심과 차분함, 깊은 통찰력을 얻을 수 있습니다. 바로 우리 안에 불성이 있기 때문입니다. 우리는 더 나은 사람이 되고 싶어 하면서도 실천하지 않고 수련하지 않을 때가 있습니다. 그것은 더 나은 사람이 되길 원치 않기 때문이 아니라 적절한 상황을 만들어내지 못했기 때문입니다.

우리 모두의 내면에는 또한 예술가가 존재하고 있습니다. 이런 예술적 기질은 매우 중요한데, 신선함과 즐거움을 가져다주고 나아가 인생의 의미를 부여해주기 때문입니다. 자신의 내면에 있는 예술적 기질을 바탕으로 창의력을 발휘할 때, 마음다함을 수행하는 과정 또한 풍성해지며 그 풍성함을 즐길 수도 있습니다. 대부분의 사람들은 단조로움을 견디지 못합니다. 어떤 한 가지를 너무 많이 가지고 있다 보면, 비록 그것이 좋은 것이라고 해도 어떻게든 바꾸고 싶은 마음이 듭니다. 그건 무척 자연스러운 일입니다.

이런 질문을 하는 이들도 있습니다. "어떻게 하면 내가 가고 싶은 길을 계속 가면서 목적지에 도달할 수 있습니까?" 당연히 인내심이 가장 필요하겠지요. 하지만 그것 말고도 또 다른 조건이 충족되어야 합니다. 바로 자신이 가려는 길이 즐거움과 풍요로움을 주는 치유의 길이어야 한다는 것입니다. 따라서 우리는 하루하루 즐거움을 창조해낼 수 있는 방법을 찾아야 합니다.

우리는 일상의 계획을 잘 세워서 매일매일이 반복되지 않도록 하는 동시에 모든 순간을 새로운 것으로 채워나가야 합니다. 또한 우리 안의 초심자의 마음, 즉 보리심을 유지하고 살아 있게 만들며 풍요롭게 해주는 창의적인 방법을 찾아야만 합니다.

마음다함의 태도로 먹고, 운전을 하고, 걸으며 명상을 하고, 앉아서 명상을 할 때에도 언제나 새로운 방법을 찾아나가야 합니다. 그래야만 숨을 쉬고 걷고 앉아 있는 모든 순간에 기쁨과 평화로움과 견고함을 느낄 수 있습니다. 겉으로 보기에는 크게 다르지 않아 보일 수도 있습니다. 하지만 마치 새로운 사람이 된 것처럼 걷고, 이전과는 다른 방식으로 앉아서 수련을 하면서 우리는 점점 더 발전해나가고 있습니다. 나는 마음다함의 걷기를 하면서 단 한 번도 지루함을 느낀 적이 없습니다. 한 걸음 한 걸음 내딛는 모든 순간에 나는 즐거움을 느꼈습니다. 내가 성실해서도 수련을 오래해서도 아닙니다. 그저 내 안에 있는 예술적 기질이 명상의 수련을 새롭고 흥미롭고 풍요롭게 하며 나를 치유의 길로 이끌기 때문입니다.

이처럼 창의력을 발휘할 방법만 알고 있다면, 마음다함의 수련을 통해 치유될 뿐만 아니라 풍요로움을 느낄 수도 있습니다. 이렇듯 우리는 살아 있는 존재로서 수련을 해야 하며, 기계처럼 수련을 해서는 안 됩니다. 임제선사는 걷거나 먹거나 하루를 살아가면서 단 한 번이라도 마음다함을 실현할 수 있다면 그걸로 충분하다고 했습니다. 단 1퍼센트의 성공으로도 충분합니다. 그 1퍼센트가 겹겹이 쌓여서 결국 거대한 산을 이룰 수 있기 때문입니다.

우리 모두의 내면에는 전사도 존재하고 있습니다. 전사는 절대 포기하지 않고 앞으로 나아갈 수 있는 추진력과 승리하려는 마음을 가져다줍니다. 수련을 하는 사람으로서 우리는 이런 전사의 본능을 일깨워야 합니다. 무엇의 피해자가 되어서도 안 됩니다. 자신의 수련 과정을 매번 새롭게 만들려면 항상 싸워야 하며, 그 모든 과정이 지루해지지 않도록 노력해야 합니다. 그런 까닭에 명상가와 전사는 함께해야 합니다. 앞길을 가로막는 장애물을 마주하더라도 두려워해서는 안 됩니다. 우리의 내면에 강력한 보리심의 에너지와 강한 전사의 기질이 있다면 어떤 장애물도 극복할 수 있습니다. 또한 장애물을 극복할 때마다 우리의 보리심 또한 더욱 강력해질 겁니다. 결국 눈앞의 장애물은 장애물이라기보다 우리의 열망과 지혜로움을 더해주는 가속장치인 셈입니다.

우리 안에 있는 명상가, 예술가, 전사는 별개의 존재들이 아니며, 우리가 가진 다양한 면면입니다. 이런 세 가지 측면이 균형을 유지하며 살아 움직이도록 노력해야 합니다. 이 세 가지 모두

활발히 움직이도록 하고, 그중 어느 하나도 죽거나 약해지지 않도록 해야 합니다. 만약 행동주의자이거나 정치적 지도자, 혹은 공동체의 지도자라면 자신이 가진 세 가지 면들을 잘 가꾸어나가는 동시에 균형과 꾸준함, 힘과 신선함을 더해서 항상 살아 있도록 유지하는 것이 중요합니다.

## 찬콩 스님의 마음 수련

찬콩 스님은 타이의 가장 오랜 제자이면서 플럼 빌리지 공동체의 밝은 빛과 같은 존재입니다. 1960년대부터 타이를 돕기 시작한 찬콩 스님은 참여 불교의 선구자 역할을 하며 진정한 보살의 모습을 보여주었습니다. 어린아이들은 그녀를 '맨발의 스님' 혹은 '진공emptiness'이라는 별명으로 부르기도 합니다. 그녀의 인생은 자체로 치유, 보호, 구원을 향한 연민의 힘을 그대로 보여주는 증거와도 같습니다. 찬콩 스님은 타이와 만나 사회적 봉사 프로그램에 참여하기 전인 십대 시절에 이미 사이공 빈민가의 가난한 아이들을 돕기 위한 프로그램을 만들었습니다. 쏟아지는 포화 속에서도 다친 사람들을 돕고, 1968년 참혹한 대학살 이후 산더미처럼 쌓인 시신들을 묻어주는 팀을 꾸릴 수 있도록 스님을 지탱해준 힘은 그간의 영적 수련에서 비롯된 것이었습니다. 또한 전쟁의 포화를 겪으면서도 생물학 박사과정을 마쳤고, 파리평화회담Paris Peace Talk에서 불교평화사절단에 합류해 힘을 보태기도 했습니다. 자연환경을 주제로 하는 첫 번째 과학 회담을 소집할 수 있도록 타이를 도운 사람도 바로 그녀였고, 1980년대 초반에는 프랑스 시골에 버려진 농가를 찾아서 마음다함의 삶을 위한 공동체를 조직하는 데에도 큰 힘을 보탰습니다.

나는 스물한 살이 되던 해에 플럼 빌리지에서 찬콩 스님이 주관하던 '대지와 접하기Touching the Earth'라는 긴장 완화를 위한 수련의 시간에 그녀를 처음 만났습니다. '대지와 접하기'는 바닥에 완전히 엎드린 상태에서 선조는 물론이고 지구와 어울려 존재함을 느끼는 매우 강력한 명상 수련이었습니다. 당시 나는 대학생으로 나름대로 많은 책을 읽었다고 자부하고 있었지만, 찬콩 스님을 포함해 다른 스님들과 함께 지낸 그 여름에야 처음으로 살아 있는 지혜를 접한 듯한 느낌을 받았고, 진정으로 현명한 여성들을 만날 수 있었습니다. 그 당시에 60대였던 찬콩 스님은 총기로 반짝이는 눈과 광채를 뿜어내는 얼굴 위로 삶의 흔적을 보여주는 미소를 띠고 있었습니다. 젊은이라면 누구나 일생에 한 번쯤 찬콩 스님 같은 사람을 만나고 싶을 겁니다. 나는 그런 분과 함께 일하면서 조금이나마 도움을 드리고 놀라운 경험을 공유하게 되리라고는 꿈에도 생각해본 적이 없었습니다.

승려가 된 후 벨기에의 브뤼셀에 있는 유럽 의회에 방문했을 때가 아직도 생생히 기억납니다. 찬콩 스님은 베트남에 있는 타이의 젊은 제자들의 안전과 종교적 자유를 수호하기 위한 연설을 하기 위해서 나섰고, 타이는 젊은 제자들 중 몇 사람에게 찬콩 스님을 보좌하도록 했습니다. 내가 맡은 일은 회의 일정을 잡고, 기자 인터뷰와 브리핑 초안을 작성하고, NGO 단체들과 연락을 취하는 것이었습니다. 말하자면, 노트북과 휴대전화를 이용해 행동의 검을 휘두르는 일이었습니다. 우리는 도심에 있는 작은 티베트 사원에 머물렀고, 찬콩 스님은 매번 즐거운 마음으로 팀원들을 위해 식사 준비를 도맡으며 저녁식사 후에는 함께 노래를 부르자고도 했습니다. 다음 날 아침, 우리는 사원의 명상 수련에 참여한 다음 유럽 의회까지 걸어갈 준비를 했습니다. 찬콩 스님은 현관 계단 앞에 우리를 멈춰 세우고는, 침묵을 지키며 집중해서 걷기 수련하는 방법을 가르쳐주었습니다. 우리는 호흡에 따라 한 걸음 한 걸음을 내딛으며 마음으로 평화와 연민의 감정을 느꼈고, 우리의 영적 선조들과 함께 걸었습니다.

찬콩 스님은 외교, 인권, 종교적 자유 등을 담당하는 여러 대표와 미팅을 하면서 사랑에서 우러나오는 행동이 무엇인지를 몸소 보여주었습니다. 또한 서류를 얼마나 훌륭하게 작성했는지 혹은 우리가 정치적으로 얼마나 지지를 받는지가 미팅의 성공을 좌우하지 않는다는 걸 직접 증명해 보여주었습니다. 중요한 것은 우리가 만나는 사람들에게 감동을 주고 그들의 마음속에 있는 인류애를 일깨우는 것이었습니다. 사람들에게 직접 올바른 진리를 일깨워줄 수 있다면, 어떻게 도와야 할지 자연스럽게 깨닫게 될 거라는 사실을 그녀는 알고 있었습니다.

찬콩 스님은 자신의 사랑과 카리스마로 완고하기로 소문난 정부 관료들의 마음까지도 움직였습니다. 때로는 미소를 지었고, 때로는 눈물로 호소했으며, 때로는 두 가지를 동시에 보여주기도 했습니다. 무엇보다 참여불교의 다음 세대들이 아시아에서 타이의 유산을 계속해서 이어나갈 수 있도록 정당한 자유와 권리를 수호하기 위해서 유럽 의회까지 가서 연설을 하고 있다는 사실을 누구보다 잘 알고 있었습니다. 사랑으로부터 피어오른 찬콩 스님의 행동은 다른 이들에게 사랑의 불꽃을 일으켰습니다. 당시 찬콩 스팀이 이루어낸 미팅의 영향력이 오늘날까지도 미치고 있습니다.

당시 우리는 브뤼셀부터 스트라스부르, 제네바, 파리까지 빡빡한 일정표에 따라 움직였습니다. 유럽 의회 지구에 있는 아담한 카페에서 잠시 쉬었던 일이 기억납니다. 찬콩 스님이 테이블을 쭉 지나서 카페 창문의 맞은편 자리에 조용히 앉았습니다. 그리고는 눈을 감고 양손을 배에 올린 다음 마음다함의 호흡과 깊은 평온함을 위한 수련을 하기 시작했습니다. 젊은 웨이터는 그 모습을 보고 잠시 뒤로 물러서서 미소를 짓더니 고개를 끄덕이며 말했습니다. "알겠습니다. 편하신 대로 하세요, 마담."

찬콩 스님은 자유로운 영혼이자 자연의 힘 그 자체입니다. 집중과 평화의 균형을 유지하는 방법을 정확히 알고, 나아가 명상가로서의 차분함과 창의력, 예술가의 즐거움, 그리고 전사로서의 힘과 인내심을 적절히 분배할 수 있는 분입니다. 그분의 기민한 정신은 매우 명확하고 자유로우며 번개처럼 빠릅니다. 언제 화합하고, 언제 놓아주어야 하며, 언제 나아가야 할지를 알고 있습니다. 뿐만 아니라 고통을 완화하는 데 도움이 되는 행동이 무엇이며, 하지 말아야 하는 행동이 무엇인지도 알고 있습니다. 이는 수년 동안 마음다함을 수련하고, 연민의 마음을 기르며, 행동을 하는 가운데 마음을 닦아온 값진 결과입니다.

# ○ 마음다함의 씨앗을 심습니다

마음다함, 집중, 그리고 통찰력은 행복해지고 고통을 다루는 데 도움이 되는 세 가지 에너지입니다. 이를 '세 가지 수행', 한자로는 '삼학三學', 베트남어로는 '땀혹tam hoc'이라고 합니다. 이는 다름 아닌 마음다함과 집중과 통찰력을 수련한다는 뜻이지요. 명상을 수련하는 것을 다른 단어로 '바와나bhāvanā'라고도 하는데, 이는 수행하고 수련하고 경작하는 것을 의미합니다. 아직 얻지 못한 것이 있다면, 농부가 밭을 갈고 밀이나 옥수수를 키워내듯 만들어낼 수 있다는 것을 뜻합니다. '바와bhāva'는 글자 그대로 '그곳에 있다'라는 뜻입니다. 이는 무언가를 만들어내서 실제로 존재하도록 한다는 의미로, 이때 우리가 만들어내는 대상은 즐거움, 평화, 그리고 자유입니다. 이를 영어에서는 '수련하다'라는 의미의 practice라는 단어로 표현합니다. 만약 우리가 올바르고 견고하게 수련을 해나간다면 미래를 걱정할 필요가 없습니다. 수련을 통해서 즐거움과 행복, 평화와 조화로움, 화해를 창출하기 위해 스스로 수행하고 있는 셈이니까요. 더불어 아픔과 고통, 이별과 오해를 적절히 다루는 법도 알게 됩니다.

마음다함의 반대말은 망각입니다. 망각은 과거와 미래, 프로젝트, 화와 두려움에 끌려다니는 것을 의미합니다. 이는 진정으로 살아 있는 것이라고 할 수 없습니다. 우리는 망각의 씨앗과 마음다함의 씨앗을 각각 가지고 있습니다. 만약 마음다함의 자세로 차를 마시고, 마음다함의 자세로 호흡을 하고, 마음다함의 자세로 샤워를 하면서 조금씩 수련을 해나간다면 며칠 내로 마음다함의 씨앗이 튼튼하게 자라날 겁니다. 마음다함을 통해 우리는 더욱 집중력을 발휘하게 되고, 그 집중력을 통해 더 깊고 명확하게 사물을 볼 수 있게 됩니다. 어떤 결정이든 더 현명한 것을 택하게 되고, 무슨 일을 하든 더 나은 결과를 얻을 수 있습니다. 다른 사람과 함께 있을 때도 마음다함의 자세를 가지고 더욱 집중해서 관계를 유지하면, 그 관계는 더 깊어질 겁니다. 매일 호흡과 걷기 수련을 하고 마음다함을 바탕으로 한 행동을 수행함으로써 내면에 있는 마음다함의 씨앗은 하루가 다르게 자라날 겁니다.

임제선사는 학식이 매우 뛰어났으며 젊은 시절에는 무척 성실한 학생이었습니다. 하지만 선종의 수행을 위해서 학업을 포기해야만 했습니다. 그렇다고 해서 여러분에게 학업을 중단하라는 것이 아닙니다. 임제선사는 불교의 가르침에 대한 지식을 망라한 분이었습니다. 가르침을 얻는 것은 반드시 필요하지만, 형식적인 학업이 우리를 변화시키고 깨달음으로 이끄는 것은 아닙니다. 우리 대부분은 학위가 있어야만 행복해질 수 있다는 생각을 가지고 학위를 얻기 위해 6~8년이라는 시간을 할애합니다. 하지만 슬픔과 화를 다루는 법을 깨우치기 위해서, 연민의 마음으로 듣기 위해서, 애정 어린 언행을 배우기 위해서 3개월에서 6개월, 심지어 1년 동안 수련을 하겠다는 사람은 찾아보기 힘듭니다. 우리의 화와 슬픔, 절망을 다른 모습으로 변화시키는 법과 애정 어린 언행을 하고 깊이 듣는 법을 배울 수 있다면, 우리는 많은 사람에게 행복을 전할 수 있는 능력을 갖춘 진정한 영웅이 될 수 있습니다.

## ○ 다섯 가지 마음다함 수련법

우리가 살아가는 글로벌한 시대에 서로가 공유하는 가치나 '글로벌 윤리' 없이 조화를 이루는 것은 불가능합니다. 2부 각 장의 마지막 부분에 있는 '마음다함의 수행법'은 세계적인 정신과 윤리에 불자로서 기여할 수 있는 것을 표현한 다섯 개의 짧은 글입니다. 이 글에서는 영적인 수련을 통해서 진정한 행복과 진정한 사랑, 생명 보호, 의사소통의 회복, 지구상의 모든 이들과 지구의 치유를 가져올 수 있다고 말하고 있습니다. 이는 또한 우리 세계가 직면한 어려운 상황을 벗어날 수 있는 길이기도 합니다. 무아의 통찰과 어울려 존재함은 우리의 삶과 행동을 변화시킬 수 있는 견고한 바탕이지요. 이러한 통찰력과 올바른 행동으로부터 우리 자신의 안녕과 지구의 안녕이 자연스럽게 어우러지게 됩니다. 다섯 가지 마음다함의 수행의 길을 따라가간다는 것은 이미 변화와 치유의 길에 발을 내디딘 것이며, 그 길을 따라가다 보면 다양한 문화의 아름다움을 보호하는 데 도움이 되고 지구를 구할 수 있는 보살로 거듭날 수 있습니다.

## 마음다함의 목적지

산스크리트어로 길을 '마르가marga'라고 합니다. 이는 잘 다듬어진 도로가 아니라 산을 향해서 구불구불 나 있는 험준한 길을 의미합니다. 오늘날과 같은 시대를 살다 보면, 앞으로 나갈 길이 잘 보이지 않습니다. 모든 것이 뿌옇고 불확실하기만 합니다. 우리 눈앞에 보이는 것을 어떻게 믿을 수 있을까요? 우리는 어느 길로 가야 합니까?

앞으로 살펴보겠지만, 타이는 마음다함은 도구가 아닌 길이라고 말합니다. 무언가를 얻기 위한 도구가 아니라는 것이죠. 심지어 편안함과 집중, 평화나 깨우침 같은 것을 얻기 위한 방법이라고 할 수도 없습니다. 다시 말해, 마음다함은 생산성을 높이고, 부를 축적하고, 성공으로 향하는 목표에 도달하기 위한 수단이 아닙니다. 진정한 마음다함 속에서 우리는 내딛는 걸음마다 목적지에 이르게 됩니다. 그 목적지는 바로 연민과 자유, 깨달음과 평화, 두려움 없음이기도 합니다. 진정한 마음다함과 윤리는 떼려야 뗄 수 없는 관계에 있습니다. 실제로 마음다함으로부터 통찰력을 얻을 수 있다면, 세상을 바라보는 법과 살아가는 방식을 변화시킬 수 있을 겁니다.

앞에서 소개했던 어울려 존재함의 통찰과 궁극적 차원의 진리, 고통의 쓰디쓴 여주를 연민으로 변화시키는 법 등에 해당하는 근본적 통찰력을 발전시키기 위해서, 우리는 규칙적이고 견고하게 명상과 마음다함의 수련을 해야 합니다. 침묵과 가만히 앉아 있기, 그리고 자연 속에서 보내는 시간도 필요하지만 일하고 소비하고 말하고 듣고 사랑하고 세상과 교류하는 방식 속에서 마음다함의 뼈대를 갖출 필요가 있습니다. 마음다함은 단순히 명상을 통해 고요함에 이르는 것을 의미하는 것이 아닙니다. 우리 일상을 위한 것입니다. 이러한 통찰력을 신중하게 적용하고 현실의 거친 이면을 향해 가르침을 주어야만 변화의 길을 향해서 나아갈 수 있게 됩니다.

　다음의 다섯 개의 장에서는 다섯 가지 마음다함의 수행에 대한 타이의 가르침을 만날 수 있습니다. 이는 《금강경》에서 가르치는 어울려 존재함의 근본적 통찰력을 바탕으로 지구상에서 살아가기 위한 새로운 삶의 방식을 제시해주는 다섯 가지 필수적인 개념들입니다. 먼저 3장에서는 생명에 대한 경외심을 바탕으로 한 비폭력의 윤리에 대해 살펴볼 것입니다. 4장에서는 지구와 우리 사회를 파괴하고 있는 행복의 견해에 대해서 다시 한 번 짚어볼 것입니다. 5장에서는 우리의 행동과 꿈을 좌우하는 것이 무엇인지 깊이 생각해보고, 6장에서는 협동심과 포용력을 키워줄 듣기와 말하기의 새로운 방식에 대해서 알아볼 것입니다. 마지막으로 7장에서는 변화와 치유를 위한 연민의 힘에 대해서 배워볼 것입니다. 이 다섯 개 장의 마지막 부분에는 마음다함의 수행을 위한 규율을 설명하는 글이 포함되어 있습니다. 이러한 규율이 익숙하지 않고 조금은 어렵게 느껴질 수도 있을 겁니다. 하지만 그 글들은 우리의 생각과 습관을 흐트러뜨려서 새로운 탈출구를 찾기 위한 것입니다. 그리고 그것은 북극성처럼 우리가 나아가야 할 길을 밝혀줄 윤리적 잣대가 되어줄 것입니다.

# 3장

## 생명 존중으로 향하는 평화의 길

## ○ 깨달음의 에너지

누구나 삶에 있어서 영적인 영역을 필요로 합니다. 그래야만 매일 마주하는 도전과 어려움에 맞서서 그것을 극복해낼 수 있습니다. 우리가 영적인 것에 대해 이야기하는 방법 중의 하나가 바로 깨우침의 '에너지', 마음다함의 '에너지'와 같이 '에너지'라는 단어를 사용하는 것입니다. 이런 에너지를 통해 우리는 지금 바로 이곳에서 삶과 삶의 기적들을 경험하며 온전히 존재할수 있습니다.

우리는 영적인 것과 영적이지 않은 것을 구분하려는 경향이 있습니다. 영혼은 영적인 것이며, 육체는 영적이지 않은 것이라고 분류합니다. 하지만 이것은 사물을 보는 차별적인 방식이기도 합니다. 예를 들어, 내가 마실 차를 만든다고 생각해보세요. 찻잎과 뜨거운 물, 주전자 그리고 컵이 필요할 겁니다. 이런 재료들은 영적인 영역에 속할까요, 아니면 영적이지 않은 영역에 속할까요? 마음다함의 자세로 뜨거운 물을 주전자에 부으면 내 안의 마음다함과 집중의 에너지가 그 안에 담깁니다. 그러면 그 순간 차와 물, 주전자는 모두 영적인 것이 됩니다. 그리고 마음다함과 집중의 에너지를 담아 양손으로 차가 든 컵을 쥔다면, 차를 마시는 행동은 매우 영적인 것이 됩니다. 마음다함과 집중과 통찰의 에너지가 닿는 것은 무엇이든 영적인 것이 됩니다. 차와 차를 마시는 나의 육체까지 말입니다. 따라서 영적인 것과 불경한 것을 구분하는 데 절대적 기준 같은 것은 없습니다. 우리는 이 세상을 살아가고 있고, 이른바 '세속적'이라는 단어조차도 깨달음의 에너지가 더해지면 영적인 영역이 되기 때문입니다. 마음다함과 집중, 그리고 통찰력은 우리의 일상생활 속에서 언제든 얻을 수 있고, 이런 에너지들은 우리를 영적으로 만들어줍니다.

어린 승려로 사원에 들어갔을 때, 눈을 뜨자마자 암송해야 한다면서 배웠던 구절이 있습니다.

아침에 눈을 뜨면서, 미소를 짓습니다.
내 앞에 새로운 24시간이 기다리고 있습니다.
매 순간을 깊이 살아가겠다고
그리고 세상 만물을 연민의 눈으로
바라보겠노라고 맹세합니다.

당시만 해도 이 시에 심오한 의미가 담겨 있음을 알지 못했고, 그것을 이해하지도 못했습니다. 왜 아침에 눈을 뜨면 미소를 지어야 하는 걸까? 한참 후에야 나는 그 미소가 깨우침의 미소라는 것을 알게 되었습니다. 아침에 눈을 뜨는 순간 우리는 살아 있음을 알게 됩니다. 내 안에 삶이 있고 나의 주변에 삶이 있으며, 나는 그 삶을 향해서 미소를 짓습니다. 삶을 향해서 인사를 건넴으로써 진정 살아 있음을 느끼고 자신의 내면에 살아 있는 에너지를 느낄 수 있습니다. 그렇게 마음다함의 에너지를 만들어냄으로써 우리는 곧바로 영적인 존재가 될 수 있습니다.

두 번째 구절을 암송하면서 앞으로 살아갈 새로운 24시간이 펼쳐져 있다는 사실을 깨달으며 그 미소는 더욱 커집니다. 나의 집 앞에 그리고 나의 가슴 속에 24시간이 도착해 있습니다. 그러면 저절로 깨달음과 즐거움의 미소를 짓게 됩니다. 삶을 소중히 가꾸고 나에게 주어진 시간을 잘 사용하겠다고 다짐하게 되지요.

기독교인은 성령이 임하는 곳에 생명과 용서, 연민과 치유가 존재한다고 말합니다. 이러한 에너지들 역시 마음다함에 의해서 만들어지므로 성령은 마음다함의 또 다른 이름이라고 할 수 있습니다. 그것은 또한 우리에게 삶을 가져다주고 사랑과 연민과 용서의 마음을 갖게 하는 에너지입니다. 중요한 것은 그 에너지가 우리 안에 있다는 것입니다. 그리고 그 에너지를 어떻게 발전시켜나갈지 알고 있다면 마침내 그것을 발현할 수 있게 됩니다.

마음다함과 집중의 에너지를 갖고 있으면서도 고통과 마주하게 된다면, 그 고통은 세속적인 것일까요, 아니면 영적인 것일까요? 그 고통이 우리를 뒤흔들도록 내버려둔다면 그건 영적인 것이 아닙니다. 하지만 그 고통을 알아차리고 그것을 포용하며 그 속을 깊이 들여다보고 이해와 연민이 샘솟도록 할 수 있다면, 고통조차 영적인 것이 됩니다. 그렇다고 해서 고통을 더 많이 만들어내야 한다는 것은 아닙니다. 우리는 이미 충분히 고통을 겪고 있으니까요. 하지만 그 고통을 잘만 이용한다면 연민의 감정을 느낄 수 있습니다.

고통은 우리의 몸에서 긴장과 통증의 형태로 나타납니다. 마음다함의 호흡과 걷기로 얻은 에너지로 우리는 긴장과 통증을 줄일 수 있고, 이는 영적인 수행이 됩니다. 마음다함의 에너지를 통해 우리는 고통스러운 감정은 물론 화와 분노, 폭력과 절망을 포용하여 몸과 마음에 평화를 가져올 수 있습니다. 그것 역시 영적인 수행이라고 할 수 있습니다.

1966년 나는 베트남 전쟁에 반대하는 연설을 해달라는 요청을 받고 미국을 방문한 적이 있습니다. 미국에서는 평화를 촉구하며 전쟁을 멈출 것을 요구하는 움직임이 점점 더 확산되고 있었지만, 그럼에도 평화를 얻기란 쉽지 않았습니다. 한번은 연설을 마친 나에게 잔뜩 화가 난 미국인 청년이 자리에서 일어나 이렇게 말했습니다. "당신은 여기 있으면 안 되죠! 당장 베트남으로 돌아가서 총을 들고 미 제국주의에 맞서서 싸워야 하지 않나요?" 이처럼 평화 운동을 하는 이들 사이에서도 분노가 가득했습니다.

나는 "베트남 전쟁의 뿌리가 여기 미국에 있습니다. 베트남에 있는 미국 병사들 역시 그릇된 정책의 피해자입니다. 그래서 이곳에 와서 여러 미국인 앞에서 전쟁은 아무런 도움이 되지 않는다고 말하고 있는 겁니다"라고 말했습니다.

어떤 상황에서도 이해심과 연민의 마음을 지속적으로 유지해야 합니다. 그래야 화와 미움 속에서도 우리 스스로를 잃지 않을 수 있습니다. 나는 미국 곳곳에서 평화 운동을 하며 많은 사람을 만났고, 마음속에 화를 품고 있으면 평화를 얻을 수 없다는 사실에 대해 수차례 연설을 하기도 했습니다. 평화를 위한 행동에 나서기 위해서는 먼저 나 자신부터 평화로워져야 합니다. 그렇게 영적인 지도자 역할을 하던 나의 친구들과 나는 평화 운동을 하는 이들에게 비폭력과 영적인 차원을 소개할 수 있게 되었습니다.

어려운 상황이 닥쳤을 때, 우리는 살아남기 위해서 그리고 희망과 연민의 감정을 유지하기 위해 영적인 수행을 해야 합니다. 지구상에 있는 모두가 일상에 영적인 차원을 더한다면, 고통에 휩쓸리지 않고 고통을 잘 다스리며 행복을 키워나갈 수 있습니다. 모두가 자신이라는 집으로 돌아가서 깊이 살펴야 합니다. 그것이 바로 영혼이 해야 할 일입니다. 우리의 시대는 영적인 시대가 되어야 합니다. 우리의 생존이 바로 영적인 것에 달려 있기 때문입니다.


## ○ 당신이 곧 기적입니다

자기 자신을 존중하지 않으면 지구는 물론이고 다른 이를 존중할 수도 사랑할 수도 없습니다. 내 몸이 곧 나이고, 내 마음이 바로 나라는 생각에 사로잡히면 자신의 가치를 과소평가하게 됩니다. 반대로 자아라는 개념에서 벗어나 자신의 몸과 마음에 모든 선조의 존재가 흐르고 있음을 알게 될 때, 우리는 깊은 존중의 마음으로 몸과 마음을 인식하게 됩니다.

어쩌면 우리는 자신이 사랑받을 자격이 없다고 느낄지도 모릅니다. 하지만 우리는 사랑을 필요로 합니다. 그건 부처도 마찬가지입니다. 사랑이 없이는 우리는 살아갈 수 없습니다. 그러니 자신을 차별해서는 안 됩니다. 누구나 사랑이 필요하고, 사랑받을 자격이 있으며, 사랑받아 마땅하다는 사실을 기억하세요. 우리 안에 있는 선조들 모두가 사랑이 필요합니다. 왜 그들에게서 사랑을 빼앗으려고 하나요? 우리의 세포 하나하나에 그분들이 아직 살아 있습니다. 아마도 그들은 생전에 충분히 사랑받지 못했을지도 모릅니다. 하지만 이제는 우리가 그들에게 사랑을 줄 수 있는 기회가 생겼고, 동시에 자신도 잘 돌볼 수 있는 기회가 생긴 셈입니다.

우리 자신이 바로 삶의 기적입니다. 자신을 경멸하며 고통만을 가진 아무것도 아닌 존재라고 생각해도 우리가 기적이라는 사실에는 변함이 없습니다. 저 밖에 서 있는 단풍나무 역시 기적이고, 우리가 껍질을 벗기려고 하는 오렌지도 기적입니다. 그 오렌지의 껍질을 벗겨 입에 막 넣으려고 하는 우리 또한 기적입니다. 오직 우리의 화와 두려움, 강박관념이 그 사실을 보지 못하도록 만들 뿐입니다. 밝은 햇살과 파란 하늘만큼이나 우리는 경이로운 존재들입니다.

마음을 다해 숨을 들이쉬고 내쉬며 수련을 하고, 우리에게 전해진 수많은 좋은 것들, 가령 연민과 이해와 사랑과 용서의 씨앗을 알아차리는 것은 누구나 할 수 있는 일입니다. 내 안에 선조들이 함께하고 있음을 깨달을 때 스스로에 대한 자신감을 가질 수 있습니다. 우리 시대에는 선조들이 힘들게 싸워서 쟁취한 민주주의가 존재합니다. 아름다운 도시들은 물론이고 예술과 문학, 음악과 철학, 그리고 지혜로움 역시 선조들이 창조하여 우리에게 물려준 것입니다. 우리의 선조들은 우리 안에 존재합니다. 그들이 했던 일은 우리도 할 수 있습니다. 자신에 대한 믿음을 가지고 선조들이 살아 있는 동안 하지 못했던 일을 우리가 계속 해나갈 수 있다는 것을 믿어야 합니다.

베트남의 가정집에는 영적인 선조들과 혈연관계의 선조들을 모셔두는 제단이 있습니다. 베트남 사람들은 매일 초를 켜고 향을 피우거나 꽃을 올리고 제단의 먼지를 털어냅니다. 또한 아이들에게 선조들이 어떤 삶을 살았으며, 어떤 자질을 가진 분들이었는지, 또 우리에게 어떤 영감을 주며 우리를 어떻게 하나로 연결해주는지를 이야기해주기도 합니다. 그렇게 각자 자신의 뿌리로 돌아가 자신이 물려받은 유산의 가치를 재발견합니다.

임제선사는 깨달음과 자유, 그리고 행복의 씨앗이 우리 안에 있다는 사실에 대해서 자신감을 가져야 한다는 가르침을 주었습니다. 또한 그 씨앗을 우리 밖에서 찾으면 안 된다고 했습니다. 우리의 몸과 마음, 영혼 속에는 자신을 치유하는 데 필요한 모든 요소가 담겨 있습니다. 깨달음과 이해, 행복의 요소들은 이미 우리 안에 존재합니다. 그저 자기 자신에게 돌아가서 손을 뻗기만 하면 닿을 수 있습니다.


## ○ 삶의 스위치를 켜세요

몇 년 전 피정과 연설을 위해 캘리포니아 북부에 머물며 거대한 세쿼이아 숲으로 둘러싸인 산 속에 자리 잡은 수도원의 작은 오두막에서 지낼 때였습니다. 어느 날 〈샌프란시스코 크로니클San Francisco Chronicle〉의 기자 한 명이 마음다함에 대해서 인터뷰를 하고 싶다면서 나를 찾아왔습니다. 나는 인터뷰 전에 그에게 차를 대접했고, 우리는 오두막 밖의 커다란 세쿼이아 나무 둥치에 자리를 잡고 앉았습니다. 나는 그 기자에게 인터뷰는 잠시 잊고 그저 차나 즐기라고 말했습니다. 다행히 기자도 흔쾌히 그러겠노라고 대답했습니다.

나는 정성껏 차를 준비했고, 우리는 맑은 공기와 세쿼이아 나무 사이로 눈부시게 내리쬐는 햇살의 아름다움을 만끽하며 차를 즐겼습니다. 마음다함에 대한 좋은 기사를 쓰기 위해서는 질문이나 던지고 그에 대한 대답을 듣기보다는 직접 마음다함을 느끼는 것이 가장 좋은 방법이라는 것을 알고 있었기 때문입니다. 형식적인 질문으로는 독자에게 마음다함이 무엇인지 이해하게 만들 수 없습니다. 그래서 그가 마음다함의 자세로 차를 마시고, 최대한 차를 마시는 시간을 즐길 수 있도록 도왔습니다. 다행히 그 기자 역시 나와 차를 마시는 시간을 즐기면서 인터뷰는 완전히 잊은 것처럼 보였습니다. 차를 마시고 난 다음 우리는 수월하게 인터뷰를 마쳤고, 나는 주차장까지 그를 배웅해주었습니다.

주차장으로 가던 길에 나는 걸음을 멈췄습니다. 그리고 그 기자에게 고개를 들어서 하늘을 보고 호흡을 하며 미소를 지어보라고 했습니다. "숨을 들이쉬면서 저 높은 곳에 하늘이 있음을 느껴보세요. 그리고 숨을 내쉬면서 하늘을 보고 미소를 지어보세요." 우리는 1분 정도 그 자리에 서서 하늘을 바라보고 호흡을 하면서 하늘의 파란 기운을 만끽했습니다. 마침내 자동차 앞에 도착했을 때 그는 오늘처럼 하늘을 바라보며 진정으로 파란 하늘과 교감을 한 것은 처음이라고 했습니다. 물론 전에도 수도 없이 하늘을 보았을 겁니다. 하지만 진심으로 하늘을 본 것은 그날이 처음이었습니다.

프랑스의 소설가 알베르 카뮈Albert Camus의 소설 《이방인》에는 살인을 저지른 청년이 등장합니다. 사형 선고를 받은 그는 사형이 집행되기 사흘 전 교도소 감방에 등을 대고 누워서 하늘을 바라봅니다. 순간 그의 시야에 밝은 햇살 사이로 파란 하늘이 들어옵니다. 물론 그전에도 수없이 하늘을 바라보았지만, 그렇게 깊이 하늘을 본 것은 그날이 처음이었습니다. 그것도 아주 작은 창문을 통해서 말이지요. 어쩌면 죽음을 목전에 두고 있어서 목숨을 부지할 수 있는 순간들 하나하나가 소중하게 느껴졌는지도 모릅니다. 그런 깨달음을 얻은 순간, 다시 말해 교감할 수 있는 능력을 얻게 된 순간을 소설가 카뮈는 바로 양심의 가책을 느낀 순간이라고 말합니다. 그것은 또한 명상에서 이야기하는 의식의 순간이자 마음다함의 순간이기도 합니다. 마음다함 덕분에 그 젊은이는 태어나서 처음으로 파란 하늘과 진심으로 닿을 수 있게 된 것입니다.

얼마 후 가톨릭 신부가 교도소로 찾아와서 그 젊은이에게 마지막으로 고해성사를 할 기회를 주겠노라고 하지만, 그는 신부의 제의를 받아들이지 않습니다. 살 시간이 아주 조금밖에 남아 있지 않은데, 평소에도 믿지 않던 신에게 고해성사나 하면서 시간을 낭비하고 싶지 않았기 때문입니다. 그는 깨달음을 얻었다고 느낀 반면 신부는 여전히 어둠 속에서 머물고 있었던 셈입니다. 망각 속에서, 그리고 완전히 살아 있지 않은 상태로 말입니다. 그리고 카뮈는 그런 신부의 모습에 대해 이렇게 말합니다. "그는 죽은 사람처럼 살았다."

대부분의 사람들도 그 가톨릭 신부와 마찬가지로 마치 죽은 사람처럼 살아가고 있습니다. 많은 사람들이 그런 삶을 살고 있는 이유는 아직 깨달음의 순간에 다가서지 못했기 때문입니다. 우리는 이미 그 자체로 기적이라 할 수 있는 육체를 가지고 있음에도 마음다함의 순간에 이르지 못하고 있습니다. 파란 하늘을 비롯해 우리 주변에 삶의 기적이 가득한데도 불구하고 우리는 마음다함의 자세를 알지 못합니다. 마치 몽유병 환자처럼 멍한 상태로 살아가고 있습니다. 그것은 정말로 살아 있는 삶이라고 할 수 없습니다. 그것은 또한 마치 스위치가 꺼진 상태와도 같습니다. 스위치를 켜지 못한 상태로 삶을 깊이 있게 살지 못하고 있는 겁니다. 다시 새로운 삶을 살기 위해서는 깨달음을 얻어야 합니다. 마음다함을 수련한다는 것은 부활을 위한 수련을 하는 것과 같습니다. 대부분 사람들은 죽은 사람처럼 살고 있지만,

마음다함의 호흡과 마음다함의 걷기를 알게 되는 순간, 우리는 스스로 다시 살아나 진정한 삶으로 돌아갈 수 있습니다.

이것이 내가 아직도 그 기자를 만났던 날을 기억하고 있는 이유입니다. 그를 주차장으로 데려다주는 길에 잠시 멈추어서 하늘을 보게 하고 호흡하도록 해서 파란 하늘과 교감하도록 만들었던 그날의 기억 말입니다. 그 순간은 곧 마음다함의 성공적인 사례였습니다. 그가 쓴 마음다함에 대한 기사는 그야말로 흠잡을 데 없이 훌륭했습니다. 그 이유는 자신이 직접 마음다함의 태도로 차를 마시고, 마음다함의 걷기를 하고, 마음다함의 호흡을 하면서 하늘을 바라보며 마음다함을 맛본 덕분이었습니다.

## 궁극의 영역으로 가는 산책길

현대 사회에서 삶의 소소한 기적들에 대한 경외심을 기르는 것은 곧 강력한 저항의 행동입니다. 이 아름다운 행성의 존재에 대해 우리의 눈과 귀와 마음을 열고 밖으로 나서는 것은 대단한 용기와 자유가 필요한 일입니다. 사회로부터 그렇게 하지 못하도록 길들여져 있기 때문입니다.

플럼 빌리지의 숙소에서 보내는 시간 동안 타이는 행동과 비행동의 조화의 극치를 보여주었습니다. 타이는 자료를 번역하고 연구를 하고 연설 준비를 하고 기사를 쓰고 편지를 쓰는 중에도 항상 밖으로 나가서 짧은 시간이나마 가볍게 산책을 하곤 했습니다.

비가 오든 바람이 불든 눈이 내리든 해가 쨍쨍 비추든, 타이는 책상에서 일어나 코트를 걸치고 모자를 쓰고 목도리를 두르고는 모든 걸음과 호흡을 온전히 느끼면서 정원에 자란 대나무와 소나무 숲을 지나고 졸졸 흐르는 시냇물의 줄기를 따라서 걷기 명상을 즐겼습니다. 볕이 좋은 날이면 나무 사이에 걸어둔 해먹에 누워서 바람에 흔들리는 포플러 나뭇잎을 한참 동안 바라보았고, 특별한 통찰이 불현듯 스치고 지나갈 때면 숙소로 돌아와 펜을 들고 머릿속에 떠오른 것들을 적어 내려가곤 했습니다.

지금 우리 눈앞에는 당장 처리해야 할 일들이 있을지도 모릅니다. 그렇다면 언제쯤 해야 할 일을 다 마칠 수 있을까요? 명상가이자 수련가로서 자유로워질 권리, 한 명의 인간으로서 이 아름다운 지구에서 살아 있음을 즐길 자유의 권리는 분명 자신에게 있음을 타이는 우리에게 알려주었습니다.

타이는 의회나 모임에 연사로 초대를 받았을 때도 강연의 마지막 부분에는 항상 야외로 나가서 걷기 명상을 할 것을 권하곤 했습니다. 하버드대학교와 구글, 세계은행 본부에서 강연을 할 때도 마찬가지였습니다. 타이는 모든 이들이 익숙한 거리와 정원과 광장을 걸으며 그 순간에 온전히 존재하고, 모든 호흡과 발걸음을 있는 그대로 느끼면서 자유와 평화로움을 느끼길 바랐습니다. 궁극의 영역은 멀리 있지 않습니다. 우리가 살고 일하는 일상을 깊이 경험함으로써 궁극의 영역을 맛볼 수 있는 것입니다.

BBC에서 기자로 일하던 시절에 나는 타이가 머물고 있는 플럼 빌리지에서 공부를 시작했습니다. 그때 나는 한 승려분에게 도시로 돌아가서도 수련을 계속 이어나가는 방법이 있을지 물었습니다. 그분은 하루의 일상 중에서 '마음다함의 섬'을 만들 필요가 있다는 조언을 해주었습니다. 그 분은 나에게 내려야 하는 버스 정류장보다 한두 정거장 먼저 내려서 회사까지 걸어가는 시간을 좀 더 늘려보라며 다음과 같이 말했습니다. "마음다함의 걷기를 하기 위한 시간을 늘리기만 하면 되는 거예요. 그러면 하루 중 많은 시간을 투자하지 않더라도 마음다함의 에너지가 살아 있도록 하는 데 도움이 될 거예요."

나는 그녀의 조언에 따라 매일 버스에서 일찍 내려 지름길을 택해 교회 마당을 가로지르고 길을 건너고 회사의 문을 통과하면서 완벽한 깨달음의 영역에 들어섰습니다. 교통 소음을 듣고, 나무를 보고, 새들의 노래에 귀를 기울이고, 도시의 맥박 소리를 들으면서 모든 걸음과 호흡을 느꼈습니다. 종종 수많은 생각들에 압도될 때면, 곧바로 그 자리에서 걸음을 멈추고 크게 호흡을 한 다음 다시 걸음을 옮기곤 했습니다. 그리고 넓은 공터를 가로지르는 그 짧은 순간 동안 태어나서 처음으로 도시의 영혼과 매우 가까워졌음을 느낄 수 있었습니다.

타이의 가까운 지인이자 선종의 지도자인 래리 워드Larry Ward 박사는 《미국의 인종적 업보: 치유를 위한 초대America's Racial Karma: An Invitation to Heal》라는 저서에서 지구상의 기적과 함께하는 치유의 힘에 대해 다음과 같이 썼습니다. "집 밖에 나가서 자연의 세상 속에 있을 때, 나는 피부색 때문에 정치적으로 비난을 받거나 피해를 입지 않는 경험을 하며 감동했습니다. 최근에 나는 한 친구에게 나무나 바위는 나에게 무례하게 굴거나 고의로 나를 괴롭히는 법이 없다고 말했습니다. 나는 일상의 삶이 주는 기적과 교감하고 있으며,

그 속에서 나의 마음과 정신은 아름다움과 감사함으로 더욱 풍요로워지는 동시에 나의 신경계도 다시금 조화를 찾아 평온함을 유지하고 있습니다."

래리 박사는 자연 속에 있는 자신의 집 밖에서 매일 규칙적으로 수행을 하면서 느낀 것에 대해 다음과 같이 말합니다. "나 자신과 세상을 완전히 다시 창조할 수 있는 새롭고도 깊은 생명력을 느낄 수 있습니다. … 불평등을 이겨내기 위해서 우리는 자신의 중심과 영적 회복성을 잃어서는 안 됩니다. 무엇보다 중요한 것은 지혜와 연민과 교감하는 능력을 잃지 않고 새로운 세상을 창조하기 위해서 행동하는 것입니다."

## ○ 비폭력으로 나아가는 길

'비폭력non-violence'을 산스크리트어로 '아힘사ahimsā'라고 합니다. 이는 나 자신을 비롯한 다른 모든 생명에 해를 주지 않음을 의미하는 것입니다. '비폭력'이라는 표현은 자칫 수동적이고 적극적이지 못하다는 인상을 줄 수 있습니다. 하지만 그건 사실이 아닙니다. 비폭력의 자세로 평화롭게 산다는 것은 하나의 기술이며, 우리는 그 방법을 배워야만 합니다.

비폭력은 목적한 바를 이루기 위한 전략이나 전술이 아닙니다. 그보다는 이해와 연민으로부터 자연스럽게 나타나는 반응 혹은 행동의 일종이라고 할 수 있습니다. 우리 마음속에 이해와 연민이 자리 잡고 있다면 우리가 하는 모든 행동은 비폭력적인 행동이 될 겁니다. 하지만 비폭력을 독단적으로 행하는 것은 더 이상 비폭력이라고 할 수 없습니다. 비폭력의 영혼은 반드시 지적인 것이 되어야 합니다.

경찰이라면 비폭력의 마음으로 총을 소지할 수 있습니다. 총을 가지고 있더라도 위험한 상황에 직면했을 때 연민의 마음으로 차분하게 문제를 해결하려 한다면, 총을 사용할 필요가 없을 겁니다. 겉보기에는 언제라도 폭력을 사용할 준비가 된 사람처럼 보일지 몰라도, 그들의 가슴과 마음만은 비폭력적입니다. 이것이 바로 비폭력의 마음으로 총을 소지하는 것입니다. 이와 마찬가지로 연민의 마음을 가지고 죄 지은 사람을 체포하고, 수갑을 채우고, 감옥에 가둘 수도 있습니다.

반면에 때로 아무런 행동을 하지 않는 것이 오히려 폭력이 될 수 있습니다. 누군가가 살인을 하고 파괴적인 행동을 하는 것을 보고도 방관한다면, 비록 아무 짓도 하지 않더라도 이미 폭력에 가담한 것이나 다름없습니다. 따라서 폭력은 행동일 수도 있고, 행동을 하지 않는 것일 수도 있습니다.

비폭력적 행동은 또한 장기간 계속되는 행동입니다. 교육, 농업, 예술의 영역에서 우리는 비폭력적인 사고와 비폭력적인 행동을 도입할 수 있습니다. 폭력이란 차별과 증오, 두려움과 분노에서 비롯되는 것이므로 사람들 사이에서 차별적인 요소를 없애도록 돕는 것은 비폭력의 근원이 됩니다. 차별은 그 자체로 폭력의 일종입니다. 차별적인 태도를 갖는다는 것은 사람들에게서 기회를 앗아가고 그들을 소외시키는 것을 의미합니다. 그래서 포용력과 인내심은 비폭력을 실행하는 데 가장 중요한 요소이기도 합니다. 우리는 각각의 사람들이 가진 존엄성과 생명을 존중해야 합니다. 따라서 차별, 증오, 두려움과 분노의 태도를 변화시키도록 돕는다는 것은 그 어떤 행동보다 비폭력적인 행동을 하는 것과 같습니다. 그리고 우리는 지금 당장 이런 변화를 가져올 수 있습니다. 폭력적으로 행동할지, 비폭력적으로 행동할지 결정해야 하는 어려운 상황에 직면할 때까지 가만히 기다려서는 안 됩니다.

모든 사람이 완벽하게 비폭력적인 삶을 살아야 한다고 말하는 것은 아닙니다. 다만 가능한 한 비폭력적으로 행동해야 한다고 말할 따름입니다. 예를 들어 군대를 생각해봅시다. 군대에서는 오직 폭력적인 행동만 한다고 생각할 수도 있습니다. 하지만 군대를 지휘하고, 마을을 수호하고, 침략을 막는 데에는 여러 가지 방법이 있습니다. 더 폭력적인 방법도 있고, 덜 폭력적인 방법도 있습니다. 우리는 여러 방법 중에서 선택할 수 있습니다. 100 퍼센트 비폭력적으로 행동하기 힘든 상황이라면, 10퍼센트의 비폭력보다는 80퍼센트의 비폭력이 더 나은 선택이 될 겁니다. 절대적인 것을 요구해서는 안 됩니다. 우리는 완벽할 수 없습니다. 그저 최선을 다하는 자세가 필요합니다. 중요한 것은 이해와 연민의 방향으로 나아가기로 결심하는 것입니다. 비폭력은 북극성과 같습니다. 우리는 그저 최선을 다해 목표를 향해 나아갈 뿐입니다. 그것으로 충분합니다.

폭력과 전쟁에 항상 무기가 동원되는 것은 아닙니다. 분노와 오해로 가득 찬 생각을 한다는 것은 그 자체로 전쟁이나 다름없습니다. 전쟁은 우리가 생각하고 말하고 행동하는 방식 속에서 벌어지기도 합니다. 어쩌면 우리는 자신도 모르는 사이에 주변 다른 사람들과 싸우며 전쟁을 벌이고 있는지도 모릅니다. 상대를 향한 총격을 잠시 멈출지 모르지만, 대부분의 순간에는 우리는 전쟁을 하고 있을 수도 있습니다. 자신을 전쟁터로 들여보내지 마세요. 자신의 감정을 억압하고 억누르는 것 또한 일종의 심리적 폭력일 수 있습니다. 불교 명상에서 우리는 고통과 분노, 증오와 절망 속에서 살아가는 법을 수련합니다. 마음다함의 에너지로 자신이 느끼는 모든 감정들을 부드럽게 껴안고 그 에너지가 자신의 감정을 관통하도록 해보세요. 자신의 감정을 자연스럽게 표현하며 그 감정들을 포용한다면, 그것은 다른 모습으로 바뀔 수 있습니다.

경제 시스템 또한 매우 폭력적인 것이 될 수 있습니다. 눈앞에 총이나 폭탄이 보이지는 않더라도 사람들에게 소외감을 느끼게 한다는 점에서 경제 시스템 자체도 폭력적이라고 말할 수 있습니다. 그 시스템의 관습적인 폭력 때문에 가난한 이는 평생을 가난하게 살아야 하고, 부자는 평생을 부유하게 살아갑니다. 모든 이들이 소외감을 느끼지 않으며 교육과 취업의 기회, 자신의 재능을 개발할 기회를 얻을 수 있도록 폭력적 경제 시스템을 폐지하고 경제 분야에 비폭력을 적용해야 합니다. 경영자들이 비폭력적으로 기업을 운영한다면, 그 주변 사람들만 이익을 보는 것이 아니라 경영자 자신에게도 이익이 됩니다. GDP가 증가한다는 것이 사회 전체가 행복해진다는 의미는 아닙니다. 높은 GDP가 아니라 연민의 마음을 가질 때 우리 사회가 진정으로 행복해질 수 있습니다. 우리는 경제적 성장을 추구할 권리가 있지만, 그렇다고 삶을 희생해서는 안 됩니다.


## ○ 평화를 위한 근본적인 방법

나는 젊은 승려 시절에 잠시 마르크스주의에 매료된 적이
있었습니다. 베트남 불교 공동체에 속해 있을 당시에 나는 많은
이들이 살아 있는 존재들을 위해 봉사해야 한다고 끊임없이 주
장하면서도 빈곤과 불평등 속에 신음하고 있는 베트남 사람들과
외세의 지배를 받는 조국을 위해 별다른 실용적인 방법을 제안
하지 못하는 모습을 보았습니다. 나는 새로운 불교를 만들어서
라도 사회적 불평등과 정치적 압박을 조금이라도 해결하고 싶었
습니다. 마르크스주의자들은 뭔가 노력하는 것처럼 보였고, 인
류를 위해서라면 목숨까지 내놓을 것처럼 보였습니다. 그래서
당시 나는 명예나 돈이 아닌 마르크스주의에 매료될 수밖에 없
었습니다.

물론 다행스럽게도 마르크스주의자가 되지는 않았습니다.
공산당의 일원이 되면 당의 지시에 무조건 복종해야 하고, 당의
의견을 따르지 않고 당에 충성하지 않는다는 이유만으로 고향
친구를 죽여야 하는 상황에 놓일 수 있다는 사실을 곧바로 깨달
았기 때문입니다. 젊은 친구들은 조국을 위해 봉사하고 싶다는
선한 의지로 가득 차서 공산당에 가입하기도 했습니다. 다른 이
들을 해치는 것이 아니라 도움을 주고 싶었지만, 당이 기계적으
로 내리는 지시에 따라 당원이 아니라는 이유로 다른 젊은이들

을 죽이거나 제거하라는 지시를 받기도 했습니다. 그것은 곧 사랑과 봉사라는 첫 번째 의도를 저버리는 것입니다. 나는 폭력적 혁명은 나의 길이 아니라는 사실을 깨달음으로써 구원을 받은 셈입니다. 절대로 폭력의 방향으로 가고 싶지는 않았거든요.

남을 해치지 않고 살생하지 않는다는 원칙은 매우 중요합니다. 우리가 다른 이들을 구하고 돕고자 하는 것은 우리 마음속에 연민이 있기 때문입니다. 연민은 우리가 주변의 고통을 줄이기 위해서 무엇이든 할 수 있는 강력한 에너지를 줍니다.

참여 행동에서는 자신의 메시지를 널리 알리기 위해 목숨을 걸 필요가 없습니다. 자신의 생각을 계속 펼치기 위해서는 반드시 살아 있어야 합니다. 교도소에 갇혀서도 우리는 계속 저항할 수 있습니다. 하지만 아무리 강력하게 저항하더라도 그것으로 두려움과 분노 그리고 우리가 반대하는 것에 대한 열망까지 제거할 수는 없다는 사실을 기억해야 합니다. 진정한 저항은 그들이 깨달음을 얻고 새로운 방향으로 갈 수 있도록 돕는 것입니다. 그것이 진정한 행동입니다. 한 가지 좋은 방법은 모범 사례를 보여주는 것입니다. 평화와 진정한 연대감으로 공동체를 만들 수도 있습니다. 지구를 보호하는 방식으로 소비를 할 수도 있습니다. 화와 분열을 변화시키기 위해서 어떤 식으로든 대화를 하고 또 들을 수도 있겠지요. 그냥 살아가는 것 자체로도 우리는 행복해질 수 있습니다. 이것이 바로 평화를 만드는 근본적인 방식입니다. 자신과 세상을 위해서 건강을 유지하고 그런 삶의 방식을 통해서 미래를 가능한 것으로 만들 수 있습니다.

## ○ '적'이라는 이름의 꼬리표

베트남 전쟁이 벌어지는 동안 베트남 사회에는 두려움과 분노 그리고 광적인 기운이 가득했습니다. 공산당은 반공주의자들을 파괴하려고 했고, 반공주의자들은 공산주의자들을 파괴하려고 했습니다. 다른 나라로부터 수입한 이데올로기와 무기를 앞세워 형제들에게 총구를 겨누기까지 했습니다. 양쪽 모두 국제적으로 병력과 자본, 그리고 무기를 지원받기도 했습니다. 서로 자신의 신념을 최선이라 여기며, 그 신념을 위해서라면 언제든 목숨을 바칠 각오가 되어 있었지요. 그렇지만 대부분의 베트남 사람들은 전쟁을 원하지 않았고, 그 사실을 큰소리로 널리 알리고 싶었습니다. 하지만 전쟁을 하는 양쪽 모두 최후까지 싸우고 싶어 했기 때문에 평화를 부르짖는 목소리가 높아지는 것을 허락하지 않았습니다. 그래서 평화 운동은 점점 음지로 숨어들 수밖에 없었고, 감히 평화를 부르짖었다가는 당장 목숨을 빼앗길 각오를 해야 했습니다. 젊은 청년들이 함께 모여서 평화와 관련된 서적을 배포했고, 나는 금지령에도 불구하고 반전과 평화에 대한 시를 써서 비밀리에 출판하기도 했습니다. 복사본이 발견될 경우 체포될 것을 감수한 행동이었습니다.

평화를 위해 목소리를 높이기 위해서 꼭 어느 편에 서야 하는 것은 아닙니다. 그런 태도는 매우 위험하고 힘든 일입니다. 물론 어느 한쪽 편에 서면 최소한 보호는 받을 수 있을 겁니다. 어느 한쪽 편에 서지 않으면 양쪽에서 공격받게 되니 그것도 참으로 힘든 일입니다. 그런 상황 속에서도 우리는 평화와 비폭력과 비차별의 영혼이 담긴 사회적 운동에 동참해야 한다는 사실을 알리기 위해서 고군분투했습니다. 정말 힘든 시간이었습니다. 그런 상황 속에서 사회봉사를 위한 청년 학교School of Youth for Social Service는 양쪽 모두로부터 오해를 받을 수밖에 없었습니다.

어느 날 저녁, 무장한 병사들이 경내로 들어와서 함께하던 동료 다섯 명을 납치해서 사이공 강가로 데리고 가는 일이 발생했습니다. 병사들은 납치해간 이들에게 정말 사회봉사를 위한 청년 학교에서 일한 것이 맞는지 수없이 질문한 끝에 그렇다고 대답하자 이렇게 말했습니다. "미안하다. 그런데 상부에서 너희를 죽이라는 지시를 받았어." 그리고는 다섯 사람을 향해 총을 쏘았습니다. 증오의 분위기가 극심한 상황에서 벌어진 일이었습니다. 그중 한 명이 총에 맞은 채로 강물에 빠졌다가 살아난 덕분에 당시 상황에 대해서 들을 수 있었습니다.

우리는 누구인지 잘 알지 못한다는 이유로 서로를 죽이고 있습니다. 누군가를 죽이기 위해서는 먼저 '적'이라는 꼬리표를 붙어야만 하지요. 상대를 적으로 볼 수 있어야만 망설임 없이 총을 쏠 수 있기 때문입니다. 하지만 상대를 인간, 즉 살아 있는 존재로 본다면 절대로 방아쇠를 당길 수 없을 겁니다. 그러므로 폭력과 살인의 이면에는 다른 사람을 악마로 여기는 생각이 숨어 있고, 그 속에 선의란 존재하지 않습니다. 그 순간 우리의 시야는 증오로 뿌옇게 가려져 있습니다. 상대를 악당이라고 굳게 믿고 있습니다. 하지만 상대가 악당이라는 생각은 그저 관념이자 사고일 따름입니다. 불교에서 통찰력의 칼날은 무엇보다 그런 관념과 꼬리표를 베어내기 위한 것입니다. 앞에서 말한 경우에는 한 사람이나 한 단체에 '악마'라는 꼬리표를 붙여놓은 것과 같았습니다. 그런 꼬리표는 정말로 위험하기 때문에 반드시 베어내야만 합니다. 잘못된 시각은 인간을 파괴할 수 있고, 사랑까지도 파괴할 수 있습니다.

우리의 적은 다른 사람들이 아니라 증오와 폭력, 차별과 두려움입니다.

정말 견디기 힘들고 고통스러운 시간이었습니다. 그 병사들은 우리 동료들을 죽이기 전에 '미안하다'라고 말했습니다. 그것만으로도 진심으로 누군가를 죽이고 싶었던 것이 아니라 억지로 살인을 저질렀음을 알 수 있었습니다. 결국 그들 역시 피해자인 셈입니다. 우리 동료들을 죽이지 않았다면 그들은 스스로 목숨을 끊어야 했을지도 모릅니다. 그래서 사회봉사를 위한 청년 학교의 지도자는 추도사에서 비록 우리를 공격하기는 했지만, 여전히 그 병사들을 적으로 생각하지 않는다는 사실을 분명히 밝혔습니다. 그 이후로는 어떤 일도 벌어지지 않았습니다. 어쩌면 몰래 우리의 추도사를 들었을지도 모르겠습니다.

많은 사람들의 오해에도 불구하고 우리는 우리의 신념과 가치를 지키며 계속해서 같은 길을 가고 있습니다. 고통과 폭력의 뿌리는 다름 아닌 편협과 독단, 그리고 잘못된 시각에 대한 집착이라는 진리를 우리는 알고 있습니다. 이런 상황에서는 삐뚤어진 신념과 교리 혹은 이데올로기에 지나치게 집착하지 않는 것이 매우 중요합니다. 심지어 불자들의 것이라고 해도 말입니다. 이는 매우 근본적인 문제입니다. 또한 그것은 사자의 울부짖음이기도 합니다.

## ○ 연민의 씨앗과 폭력의 씨앗

사다파리부타(상불경보살)[Sadaparibhuta]라고 불리는 보살은 영원한 존경심의 보살로 그 누구도 과소평가하거나 깎아내리지 않습니다. 사다파리부타는 자신을 하찮게 여기는 마음이나 낮은 자존감에서 비롯된 콤플렉스를 없애줍니다. 또한 모두에게 희망과 자신감의 메시지를 주고 우리가 삶의 기적임을 다시금 깨우치도록 합니다. 사다파리부타는 모든 사람 속에서 깨달음의 씨앗을 볼 수 있습니다. 사다파리부타는 우리가 인정하지 않더라도 여전히 미소를 지으며 "비록 그대가 나에게 소리를 지르더라도, 그대가 화가 나 있을 때도 그대 안에는 부처가 있다고 굳게 믿고 있다"라고 말합니다. 그저 진실을 말하는 것입니다. 부자든 가난하든, 많이 배웠든 적게 배웠든 상관없이 누구에게나 찾아가겠노라는 것이 바로 그분의 맹세이기도 합니다. 그리고 항상 같은 말씀을 합니다. "내가 진정 믿고 있는 것은 바로 이것이다. 그대 안에 부처가 있음을 전하고 싶을 뿐이다. 그대는 이해와 사랑이라는 능력을 갖추고 있다."

살아가면서 우리는 한 번쯤은 굴욕의 순간을 경험하게 됩니다. 나 역시 마찬가지였습니다. 차별의 피해자가 되거나 학대의 피해자, 불공정의 피해자가 될 수도 있겠지요. 하지만 무슨 일이 있어도 자기 안에 불성이 있음을 알고 있다면 우리는 언제든 자유로울 수 있습니다. 피해자가 된 듯한 기분에서 벗어날 수 있습니다. 엄청난 에너지를 가지고 보살이 될 수도 있습니다. 그 엄청난 에너지로 자신의 인생을 바꿀 수도 있으며, 심지어 자신에게 해를 끼친 사람들의 삶까지도 바꿀 수 있습니다.

그렇다면 끔찍한 범죄를 저지른 사람들도 연민의 마음을 가지고 있을까요? 연민은 타고나는 것일까요? 불교 심리학에 따르면, 우리는 연민의 씨앗은 물론이고 폭력의 씨앗도 가지고 있습니다. 따라서 우리의 의식에는 최소한 두 개의 층이 있다고 생각할 수 있습니다. 우리의 마음 저 아래에 '팔식八識'이 있고, 그 위에는 '말라식Mind consciousness'이 있다는 겁니다. 팔식에는 여러 종류의 씨앗들이 존재하는데, 그중에는 폭력과 잔인함의 씨앗과 함께 연민의 씨앗도 존재합니다.

만약 연민이 가득한 사람들 사이에서 태어나서 자신이 가진 연민의 씨앗에 물을 주면, 그 씨앗이 점점 자라서 연민이 가득한 사람이 되겠지요. 하지만 자신이 가진 연민의 씨앗에 어떻게 물을 주는지조차 모르는 사람들 사이에서 태어난다면, 그 연민의 씨앗은 제대로 자라지 못할 겁니다. 예를 들어, 폭력적인 영화를 많이 보고 매우 폭력적인 환경에서 살면서 자신이 가진 분노와 폭력의 씨앗에 물을 준다면 폭력적인 사람으로 성장할 겁니다. 그러면 그가 가진 연민의 씨앗이 너무 작아서 사람들에게는 폭력적인 면만 크게 보일 것입니다. 아무리 폭력적인 사람이라도 연민의 씨앗을 타고나지 않았다고 말할 수는 없습니다. 분명 그에게도 연민의 씨앗이 있었지만, 물을 줄 기회를 얻지 못한 것뿐이니까요. 그러한 이유에서 마음다함의 수련이 이해와 연민의 씨앗에 매일 물을 주는 것이라고 말하는 것입니다. 그래야 연민과 폭력 사이에 균형을 되찾을 수 있습니다.

## ○ 피해자가 아닌 구원자가 되세요

설령 폭력과 차별, 증오와 질투를 수도 없이 목격했다고 해도, 이해심과 연민은 우리를 보호해줍니다. 우리에게는 분별력이 있고, 어울려 존재함의 통찰력과 차별을 극복할 수 있는 지혜가 있기 때문입니다. 그런 에너지를 가지고 우리는 보살이 되어 다른 사람들이 이해심과 연민을 갖추도록 도울 수 있습니다. 심지어 우리에게 해악을 초래한 사람들까지도요. 우리는 더 이상 피해자가 아닙니다. 우리는 그들의 안에 깨우침의 씨앗+을 볼 수 있도록 스스로 수련하고, 그들이 차별과 폭력, 증오의 씨앗을 없앨 수 있도록 도울 수 있습니다. 무지와 차별의 피해자는 바로 그들이고, 우리의 노력과 수련의 목적 역시 바로 그 사람들이니까요.

연민은 총이나 폭탄보다 더 안전하게 우리를 보호해줍니다. 연민의 마음을 가지고 있으면 두려움과 분노에 반응하지 않게 되고 스스로 위험에 이끌리지 않게 됩니다. 자신이 화가 나 있으면 다른 이들을 두려움에 빠지게 만들고, 두려움에 빠진 사람들은 먼저 공격에 나서게 됩니다. 먼저 공격당할까 두렵기 때문입니다. 그래서 연민은 자기 자신은 물론이고 다른 사람들까지도 보호해줍니다. 연민의 씨앗을 만들고 폭력을 예방할 수 있게 되면, 그 자체로 승리하는 것입니다. 서로 이기는 것이지요. 그것이 진정한 승리입니다.

우리가 혼란과 고통에 휩싸여 있을 때도 내면의 불성을 피난처로 삼는 방법을 수련해야 합니다. 우리는 각자 차분함을 유지하고, 이해심을 발휘하고, 연민을 가질 능력을 갖추고 있습니다. 인간성과 평화, 희망을 계속 유지하기 위해서라도 그 안전한 섬을 피난처로 삼아야 합니다. 우리 스스로 평화의 섬, 연민의 섬이 되어서 다른 이들이 그와 같이 행동할 수 있도록 영감을 줄 수도 있겠지요. 배를 타고 거대한 바다를 건넌다고 생각해봅시다. 바다 위에서 폭풍우를 만났을 때 배에 탄 모든 이들이 겁에 질려서 우왕좌왕한다면 결국 배가 뒤집히고 말 겁니다. 하지만 배에 탄 사람 중 한 사람만 평정심을 유지해도, 다른 이들도 그의 모습에 영감을 받아서 배 안의 모든 이들에게 희망을 줄 수 있습니다.

극도로 스트레스를 받는 상황 속에서 여전히 평정심을 유지할 수 있는 사람은 누구일까요? 내가 알고 있는 불교의 전통에 따르자면, 그 사람은 바로 여러분입니다. 여러분은 그런 사람이 될 수 있어요. 우리 모두의 구원자가 될 수 있습니다. 이는 매우 강력한 수련이자 피난처로 삼을 수 있는 보살의 수련이기도 합니다. 전쟁이나 불공정한 상황이 닥쳤을 때, 마음다함의 수련을 하지 못한다면 우리는 버틸 수 없습니다. 너무나 쉽게 자신을 잃고 말 테니까요. 자신을 잃고 나면 더 이상 희망은 없습니다. 그래서 우리는 여러분을 믿습니다.

## 보살과 경찰관

여러분이 생각하는 비폭력의 길은 어떤 모습인가요? 그 길에서 우리는 살아 있는 세상과 소통할 수 있습니다. 우리가 말하고 참여하는 방식, 차를 마시고 소비하는 방식도 그 길과 모두 연관이 있습니다. 생명에 대한 경외감은 우리 의식 속의 씨앗이고, 그 씨앗이 더 튼튼해져야만 우리가 가장 필요로 하는 어려운 순간에 그곳에 존재할 수 있습니다. 다음과 같이 말하기 위해서는 통찰력과 정직함, 그리고 용기가 필요합니다. "이 나무는 소중하다. 이 생명은 소중하다. 어떤 시각과 가치를 가졌는지와는 무관하게 내 앞에 있는 사람 역시 소중하고 나처럼 지구의 아들딸일 뿐이다."

셰리 메이플스Cheri Maples의 이야기는 나에게 매우 커다란 영감을 주었습니다. 셰리는 타이의 오랜 제자이자 마음다함을 위스콘신 매디슨의 경찰서와 형법 제도에 적용한 경찰관이기도 합니다. 2011년 로키산맥의 그늘 아래서 열렸던 피정에서 그녀를 처음 만났던 날이 떠오릅니다. 그녀는 매우 날카롭고 강하며 튼튼한 체구에 부드러운 연민과 상대를 꿰뚫어보는 반짝이는 눈동자를 가지고 있었습니다. 그녀를 처음 본 순간 나는 마치 보살의 모습을 본 것 같았습니다. 셰리는 진실만을 말하는 두려움 없는 영혼과 같았습니다. 그녀는 개인적으로 강력한 영적 수련을 하고 피난처로 삼을 공동체를 설립한다면 우리가 생각했던 것 이상을 현실에서 실현할 수 있음을 자신의 인생과 행보 속에서 스스로 보여주었습니다.

셰리는 타이와 함께한 첫 번째 피정에서 엄청난 변화를 경험했습니다. 피정 기간 동안 경험한 명상은 물론이고 공동체의 기상이 마음에 쏙 든 것입니다. 그래서 집에 돌아간 후에도 명상을 계속하고 싶었습니다. 하지만 비폭력과 살생을 하지 않는다는 것은 경찰로서 직업을 수행하기 위해서 매번 총을 소지해야 하는 그녀에게 불가능하게만 느껴졌습니다. 셰리는 타이에게 그에 대해 질문했고 다음과 같은 대답을 들었습니다. "사람들이 원하는 건 마음다함의 자세로 총을 소지하는 이들입니다."

연민은 부드러울 수도 있고 또한 날카로운 것이 될 수도 있습니다. 셰리는 타이에게 다음과 같은 가르침도 얻었습니다. "지혜란 언제 이해심이라는 부드러운 연민의 감정을 가져야 하는지, 또 언제 적당한 경계 속에서 날카로운 연민의 감정을 발휘할지를 정확히 아는 것입니다." 셰리는 진정한 '평화 경찰'이 되었고, 그녀의 직업관 역시 완전히 변화했습니다. 그리고 통찰력을 얻은 후 인종적 프로파일링, 군대화, 그리고 무력 사용을 위한 경찰의 기준에도 변화를 가져올 수 있게 되었습니다.

## 생명에 대한 경외심을 갖는다는 것

우리는 폭력적인 사회에 살고 있습니다. 거리에서 또 집에서도, 텔레비전을 켜고 뉴스를 보는 순간에도 폭력을 경험하고 있는지 모릅니다. 우리가 듣고 보고 읽는 것들이 미처 깨닫지도 못하는 순간에 우리 안의 두려움과 증오, 차별과 폭력의 씨앗과 맞닿아 있는 것입니다. 따라서 명상을 하는 사람으로서 우리는 이런 일이 발생하는 것을 재빠르게 알아채야 하는 과제를 눈앞에 두고 있습니다. 우리가 일상에서 하는 소소한 행동이 전쟁에 어느 정도 영향을 미치고 있다는 사실을 어떻게 깨달을 수 있을까요? 폭력을 바탕으로 세워진 시스템에 우리도 어느 정도 참여하여 이익을 얻고 있는 것은 아닐까요? 모든 생명을 존중하는 문화를 재건하기 위해서 우리는 어떻게 행동해야 하고, 또 어떻게 변화해야 하는 것일까요?

존경심은 기본에서 시작되며 비폭력의 정신을 능동적으로 만들어내려는 시도는 일상생활 속에서도 가능합니다. 2020년, 플럼빌리지에서 열린 피정을 온라인으로 생방송을 하려 했을 때, 우리는 참가자들에게 연설과 명상, 그리고 휴식을 위해서 집 안에 성스러운 공간을 준비해둘 것을 요청했습니다. 코로나19의 팬데믹 상황에서 참가자들을 강당이나 대나무 숲, 오래된 참나무 숲으로 초대할 수 없었기 때문입니다. 하지만 집 안에 성스러운 공간을 만들도록 함으로써 참가자들이 일상생활의 중심에서 영감을 얻을 수 있도록 도울 수 있을 거라고 생각했습니다. 성스러운 공간은 우리가 하는 수련을 위한 건축 양식의 일부인 셈이지요. 또한 우리 내면의 의식 속에 존재하는 평화와 존경심의 씨앗에 물을 주는 공간이기도 합니다.

그 공간에는 꽃이 있어도 좋고, 양초가 있어도 좋고, 향초나 자연으로부터 얻은 조약돌이나 아름다운 낙엽이 있어도 좋을 겁니다. 사진이 있다면 더 멋질 겁니다. 우리에게 영감을 주는 사람들의 사진이나 조부모님, 선조들의 사진, 혹은 특별한 의미가 있는 장소를 찍은 사진도 좋습니다. 이렇게 특별한 공간에 정성을 투자하고 나면 우리가 가장 필요로 하는 때에 그 자리가 우리를 기다리고 있을 겁니다. 잠시 앉아서 호흡하면서 희망과 꿈과 맞닿고 싶은 순간, 아니면 그저 펑펑 울고 싶을 때도 그곳을 찾을 수 있을 겁니다. 이런 공간은 우리 삶에서 성스럽고 영적인 것과 교감하는 데에 커다란 도움을 줄 수 있습니다.

이제부터 다섯 가지 마음다함의 수행 중 첫 번째인 생명에 대한 경외감을 수행하는 마음다함의 방법을 소개하려고 합니다. 이는 철학이라기보다 그저 하나의 수행으로 계속 연습해나가야 하는 것입니다. 다음에 소개하는 수행법을 읽고, 잠시 하던 일을 멈추고서 이 글이 여러분의 가슴 속에 어떻게 자리 잡고 있는지를 떠올려보기 바랍니다. 다음의 글이 여러분의 마음속에서 울려 퍼지고 있나요, 아니면 어떤 반응을 불러일으켰나요? 이 글은 여러분의 일상생활과 행동을 되짚어보는 거울처럼, 시간이 날 때마다 다시 읽을 수 있도록 명상의 목적으로 준비한 글입니다. 다음의 글이 여러분이 의도하는 일에 힘과 동기 부여가 되고, 생명에 대한 경외감을 만드는 데 영감이 되기를 바랍니다.

## 생명 존중을 위한 마음다함의 수행법

나는 고통이 생명의 파괴로부터 오는 것임을 알고, 마음다함과 연민의 통찰을 추구하고 인간과 동물, 식물과 무기질의 삶을 보호하는 길을 배울 것을 약속합니다. 나는 살생을 하지 않고 다른 사람이 살인하는 것을 방관하지 않으며, 세상 속에서 어떠한 살인 행위도 지지하지 않을 것이며, 생각이나 삶의 방식 속에서도 그런 행동을 지지하지 않을 것을 다짐합니다. 해로운 행동이 분노와 두려움, 탐욕과 편협함으로부터 기인한 것임을 알고, 이원론적이고 차별적인 생각으로부터 시작되었음을 알며, 솔직함과 비차별, 그리고 비집착을 추구하고, 나 자신과 세상의 폭력과 광신. 그리고 독단을 변화시키기 위한 시각을 가질 것을 다짐합니다.

# 4장

# 단순한 삶이 가져다준
# 또 다른 행복

## ○ 행복에 관한 또 다른 시각

지구를 구하기 위해서 우리는 행복에 관한 생각을 다시 살펴볼 필요가 있습니다. 우리는 무엇이 자기를 행복하게 만드는지에 대한 자신만의 시각과 생각을 가지고 있습니다. 그 생각으로 우리는 우리의 시간을 희생하고 우리 몸과 마음을 파괴하고 있을지도 모릅니다. 하지만 지금 이미 자신이 행복해질 수 있는 모든 조건을 갖추고 있다는 사실을 깨닫고 나면 우리는 지금 바로 이곳에서 행복해질 수 있습니다.

깨달음은 멀리 있는 것이 아닙니다. 마음을 다해 호흡을 하며 우리의 마음이 몸과 하나가 될 때, 우리가 살아 있고 지금 이 순간에 존재하며 앞으로 살아갈 인생이 있음을 알게 됩니다. 그것은 이미 하나의 깨달음입니다. 애쓰고 노력하지 않아도 됩니다. 미래를 향해 급하게 달리지 않아도 괜찮습니다. 또 다른 장소나 지금이 아닌 시간 속에서 행복을 구하지 않아도 됩니다. 우리는 현재의 순간에 존재하고, 지금 순간을 깊이 살아내며, 그 안에서 풍요로움과 치유를 얻을 수 있습니다. 그런 행복을 접하는 순간 우리는 싸우거나 걱정할 필요를 느끼지 않게 되고, 다른 이들과 함께 충분한 행복을 누릴 수 있습니다. 이것이 집단적 깨달음이 필요한 이유입니다.

대기업이나 정치 지도자들이 지구를 구하기 위해서 더 적극적으로 나서지 않는 이유가 궁금할 수도 있습니다. 그들 역시 지구가 위험에 처해 있으며, 우리의 관심이 시급하다는 것을 알고 있습니다. 어쩌면 그들도 지구를 위해 무언가를 하고 싶은 마음을 가지고 있을 수도 있겠지요. 많은 지식과 정보를 가지고 있으니까요. 어쩌면 뭔가 하고 싶지 않은 것이 아니라 눈앞에 닥친 어려움 때문에 아무것도 할 수 없는 상황에 처해 있는지도 모릅니다.

그들 역시 어떻게 해결해야 할지 모를 고통을 가지고 있기 때문에 환경 문제에 도움을 주지 못하고 있습니다. 오직 자신의 세계 속에 빠져 있는 것입니다. 무엇보다도 돈과 권력만 있으면 행복을 얻고 고통을 줄일 수 있다는 생각을 가지고 있습니다. 하지만 부와 권력, 경제적 성장이 고통을 줄일 수 있는 수단이 된다는 것은 진실이 아닙니다. 부와 권력, 경제적 능력을 가진 사람들도 여전히 고통에 시달리고 있습니다. 따라서 우리는 그들이 가지고 있는 행복에 관한 생각부터 바꾸도록 해야 합니다. 어쩌면 그것만으로는 충분하지 않을 수도 있습니다. 그들에게 진짜 행복을 느낄 수 있도록 해야 합니다. 진정한 행복을 맛볼 때만이 생각의 방식과 삶의 방식을 바꾸고 지구를 보호하는 데 도움이 되는 방식으로 기업을 운영해나갈 것입니다.

행복해진다는 것은 타인으로부터 이해받고 사랑을 받는 동시에 다른 사람을 이해하고 사랑하는 힘을 갖추는 것입니다. 이해심과 연민이 없는 사람은 행복에서 완전히 배제되어버립니다. 비록 많은 돈과 엄청난 권력, 대단한 영향력을 가지고 있다고 해도 이해와 연민의 마음이 없다면 어떻게 행복해질 수 있겠습니까?

진정한 행복은 자유로움의 토대 위에 존재합니다. 우리의 몸과 마음을 해치거나 자연을 지배하고 파괴할 자유가 아니라, 삶을 즐길 시간을 누릴 자유가 있을 때 우리는 진정한 행복을 느낄 수 있습니다. 사랑할 시간을 가질 자유, 증오와 절망과 질투와 역병으로부터 자유, 서로를 돌보고 삶을 즐길 수 없도록 만드는 일과 무의미한 행동에 더 이상 구속받지 않을 자유가 바로 행복의 근본입니다. 우리 존재의 질을 결정하는 것은 바로 이런 자유로움입니다.

## 현재가 곧 세상의 전부입니다

끊임없이 경제적 성장을 쫓는 것은 행복을 보장해주지 않을 뿐만 아니라 심지어 행복을 위협할 수도 있습니다. 부를 축적하고 높은 지위에 오른다고 해서 행복을 얻을 수 있는 것은 아닙니다. 바로 지금 이 순간 그 사실을 깨달아야만 행복을 얻을 수 있습니다. 하지만 우리는 현재의 순간을 별로 중요하게 생각하지 않는 경향이 있습니다. 나무를 보고, 그냥 나무일 뿐 별것 아니라고 생각합니다. "그게 어쨌다는 거죠? 하늘은 매우 아름답지만, 그래서 뭘 어쩌라는 겁니까?"라고 생각합니다. 우리가 그렇게 생각하는 이유는 당장 갈 곳이 있고, 해야 할 일이 있으며, 해결해야 할 일이 있기 때문일 겁니다. 밤하늘의 달을 보며 예쁘다고 생각하면서도 또다시 바쁘게 삶을 살아갑니다.

마지막으로 달을 봤을 때 얼마나 오랫동안 달을 바라보고 얼마나 많은 호흡을 했나요? 자신이 있는 공간 밖으로 나가서 제일 먼저 눈에 띄는 나무가 어떻게 생겼는지 설명할 수 있나요? 그 나무는 어떤 모습인가요? 언제 그 나무가 인생에서 가장 빛나는 노래를 들려주었습니까? 만개의 노래, 꽃봉오리의 노래, 아니면 광채를 뿜어내는 낙엽의 노래 중 어떤 것이었나요?

언젠가 타이가 현재의 순간에 대해 '커튼을 활짝 열어두세요'라고 말한 적이 있습니다. 사실 나도 때로는 고작 10퍼센트 정도만 집중할 때가 있습니다. 우리가 현재에 온전히 집중하지 못하는 이유는 과거의 일에 모든 정신을 쏟고 있거나 미래에 일어나지 않았으면 하는 두려운 일이 있거나 반드시 이루어졌으면 싶은 일들에 온통 마음을 빼앗긴 채로 살고 있기 때문입니다. 우리는 복잡한 현재 속에서 과도한 자극을 받으며 살고 있습니다. 따라서 명상을 수련하는 사람들도 느린 동작처럼 이어지는 현실이 우리 의식에 서서히 스며들도록 자신을 다시 훈련해야 합니다. 현재의 순간은 워낙 다차원적이라 우리는 종종 그 속에 맛과 향, 느낌과 체현된 의식이 있다는 사실을 무시하며 살아갑니다.

명상을 실천하는 사람으로서 우리가 해야 할 일은 현재의 순간이 주는 느낌에 완전히 매료되는 것입니다. 나 역시 처음에는 마음으로 현실과 교감해야 한다고 생각했습니다. 하지만 나무의 향기, 바람의 숨결, 빗소리, 아스팔트 위로 웅성거리며 퍼지는 사람들 소리와 같은 감각을 통해서 직접적으로 현실을 느낄 수 있음을 나중에서야 깨달을 수 있었습니다. 주변의 소음을 뚫고 나의 모든 존재가 순간과 교감할 수 있는 공간으로 마음을 활짝 여는 방법을 배웠기 때문입니다. 유난히 태양이 장관을 연출할 때면 열 번 숨을 들이마시고 내쉬면서 몸을 차분히 하고 그 자체를 즐기며 모든 감각을 음미하려고 노력합니다. 우리 내면과 외부에서 무슨 일이 벌어지든 모든 감각을 열고 온힘을 다해 당장 뛰고 싶은 마음을 참으면서 그 자리에 존재하려고 노력해야 합니다.

처음 명상을 수련하던 시절에 타이가 연설을 하는 자리에 수행원으로 동행할 기회가 생겼습니다. 나의 임무는 그저 타이의 옆을 지키면서 그 순간 그 자리에서 그를 보조하는 단순한 일이었지만, 놀랍게도 그 일은 만만치가 않았습니다. 코트를 챙기거나 안경과 노트 등의 소소한 심부름과 차를 준비하는 정도의 일이었지만 문제는 그 모든 일을 하면서도 모든 호흡을 인지하면서 걸음을 떼야 한다는 것이었습니다.

첫날은 정말 힘들었습니다. 타이의 행동은 매우 민첩하고 동작 하나하나가 결단력이 넘치며 깔끔했습니다. 내가 미처 챙기기도 전에 코트를 입고, 문을 열어주기도 전에 이미 문가에 서 있었습니다. 그렇게 나의 수련은 항상 너무 앞서거나 뒤쳐졌고, 수많은 시행착오를 거쳐야 했습니다. 매번 생각이 행동의 걸림돌이 되었습니다. 게다가 타이의 걸음걸이를 보는 순간 나는 완전히 넋이 빠지고 말았습니다. 모든 걸음마다 멈춤이 있으면서도, 마치 배를 타고 미끄러지듯이 강을 건너듯 움직였기 때문입니다.

언젠가 명상 공동체의 식구들과 함께 점심식사를 마치고 타이를 서재로 모셔다드렸을 때가 기억납니다. 먼저 문을 열어드릴 수 있어 기분이 좋았고 마음을 다해 서재 문을 닫아드린 후, 가방을 내려놓고 편히 쉬실 수 있도록 해먹도 준비해드렸습니다. 천천히 해먹을 밀면서 평화로운 순간을 만끽했고, 타이는 창밖을 물끄러미 바라보았습니다. 저 멀리 웃음소리와 새들이 지저귀는 소리, 벽난로에서 장작이 탁탁 타는 소리와 벽에 걸린 시곗바늘이 움직이는 소리만 들렸습니다. "지금 몇 시인가요?" 타이가 언제나처럼 부드러운 목소리로 물었습니다. 해먹을 흔들고 있는 터라 그 자리에서는 시계가 보이지 않아서 몇 시인지 정확히 알 수 없었습니다. 그래서 나는 "글쎄요. … 한 2시쯤 됐을까요?"라고 머뭇거리며 대답했습니다. "그래, 영국인 아니었나요?" 타이는 별처럼 눈을 반짝이며 물었습니다. 나는 무슨 말인지 이해하지 못하고 멍한 표정을 지었습니다. 그러자 타이는 계속 미소를 지으며 이야기했습니다. "그럼 차 마실 시간 아닌가요? 영국에서는 오후가 되면 항상 차 마시는 시간을 즐긴다고 하던데요!"

## ○ 삶에 대한 열린 마음

행복으로 향하는 문이 여러 개라고 상상해보세요. 그중 어떤 문을 열더라도 행복은 여러 가지 방식으로 우리를 찾아올 겁니다. 하지만 행복에 대한 특별한 관념에 사로잡혀 있으면, 다른 문은 전부 닫혀 있고 오직 하나의 문만 열려 있는 것과 다름없습니다. 그 문이 열리지 않으면 행복을 느낄 수 없습니다. 그러니 다른 문까지 굳게 닫아버려서는 안 됩니다. 모든 문을 활짝 열어두세요. 부디 자신을 하나의 행복에 가둬두지 않기를 바랍니다. 평소 행복에 대해 가지고 있던 생각을 지워버릴 때, 행복은 바로 우리 곁에 있습니다. 사실 대부분의 사람들은 자신의 안녕과 행복을 위해서 꼭 필요한 것들에 대한 생각에 사로잡혀 있습니다. 직장과 친구, 물질적 소유물과 야망 등 많은 것들이 필요하다고 느낄 수 있습니다. 비록 그것들로 인해서 고통을 받고 있다고 해도 쉽게 그걸 놓아버릴 용기가 나지 않을 겁니다. 하지만 우리가 계속해서 고통을 받는 이유는 바로 그런 것에 대한 집착 때문인지도 모릅니다. 그러니 그것들이 꼭 필요한지 자세히 살피고 확인할 필요가 있습니다. 평소 행복에 대해 생각했던 것을 놓아주기 위해서는 대단한 통찰력과 용기가 필요합니다. 하지만 일단 그 생각을 내려놓고 나면, 자유와 행복은 아주 쉽게 우리에게 찾아옵니다.

2005년 고향인 베트남으로 돌아갈 수 있게 된 후로 수백 명의 사람들이 플럼 빌리지의 전통을 이어받아서 승려가 되고 싶다며 나를 찾아왔습니다. 다행히 중부 산악지대에 위치한 프라즈나 사원을 선종의 새로운 세대를 양성하기 위한 마음다함 수련 센터로 만들 수 있게 되었습니다. 사원이 급속도로 커지면서 위기감을 느낀 정부는 2009년에 사원을 폐쇄하게 하려고 많은 이들을 보내서 사원에 있는 사람들을 겁주고 위협했습니다. 그곳에 기거하던 400여 명의 승려들에게 사원은 집이자 수련을 위한 장소였기에 그들은 힘을 합쳐서 어떻게든 사원을 지키려고 애썼습니다. 정부는 물리적인 힘까지 동원해 사원을 해체하려고 했고, 우리 모두는 한마음이 되어 최선을 다해 정부에 맞섰습니다. 프라즈나 사원은 진실을 말하고 서로에게 마음속 이야기를 터놓을 수 있으며 자신의 모습 그대로 살아갈 수 있는 유일한 공간이었으니까요. 그래서 어떤 일을 감수하더라도 사원과 공동체를 지키려고 했습니다. 우리는 1년 6개월이 넘는 시간 동안 비폭력 저항 운동을 이어나갔습니다.

하지만 결국 우리는 장소는 중요하지 않다는 사실을 깨달았습니다. 중요한 것은 유대감, 형제애, 자매애의 에너지였습니다. 어디로 가든 그 마음만은 언제나 우리와 함께였습니다. 그래서 젊은 승려들은 프라즈나 사원을 떠나 칩거에 들어갔고, 마침내 함께 수련을 할 수 있는 다른 공간을 찾았습니다. 오늘날 대부분의 승려들은 프랑스와 독일, 태국에 있는 마음다함 수련 센터에 머물고 있습니다. 그 과정에서 우리는 수련 센터보다 더욱 값진 것을 얻었습니다. 바로 우리가 가는 길에 대한 신념과 공동체가 더욱 강해지고 있다는 믿음입니다. 이제 우리는 원하는 것을 마음껏 할 수 있는 더 나은 환경을 찾았고, 우리 공동체를 성장시키고 마음다함의 수련을 함께 이어나갈 수 있게 되었습니다.

그러니 행복에 대해서 너무 연연하지 않기를 바랍니다. 유연하게 생각할 수 있다면, 우리가 깨닫고자 하는 바를 알 수 있는 기회는 수도 없이 많아질 테니까요. 자신의 생각을 지나치게 확신하지 마세요. 언제든 놓아줄 준비를 해야 합니다. 처음에는 불운이라고 생각했던 것도 결국에는 행운이었다고 생각하게 될 날이 오는 법입니다. 중요한 것은 상황을 어떤 식으로 해결해나가느냐입니다.

## ○ 진정한 혼자됨의 의미

사회로부터 방해를 받지 않는 외딴 곳에서 살면, 수행을 위해 더욱 많은 시간을 할애할 수 있다고 생각하는 사람들도 있습니다. 부처님께서는 혼자서 방해를 받지 않는 상태에 이르는 가장 좋은 방법은 자신에게 돌아가서 현재 순간에 무슨 일이 벌어지고 있는지 깨닫는 것이라고 했습니다. 부처님이 살던 시절 테라Thera라고 알려진 승려가 혼자 지내고 있었습니다. 그는 무엇이든 혼자서 해결하고 혼자 수행하는 것을 자랑스럽게 여겼습니다.

제자 몇 명이 부처님을 찾아와 테라라는 승려가 홀로 생활하며 고독한 삶에 대한 부처님의 가르침에 따라 살고 있다고 주장한다는 사실을 알렸습니다. 어느 날 부처님이 테라를 불러서 자리에 앉히고는 어떻게 수행을 하고 있는지 물었습니다. 테라는 "홀로 앉아 있거나, 홀로 마을로 가서 탁발하고, 홀로 점심을 먹고, 홀로 수행합니다. 홀로 빨래도 하고요"라고 대답했습니다.

그러자 부처님이 말씀하셨습니다. "그것 역시 홀로 지내는 방법이 되겠구나. 하지만 그것 말고도 더 좋은 방법이 많이 있다. 과거를 쫓지 말거라. 그렇다고 미래를 향해 뛰지도 말거라. 과거는 더 이상 존재하지 않고, 미래는 아직 다가오지 않았으니. 낮과 밤을 가리지 않고 마음다함 속에서 살 수 있다면 그것이 홀로 지내는 더 좋은 방법이 될 것이다."

홀로 산다는 것을 산스크리트어로는 '에까위하리$^{ekavih\bar{a}ri}$'라고 하는데, 이는 어떤 사람하고도 함께 살지 않는 것을 의미합니다. '육체'는 과거일 수도 있고 미래일 수도 있으며, 혹은 자신의 목표일 수도 있습니다. 또는 자신이 추구하고 열망하는 목표나 행복에 관한 생각일 수도 있습니다. 홀로 산다는 것은 지금 이곳에서 완벽하게 만족하는 것을 의미하고, 현재의 순간에 깊은 만족감을 느끼는 것을 뜻합니다. 홀로 지내기 위해서 반드시 높은 산에 오르거나 동굴에 들어갈 필요는 없습니다. 산이나 동굴에 가서도 여전히 무언가를 갈망하고 원하고 후회한다면, 그것은 홀로 있는 것이 아닙니다. 하지만 마음다함과 함께 한다면, 떠들 썩한 시장 한가운데 앉아 있어도 홀로 있는 것과 같은 평화와 자유를 얻을 수 있습니다. 몇 년 동안 동굴에 들어가 있지 않더라도 말입니다.


## ◯ 마음다함이라는 이름의 검

우리는 수련을 통해 자유를 얻을 수 있지만, 반드시 오랜 기간이 필요한 것은 아닙니다. 후회와 불안을 뛰어넘어 현재의 순간에 닿을 수 있다면 그 순간 바로 자유를 얻을 수 있습니다. 우리는 모두 전사이고, 마음다함은 우리를 자유롭게 만들어줄 날카로운 검과 같습니다.

우리가 찾고자 하는 모든 것과 경험하고자 하는 모든 것은 반드시 현재 순간에 존재합니다. 이것은 매우 중요한 사실입니다. 과거는 더 이상 존재하지 않고, 미래는 그저 모호한 개념에 불과하기 때문입니다. 미래를 붙잡으려 하면 현재를 놓칠 수도 있습니다. 또한 현재의 순간을 잃으면 행복과 자유, 평화와 즐거움을 비롯해 모든 걸 잃게 됩니다. 그러므로 우리의 모든 열망과 꿈과 목표는 지금 이 순간에 현재를 중심으로 이루어져야 합니다. 오직 현재만이 실재이기 때문입니다.

우리는 그저 호흡을 하며 자신의 육체를 알아차리기만 하면 됩니다. 자신의 육체를 향해 미소를 짓고, 자신의 몸이 지구 위에서 앉고 걷는 것을 즐기며, 지구 위에 살아가고 있음을 오롯이 만끽하면 됩니다. 마음다함의 에너지를 느끼면 어떤 불편함이나 쉼 없음, 고통도 잘 보살필 수 있습니다. 마음다함은 철학이나 관념이 아닙니다. 그저 자신의 호흡과 몸, 지구와 함께 시작할 수 있는 진정한 수련의 방식이며, 고통을 덜고 삶을 즐길 수 있게 해주는 길입니다.

자신의 몸이 얼마나 경이로운지를 느끼고, 나의 몸속에 선조와 미래 세대가 함께하고 있음을 깨달아야 합니다. 살아 있음에 대한 특권도 느낄 수 있습니다. 인생은 고통만이 아닌 수많은 기적으로 가득한 것이니까요.

자신의 내면에 있는 예술가를 통해 선하고 아름다운 것을 알아보고, 동경하고, 갈망하세요. 우리 내면의 예술가는 절대로 사라지지 않습니다. 매일 아침 떠오르는 해를 즐길 수 있다면 그것은 예술가가 살아 있기 때문입니다. 우리 내면의 전사는 명상가나 예술가와 밀접히 연결되어 있으니 그에게도 기회를 주어야겠지요. 내면의 전사가 가진 무기는 다름 아닌 지혜의 검이고, 그 검은 우리를 자유롭게 합니다.

삶은 경이롭고도 신비합니다. 호기심을 가지고 발견해나가야 할 것들이 수없이 많이 담겨 있습니다. 지구 위에서 누리는 시간을 온전히 즐기세요. 세상을 돕고, 고통 속에 사는 사람들을 자유롭게 해주는 것은 우리가 할 수 있는 일 중 하나입니다. 하지만 무엇보다 먼저 우리는 자신을 돕고 자신을 자유롭게 놓아주어야 합니다.


## ○ 인생의 주인으로 살기

이 시대를 사는 사람들은 대부분 자동조종장치가 달린 기계처럼 살고 있습니다. 하지만 마음다함과 함께하는 삶은 다릅니다. 운전할 때도 운전을 하고 있음을 인지하며 인생의 주인으로서 살아가는 것입니다. 자동차가 우리를 태우고 가는 것이 아니라 우리가 자동차를 운전해서 가는 것입니다. 호흡을 할 때도 몸에 산소가 필요해서 숨을 쉬는 것이 아니라 스스로 숨을 쉬는 겁니다. 숨을 들이마시면서도 그 숨을 온전히 즐겨야 합니다. 자유는 그렇게 작은 것에서 시작됩니다. 걸을 때도 그저 어디론가 가기 위해서 걷는 게 아니라, 매 걸음 살아 있음을 만끽할 때 진정한 나 자신이 될 수 있습니다. 그것이 자유입니다. 마음다함이 있다면 진정한 자유를 느낄 수 있습니다. 그리고 자유로울수록 더욱 행복해집니다.

하루 24시간 중 단 5분 동안이라도 평화와 안락함, 자유의 시간을 가질 수 있다면 그것도 나쁘지 않습니다. 그것만으로도 우리는 너그러워질 수 있습니다. 단 5분만이라도 자신의 열망이나 회사 프로젝트나 불안에 휩쓸리지 않을 수 있다면, 아무것도 하지 않고 아무 데도 가지 않고도 자유로운 사람이 될 수 있습니다.

하지만 사람들은 대부분 보고 듣는 것들과 자신을 둘러싼 사건이나 상황에 휩쓸리며 살고 있습니다. 자신을 잃어버리는 것입니다. 따라서 사람들 속에서도 자유를 개척해나갈 수 있어야 합니다. 진정한 자유를 얻는다면 많은 이들이 고함을 치고 모두가 한 방향을 향할 때에도 여전히 자기 모습을 지킬 수 있습니다. 그러면 사람들의 감정에 휩쓸리지 않을 수 있습니다. 강인한 사람만이 그런 자유를 얻을 수 있기 때문입니다.

부처님도 엄청난 자유를 얻은 승려였습니다. 모든 사람이 자신과 다른 생각을 가지고 있을 때에도 여전히 진실을 바라보는 자신만의 방법을 고수했습니다. 예를 들어, 부처님께서 무아無我에 관해 이야기할 때 다른 사람들은 모두 반대했습니다. 당시 그런 통찰력은 인도에서 만물을 바라보는 방식과는 반대되는 것이었기 때문입니다. 그런데도 부처님께서는 끝까지 자신의 통찰을 굽히지 않으셨습니다. 내면에 자유로움과 인내심을 가지고 계셨기 때문입니다. 마침내 부처님의 통찰은 다른 많은 사람에게도 전해졌습니다. 진정한 자유는 사랑과 인내를 비롯한 많은 경이로운 자질을 가져다줄 수 있습니다.


## ○ 봄바람 부는 잔디 위에 앉기

초보 승려 시절, 스승님을 모시고 베트남 후에[Hue]에 있는 하이득 사원을 방문한 적이 있습니다. 그곳에서 선종의 지도자 한 분이 나무로 만든 제단 위에 앉아 있는 모습을 보았습니다. 그 모습을 보고 나는 깜짝 놀랐습니다. 그분은 앉기 명상을 하고 있는 것이 아니었습니다. 심지어 그곳은 명상 강당도 아니었습니다. 그 분은 그저 낮은 탁자 앞에 매우 꼿꼿하고 아름다운 자태로 앉아 있었는데, 그 모습이 매우 인상적이었습니다. 너무나 평화롭고 자연스럽고 편안해 보였기 때문입니다. 그리고 초보 승려이던 나는 꼭 저렇게 편안한 자세로 앉아보고 싶다는 강한 열망을 품게 되었고, 언젠가는 나도 그렇게 해보리라 다짐했습니다. 어떻게 하면 저런 자태를 유지할 수 있을까? 필요한 것은 아무것도 없었습니다. 어떤 말도 할 필요가 없었습니다. 그저 앉아 있는 것으로 충분했습니다.

선종의 전통에서 명상은 일종의 음식과도 같습니다. 명상을 통해 치유와 풍요를 얻을 수 있기 때문입니다. 선종의 구절에는 매일 먹는 음식처럼 명상을 즐거움과 행복으로 삼으라는 말이 있습니다. 한자어로는 선열위식[禪悅爲食]이라고 합니다. 앉기 명상을 할 때마다 우리는 풍요로움과 치유, 그리고 자유를 얻을 수 있습니다.

앉기 명상을 수련한다는 것은 봄바람이 부는 잔디 위에 앉는 것과 같습니다. 플럼 빌리지에서 우리는 앉아 있는 것만으로도 진정으로 현재에 존재할 수 있습니다. 현재의 순간 속에서 우주의 기적들과 삶의 기적들을 모두 느낄 수 있습니다. 다른 목적은 없습니다. 그냥 앉아서 아무것도 하지 않으면 됩니다. 특별한 깨우침을 얻을 필요도 없습니다. 그저 행복해지기 위해서 앉아 있는 겁니다. 앉아서 평화와 즐거움을 느끼는 것입니다. 앉아 있는 것은 엄청난 수고를 필요로 하지도 않습니다. 일본 사토젠(조동종曹洞宗)Soto Zen의 전통에는 '오직 앉기를 위한 앉기' 혹은 '단순히 앉기'라는 것이 있습니다. 이 수련은 뭔가를 위해서 앉는 것이 아니라 그저 앉아 있는 것입니다.

우리는 체계적인 일상을 세워 그에 따라 살면서 나를 느끼고, 평화를 얻는 법을 배우며, 즐거움과 사랑과 연민의 감정을 느낄 기회를 자주 만들어야만 합니다. 그러기 위해서는 아주 구체적인 방법이 필요합니다. 과도한 일정을 세워서 그 때문에 피해를 입지 않으려면 어떻게 해야 할까요? 하루하루 걱정과 불안으로 가득한 사회에서 살아가며 우리는 자신의 삶을 살고 사랑할 시간을 갖지 못하고 있습니다. 깊이 있는 삶을 살고 진심으로 자연과 인생에 대한 이해를 추구할 여유가 없는 것이지요. 너무 바쁜 나머지 호흡을 하고 앉고 쉴 시간조차 갖기 힘듭니다.

무엇 때문에 그렇게 바쁘게 살아야 하나요? 사실 누구나 더 단순한 삶, 더 자유로운 삶을 살 수 있습니다. 우리는 앉아 있을 시간, 아무것도 하지 않을 시간을 가질 수 있는 단순한 삶을 살아야 합니다. 조용히 자리에 앉아 있다 보면, 더 많은 것들을 볼 수 있습니다. 그러면 내 몸과 내 기분, 감정을 더 자세히 살필 수 있는 여유를 얻을 수 있을 뿐만 아니라 진정한 자유와 기쁨을 누릴 수도 있습니다.

## 앉아 있는 용기

자신의 자리로 돌아와서 현재의 순간에 도착할 수 있는지는 그곳에 가야만 깨달을 수가 있습니다. 그래서 다들 회피하고 있는 걸까요? 자신의 몸으로 돌아와서 두 눈을 감으면 지금까지 경험한 것들은 물론이고, 여러 형상과 소리, 그와 연관된 기분들이 나를 가득 채우고 있음을 깨닫게 됩니다. 세상이 무너진 것처럼 느끼면서 왜 그런 기분을 계속 이어나가려고 하나요? 그 이유는 그 기분과 마주하고 싶지 않기 때문입니다. 그저 저항하고 싶기 때문입니다.

여기에 역설이 있습니다. 선종 지도자들은 한편으로는 호흡을 통해서 상황을 있는 그대로 받아들이라고 말하면서 다른 한편으로는 변화를 끌어내야 한다고 합니다. 그 두 가지를 모두 해야만 나가는 길을 찾을 수 있다고 말합니다. 어떻게 이런 상태가 된 건지도 이해하지 못하는데 도대체 어떻게 바꾸라는 것일까요? 우리 내면의 소리를 듣지 못하는데 밖에서 나는 소리에 어떻게 귀를 기울일 수 있을까요? 20~30분 정도 자리에 앉아 있거나 세상을 돌보는 방법만으로 우리 몸과 마음의 고통이 그대로 나타나도록 할 수 있습니다. 물론 그러기 위해서는 용기가 필요합니다.

플럼 빌리지에서 우리는 하루에 두 번 30분씩 앉기 명상을 수련합니다. 앉기 명상을 하기 전 명상 강당으로 가는 길에 모든 걸음마다 호흡을 담아서 걷기 수련도 합니다. 강당의 문을 열고 신발을 벗고 완전히 현재에 집중한 채로 방석까지 걸어가는 모든 걸음을 느끼는 겁니다. 마음이 아닌 몸이 가장 안정되고 편안한 자세를 찾는 것이 매우 중요합니다. 대부분은 몸을 살피고 온몸의 근육을 마음다함의 부드러운 에너지로 편하게 만들어주는 것에서 시작합니다. 그리고는 이미 그곳에 도착해 있다는 느낌으로 자리에 앉아서 눈썹과 턱, 어깨와 가슴에 귀를 기울이며 오늘 하루가 어땠지를 듣는 것입니다.

다음으로 어떤 판단도 반응도 하지 않고 부드러움만으로 스스로와 마주하는 법을 수련합니다. 부처가 되기 위해서 앉아 있는 것도, 다른 사람이나 더 좋은 사람, 또는 새로운 사람이 되기 위해서 앉아 있는 것도 아닙니다. 그저 자기 모습으로 앉아 있으면 됩니다. 매일 나 자신에게 15분가량 자유의 창문을 만들어주는 것만으로도 이미 무언가를 해낸 셈이나 마찬가지입니다. 앉아 있는 데도 기술이 있습니다. 앉아 있는 시간을 늘리거나 특정한 자세를 유지하거나 다른 장소로 이동해야 하는 것은 아닙니다. 호흡의 기적과 세상을 감지하는 것에 심취해서 내가 있는 자리에 살아 있는 것만으로도 편안함과 자연스러움, 무원無願을 느낄 수 있습니다.

만약 주의가 산만해진다고 느끼면 명상 가이드를 녹음해서 들으면 집중력을 높이는 데 도움이 되겠지만, 현재의 순간을 있는 그대로 고요하게 느끼는 것이 더욱 좋습니다. 우리 몸과 기분 속에 각인된 세상에 더욱 깊이 귀를 기울이면 쉼 없음을 해소하고 불안감을 잠재울 수 있습니다. 만약 필요하면 한바탕 울어도 좋습니다. 오직 평화를 위해서 명상을 하는 것은 아닙니다. 자신과 평화 사이를 가로막고 있는 모든 것을 알아차리고 안아주고 변화시키기 위해서 명상을 하는 겁니다.

타이는 언제나 "울어도 괜찮습니다. 그저 호흡하는 것만 잊지 마세요"라고 말했습니다. 그저 마음다함의 에너지로 자신의 눈물을 안아주세요. 앉은 자세에서는 연민의 마음과 예술가의 창의력, 명상가의 고요함, 전사의 규율이 필요합니다. 물론 앉기를 위한 전략이 필요합니다. 어디에 앉아야 할까요? 언제 앉아 있어야 할까요? 이렇게 앉는 준비를 하는 과정 모두가 이미 앉기 명상에 포함되어 있습니다.

## ○ 단순한 삶의 힘

초보 승려이던 시절에 내가 머물던 사원에는 수도도 뜨거운 물도 전기도 없었지만 그래도 모두가 행복하게 지냈습니다. 100명의 승려들이 사용한 접시를 닦으면서도 형제애를 가지고 함께 일한다는 느낌 덕분에 즐겁기만 했습니다. 물을 끓이는 데 사용할 솔가리를 얻기 위해 높은 산까지 올라가야 했습니다. 비누도 없어 코코넛 껍질을 쓰고 주전자를 닦을 때는 재를 사용했지요. 이렇듯 행복은 외부적 상황에 의해서 좌우되는 것이 아닙니다. 행복은 사물을 바라보는 방식에 달려 있습니다. 자신이 처한 상황을 소중히 하는 법을 알게 되면 우리는 더욱 단순하게 살 수 있습니다.

마하트마 간디Mahatma Gandhi는 세상을 바꾸고자 한다면 자신부터 달라져야 한다고 말했습니다. 더 단순하고 평온하고 행복한 삶을 사는 법을 깨닫는다면, 우리가 살고 있는 지구와 지구 위에 살고 있는 모든 종에 새로운 미래가 펼쳐질 수 있습니다. 오늘, 바로 지금 우리는 그 꿈을 느낄 수 있습니다. 간디는 소박한 옷차림을 하고 검소한 식단을 즐기며 항상 걸어서 다녔습니다. 간디가 살았던 단순한 삶을 보면 물질적인 것에 얽매이지 않으며 그가 느꼈던 자유와 그가 지녔던 영적인 힘을 알 수 있습니다. 간디의 노력을 위대한 성공으로 이끈 것은 비폭력의 교리가 아니라 그가 살았던 삶의 방식입니다.

세상 사람들은 간디의 비폭력 원칙을 삶에 적용하려고 노력하면서도 간디와 같은 생명력을 느끼는 데에는 어려움을 느낍니다. 간디의 영적인 힘이 없이는 그가 지녔던 수준의 연민과 희생의 감정을 느낀다는 것은 매우 어려운 일입니다. 하지만 소비지상주의에 좌우되는 기계적인 삶을 살면서 그런 영적인 힘을 키울 수는 없습니다. 따라서 새로운 문명은 물질적 재화의 '식민지'가 되지 않겠다는 결심에서 시작되어야 합니다. 진정한 인간이 되기 위해서는 물질주의에 맞서야 합니다.

더욱 단순한 삶을 살 때 우리는 진실을 말할 수 있는 엄청난 용기를 낼 수 있습니다. 사랑과 연민을 담아서 진실을 말할 수 있게 되기 때문입니다. 아무것도 잃을 것이 없으므로 목소리를 높일 용기를 낼 수 있습니다. 단순한 삶은 우리를 자유롭게 합니다. 무엇보다 우리는 물질적 소유나 지위가 아닌 이해와 사랑이 행복의 바탕이라는 사실을 잘 알고 있습니다. 하지만 무언가 잃을까 봐 두려워하면, 목소리를 낼 용기는 사라지고 맙니다.

## ○ 나눔이 가져다준 행복

보현보살은 '행원의 보살'입니다. 보현보살의 영혼 속에서 우리는 자애와 나눔의 수련을 포함해 세상의 고통을 완화할 수 있는 다양한 행동을 할 수 있습니다. 우리는 일상 속에서 나눔을 실천해야 합니다. 반드시 돈이 많아야만 나눌 수 있는 것은 아닙니다. 우리가 느끼는 평화와 행복이 이미 다른 이들에게 커다란 선물이 될 수 있습니다. 스스로 자애로움을 느끼고 있더라도 그 자애로움을 더욱 발전시키기 위한 특별한 방식을 찾아야만 합니다. 돈을 나누기보다는 시간을 나누는 것이 중요합니다. 시간이 곧 삶이기 때문입니다. 다른 이들과 시간을 나눈다는 것은 곧 그들과 온전히 존재한다는 것을 의미합니다. 그리고 이는 다른 사람들에게 즐거움과 행복을 가져다줍니다.

우리의 존재와 우리가 존재하는 방식은 하루 중의 매 순간, 매 시간을 제공해줍니다. 보현보살은 명확한 형체로서 존재하지 않습니다. 보현보살은 우리 몸의 살과 뼈와 같이 지구상의 사람들에게 위안을 주는 모든 이들 속에 존재하고 있습니다. 우리 공동체에서도 다른 이들을 돕기 위해서 쉴 새 없이 움직이는 많은 보살을 만납니다. 그분들을 볼 때마다 나는 진정으로 감사의 마음을 느낍니다. 그런 분들 중에는 젊은이도 있고, 나이가 든 분들도 있습니다. 그들 모두가 행원의 보살인 보현보살의 수족인 셈이지요. 우리가 누군가를 도울 때 그건 억지로 하는 것이 아닙니다. 그 일을 통해 즐거움을 느낄 뿐입니다. 이것은 곧 사랑에서 우러나오는 행동을 실천하면서 일상의 삶을 살아가는 것입니다. 우리는 이해와 연민, 그리고 행동을 통해서 모든 존재들을 위해 봉사를 실천하며 그 속에서 즉각적인 행복을 느낄 수 있습니다.

## ○ 일과 삶이 하나가 되는 순간

자신이 인류를 위해 가장 헌신적인 삶을 살고 있다는 것을 어떻게 확인할 수 있을까요? 어떻게 하면 스스로 평화로움을 느끼는 동시에 세상에 더욱 도움이 되는 일을 선택할 수 있을까요?

무엇을 할 것인지 결정하는 것은 어떤 사람이 되고 싶은지를 결정하는 것과 같습니다. 행동은 곧 존재의 방식이기 때문입니다. 중요한 것은 진심으로 즐길 수 있고, 자신의 존재를 세상과 자신에게 온전히 내어줄 수 있어야 한다는 것입니다. 어떤 일이든 상관없습니다. 무엇을 하느냐보다 어떻게 하느냐가 중요합니다. 인류와 지구상에 존재하는 모든 종에 대해 우리가 느끼고 있는 연민과 기쁨의 감정을 표현할 수 있는 일은 셀 수 없이 많습니다. 돈을 조금 적게 벌고 더 작은 집에 살고 더 작은 자동차를 타게 될 수도 있겠지만 마음은 더 행복해질 겁니다. 환하게 웃고 마음껏 사랑한다면, 우리가 하는 모든 행동이 곧 사랑의 표현이 될 것입니다. 또한 더 행복하고 단순한 삶을 살 수 있습니다. 우리에게 가장 도움이 되는 것은 다름 아닌 나부터 행복한 인간이 되는 것입니다.

우리는 대부분 일에 치여서 자기의 삶을 잃어버리곤 합니다. 오롯이 자신의 인생을 살 수 있는 여유도 없습니다. 그것이 우리가 속한 문명의 현실입니다. 실제로 우리는 번아웃을 경험하지만, 그럴 필요가 없습니다. 삶은 그 자체로 선물이고, 우리는 그 선물을 최대한 잘 사용해야 합니다. 삶을 온전히 살아낼 시간이 필요하죠. 그러기 위해서는 '일'과 '삶'이 서로 별개의 것이라는 이원론적인 생각을 지양할 필요가 있습니다.

땔감을 쪼개고 물을 나르고 아침식사를 준비하는 것 모두가 '일'이지만, 그 일을 하는 시간 중에도 우리는 즐거움과 행복을 느낄 수 있습니다. 고객을 만나기 위해 미팅에 나갈 때도 마찬가지입니다. 거래를 성사시키기 위한 미팅이기도 하지만, 그것을 살아 있는 존재들 사이의 즐거운 만남으로 바꾸어나갈 수도 있는 법이니까요. 마음다함의 요소와 자애로움만 있다면 그런 미팅을 즐겁고 의미 있고 행복한 순간으로 바꿀 수 있습니다. 행복은 양이 아닌 질의 문제이고, 얼마나 많은 일을 얼마나 효율적으로 하느냐가 아니라 어떻게 사느냐의 문제이니까요.

나는 캘리그래피를 할 때면 삶과 일을 하나로 보려고 노력합니다. 매번 붓을 들기 전에는 차를 준비해서 찻물을 잉크 속에 몇 방울 떨어뜨립니다. 차와 선종은 수천 년의 세월을 함께해왔기 때문입니다. 붓을 들어 동그라미의 절반을 그리면서 숨을 들이쉽니다. 그리고 나머지 절반을 그리면서 숨을 내쉽니다. 그렇게 하면 내가 그린 동그라미 속에 호흡이 있고 마음다함이 존재하게 됩니다. 때로는 스승님과 아버지를 초대해서 함께 그림을 그리곤 합니다. 스승님이 내 안에 있고 아버지가 내 안에 있어서 명상과 일, 즐거움과 삶은 비로소 하나가 되고, 마침내 무아의 경지에 닿을 수가 있습니다. 특별한 것은 없습니다. 그저 자신의 일을 즐겁고 신나게 만드는 방법만 알면 됩니다. 마음다함을 수련한다면 누구나 할 수 있는 일입니다.

## ○ 어려운 결정의 순간

일상을 살다 보면 무언가 결정을 해야 하는 순간에 놓일 때가 있습니다. 자칫 너무 빠르게 결정을 하거나 마음이 불안하고 초조할 때 결정을 하는 경우가 있습니다. 그렇다면 그 결정은 맑은 정신에서 나온 것이 아닙니다. 마음이 자유롭지 않을 때 결정을 내리는 것은 피해야 합니다. 비록 다른 사람들이 억지로 밀어붙인다고 해도 그 순간에 결정을 해서는 안 됩니다. 왜냐하면 잘못된 결정은 우리 자신과 다른 이들을 오랫동안 고통스럽게 만들 수 있기 때문입니다.

따라서 서둘러 결정을 내리지는 마세요. 먼저 호흡을 하세요. 숨을 들이마시고 내쉬며 호흡에 온전히 집중하면 자신을 옭아매는 모든 것에서 벗어날 수 있고, 과거와 미래를 놓아주면 한결 자유로워집니다. 그렇게 5~7분 정도 호흡을 하고 나면 결정을 내릴 수 있을 정도로 충분히 자유로워질 수 있습니다. 자신이 느끼는 자유로움을 더욱 풍요롭게 해주고, 더 다양한 해결책을 알려주는 것이 바로 호흡입니다.

이렇게 호흡을 하면 두려움과 후회, 불안과 슬픔에 억눌린 채 내리는 결정보다 더욱 이롭고 더욱 연민이 가득한 좋은 결정을 내릴 수 있습니다. 마음을 다해서 호흡할 때, 우리는 더 많은 자유를 얻을 수 있습니다. 그 자유로움이 계속 유지되기를 바란다면 가능한 오랫동안 마음다함의 호흡을 계속 이어나가면 됩니다. 마음다함의 호흡을 수련하는 것은 단순하면서도 매우 효과적입니다.

마음다함을 수련한다는 것이 미래에 대한 계획을 세우면 안 된다는 의미는 아닙니다. 과거로부터 배워야 할 것이 있는데 그것을 가로막는 것도 아닙니다. 단지 두려움이나 불확실한 미래 속에서 길을 잃지 말고, 현재의 순간 속에 존재하면서 미래를 현재로 데리고 와서 더 깊이 들여다보아야 한다는 의미입니다. 그것이 진정한 미래를 위한 계획일 테니까요. 미래 속에서 헤매는 것이 아니라 현재의 순간 속에서 미래를 위한 계획을 세워나가야 합니다.

## ○ 삶의 모든 순간을 성공으로 만드는 법

실패에 대해 두려움을 갖고 있나요? 그 두려움을 어떻게 이겨낼 수 있을까요? 내가 알고 싶은 것이 무엇인지조차 확실하지 않을 수도 있겠지요. 그렇다면 성공은 무엇이고, 실패는 무엇일까요? 우리는 모두 성공에 대한 욕망에 좌우되곤 합니다. 어떤 이들은 실패를 경험하지만 그 실패를 바탕으로 더 발전하며 마침내 진정한 성공에 이르게 됩니다. 반대로 성공은 하지만 결국 성공의 피해자가 되는 이들도 있습니다. 그것은 우리가 원하는 성공이 아닙니다.

마음다함의 호흡을 수련하고 나서 성공을 하게 되었다고 가정해봅시다. 마음다함의 호흡은 마음과 몸이 하나가 되게 해주고, 바로 지금 여기서 자신을 확고히 하는 데 도움이 되며, 평화와 즐거움을 주기도 합니다. 그런 종류의 성공은 우리에게 절대로 해를 끼치지 않습니다. 문제는 일하는 방식입니다. 만약 성공하고 싶어서, 목표를 달성하기 위해서, 바람직하지 않은 방법을 사용한다면 겉으로는 성공한 것처럼 보이겠지만 결국 인간으로서 자신을 망치는 꼴이 되고 맙니다.

따라서 올바른 행동이란 이해와 연민, 진실의 방향으로 나아가는 것이어야 합니다. 어울려 존재함의 통찰력을 바탕으로 차별 없이 한 행동이어야만 합니다. 올바른 행동은 연민으로부터 시작됩니다. 성공에 이르기 위해서 한 모든 일들이 올바른 것일 때 두려울 것은 없습니다. 올바른 행동은 선함과 연민, 평화의 에너지를 불러일으키며, 그 에너지는 평생 우리를 지켜줄 것입니다.

무엇을 생각하고 말하고 행동하는지를 잘 살피면 실패와 성공이란 극단은 존재하지 않게 됩니다. 마음다함과 집중, 통찰력의 에너지를 가지면 삶의 모든 순간은 이미 성공한 것이나 다름

없습니다. 성공을 위해서 오랜 기간을 기다릴 필요도 없습니다. 모든 걸음과 모든 호흡마다 성공에 이를 수 있기 때문입니다. 걸음 하나하나가 즐거움과 평화, 그리고 행복을 만들어낼 테니까요. 수단이 이롭다면 그 결과 역시 이로운 법입니다.

## ○ 지혜의 등불을 든 영혼의 벗

세상에는 밝은 빛이 필요합니다. 자유의 빛, 이해의 빛, 사랑의 빛을 세상에 비춰줄 사람이 필요합니다. 산스크리트어로 디판카라Dipankara라고 부르는 부처는 '지혜의 등불'을 세상에 비추는 능력을 갖추고 있다고 합니다.

전설에 따르면, 석가모니는 전생에 학생이었다고 합니다. 부처가 되기 전인 보살이던 때의 일이지요. 그는 정치가가 될 꿈을 안고서 어려운 공부를 계속했습니다. 젊은 시절에는 시험에 합격해서 황제의 눈에 들어 정치인이 되겠다는 꿈으로 가득 차 있었습니다. 당시만 해도 부모와 친구들이 학업에 뜻을 둔 학생들이 시험에 통과할 수 있도록 모든 지원을 해주었습니다.

지방마다 시험을 치르고, 그 시험에 합격한 수천 명의 사람 중에서 100명만 다시 추려서 더 어려운 학업을 마친 다음, 다시 시험을 치르기 위해서 황실이 있는 수도로 향했습니다. 그리고 마지막 단계는 제국 경연대회에 참가해서 황제가 직접 출제하는 질문을 받는 것이었습니다. 국가의 상황을 정확히 알고 있는지, 백성들에게 도움을 주고 나라가 더욱 발전하고 행복해지기 위해서 어떤 생각을 하고 있는지 황제가 직접 응시자들을 만나서 확인하는 과정이었지요.

청년은 경연에 참여했지만, 황제의 선택을 받지 못했습니다. 그리고 엄청난 절망을 느꼈습니다. 백성과 조국을 섬기고, 많은 월급을 받고, 가족을 꾸리는 것이 자신의 꿈이라고 생각하고 죽어라 공부만 해왔으니까요. 낙심한 청년은 다시 고향으로 가기 위해서 산을 넘고 숲을 지나고 들판을 가로질러 걷기 시작했습니다. 어느 날 오후, 언덕 근처에 이른 그는 너무 지쳐서 더는 걸을 수 없게 되었습니다. 바로 그때 우연히 언덕 발치에서 매우 검소하게 살아가던 한 은둔자를 만났습니다. 너무 배가 고프고 지쳤던 그는 은둔자가 조그만 냄비에 무언가 요리를 하고 있는 것을 보고는 걸음을 멈추고 먹을 것을 나눠줄 수 있는지 물었습니다. 그러자 은둔자가 대답했습니다. "일단 좀 쉬도록 해요. 음식이 준비되면 접시를 나눠주리다. 자, 여기 나무 뿌리를 베고 눈을 붙여요." 청년은 시키는 대로 나무 뿌리에 기대어 누웠고, 곧바로 깊은 잠에 빠져들었습니다.

잠이 든 청년은 아주 이상한 꿈을 꾸었습니다. 꿈속에서 그는 3년마다 열리는 경연대회에서 좋은 성적을 거두어서 황실 경연대회에 참가하게 되었습니다. 그리고 지금까지 읽었던 수많은 책에서 배운 모든 지식을 동원해서 황제가 던진 질문에 최고의 답변을 했습니다. 결국 참가자 중에서 가장 뛰어난 지식을 갖추었다는 평가를 받았고, 황제의 눈에 들어서 공주와 혼인하라는 허락까지 받았지요. 공주는 너무나 아름다웠고, 청년은 상상도 하지 못할 정도로 행복했습니다. 희망과 에너지로 가득 차 있었습니다. 게다가 국방을 담당하는 매우 중요한 직책까지 맡게 되었습니다.

하지만 그 나라는 매우 크고 강한 나라에 인접해 있는 작은 나라였습니다. 국방을 담당하는 직책을 맡은 그는 국경을 지켜야 하는 책임과 함께 사람들의 질투와 절망과 분노, 그리고 여러 어려움과 도전에 맞서야 했습니다. 공주와 혼인을 한 후에 두 사람의 관계도 순탄치 못해 거의 매일 싸우다시피 했습니다. 아이 둘을 키우는 것도 쉽지 않았습니다. 온통 불행한 일 투성이었습니다. 정치적인 인생은 물론이고 결혼 생활에도 어려움이 많았습니다.

그러던 어느 날, 이웃 나라에서 대규모로 군대를 조직해서 침략 계획을 세우고 있다는 소식을 듣게 되었습니다. 청년은 군사를 소집해서 이웃 나라의 침략에 맞서기 위해서 선발대를 내보냈습니다. 공적인 업무는 물론이고 집안일로도 골치가 아팠던 터라 그의 정신은 평온하고 맑지 못했습니다. 그래서 적의 공격에 맞서 반격을 하는 과정에서 수많은 실수를 저질렀고, 결국 적군에게 영토 대부분을 빼앗겼습니다. 전쟁에서 패했다는 소식을 들은 황제는 화가 머리끝까지 나서 당장 청년을 참수형에 처하라는 명령을 내렸습니다.

청년은 병사들에게 둘러싸여 처형장소로 끌려가는 꿈을 꾸었습니다. 막 참수형을 당하려는 순간 어디선가 새가 지저귀는 소리가 들리더니 잠에서 깨었습니다. 그는 어리둥절한 표정으로 좌우를 둘러보았습니다. 주변에는 언덕이 보였고, 옆에는 은둔자가 있었습니다.

은둔자는 따뜻한 미소를 지으면서 청년에게 말했습니다. "잘 쉬었나요? 수수죽을 만들어놨어요. 이리 와서 앉아요, 접시를 줄 테니까 함께 먹도록 해요." 청년은 벌떡 일어났고 정신없이 꿈을 꾼 탓인지 허기조차 느껴지지 않았습니다. 꿈에서 너무 많은 일을 겪은 탓에 마치 인생이 한꺼번에 지나간 듯한 기분이 들었습니다. 매 순간을 깊이 살아가는 방법을 알지 못하면 인생이 마치 꿈처럼 지나가버리기 마련입니다. 수수죽을 만들 때보다 더 빠르게 시간이 흘러가버리는 법이지요.

은둔자는 고요하고 평화로운 자세로 젓가락으로 죽을 휘휘 젓고 있었습니다. 청년은 그의 모습을 유심히 쳐다보았고 비로소 그의 내면에 평화가 살아 있음을 깨달았습니다. 말 그대로 행복한 상태로 살아 있는 것처럼 보였습니다. 평화와 견고함, 자유로움이 있다면 아름답고 행복한 삶을 살 수 있습니다. 청년은 은둔자 쪽으로 가까이 다가가서 여러 가지 질문을 했습니다. 워낙 똑똑했던 터라 청년은 곧바로 가슴 속에 평화와 자유를 품는 것이 행복한 삶을 위해서 꼭 필요하다는 사실을 깨달았습니다. 결국 그는 정치가가 되겠다는 야망을 포기했습니다. 은둔자처럼 살아가는 법을 배워서 자신의 고통을 변화시키고 가슴 속에 평화와 자유를 느끼고 싶은 새로운 꿈이 생겼기 때문입니다. 그리고 청년은 은둔자의 제자가 되겠노라고 결심했습니다.

그 은둔자가 바로 지혜의 등불을 비추는 디판카라 부처입니다. 그 후로 청년은 여러 번의 삶을 살면서 수련을 이어나갔고 마침내 석가모니라는 이름의 부처가 되었습니다. 자신의 야망과 계획을 자세히 들여다보고, 인생을 전부 투자할 가치가 있는지,

자신이 갈망하는 것을 위해 모든 에너지를 쏟아도 괜찮을지 잘 생각해보세요.

자유로 가는 길을 알고, 견고함과 연민을 만들어내는 법을 아는 친구와 함께하는 것은 매우 중요합니다. 불교에는 '칼야나미트라Kalyanamitra'라는 말이 있습니다. 이는 등불을 든 지혜로운 친구, 진정한 영적인 동반자라는 의미입니다. 그런 친구는 이미 우리 곁에 있을지도 모릅니다. 그저 우리가 미처 알아보지 못하고 있는 것일 뿐입니다. 누구나 어둠 속에서 길을 잃지 않도록 환한 등불을 비추고 도움의 손길을 내밀어줄 그런 친구가 필요합니다. 그런 영적인 벗을 찾는 순간이야말로 기적 같은 순간이라고 할 수 있겠지요.

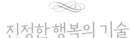

## 진정한 행복의 기술

위대한 선종의 지도자들은 가만히 귀 기울일 시간만 있다면, 누구나 가야 할 길을 알게 될 것이라고 말합니다. 이러한 통찰력은 다른 사람이 줄 수 없는 것입니다. 스스로 진정한 수련을 통해서 얻어야 하는 것이니까요. 통찰력은 말로 옮길 수도, 책에 담을 수도 없습니다. 말로 방향을 제시할 수는 있지만 그 길을 대신 걸어갈 수는 없습니다.

나는 젊은 시절에 기자로 일하면서 런던 중심가의 6층 건물 꼭대기 층에 있는 뉴스룸에서 마음다함의 수련을 했습니다. 고함을 지르는 동료들의 말에 귀를 기울이기도 하고, 전화를 받기 전에 호흡을 하고, 찬물을 가지러 냉장고까지 가면서 폭포와 산줄기를 따라 흘러내리는 시원한 시냇물을 머릿속에 그려보기도 했습니다. 생방송에 출연하기로 했던 출연자가 갑자기 펑크를 내거나 녹음테이프가 사라지는 등 힘든 상황이 닥칠 때면 하늘에 뜬 별이 어디서 빛나고 있었는지를 떠올리며 조용히 수련하기도 했습니다. 비단 내 머리 위로 뜬 별만이 아니라 잿빛 도시의 하늘 위, 왼쪽과 오른쪽은 물론이고 책상 아래에 별이 떠 있다고 상상하기도 했고, 저 멀리 지구 반대편에 떠 있을 별들을 그려보기도 했습니다. 극도의 압박감이 느껴지는 순간이면 몸이 겨우 들어가는 화장실 속에서 열 번의 호흡을 하는 자신을 발견하기도 했습니다. 그러던 어느 날, 생방송 시작을 코앞에 두고 종종걸음으로 스튜디오 복도를 걸어가는 와중에 내가 내딛는 발걸음 하나하나를 인식할 수 있게 되었음을 깨달았습니다.

마음다함은 뉴스룸에서 보낸 시간을 깊이 살피는 데 도움이 되었고, 내가 처한 상황을 명확히 볼 수 있게 해주었습니다. 언젠가 호흡과 걸음에 집중하면서 커피를 마시기 위해서 카펫이 깔린 복도를 걸어갔던 때가 떠오릅니다. 머릿속에는 두 개의 라디오 쇼에서 흘러나오는 이야기들과 그날 아침에 읽은 여섯 개의 신문의 내용들이 뒤죽박죽되어 있었는데도 말이에요. 탕비실에서 마음다함의 걸음을 내딛는 순간, 한 가지 질문이 떠올랐고 그대로 호흡이 멈추고 말았습니다. 나는 정말로 이렇게 시간을 보내고, 이런 방식으로 하루와 한 달을 살고 싶은가? 그 순간 나 자신이 개방형 스튜디오와 사무실, 탕비실을 가로지르는 유독성 기계에 붙은 조그마한

톱니바퀴가 된 듯한 기분이 들었습니다. 한 번뿐인 소중한 인생을 정말 이렇게 살고 싶은가? 내 에너지를 쏟아붓고 싶은 곳이 정말 이곳인가? 그 질문은 내 인생의 핵심을 파고들었고, 선문답으로 이어졌습니다. 그리고 어느 날, 그에 대한 해답이 맑은 하루처럼 선명하게 모습을 드러냈습니다.

거침없이 목소리를 높이는 젊은 기후운동가들은 특별한 형태로 나타난 보살이라고 할 수 있습니다. 우리 세상을 그대로 비추면서 냉혹한 현실에 대해 직언을 하고 있으니까요. 진실을 이야기하며 특별한 영향력을 행사하는 데 학위 따위는 필요치 않음을 스스로 보여주고 있는 셈입니다. 진실은 바로 우리 눈앞에 펼쳐져 있습니다. 우리는 그저 그것을 보고 듣고, 있는 그대로 말하기만 하면 됩니다. 진실을 알리는 이들이 더 많이 필요하고, 여러 종류의 보살이 등장해야 합니다. 여러분은 어떤 모습의 보살이 되고 싶은가요? 자신의 시간과 에너지를 어떤 식으로 사용하고 싶습니까? 지구상에서 살아가고 있는 종의 하나로, 우리의 시간과 에너지, 생기를 지구에 닥친 위기를 극복하는 데 집중하겠다고 굳게 마음먹어야 합니다.

다음으로 소개할 글은 다섯 가지 마음다함 수행법의 두 번째로, 마음다함이라는 도전적 과제와 심오한 단순함을 향해서 나아갈 길을 알려줍니다. 이 글을 읽은 후에는 잠시 하던 일을 멈추고, 지금 자신에게 어떤 빛이 비치는지를 돌이켜 생각해볼 수 있는 여유를 가져보기를 바랍니다.

## 진정한 행복을 위한 마음다함의 수행법

나는 고통이 착취와 사회적 부당함, 절도와 압박에서 비롯된다는 것을 알고 내 생각과 말, 행동 속에서 너그러움을 수련하겠다고 약속합니다. 남의 것을 훔치지 않고 다른 사람에게 속한 것을 탐내지 않으며, 내가 가진 시간과 에너지, 물질적 자원을 필요로 하는 이들과 함께 나눌 것을 약속합니다. 다른 이의 행복과 고통이 나의 행복과 고통과 별개의 것이 아님을 자세히 살피고, 진정한 행복은 이해와 연민이 없이는 가능하지 않으며, 부와 명예, 권력과 감각적 쾌락은 더 큰 고통과 절망을 동반한다는 사실을 알고 있습니다. 행복은 외부적 요인이 아니라 정신적 자세에 달려 있고, 나는 이미 행복해질 충분한 조건들을 갖추고 있다는 사실을 떠올리며 현재의 순간에서 행복하게 살아가겠다고 약속합니다. 올바른 삶의 방식을 수행함으로써 지구상의 살아 있는 생명체들의 고통을 줄이고 더 이상의 기후 변화가 생기지 않도록 돕겠습니다.

## 5장

# 치유와 풍요의
# 자양분을 찾아서

## ○ 마음다함의 네 가지 자양분

진심으로 환경을 보호하고 싶다면 먼저 자신부터 돌볼 수 있어야 합니다. 우리 활동의 기본은 일상과 육체, 기분, 인식과 정신적 형성 그리고 의식으로 이루어져 있습니다. 지구의 안녕은 우리의 육체적, 정신적 안녕에 달려 있고, 우리의 육체적, 정신적 안녕은 지구의 안녕과 연관되어 있습니다. 따라서 지구를 보호하는 것은 소비의 방식과 밀접한 관련이 있습니다. 만약 환경 문제를 돌보느라 자신의 건강에 균형을 잃게 되면, 환경 문제와 자연의 균형이 깨지는 것을 어떻게 돌볼 수 있을까요? 어울려 존재함의 가르침이 중요한 이유가 바로 여기에 있습니다.

잘못된 음식을 먹으면 고통을 겪게 됩니다. 현재의 소비 방식을 유지하여 지구를 망가뜨린다면, 우리 아이들은 더욱 깊은 고통을 겪게 될 겁니다. 그래서 지구를 구하는 방법은 다름 아닌 마음다함의 소비를 하는 것이기도 합니다. 그렇지 않다면 인류는 계속해서 지구를 망가뜨릴 것이고, 다른 사람뿐만이 아니라 지구의 다른 종들에게조차 엄청난 고통을 주게 될 테니까요.

부처님은 말씀하셨습니다. "음식이 없이는 그 어떤 것도 살아남을 수 없다." 또한 "고통에 빠지면 외부로 비난의 화살을 돌리고, 다른 이가 우리를 고통받게 했다고 원망하기 쉽다. 하지만 더 깊이 들여다보면, 가장 큰 적은 바로 우리 자신이다"라고도 하셨습니다. 우리를 가장 고통스럽게 만드는 것은 바로 우리 자신입니다. 우리가 소비하는 방식과 먹고 마시고 살아가는 방식, 행동하는 방식, 심지어 행복이라는 관념을 쫓는 방식이 바로 고통의 근원입니다. 고통을 만들어낸 주범인 자신이 바로 가장 큰 적이라는 뜻입니다. 부처님이 하신 말씀의 의미는 바로 그런 것입니다. 여러 가지 면에서 우리가 겪는 고통에 대한 책임은 우리에게 있습니다. 우리에게 이롭다고 생각했던 것이 실제로는 우리를 가장 큰 고통에 빠뜨리는 법입니다.

우리는 우리에게 고통을 주는 잘못된 생활방식, 즉 '일빙ill-being'을 멈출 수 있습니다. 정말 좋은 소식이지요! 절망이 사라지게 할 수도 있습니다. 그러면 우리가 느끼는 절망과 분노, 증오도 끝날 겁니다. 그러기 위해서는 우리가 느끼는 '일빙'을 자양분의 공급이라는 시각에서 바라보는 수련을 해야 합니다. '일빙'에 양분을 공급하는 근원이 무엇인지 깨닫고 나면, 그 근원을 차단하여 우리가 느끼는 고통도 멈출 수 있기 때문입니다. 아무도 돌보지 않는다면 고통 또한 사라지기 마련입니다.

불교에서는 네 가지의 자양분이 있다고 이야기합니다. 우리가 먹는 '음식', 이미지와 소리, 음악, 영화, 웹사이트 등 감각이 소비하는 '감각적 인상', 심오한 의도를 가지고 행하는 '자유의지', 그리고 우리 주변의 집합적 에너지로 표현되는 '의식'이 그것입니다. 이 모든 영양분의 근원은 우리를 건강하게 만들기도 하지만 반대로 우리 몸에 독을 퍼뜨릴 수도 있습니다.

## ○ 선한 욕망의 자양분

네 가지 자양분 중 제일 먼저 생각해봐야 할 것은 바로 '자유의지'입니다. 어떤 인생을 살고 싶은가요? 이는 자리에 앉아서 깊이 살펴야 하는 문제입니다. 자신의 심오한 욕망이 원하는 것이 명예, 권력, 성공, 부, 감각적 자극인지 혹은 다른 것인지 생각해봐야 합니다. 테러리스트의 경우에는 누군가를 처벌하고 죽이는 것이 그의 깊은 욕망이 되겠지요. 생태학자라면 환경을 보호하는 것이 심오한 욕망일 겁니다.

우리는 모두 욕망을 가지고 있고, 그 욕망은 건강한 것일 수도 혹은 해로운 것일 수도 있습니다. 또한 우리를 고통에 빠뜨릴 수도 있고 반대로 행복하게 만들 수도 있습니다. 당신이 가지고 있는 욕망은 둘 중 어떤 쪽인가요? 만약 자신의 욕망이 다시 돌아와서 즐거움과 행복을 창조하고 나는 물론이고 다른 이들을 풍요롭게 만드는 것이라면, 혹은 자신의 고통뿐만 아니라 다른 이들의 고통까지 포용하며 변화시키는 방법을 배우고 싶은 것이라면 더할 나위 없이 좋겠지요. 그것은 자유의지에서 최고로 꼽는 보리심이자 선한 열망일 것입니다.

우리는 자신과 세상이 고통을 겪고 있음을 잘 알고 있습니다. 그 고통을 조금이라도 줄이기 위해서 뭐든 하고 싶고, 뭐든 되고 싶을 겁니다. 하지만 그 고통이 워낙 압도적이고 거대해서 무력감을 느낄 수 있습니다. 혼자 힘으로는 많은 것을 할 수 없다고 느낄지도 모릅니다. 아직 창창하고 어린 나이인데도 더는 이렇게 살 수 없다고 느낄 수도 있겠지요.

부처님도 젊은 시절에는 그와 비슷한 기분을 느꼈습니다. 고통받는 이들을 보면서 돕고 싶은 마음을 가지고 있었지만 왕의 자리에 올랐어도 사람들의 고통을 줄여주기 위해서 할 수 있는 일이 많지 않았습니다. 그래서 왕실을 뒤로한 채로 왕좌를 포기하고 다른 방법을 선택했습니다. 그분의 마음을 움직인 것은 다름 아닌 승려가 되어서 수행을 통해서 조금이라도 인간의 고통을 덜어주는 것이었습니다. 일단 자기 안의 고통을 변화시키면 세상의 고통을 변화시키는 데 도움을 줄 수 있습니다. 이것은 매우 단순하고 명확한 일입니다. 부처님이 하신 일이 바로 그것입니다.

우리는 고통이나 사회의 문제를 피하지 않고 서로 협력하고 도움을 줄 힘을 얻기 위해서 마음다함의 수련을 하고, 심지어 어떤 사람은 승려가 되기도 합니다. 비록 혼자 힘으로는 많은 것을 이룰 수 없지만, 공동체가 힘을 합치면 무엇이든 해낼 수 있다는 사실을 배웠기 때문입니다. 그래서 부처님은 깨달음을 얻은 후에 교단을 설립하는 데 필요한 것들을 찾으려 하셨습니다. 부처님은 스스로 훌륭한 교단을 세운 분이기도 합니다. 마틴 루터 킹 목사는 우리의 영적 공동체이자 마음다함의 수련센터를 보고 '사랑받는 공동체beloved community'라는 표현을 사용했습니다.

내가 젊은 승려였던 시절, 베트남이 겪은 고통은 말로 표현할 수 없을 정도로 끔찍했습니다. 수백만 명의 사람들이 목숨을 잃었고, 모두가 어떻게 도움의 손길을 내밀어야 할지 몰라 고통에 빠져 있었습니다. 그렇지만 전쟁을 끝내기 위해서 무엇이든 하고 싶었습니다. 나의 친구들과 당시 어린 제자였던 찬콩을 포함한 동료들은 가난과 억압으로 고통받는 이들을 돕기 위해서 발 벗고 나섰습니다. 하지만 그것으로는 충분하지 않았습니다. 전쟁이 계속되면서 파괴가 점점 더 심각해졌습니다. 그래서 우리는 평화 운동에 참여하기로 마음먹었고, 찬콩은 체포되기까지 했습니다. 평화를 가져오려는 노력의 결과 때문에 나 역시 고통을 겪었습니다. 감히 전쟁을 멈추려고 시도했다는 이유로 40년간 망명생활을 해야 했으니까요. 하지만 뭐든 해야만 했습니다. 그러지 않으면 육체적으로나 정신적으로 살아남을 수 없다는 것을 알 수 있었습니다. 뭐라도 하지 않았다면 그대로 올바른 정신으로 버틸 수 없었을 겁니다.

오늘날 우리의 모습도 똑같습니다. 지구는 지금 위험에 빠져 있습니다. 곳곳에서 폭력이 자행되면서 세상에는 끝없이 고통이 이어지고 있고, 우리는 미칠 것 같은 상황에 놓여 있습니다. 이런 상황에서 무엇이든 하고 싶은 마음이 든다면 우선 살아남아 고통을 줄이기 위해서 노력해야 합니다. 돕고 싶다는 강한 열망과 간절한 바람도 생길 겁니다. 자신을 지탱하기 위해서는 충분한 에너지와 간절한 열망이 반드시 필요합니다. 우리의 심오한 욕망은 단지 돈이나 사회적 인정, 영향력이나 성공을 향하는 것이 아닙니다. 우리가 원하는 것은 그 이상의 것입니다.

어쩌면 우리의 문명이 나아가고 있는 방향을 바꾸고 싶은 마음이 들 수도 있습니다. 사람들이 자기 자신과 고통을 돌볼 수 있도록 그들을 치유하고 변화시키며, 즐거움과 행복 속에서 살아가고, 지구가 아름다움을 되찾을 수 있도록 도움을 주고 싶을 수도 있습니다. 그것은 선한 욕망이며 좋은 자양분입니다. 그것이 바로 사랑의 마음, 보리심입니다. 만약 우리가 정치인이나 행동가, 기업의 지도자라면 그런 선한 의도와 선한 자유의지를 가지고 문명이 향하는 방향을 다른 쪽으로 바꿀 수도 있을 겁니다.

반대로 자신과 자신의 육체와 정신을 파괴하는 욕망도 있습니다. 하지만 간절한 열망처럼 자신을 강하게 만드는 욕망도 존재합니다. 젊은이들은 그런 자양분이 필요합니다. 물론 우리는 모두 각자의 고통을 가지고 있지만 강력한 염원을 갖는다는 건 곧 무언가를 할 수 있는 준비가 되었다는 의미입니다. 세상이 고통받는 것을 지켜보면서 우리가 느끼는 고통이 가장 중요한 것이 아님을 깨닫게 되고, 그때부터 고통은 잦아들게 됩니다. 강력한 욕망이라는 자양분이 중요한 이유가 여기에 있습니다.

그런 욕망을 갖는 순간 우리의 눈동자는 더욱 빛이 나고 미소는 더욱 아름다워지며 발걸음은 더욱 확고해지겠지요. 그런 강력한 욕망은 우리에게 반드시 필요한 자양분입니다. 하나의 공동체로서 집단적 염원을 가질 때, 우리는 깨닫고자 하는 바를 깨달을 수 있는 에너지를 얻게 됩니다. 자신이 아니라 모두를 위해서라도 공동체 안에서 피난처를 구해야 합니다. 공동체가 없다면 성공에 이르기 힘들기 때문입니다.

우리는 무엇을 해야 할지 알고 있습니다. 젊은 세대를 위해서 마음다함과 집중, 그리고 통찰력의 기술을 완벽하게 익혀야 합니다. 우리의 시간은 그래서 존재하는 것이지요. 모든 순간이 수련하고 스스로 변화하고 세상을 위해 봉사할 기회입니다. 별로 중요하지 않은 일에 시간을 낭비할 여유가 없습니다. 우리가 나아가야 할 길은 명확합니다. 우리에겐 할 일이 있습니다. 세상의 고통을 줄이는 데 자신이 도움이 될 수 있음을 기억해야만 합니다. 나는 비록 노년에 접어들었지만, 염원만큼은 항상 살아 있습니다. 여전히 생기 넘치는 나의 영혼을 제자들에게 그대로 전달하고 싶은 마음입니다. 부디 늙지 말고 젊음을 유지하세요. 몸에 좋은 음식을 섭취하고 함께 공동체를 만들어나가도록 합시다.

## ○ 강력한 염원의 에너지

위대한 존재나 보살들은 언제나 거대한 에너지의 근원을 가지고 있기 마련입니다. 아직 염원하는 바를 찾지 못했다면, 우선 그것부터 찾아야 합니다. 파트너 혹은 친구와 함께 자리에 앉아서 서로의 심오한 꿈에 대해서 깊이 이야기를 나누어보세요. 서로의 염원을 공유하고 나면 두 사람의 관계는 더욱 돈독해질 겁니다. 바로 이곳에 살아 있는 우리는 인생에서 무언가를 이루기를 원하고 있습니다. 그것은 우리의 삶이 더욱 유용하고 의미 있기를 바라는 것과 같습니다.

산스크리트어로 '크시티가르바Ksitigarbha'는 지장보살을 의미합니다. 지장보살은 고통이 많은 곳으로 가서 도움과 봉사의 손길을 내밉니다. 우리 지구에도 지옥을 방불케 하는 곳들이 많이 있습니다. 그 지옥은 때로는 가족이 될 수도 있고, 우리 공동체나 국가가 될 수도 있을 겁니다. 서로를 미워하고 죽이며, 폭탄이나 총으로 생명을 앗아가기도 합니다. 같은 핏줄이고 같은 나라의 국민이고 같은 공동체에서 같은 문화를 공유하면서도 서로에게 지옥을 선사하고 있습니다. 지장보살은 그런 곳으로 몸소 찾아가서 도움의 손길을 내밉니다. 그것은 정말이지 고된 일입니다. 언제나 새로운 마음가짐을 가져야 하고, 인내심을 길러야 하며, 내공도 있어야 하고, 두려움 없는 마음으로 무장도 해야 합니다. 두려움과 분노, 폭력을 줄이기 위해 애써야 하며, 다른 사람에게 함부로 원망의 화살을 돌려서도 안 됩니다. 이해심과 연민을 나누고, 다른 사람들의 마음속에 있는 이해심과 연민을 되살려야 합니다.

살아 있는 지장보살과도 같은 의사들, 간호사들, 사회복지사들도 많이 있습니다. 그들은 지구상에서 가장 고통받는 곳에 직접 찾아가 도움의 손길을 내밉니다. 그래서 지장보살은 단지 하나의 상징이 아닌 현실적인 존재이기도 합니다. 지구 곳곳에서 많은 사람들이 마치 지장보살처럼 봉사하고 있습니다. 그들은 자신의 존재가 다른 이들에게 위로가 될 수 있음을 알기에 고통조차 두려워하지 않습니다. 그들은 연민과 염원의 강력한 에너지로부터 보호받고 있습니다.

다른 이들을 돕겠다고 굳게 다짐한 이들이 스스로 염원을 잃거나 에너지를 소진하지 않도록 우리는 든든한 지원을 아끼지 말아야 합니다. 그들에게 에너지와 응원을 보내야 합니다. 6개월에서 1년가량의 봉사가 끝나고 고된 몸을 이끌고 집으로 돌아왔을 때, 그들이 다시 충분한 힘을 얻고 스스로를 치유할 수 있도록 해야 합니다. 우리가 나서서 그들을 돌보고 최선을 다해서 그들이 치유될 수 있도록 도와야만 그들이 두 번, 세 번 다시 그 길을 나설 수 있을 테니까요. 지장보살은 언제나 도움을 구하는 이들 속에 존재합니다. 그들에게는 공동체나 교단이 필요합니다. 그래야만 오랜 세월 계속해서 도움의 손길을 내밀 수 있을 테니까요.

어려운 상황 속에서는 우리 내면의 예술가와 명상가, 전사를 어떻게 가꿔야 할지, 지장보살과 같은 두려움 없는 인내심과 결단력을 어떻게 가질 수 있을지 알아야 합니다. 그래야 안정되고 치우침 없는 마음으로 다른 이들은 대할 수 있습니다. 수십년 전 베트남에서 전쟁이 영원히 계속될 것만 같던 시절이 있었습니다. 특히 베트남 사람들 사이에서는 절망감이 팽배해 있었습니다. 사람들은 항상 이렇게 물었습니다. "타이, 정말 전쟁이 끝나기는 하는 걸까요?" 전쟁은 정말로 끝날 기미를 보이지 않았고, 영원히 계속될 것만 같았습니다. 나로서도 그런 질문에 대답하기 쉽지 않았지만, 나는 깊이 호흡한 후에 이렇게 말했습니다. "여러분, 우리는 모든 것이 무상함을 알고 있어요. 그러니 전쟁은 끝날 겁니다."

그 질문에 대한 대답이 무엇인지는 중요치 않았습니다. 중요한 것은 어떤 상황에서도 연민과 평온함, 명확함을 만들어낼 방법을 찾아야 한다는 것입니다. 그러한 감정들을 계속 유지한다면 희망은 있습니다. 가장 큰 적는 바로 절망입니다. 우리는 계속해서 희망을 품어야 합니다. 마음을 고요하게 하고 깊이 들여다보는 수련을 통해 우리는 희망을 키울 수 있습니다. 차분하게 자신의 마음을 들여다보고 열린 마음을 가질 때 우리의 깨달음은 더 커지고 깊어질 것입니다. 많은 이들이 평화와 사회 정의와 지구를 지키기 위해 무언가를 할 준비가 되어 있습니다. 혼자라고 생각하지 마세요. 절망과 폭력의 유혹은 언제나 있는 법입니다. 하지만 우리 내면의 명상가와 예술가를 살아 있도록 하면, 우리 내면의 전사는 정확히 어디로 가야 할지 알게 될 겁니다.

## ○ 선을 꿈꾸어야 하는 이유

어떤 이들은 이렇게 말할지도 모릅니다. "항상 현재의 순간을 살라고 하더니 이제는 미래를 꿈꾸라고 말하는 건가요? 물론 아름다운 꿈이지만, 그래도 그것은 그저 꿈일 뿐입니다."

우리의 위대한 희망과 염원이 꿈이 아니라면 무엇이겠습니까? 불교에서 사랑의 마음을 의미하는 보리심은 단순한 꿈이 아닙니다. 보리심, 즉 초심자의 마음은 현실이고 믿음과 희망을 주는 살아 있는 에너지입니다. 일상의 모든 순간에서 우리의 꿈은 천천히 실현되곤 합니다. 지난 수십 년간의 나의 인생에서 단 한 순간도 꿈이 실현될 거라고 생각하지 않은 적이 없었습니다. 우리의 꿈은 언젠가 현실이 될 수 있습니다. 아니 그 꿈은 벌써 현실이 되었습니다. 자신의 꿈이 무엇인지 100퍼센트 분명하게 알지 못할 수도 있지만, 하루하루 그 꿈은 서서히 현실이 되고 지금 이 순간 손을 뻗으면 닿을 수 있을 만큼 가까워지곤 합니다.

대승불교에서는 심오한 염원을 함양하는 것을 가장 중요한 수련으로 여깁니다. 진정한 보살이 되기 위해서는 심오한 염원, 다시 말해 자기 자신과 다른 사람들을 변화시킬 수 있는 염원이 필요합니다. 우리는 그런 간절한 염원을 품어야 합니다. 또한 임제선사가 말했던 '바라거나 구하지 않음', 즉 무원無願도 수련할 수 있습니다. 무원은 '눈앞의 어떤 것도 쫓지 않고 얻으려고 하지 않음'을 의미합니다. 무원을 이해하는 또 다른 방법은 자신의 염원을 이미 이루었다고 생각하는 것입니다. 자신을 과소평가해서는 안 됩니다. 지금 이 순간 모든 것이 여기에 있습니다. 더 이상 구하려고 할 필요가 없습니다. 모든 것이 여기 있으니까요. 우리가 찾는 것이 평화든 안녕이든 행복이든 사랑이든 그것은 이미 여기에 있습니다. 더 이상 찾으려고 헤맬 필요가 없습니다.

현재의 순간은 과거와 현재를 모두 담고 있습니다. 현재의 순간 속에서 자신의 염원을 깊이 새기며 살아가는 방법을 알고 있다면 영겁에 닿을 수 있습니다. 불교에서는 수단과 목표는 일치해야 한다고 말합니다. 행복으로 가는 길이란 존재하지 않습니다. 그 길 자체가 행복이니까요. 치유와 변화로 이끄는 수련이라는 것도 존재하지 않습니다. 수련 자체가 치유이고 변화이기 때문입니다. 우리는 심오한 염원을 갖는 동시에 무원의 자세를 수련해야 합니다. 그러면 모든 것이 가능해집니다.

## 염원과 야망 사이

참여 명상의 길을 가는 이들에게 염원의 에너지는 가장 중요한 부분입니다. 자신에게 '내 인생의 염원은 어떤 상태에 있는가?'라고 자문해볼 수 있습니다. 만약 자신의 염원이 극도로 낮아진 상태라면 다시 불을 붙일 수도 있습니다. 그 염원이 그저 모호한 생각일 뿐이라면 더욱 확실하게 만들 수도 있습니다. 과거에는 확실했지만 시간이 흐르면서 서서히 희미해졌다면, 다시 예전으로 되돌릴 수도 있습니다. 그 염원이 깊숙이 묻혀 있다면 스스로 모습을 드러내도록 할 좋은 방법을 찾을 수도 있습니다.

때로는 모든 것을 받아들이고 평정심을 유지하는 명상가의 태도가 세상의 고통에 대한 냉담함이나 무관심으로 오해를 받기도 합니다. 명상으로 진실을 가리기에 급급한 경우에 이런 일이 빈번히 일어나곤 합니다. 사실 명상의 기술은 진실을 그대로 드러내는 것이고, 앞으로 나아갈 길을 보여주는 것입니다. 일단 세상이 어떻게 고통받고 있는지를 오롯이 볼 수 있어야만 이를 변화시킬 방법을 찾을 수 있기 때문입니다. 명상가들이 세상을 이해하는 방식은 다양합니다. 고통에 대한 이해와 통찰력은 삶을 보호하고 보살피려는 연민과 깊은 바람을 낳습니다. 보살의 길에 들어선 학생으로서 우리가 품고 있는 염원은 앞으로의 행보를 지탱해줄 생명력이

195

자 씨앗이며 삶의 원천입니다.

염원과 야망 사이에는 한 가지 차이가 있습니다. 돈을 벌고 성공을 쟁취하고 사회적으로 영향력을 행사할 수 있는 위치와 신분을 얻는 것은 사회가 우리를 규정짓기 위한 꼬리표에 불과합니다. 우리는 그 사실조차 알지 못하면서 무작정 나아가고 있는지도 모릅니다. 염원은 그런 야망보다 훨씬 더 심오합니다. 염원에는 이번 생에서 세상을 위해 우리가 진정 기여하고 싶은 것이 담겨 있습니다.

젊은 기자 시절 누군가 나에게 계속해서 열심히 일하다 보면 프로그램을 책임지는 '편집장'이 되는 날이 있을 거라고 말했습니다. 그 순간 '편집장'이라는 그 단어가 대단한 것처럼 들리며 깊은 인상을 주었습니다. 하지만 그 말을 듣고 난 후 뭔가 마음에 걸리는 것이 있어서 그가 한 말을 곱씹어보게 되었습니다. "계속해서 열심히 일하다 보면…"

당시 나는 잠자리에 들기 전에 '다섯 가지 명제'를 암송하며 수련하고 있었습니다. 나 자신을 고요히 되돌아보고 호흡을 하면서 나는 병들고 늙어서 언젠가 사랑하는 이들과 헤어지게 될 것이고 그 사실에서 벗어날 방법은 없다는 글을 외우고 또 외웠습니다. 마지막 문장을 암송하면서 죽음의 순간이 오면 아무것도 가지고 갈 수 없다는 사실을 떠올리게 되었습니다. 내 육체가 한 행동과 내가 한 말과 나의 정신은 그저 나의 연속체가 되겠지요. 그제야 죽음이야말로 가장 개인적인 깨우침의 순간이라는 사실을 알게 되었습니다. 그리고는 나 자신에게 물었습니다. 나 자신에게 진실했는가? 한 번뿐인 소중한 삶을 살면서 최선을 다해서 잘 살아왔는가?

그러던 어느 날 계속해서 지금처럼 살다 보면 내 묘비 위에는

'나타샤 필립스, BBC 편집장'이라는 문구만이 남을 거라는 사실을 깨닫게 되었고, 그건 내가 진정으로 바라는 바가 아님을 알게 되었습니다. 다음으로 든 생각은 '그런 문구가 묘비에 적히느니 차라리 죽는 편이 낫다'라는 것이었습니다.

뛰어난 자질을 가진 많은 사람들, 가령 BBC 방송국의 편집자 역시 사회를 위해서 기여를 하는 것은 사실이지만 그것은 나에게 어울리는 길이 아니었습니다. 다음으로 깨달은 것은 묘비에 뭐라고 적히든 죽음을 목전에 둔 순간 내가 마주하게 될 것은 나 자신과의 관계라는 사실이었습니다. '과연 나는 자신에게 가장 중요한 일을 하면서 살아왔는가? 나 자신의 잔해만이 아닌 선조들과 그들이 남긴 문화의 잔해들을 살아 있게 하고 치유하고 변화시킬 수 있는 이 기회를 저버리지 않을 방법은 무엇일까? 내게 주어진 순간과 시간을 어떻게 살아야 죽음 앞에서 평화를 얻을 수 있을까?' 이 질문들은 인생에 대해 새로운 결심을 하기 전에 반드시 고려해야 할 사항들이었습니다. 그 결과 나의 내면에 떠오른 '잘 살아온 인생'에 대한 심오한 인식은 매끈하게 닦여 있지 않은 길을 걸어갈 수 있는 용기를 갖게 해주었습니다.

## 절망을 이겨내기 위한 연료

어떻게 살고 싶은지 명확하게 하며 강한 염원을 키워나가는 것은 절망을 이겨낼 수 있는 강력한 방법입니다. 그런 염원이 없다면 세상의 온갖 고통과 맞서다가 타이의 말대로 '미쳐버릴지도' 모릅니다. 하지만 염원의 불꽃이 계속 타오르게 하는 것은 쉬운 일이 아닙니다.

수계를 받고 처음 몇 년 동안 나는 타이를 도와 명상 공동체의 참여 프로젝트에서 적극적으로 활동했습니다. 하지만 삶의 균형을 맞추지 못했던 탓에 어느 순간 지쳐버리고 말았습니다. 바로 그때 절망의 씨앗이 자라났습니다. 새롭게 마음을 정리해야 할 필요가 있다는 생각에 나는 플럼 빌리지의 허락을 받아서 컴퓨터 업무에서 잠시 손을 떼고 1년 동안 정원에서 채소를 경작하고 돌보는 작업을 맡았습니다. 어린 시절을 시골 농장에서 보낸 나는 단순한 작업을 하고 진흙이나 퇴비를 만지며 초록을 뿜어내는 자연의 평온함으로 돌아갈 수 있다는 사실에 안도감을 느꼈습니다. 하지만 마음속에는 여전히 슬픔이 자리 잡고 있었습니다. 대지의 부드러움과 시원한 기운으로 치유가 되기는 했지만, 마음속의 어두운 구름은 쉽사리 걷히지 않았습니다.

그러던 어느 날, 승려 한 분이 타이의 메시지를 전달해주었습니다. "타이가 신문기자를 대상으로 하는 피정 계획을 세우는 데 도와줄 수 있는지 물어보라고 했어요." 나의 즉각적인 반응은 짜증이었습니다. 내가 승려가 된 이유는 기자들과 함께 있는 것이 싫고, 나 자신을 치유하고 싶었기 때문이었습니다. 너무나 어렵게 시작한 여정이었는데, 다시 기자들을 만나야 하다니! 나는 컴퓨터는 필요 없는, 자연과 함께하는 단순한 삶에 대한 권리를 주장하고 싶었습니다. 조화를 유지하고 자신의 한계를 인식하는 것이 중요하다는 게 타이의 가르침이었으니까요. 그래서 나는 반항하듯 대답했습니다. "싫어요. 타이는 지금 나에게 컴퓨터 작업이 너무 큰 스트레스가 되는 것 같다고 했는 걸요. 지금 나는 정원에서 마음다함의 수련을 하고 있어요. 수련원에서도 1년 동안 정원 일을 해도 좋다고 했어요." 그 대답을 전해 들은 타이는 그저 웃기만 했습니다. 날카롭지만 자애로운 미소를 지으며, 타이는 선의 검을 꺼냈습니다. "똑같아요. 컴퓨터로 작업을 하든 상추를 키우든 모두 똑같은 일이에요." 나는 그 말을 듣고도 도저히 인정할 수가 없어서 다시 퇴비 더미가 쌓인 곳으로 돌아갔습니다.

일주일 후 새로운 메시지가 도착했습니다. 타이가 작성한 '대지와의 친밀한 소통Intimate Conversation with Mother Earth'이라는 원고의 초안이었습니다. "기자 회견에서 배포할 수 있도록 이 글을 잘 다듬어 달라고 했어요." 나는 완고하게 '싫어요'라고 말하고 싶었지만, 나의 마음은 '알았어요'라고 대답하기를 원했습니다. 그래서 다른 동료 승려들에게 도움을 구해서 함께 원고를 다듬었고, 결국 그 원고를 책으로 출간할 수 있었습니다. 타이의 아름다운 글이 다듬어져 《깨어 있는 마음으로 깊이 듣기Love Letter to the Earth》라는 책이 완성된 것입니다. 하지만 불가피한 상황 때문에 기자 회견은 무산되었습니다. 그로부터 2년 후, 우리는 뉴욕에 있는 저널리즘과 외상을 위한 다트 센터Dart Center for Journalism and Trauma에서 마음다함의 행사를 조직하게 되었습니다. 정말 보람차고 강렬한 경험이었습니다. 타이가 쏜 화살은 과녁을 놓치지 않았고, 그저 불이 붙기까지 약간의 시간이 필요했을 뿐이었습니다.

나와 같이 번아웃에 빠졌을 때 그것을 치유하는 것은 각자 자신만의 돌파구를 찾아야 하는 복잡한 과정입니다. 자연 속에서 그저 현재의 순간에 몰두하면서 온갖 기적들을 흠뻑 느낄 시간이 필요합니다. 또한 사랑하는 사람들과 함께하면서 몸과 마음을 보살필 시간은 물론이고 깊은 고통과 후회, 슬픔을 치유할 시간도 필요합니다. 마음껏 자고 웃고 또 울어야 합니다. 하지만 타이와의 일화에서 알 수 있듯이 우리가 할 수 있는 가장 중요한 것은 염원의 불꽃이 활활 타오르도록 하는 것입니다. 그것이야말로 꼭 필요한 연료입니다. 그 불꽃이 약해지면 염원의 길을 계속 나아갈 수 있도록 도와주고 우리가 인생을 어떻게 살고 싶은지를 돌이켜보게 해줄 좋은 친구들과 사랑하는 사람, 즉 멘토가 필요합니다.

나의 멘토 중 한 분은 '염원'과 '마음다함'은 폭풍우 치는 하늘로 날아오르는 아름다운 새의 날개와 같다고 했습니다. 거센 바람을 타고 날기 위해서는 두 개의 날개가 필요한 법입니다. 지장보살의 결단력과 인내심, 두려움 없는 염원의 불꽃은 물론이고 마음다함의 호흡과 걷기, 잘 먹기, 잘 자기, 휴식, 운동의 조화로운 힘, 그리고 봉사하면서도 오롯이 현재에 존재하고, 내면의 모든 감정을 잘 보살피는 법을 알아야 합니다.


## ○ 마음을 지키기

염원 혹은 '자유의지'는 네 가지 자양분 중 하나입니다. 불교에서 말하는 또 다른 자양분은 '감각적 인상'으로 우리가 듣고 보고 만지고 냄새 맡는 모든 것을 의미합니다. 영화나 TV 드라마를 볼 때 우리는 에너지를 소모합니다. 온라인에 접속할 때도 에너지를 소모하지요. 책이나 잡지를 읽고 음악을 들을 때에도 에너지를 필요로 합니다. 심지어 대화를 할 때도 대화를 위한 에너지 소모를 하겠지요. 누군가 내뱉는 증오와 절망의 말들을 우리 몸과 마음에 받아들이면 그것은 우리에게 독약과 같은 영향을 미칩니다. 분노와 두려움, 불안과 분노가 담긴 뉴스를 들을 때도 마찬가지입니다.

우리는 일종의 흥분감을 느끼고 싶어서 전화기를 들거나 노트북을 켜거나 책이나 잡지를 뒤적입니다. 지금 자신이 느끼고 있는 불편함에서 벗어날 수 있고 내면의 고통을 감춰줄 수 있는 새로운 이미지와 소리를 찾는 겁니다. 이런 자극을 찾는 이유는 그것이 반드시 필요해서가 아닙니다. 우리가 새로운 자극을 찾는 진짜 이유는 자기 자신과 그 내면에 있는 고통을 마주하고 싶지 않기 때문입니다. 때로는 이런 자극에 중독되기도 하지만 정말로 우리가 원하는 충족감은 절대 느낄 수 없습니다. 우리는 사랑과 평화를 필요로 합니다. 하지만 그것을 자신의 밖에서 찾는 이유는 아직 자신의 내면에서 사랑과 평화를 만들어내는 방법을 모르기 때문입니다.

부처님은 두려움 없이 집으로 돌아가라고 하셨습니다. 또한 마음을 다해 걷고 호흡하면서 마음다함과 집중과 통찰력의 에너지를 얻고, 지금 이곳에서 느끼는 외로움과 고통을 돌볼 수 있는 용기를 내라고 하셨습니다. 약간의 수련을 통해서 우리는 육체와 정신을 하나로 결합하고 사랑과 즐거움을 가져다줄 순간을 창조해낼 수 있습니다. 우리가 오롯이 이곳에 존재할 때, 바깥을 내다보며 떨어지는 빗방울의 아름다움을 깨달을 수 있습니다.

나무가 참으로 아름답고, 공기가 놀라울 정도로 신선하다는 사실 또한 알아차릴 수 있습니다. 숨을 들이쉬고 내쉬다 보면 이와 같은 기적을 마주할 수 있습니다.

1970년대 초반 나는 베트남 불교 평화 단체의 대표로 파리 평화회담에 참여했습니다. 당시 베트남에는 걱정거리가 산재해 있었습니다. 하루가 멀다 하고 폭탄이 터졌고, 많은 사람들이 목숨을 잃었습니다. 나의 마음은 온통 어떻게 전쟁을 멈추고 사람들이 죽지 않도록 할 수 있을지에 집중되어 있었습니다. 치유와 활력을 가져다줄 삶의 기적을 만끽할 시간적 여유조차 없었습니다. 나에게 필요한 자양분을 얻지 못한 것입니다. 당시 찬콩이 대표단의 일원으로 나를 보좌하고 있었는데, 어느 날 식사 시간에 신선하고 향기로운 향 채소 한 바구니를 준비했습니다. 베트남에서는 식사를 할 때마다 그런 신선한 향 채소를 먹곤 했습니다. 당시에 향기로운 채소나 삶의 기적 같은 것을 생각할 마음의 여유조차 없었던 나는 깜짝 놀랐습니다. 그 순간 많은 것을 느낄 수 있었습니다. 일에 너무 빠져 있거나 지나치게 몰두하지 말아야겠다는 생각이 들었습니다. 그리고 내 주위와 내면에 있는 생동감 넘치는 것들과 나를 치유해줄 수 있는 것들을 충분히 누릴 수 있는 시간을 어떻게든 만들어야겠다고 생각했습니다. 그날 찬콩이 준비한 향긋한 채소들 덕분에 나는 삶의 균형을 되찾을 수 있었습니다.

나와 같은 활동가들은 언제나 세상을 돕기 위한 노력의 결실을 얻기를 갈망합니다. 하지만 자칫 일과 자신을 풍요롭게 만드는 것 사이에 균형을 유지하지 못하면, 그런 노력을 지속할 수 없습니다. 따라서 걷기 명상을 하고, 마음다함의 호흡을 수련하며, 자신의 주위와 내면에 있는 생동감 넘치는 요소들과 자신을 치유해줄 수 있는 것들을 느끼는 것이 반드시 필요합니다.


## ○ 고통이 끝나기를 기다리지 마세요

고통을 멈추기 위해서 내일까지 기다리지 마세요. 오늘 당장 멈추어야 합니다. 우리는 때로 머뭇거리면서 한 달을 지나 또 한 달, 1년을 지나 또 1년 동안 얽히고설킨 고통을 계속해서 이어가고 있습니다. 하지만 결국 고통에서 헤어 나오지는 못합니다. 우리 내면의 전사는 진심으로 자유로워지고 싶어 하고, 우리 내면의 명상가는 고통스러운 상황을 초월하고 싶어 하지만, 우리는 자신을 심연으로 끌어내리는 고통을 그대로 방치하고 있습니다. 어떻게든 이런 상황을 끝내고 싶지만, 우리 안의 명상가가 감금당해 있는 듯한 기분에 빠져 있어 우리 안의 전사가 행동을 하지 못하고 있습니다.

음식이든 알코올이든 육체적 쾌락이든, 뭔가를 갈망하게 되면 우리는 결국 그 갈망의 피해자가 되어 자유를 잃고 맙니다. 갈망의 목표가 너무나 현혹적이고 그 속에 우리를 낚는 '낚싯바늘'까지 존재하기 때문입니다. 출구는 바로 그 낚싯바늘을 인지하고 그것에서 벗어나 자신을 자유롭게 놓아주는 것입니다. 전사가 가진 통찰력의 검을 휘둘러 온갖 집착과 갈망을 잘라내야 합니다. 우리 내면의 전사는 이렇게 다짐합니다. "더는 기다릴 수 없어. 자유로워질 거야." 우리를 유혹하는 것이 무엇이든, 우리의 삶을 조종하는 것이 무엇이든, 어떤 습관에 젖어서 고통 속에 지내든, 지혜의 검은 우리를 자유롭게 만들어줄 겁니다. 오늘, 지금 이 순간 한시도 지체하지 말고 그 방향으로 가지 않겠다고 굳게 다짐해보세요. 지금이 아니면 기회는 없습니다. 자기 내면의 전사가 나설 수 있도록 기회를 주고 검을 뽑아서 스스로 자유로워지기를 바랍니다. 오늘 밤도 아니고, 내일도 아닙니다. 지금 당장 해야 합니다.

평화를 원한다면, 지금 당장 그 평화가 찾아올 겁니다. 그저 "나는 자유로워지고 싶어. 다른 무엇에게도 의존하지 않을 거야. 무언가의 노예가 되지 않겠어"라고 다짐하기만 하면 됩니다. 갈망의 대상이 무엇이든 상관없습니다. 우리는 자유를 원합니다. 평화도 원합니다. 문제는 얼마나 원하는지에 달려 있습니다. 그것이 바로 열쇠입니다. 아직 자유롭지 못하다면, 원하는 만큼 충분히 자유와 평화와 치유를 얻지 못했다면, 그것은 그만큼 원하고 있지 않기 때문입니다. 마치 목숨이 달려 있는 것처럼 절실하게 원해야 합니다. 자유로워지겠다는 결단력은 깨우침에서 시작됩니다. 우리는 너무 오랫동안 고통 속에 살아왔고, 충분히 고통받았습니다. 그러니 이제 탈출하고 싶을 겁니다. 단 하루도 더 이렇게 살고 싶지 않을 겁니다. 그것이 바로 깨우침입니다. 그 깨우침을 얻은 장소로부터 자유로워지겠다는 각오를 다져야만 합니다.

## ○ 여러분의 말은 어디로 달리고 있나요?

선종에는 말을 타고 전속력으로 달리는 한 남자에 관한 이야기가 있습니다. 갈림길에서 한 친구가 소리쳤습니다. "자네, 어디로 가는 건가?" 그러자 남자가 대답했습니다. "나도 몰라. 말에게 물어봐." 지금 우리 인류가 처한 상황이 이와 같습니다. 우리 시대의 말은 바로 기술이겠지요. 현대 기술은 우리를 태우고 거침없이 내달리고 있습니다.

"악마가 되지 말라." 이것은 초창기부터 구글의 모토였습니다. 정말일까요? 그것이 가능한가요? 악마가 되지 않고도 많은 돈을 벌 수 있을까요? 아주 성공적이지는 않지만, 구글을 지금까지 그 모토를 실천하기 위해 노력하고 있는 듯합니다. 기술은 우리를 자신과 가족은 물론이고 치유의 힘과 풍요로움을 갖고 있는 자연으로부터도 소외시키고 있습니다. 우리는 나 자신이나 가족, 대지와 더 이상 시간을 보내려고 하지 않고 컴퓨터 앞에서 지나치게 많은 시간을 소비하고 있습니다. 이는 문명이 잘못된 방향으로 흐르고 있음을 의미하는 것입니다. 살인을 하거나 도둑질을 하지 않더라도 우리가 살아가는 방식은 우리 삶과 행복을 갉아먹고, 우리가 사랑하는 사람들과 대지의 삶과 행복을 대가로 요구하고 있습니다.

사실 시장 경제는 과학과 기술의 통찰력을 사용하여 지구를 구하는 대신 기술을 통해 우리의 욕망을 충족시키고 지구를 착취하는 데 열을 올리고 있습니다. 문제는 우리가 대부분의 기술을 갈망을 충족시키기 위해 사용하면서 현재의 순간으로부터 멀어지고 있다는 것입니다. 우리는 우리 자신과 지구를 구할 충분한 기술력을 가지고 있으면서도 아직도 이를 활용할 의지를 보이지 않고 있습니다. 그렇다면 어떻게 해야만 기술력을 파괴가 아니라 통합을 위한 힘으로 활용할 수 있을까요? 어떻게 해야 기술 회사들이 자기 자신을 돌보는 사람들을 돕고, 직원들과 지구를 돌보기 위한 방향으로 획기적으로 선회할 수 있을까요?

## ○ 고통의 씨앗에 물 주기를 멈추세요

우리 의식의 일부인 '팔식'은 일종의 지하실이고 그 위에 있는 '말라식'은 거실과 같다고 할 수 있습니다. 우리는 별로 좋아하지 않는 것들을 지하실에 처박아두고, 아름다운 것들은 거실에 보관하곤 합니다. 이는 고통도 마찬가지입니다. 하지만 우리의 고통은 지하실에 박혀 있으려 하지 않습니다. 워낙 강렬한 탓에 스스로 지하실 문을 열고 초대하지도 않았는데 불쑥 거실에 나타나곤 합니다. 특히 밤이 되면 아무 생각도 하지 않았는데 말라식이 지하실 문을 열고 갑자기 모습을 드러내기도 합니다.

물론 낮에도 오랫동안 방치해두면서 커져버린 폭력과 갈망, 미움과 분노가 우리의 소비 방식을 통해 지하실 문을 밀고 나오기도 합니다. 우리는 어떻게든 막아보려고 할 겁니다. 문을 굳게 잠그고 거실과 지하실 사이에 거대한 빗장을 채우며 저 아래에 있는 것을 억누르려 할 겁니다. 어떻게 억누르고 있나요? 말라식을 소비로 채우려고 하겠지요. 뭔가 불편하고 불안한 마음이 들거나 무언가 밀고 나오려는 느낌이 들면 음악을 틀고 전화기를 들고 TV를 켜고 어디론가 나가버릴 겁니다. 거실을 다른 것으로 가득 채워서 아픔의 조각들이 뚫고 나올 기회를 주지 않으려고 하겠지요.

하지만 이런 순간에 우리가 소비하는 것들은 독성으로 가득할지도 모릅니다. 우리가 소비를 하는 동안 갈망과 증오와 폭력의 독성이 '팔식'에서 떨어져나와 고통의 조각들을 더욱 살찌울 뿐입니다. 그것은 정말 위험한 상황입니다. 그러므로 고통이 자라지 않게 하려면 제일 먼저 그 씨앗에 물을 주는 것을 멈추어야 합니다. 먼저 사랑하는 사람이나 친구들과 함께 시간을 보내며 서로를 지원하고 보호해줄 마음다함의 전략을 세워야 합니다.

우울증을 예로 들어서 이야기해봅시다. 우울증은 아무 이유 없이 갑자기 생기는 것이 아닙니다. 우울증의 이면을 자세히 살펴보면, 그 뿌리가 무엇인지 알 수 있습니다. 우울증에도 양분이 필요합니다. 지금 우울증을 겪고 있는 이유는 지난 몇 달 동안 우울증이 서서히 자랄 수 있는 시간을 보냈기 때문입니다. 평소 습관대로 소비하면서 자기 내면의 고통을 억눌렀을 테고, 의식 속에서 악순환이 이어지는 상황을 만들어왔을 테지요. 마음다함의 수련을 한다면, 이와 다르게 대응할 수 있습니다. 고통이 스스로 모습을 드러내도록 하고, 그를 알아차리며 다정하게 안아주고, 그 속을 가만히 들여다보는 겁니다. 마음다함과 집중, 연민의 에너지와 함께 그 고통을 껴안으면 아픔은 사라지고 기력을 잃게 됩니다. 그리고 또다시 고통이 모습을 드러내면, 이제는 고통을 다루는 법을 알기 때문에 가만히 내버려두어도 좋습니다. 그렇게 몇 주 동안 수련을 하고 나면 우리의 의식은 선순환을 하는 상태로 돌아갈 수 있습니다. 이렇듯 마음다함의 수련은 엄청난 치유의 능력을 가지고 있습니다.

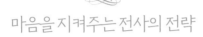

## 마음을 지켜주는 전사의 전략

이 장에서 타이가 소개하는 내용은 비교적 단순합니다. 우리가 자양분처럼 읽고 보고 듣는 모든 것들을 자세히 살피는 것에서 시작해야 한다는 것입니다. 그리고 나면 우리의 문화, 선조들과 우리 문명의 습관이기도 한 평상시의 버릇들을 바꾸어나가는 힘든 절차가 시작됩니다. 마음다함을 통해 기민함과 경계심을 가질 기회를 얻을 수 있으며, 우리 몸과 마음이 외부의 자극에 어떻게 반응하는지 알 수 있습니다. 마우스를 스크롤 할 때 기분이 어땠나요? 그 이후에는 어떻습니까? 영화나 TV 드라마를 볼 때 기분이 어땠나요? 그리고 전원을 끄고 나서는 어땠습니까? 마음속에 무엇이 남았나요? 여러분이 본 장면이 긴장과 두려움, 초조함과 외로움의 방아쇠를 당기지는 않았습니까? 아니면 즐거움과 만족감, 연관성이나 이해심을 느끼도록 했나요?

컴퓨터나 TV 화면을 보며 우리는 웃고, 영감이나 지식을 얻고, 즐길 거리를 찾기도 합니다. TV나 영화가 그 자체로 나쁜 건 아닙니다. 좋은 점도 있습니다. 문제는 그런 매체에 지나치게 빠져들어서는 안 된다는 겁니다. 플럼 빌리지에서는 피정 중에도 영화의 밤

행사를 열곤 합니다. 여름이면 수백 명이 명상 센터에 모여서 월드 컵 결승전을 관람하기도 합니다.

　이런 관점에서 보면 옳고 그름의 절대적인 기준은 없습니다. 마음을 다하는 소비는 예술이라고 할 수도 있으니까요. 문제는 내용입니다. 우리의 마음을 두려움과 폭력, 분노로 오염시키는 내용은 아닌지 생각해봐야 합니다. 시간의 문제도 있습니다. TV나 컴퓨터를 보며 얼마나 시간을 보내야 할까요? 우리에게서 무엇을 빼앗는지도 중요합니다. TV나 컴퓨터는 사랑하는 사람의 존재, 자연 속에서 보내는 휴식, 그저 나 자신으로 존재할 기회, 그리고 내면의 감정을 느낄 시간을 빼앗아갈 수도 있습니다. 이런 문제는 사람마다 다를 겁니다. 하지만 강력하게 마음다함의 수련을 할수록 더 명확하게 볼 수 있게 되고, 더 높은 자유의지와 기회를 얻을 수 있습니다. 또한 가장 맹렬하고 견디기 힘든 감정을 어떻게 다루는지를 배웠기 때문에, 일단 TV와 컴퓨터를 껐을 때 마주하게 되는 것에 대한 두려움도 줄어들게 됩니다.

　자신의 마음을 어디에 쏟을 것인지 조절하고 선택할 자유를 갖는다는 것은 말처럼 쉬운 일이 아닙니다. 대중의 호감을 얻기 위해 정교하게 디자인되고 대중의 관심을 이끌어 이득을 창출하려는 세심한 알고리즘과 슈퍼컴퓨터가 눈앞에 산재해 있기 때문입니다. 2013년 타이는 승려들 몇 명과 함께 캘리포니아 마운틴 뷰<sup>Mountain View</sup>에 있는 구글 본사의 회의실에서 중역들과 기술자들을 만났습니다.

　타이는 수백 명의 구글 직원들에게 고통을 줄이고 몸과 가정, 인간관계를 살필 수 있도록 돕는 애플리케이션과 장치를 개발하는 것이 얼마나 중요한지에 대해 강의했습니다. 곧바로 기술자들의 질문이 이어졌습니다. 기술자의 입장이라면 어떻게 하겠느냐는 것이었습니다. 윤리적 경계를 어느 정도까지 지켜야 할지 모르겠다는 질문도 있었습니다.

타이는 그들의 고민거리를 경청했습니다. 그는 인내심과 배려, 자애로움을 보여주었고, 그들에게 응원을 보내면서도 단호함을 잃지 않았습니다. 고통을 줄일 수 있다면 꼭 해야 한다는 것이 타이의 생각이었습니다. 그날 참석했던 기술자 중 한 사람은 이후 휴먼 테크놀로지 센터Center for Humane Technology를 창립하는 데 앞장서기도 했습니다. 휴먼 테그놀로지 센터는 디지털 세계가 인간의 약점을 착취하기보다는 인류의 행복과 안녕을 지원하는 데 앞장서야 한다는 사실을 널리 알리기 위해서 설립된 비정부조직입니다. 우리가 미처 알지 못하는 사이에 개인적 혹은 집단적으로 인간의 관심을 화폐로 환산하고, 우리의 시각을 극단적으로 만들며, 낚시성 기사로 경제와 인간 욕구에 불을 붙이는 디지털 미래를 막는 것은 전적으로 우리 손에 달려 있습니다.

문제는 어떻게 막느냐는 것입니다. 우선 전략을 세워야 합니다. 일주일에 몇 시간 동안 영화와 TV 프로그램을 보고, 컴퓨터 게임을 하고, 뉴스를 읽고, 소셜미디어에 접속하고, 애플리케이션을 사용할지를 결정하면 주의력이 흐트러지는 것을 막고 결심한 바를 계속 밀고 나갈 수 있습니다. 사랑하는 사람과 함께 있을 때는 휴대전화를 잠시 치워두고, 잠자리에 들기 전에는 휴대전화를 다른 방에 두고 오기로 약속할 수도 있을 겁니다. 매우 단순한 결정이지만, 무척 힘든 결정이기도 합니다. 자제심은 작은 것에서부터 시작됩니다.

소비하지 않으면서 마음을 어떻게 돌볼지도 계획을 세워야 합니다. 어떻게 외로움과 슬픔, 그리고 절망의 감정을 끌어안을 것인지 생각해야 합니다. 어떻게 하면 더 풍성한 즐거움을 느끼고 다양하게 소통할 수 있을까요? 어떻게 휴식을 취하는 것이 좋을까요? 나의 경우에는 실현 가능한 짧은 목록을 만들었습니다. 슬픔의 씨앗이 서서히 고개를 들 때면 최대한 야외로 나가서 모든 정신을 현재의 순간에 집중하려고 노력하는 겁니다. 소리와 풍경, 냄새와 맛, 그리고 우리가 인생이라고 부르는 것들이 보여주는 기적을 느끼기 위해 최선을 다하는 것입니다.

불안함이나 초조함이 온전히 느껴질 때면 몇 분 동안 시간을 내서 앉거나 누운 자세로 자신의 몸을 살피며 휴식의 수련을 합니다. 분노의 감정이 들 때는 최대한 빨리 밖으로 나가서 산책을 합니다. 연민의 감정을 만들어내는 것도 도움이 됩니다. 분노를 잠재울 가장 강력한 해결책이니까요. 때로는 화라는 감정 뒤에서 10억 분의 1초 전에 그 감정을 촉발했던 숨겨진 상처나 두려움을 발견하고, 그 감정을 소중히 다룰 수도 있습니다.

조금도 꿈쩍하지 않는 언짢은 마음의 상태에 이르면 '채널 바꾸기'라는 혼자만의 훈련을 합니다. 방향을 틀고, 주제를 돌리고, 더 긍정적인 것을 끌어내는 겁니다. 불교에서는 이를 '중간 집중'이라고 부릅니다. 때로는 집중의 대상을 변경하는 것이 균형을 되찾는 데 큰 도움이 됩니다. 다른 경우라면 회피 혹은 도피로 보일 수도 있을 겁니다. 어떤 순간이나 상황 속에서도 가장 건강한 방식으로 우리 마음이 필요로 하는 것이 무엇인지 포착하기 위해서 그런 속임수와 기술을 배울 필요가 있습니다. 또한 좋은 친구의 중요성을 절대로 과소평가하지 말아야 한다는 사실도 배웠습니다. 그저 편하게 시간을 보내고, 이야기를 나누고, 웃고 울고 즐길 친구 말입니다. 팬데믹으로 이런 필수적인 자원을 누리는 것이 너무나 힘들고 소중한 것이 되어버렸습니다. 그저 다른 사람과 함께 있는 것만으로도 풍요로움을 느끼게 해줄 심오하고 풍부한 자원을 얻을 수 있습니다. 이러한 '집단의식collective consciousness'이 바로 불교에서 말하는 자양분 중 하나이기도 합니다.

## ○ 집단적 에너지의 감옥

부처님이 말씀하신 세 번째 자양분은 바로 '의식'입니다. 의식은 개인적 의식과 집단적 의식으로 나눌 수 있습니다. 개인이 집단을 만들고 집단은 개인으로 구성되어 있으니, 결국 개인과 집단은 '어울려 존재'한다고 할 수 있습니다. 우리의 개인적 의식은 집단을 반영하고 있습니다. 예를 들어, 우리 안의 두려움과 분노는 개인적이지만 우리 사회가 느끼는 두려움과 분노를 반영하고 있습니다. 혹은 우리가 아름답다고 느끼는 대상을 생각해보면 정말 그 자체가 아름다워서 그렇게 느낀다기보다는 집단적 의식이 아름답다고 느끼기 때문일 수도 있습니다. 우리가 매일 소모하는 개인적 의식과 집단적 의식은 매우 현실적입니다.

생각과 기분, 정신 상태는 우리의 몸과 마음을 위한 일종의 양식과 같습니다. 반추동물이 되새김질을 하듯 자리에 앉아서 고통과 슬픔이 자라나도록 방치한 채 그것을 반복해서 씹다 보면 의식은 건강에 해로운 음식과 같아집니다. 하지만 마음다함의 에너지를 이용해 우리 생각에 적당한 관심을 기울여 조절할 수 있도록 훈련하면 이해와 연민, 자유에 이를 수 있습니다. 그 결과 여러 가지 생각이 떠오를 때 그중 어디에 적절한 관심을 쏟아야 할지를 결정할 수 있게 됩니다. 우리의 의식은 음식의 재료와 같으며, 마음다함을 통해 우리를 풍요롭게 하고 성장시킬 수 있는 음식을 골라서 섭취할 수 있게 됩니다.

한 친구가 곰곰이 생각에 잠겨서 넋이 나간 표정을 하고, 얼굴에는 불안과 슬픔이 가득하다면, 우리는 그 친구가 생각에 빠져 있거나 고통이나 슬픔에 잠겨 있음을 알 수 있습니다. 이것을 '부적절한 집중inappropriate attention'이라고 합니다. 그런 순간에 우리는 도움을 줄 수 있습니다. 친구의 어깨에 가만히 손을 올리고 "무슨 생각을 하고 있어! 오늘 날씨 정말 좋다. 같이 나가서 산책이나 하자"라고 말하는 겁니다. 그런 식으로 건강에 좋지 않은 의식을 소비하는 친구에게 도움을 줄 수 있습니다. 친구가 가만히 앉아서 생각을 되새김질하도록 내버려두어서는 안 됩니다. 긍정적인 집단적 에너지의 영역에서 좋은 친구로부터 선한 기운을 받을 수 있다면, 더 기분 좋게 하루하루를 시작할 수 있고 풍요로움을 느끼고 변화할 수 있습니다.

집단적 에너지는 부정적인 면으로도 같은 영향을 미칠 수 있습니다. 두려움과 분노가 집단적으로 변하면 극도로 위험해질 수 있습니다. 다른 사람들이 그렇듯이 우리도 두려움에 사로잡혀 깜짝 놀라게 될 테니까요. 그뿐만 아니라 집단적 에너지에 쉽사리 휩쓸릴 수도 있습니다. 그래서 좋은 환경을 선택하는 것이 무엇보다 중요합니다. 건강하고 투명한 집단적 에너지가 있는 장소에 머물면 선한 영향을 받을 수 있기 때문입니다. 사람들은 대부분 주변의 생각에 영향을 받기 마련입니다. 예를 들어, 2004년 이라크 전쟁 당시에 미국인의 80퍼센트가 전쟁이 정당하다고 여겼지만, 영국인의 경우에는 단 35퍼센트만이 이라크 전쟁을 정당하다고 생각했습니다. 미국이라는 국가가 전체적으로 한 가지 관념과 생각, 감정 속에 스스로 갇혀 있었던 겁니다. 대중매체와 군산복합체, 그 외의 모든 요소가 하나의 감옥을 만들어서 같은 방식으로 생각하고, 같은 방식으로 바라보고, 같은 방식으로 행동하도록 만들었기 때문입니다.

그런 폐쇄적인 시각과 감정의 감옥, 집단적 에너지의 감옥으로부터 탈출하도록 도울 수 있는 사람이 누구일까요? 바로 자기 자신입니다. 예술가든 작가든 기자든 영화감독이든 운동선수든 수련자든, 자신만의 통찰력을 만들어내야 합니다. 자신의 내면에 있는 부처가 모습을 드러내도록 하며 진실의 빛 속에서 자신을 표현할 수 있어야 합니다. 비록 많은 사람들이 그 진실을 볼 수 없을지라도 우리는 계속해서 나아갈 수 있는 충분한 용기를 가지고 있습니다. 진실의 빛을 가진 소수가 전체적인 상황을 바꿀 수 있습니다.

## ○ 비폭력의 식탁을 위하여

부처님이 말씀하신 네 번째 자양분은 바로 '음식'으로, 이는 아침과 점심, 저녁을 포함해 우리가 입을 통해 섭취하는 것들을 모두 의미합니다. 무엇을 먹는지는 매우 중요합니다. 내가 먹는 음식이 곧 내가 누구인지를 알려줍니다. 어디서 먹는지를 알면 그 사람이 어떤 사람인지 알 수 있습니다.

부처님은 음식을 먹으면서도 연민이 살아 있도록 해야 한다고 했습니다. 유니세프UNICEF의 보고에 따르면, 매년 300만 명의 아이들이 굶주림과 영양실조로 죽어가고 있습니다. 그들은 우리의 아들과 딸들이기도 합니다. 지나치게 과식을 하는 것은 마치 그 아이들을 삼키는 것과 같습니다. 우리가 먹고 음식을 생산하는 방식은 매우 폭력적일지도 모릅니다. 우리는 아이들을, 후손들을, 지구를 삼키고 있는지도 모릅니다.

마음다함은 지금 무슨 일이 벌어지고 있는지를 깨닫게 해줍니다. 정육업은 지구를 완전히 파괴하고 있습니다. 소를 방목하고 여물을 경작할 땅을 만들기 위해서 산림을 파괴하고 있기 때문입니다. 전 세계의 소를 키우는 데 8억 7,000만 명이 소비하는 열량에 맞먹는 영양분이 필요합니다. 1파운드의 고기를 생산하는 데 필요한 물의 양이 밀 1파운드를 생산하는 데 필요한 물의 양보다 100배나 많다고 합니다.

개인적이고 집단적인 차원에서 시급하게 행동에 나서야 합니다. 육식을 중단하는 것은 우리 지구를 살리는 강력한 방법이기도 합니다. 채소를 섭취하는 것만으로도 물을 절약하고 오염을 줄이고 삼림 파괴를 막고 야생동물을 멸종위기에서 보호할 수 있으니까요. 소비가 줄어들면 생산도 멈출 겁니다.

이런 고통을 인지하면 누군가 강요해서가 아니라 자발적으로 비폭력의 자세로 소비하겠다고 결심하게 됩니다. 인식과 마음다함, 연민의 자세로 그런 결심을 할 수 있습니다. 이는 사랑을 표현하고 지구에 대한 감사를 표현하는 방식이기도 합니다. 그러면 곧바로 평화와 즐거움, 행복이 찾아올 겁니다. 우리는 일상에서 깨달음을 표현해야 합니다. 마음다함의 자세로 소비를 하는 것만으로도 우리는 연민의 감정을 살아 숨 쉬게 하고 지구의 미래를 약속할 수 있습니다.

채식을 하면서 우리는 행복을 느낄 수 있습니다. 그리고 누구나 편견 없이 쉽게 채식을 시작할 수 있습니다. 그저 인내심을 가지고 자신의 생각을 다른 사람에게 강요하지 않으면 됩니다. 다른 사람은 자기 뜻대로 살도록 두세요. 장황하게 설명하지 말고 그저 채식으로 식사를 준비해서 함께 맛볼 수 있도록 초대하면 됩니다. 육식과 술을 꾸준히 즐기는 사람들이 있겠지만, 그런 이들과 균형을 이루도록 인류의 50퍼센트만 채식을 해도 충분합니다. 음식을 섭취하는 것 또한 수련의 일부이고, 당신이 채식을 통해 평화와 기쁨, 인내심을 얻는 것을 보면서 다른 사람들도 비폭력의 먹기에 동참할 수 있을 겁니다. 우리 사회가 마음다함의 소비를 수련할 수 있다면 우리 스스로를 치유하고, 사회를 치유하고, 나아가 지구를 치유할 수 있게 됩니다.

불교의 전통 중에서 모든 승려가 항상 마음에 새기는 구절이 있습니다. 세상과 소통할 때는 벌이 꽃을 찾듯이 부드럽고 다정해야 한다는 것입니다. 이를 '여봉집화 불희색향 단취미거 인입취연如蜂集華 不嬉色香 但取味去 仁入聚然'이라고도 합니다. 벌은 꽃의 단물을 취하지만, 꽃의 향기와 아름다움을 파괴하지 않습니다. 우리는 모두 지구의 아이들이고, 지구를 사랑하고 그 아름다움으로부터 이득을 취합니다. 하지만 그 과정에서도 벌이 꽃을 존중하듯이 지구를 존중해야 합니다.

사업가나 정치가라면 이러한 부분을 더욱 염두에 두어야 합니다. 우리는 지구를 파괴하고 있으며 탐욕 때문에 꽃과 물, 산을 해치고 있습니다. 우리에게 필요한 것은 취하되, 지구의 꽃과 아름다움을 해치지 않고 그대로 보존하기 위해서 노력해야 합니다. 네 가지 자양분에 대한 부처님의 가르침을 통해서 우리 자신과 공동체와 지구를 파괴하지 않는 방법을 배우고, 우리 자신과 자연환경을 어떻게 풍요롭게 만들고 보호할 수 있을지 배울 수 있습니다.

## 풍요로움과 치유의 기술

용기와 근본적인 솔직함은 우리 자신과 지구를 소비하는 방식에 대한 영향력을 확실히 느낄 수 있도록 해줍니다. 경제는 지금과 같은 속도로 앞으로 계속 성장할 수 있을까요? 자신이 집중력의 주인입니까? 싸구려 티셔츠, 술 한 잔, 고기 한 덩어리의 진정한 가치는 무엇일까요? 진실은 냉혹하지만 우리가 깨우침을 얻을 수 있도록 해줍니다. 그런 통찰력을 가지면 평소 습관을 바꿀 수 있고, 우리의 염원을 지속시킬 새로운 방법을 찾을 수 있으며, 우리의 육체와 정신을 위한 건강한 자양분을 얻을 수도 있습니다.

전사의 결단력과 힘을 가지고 현재에서 벗어나서 자유를 요구함과 동시에 명상가의 인내심과 친절함 또한 가져야 합니다. 뿐만 아니라 예술가의 열린 마음과 극기, 창의력도 갖추어야 합니다. 타이가 말했던 것처럼, 자신을 전쟁터로 내몰아서는 안 됩니다. 세상에는 더 이상의 광신도는 필요치 않습니다. 습관을 바꾸는 것이 어려울 수도 있습니다. 여러 세대를 거쳐 전해진 것이고, 사회와 문화, 환경과 상황 속에서 굳어진 것이기 때문입니다. 하지만 우리의 가치와 선택에 발맞추어 나가기로 결심하고 나면, 우리 안에 있는 선조들로부터 많은 것을 발견할 수 있습니다.

다음에 소개할 타이의 마음다함의 수행법은 더욱 마음을 다해서 소비하는 길로 가는 길잡이가 되어 줄 것입니다. 너무 냉혹하고 직설적이고 조금은 힘들다고 느껴질 수도 있습니다. 그래도 괜찮습니다. 선종의 지도자들이 "정말로 그런가요?"라고 질문하듯, 그저 자극을 주기 위한 문구들이기도 하니까요. 다음의 수행법을 천천히 읽어보고, 현재 자신의 삶에 대해 혹은 앞으로 살아가야 할 삶에 대해 뭐라고 말하는지 조용히 곱씹어보세요. 오늘 이 글을 읽은 이들에게 어떠한 통찰력과 의문점, 혹은 반응이 생길까요?

## 풍요와 치유를 위한 마음다함의 수행법

마음다함의 소비를 하지 못해 고통받음을 알고, 육체적으로 정신적으로 건강하고, 나 자신과 가족과 사회를 위해서 마음다함의 먹기, 마시기를 해나가겠다고 약속합니다. 먹는 음식과 감각적 인상, 자유의지와 의식이라고 명명된 네 가지 자양분을 소비하는 방식을 자세히 살피면서 수련을 하겠습니다. 도박을 하거나 알코올이나 마약에 손대지 않고 해로운 내용이 포함된 웹사이트와 전자 게임, TV 프로그램, 영화, 잡지, 책이나 대화에 참여하지 않겠다고 약속합니다. 현재의 순간으로 돌아와서 나와 내 주변의 요소들을 치유해주고 풍요롭게 만드는 것과 함께하며 후회나 슬픔이 나를 과거로 데려가지 않도록 하고, 불안이나 두려움, 갈망이 현재의 순간에서 나를 데려가지 못하도록 하겠습니다. 외로움과 불안을 애써 숨기지 않고 그 밖의 다른 고통 때문에 소비에 빠지지 않도록 노력하겠습니다. 어울려 존재함을 깊이 새기고 내 몸과 의식은 물론이고 내 가족, 사회, 지구의 집단적인 육체와 의식 속에 평화와 즐거움, 안녕이 느껴질 수 있도록 소비할 것을 약속합니다.

# 6장

# 상처투성이 지구에게 건네는
# 따뜻한 한마디

## ○ 변화를 위한 진실한 대화

지구를 살리고 사회를 변화시키고 싶다면 우선 형제애와 자매애를 가져야 합니다. '함께함togetherness'이 필요합니다. 우리는 환경과 평화와 사회적 정의에 대해 이야기하고 비폭력적 행동과 기술적인 해결책에 대해 논하면서도 가장 필요한 요소인 협력에 대해서는 쉽게 잊어버리곤 합니다. 협력의 힘이 없다면 아무것도 할 수 없습니다. 당연히 지구를 구할 수도 없겠지요. 기술적 해결책 역시 함께함과 이해와 연민이라는 지원군이 필요합니다.

협력을 위해서는 경청하고 능숙하게 말하고 소통을 되살리는 방법을 알아야 합니다. 더욱 쉽게 소통할 수 있는 법을 알면 나 자신은 물론이고 다른 사람과도 의사소통을 할 수 있습니다.

우리는 선한 의지를 가지고 함께 힘을 합쳐서 현재의 상황을 의논하고 계획을 세우고 행동을 할 수 있습니다. 반면 서로의 뜻에 동의하지 못하고 싸우기만 한다면 우리 조직은 결국 산산조각이 나고 말 뿐입니다. 서로를 돕는 방법을 알지 못하고 서로에게 귀기울이는 법을 알지 못하기 때문에 모두 화를 내고 결국 분열하고 말 겁니다.

따라서 의사소통의 회복을 위한 수련은 가장 시급한 문제입니다. 원활한 소통과 조화, 이해와 연민은 개인과 개인, 단체와 단체, 그리고 국가와 국가 사이에서도 가능합니다. 국가의 지도자들이 함께 모여서 지구가 직면한 위험에 관해서 이야기를 나눌 필요도 있습니다. 서로 대립하는 정당들이 진정한 관계를 구축하고 서로를 이해하기 위해서는 상대의 이야기를 경청하는 수련을 하고, 연민의 마음으로 서로의 아이디어와 통찰을 능숙하게 주고받을 수 있어야 합니다.

정치적 지도자들과 대변인들은 경청의 기술을 훈련하기 위해 노력할 필요가 있습니다. 국민들의 이야기에 귀를 기울이고, 조국에 닥친 고통에 귀를 기울이고, 다른 나라의 고통에도 귀를 기울여야 하기 때문입니다. 많은 사람들이 자신의 고통을 누구도 귀담아듣지 않고 이해하지 못한다고 느낍니다. 우리 사회는 깊숙한 곳에서부터 분열되어 있습니다. 그리고 서로를 향해 칼을 겨누는 과정에서 두려움과 분노, 차별과 절망이 샘솟기 마련입니다. 그 이유는 인간이라는 같은 종이면서도 서로 원활하게 소통하지 못하기 때문입니다. 우리는 다른 종뿐만 아니라 우리와 같은 종마저도 죽음으로 내몰고 있습니다. 그러므로 경청하는 법을 배워야 합니다. 그래야만 다른 사람의 말에 귀를 기울이고 연민의 마음을 베푸는 데 일조할 수 있습니다.

다른 사람으로부터 원망과 편견이 담긴 말을 들으면, 제일 먼저 격앙과 분노, 짜증이 나기 쉽습니다. 따라서 상대의 말을 들으려는 의지만으로는 부족합니다. 먼저 어떻게 들을지 훈련을 해야 합니다. 마음의 문을 열고 가까운 사람들 사이에서 소통을 회복하고 나면, 직장이나 사회, 그리고 견해가 다른 정당이나 국가들 사이에서도 서로의 주장과 의견을 경청을 할 수 있게 됩니다.

상대방의 이야기에 귀를 기울이다 보면, 상대의 잘못된 인식뿐만 아니라 나 자신의 그릇된 인식도 알아차릴 수 있습니다. 이것이 마음다함의 대화와 소통이 반드시 필요한 이유입니다. 경청과 부드러운 언행을 수련하면 두려움과 증오, 폭력의 기저에 깔린 그릇된 인식을 지워버릴 수 있습니다. 나는 우리의 정치적 지도자들이 이런 기술을 습득해서 본인은 물론이고 세상에도 평화를 가져오기를 간절히 바랍니다.

## ○ 틈새를 연결하는 다리

《법화경》에서는 '지구의 수호자'로 알려진 '다라님다라 Dharanimdara' 보살에 대해 이야기합니다. 이는 보호와 보존의 역할을 하는 '지구를 수호하는 보살'이라는 뜻으로, 우리 시대에 꼭 필요한 보살이기도 합니다. 지구 수호의 보살은 함께하는 삶과 삶을 유지하기 위한 에너지를 만드는 데 도움을 줍니다. 또한 인간과 다른 종들이 서로 원활하게 소통하며 좋은 관계를 유지하게 하고 지구와 환경을 보호하는 임무를 맡고 있습니다. 모두를 끌어안을 수 있는 공간을 창조하는 기술자 혹은 건축가의 역할을 하면서 한쪽과 다른 쪽을 연결하는 다리를 만들고, 새로운 길을 내서 사랑하는 이들과 닿을 수 있도록 해줍니다. 우리 내면과 주변에 이런 지구 수호의 보살이 존재한다는 사실을 반드시 깨달아야 합니다. 우리 역시 모두를 포용할 수 있는 공간을 만들어야 합니다. 사람들 사이의 소통을 회복하고 마음과 마음을 잇는 다리를 만들 수 있도록 도와야 합니다.

나는 1966년 베트남 전쟁에 대해서 세상에 알리기 위해서 서양에 왔습니다. 동료들과 함께 평화 운동을 하는 동시에 나는 더 넓은 시각으로 지구와 지구에 닥친 상황에 집중하면서 명상을 이어나갔습니다. 여러 상황을 깊이 고려한 끝에 우리는 '다이동Dai Dong'이라는 조직을 만들었고, 인류에게 초국가적인 공동체의 필요성을 인식시키기로 마음먹었습니다. 국가를 초월하는 공동체를 설립하고자 한 것입니다. 베트남어로 '다이Dai'는 '위대한'이라는 의미이고, '동Dong'은 '함께함'을 뜻합니다. 다시 말해, '다이동'이란 '위대한 함께함'을 위한 공동체를 의미합니다.

1970년 다이동은 프랑스에서 과학자들의 모임을 소집하여 3,000여 명의 과학자들이 서명한 '지구상의 35억만 인류에게 보내는 메시지'인 망통성명서Menton Statement를 발표했습니다. 그 성명서에는 환경의 악화와 천연자원의 고갈, 인구 폭발, 그리고 기아에 관한 내용이 담겼습니다. 1972년 스톡홀름에서 유엔의 첫 번째 기후 회의가 열렸을 때 우리는 '위대한 함께함'의 영혼을 담아 정부 차원이 아닌 일반 시민들이 모여 뜻을 함께하는 회의를 개최했습니다.

당시 유엔의 사무총장이었던 우 탄트U Thant도 우리의 노력을 치하하면서 이렇게 말했습니다. "인류는 멸종의 씨앗을 품고 있는 글로벌 문제로 인해 엄청난 공동의 위험에 직면해 있습니다. 이번 기회를 통해 우리는 인류를 하나로 만들어줄 귀한 힘을 입증할 수 있습니다." 만약 세상에서 서로 대립하는 정당들이 지체하지 않고 진실을 밝히고, 지구가 처한 상황에 대한 모든 정보를 공유한다면 지금의 분쟁을 멈출 수 있습니다. 공동의 목표를 위해 서로의 갈등부터 빨리 해결해야 하기 때문입니다. 국가들이 여전히 중요하지 않은 문제를 놓고 계속해서 고민한다는 것은 아직도 진실을 완전히 인식하지 못했기 때문일 겁니다. 하지만 이런 삶의 방식을 계속 유지한다면, 우리 문명의 종말은 피할 수 없습니다. 이런 진실을 받아들이는 순간, 모두가 함께 힘을 합쳐서 분노와 분열, 증오와 차별을 극복하고 우리에게 필요한 것이 무엇인지 정확히 볼 수 있는 힘을 얻게 될 거라고 믿습니다.

## ○ 마음다함을 위한 듣기의 기술

과거에 비해 의사소통을 위한 정교한 기술이 훨씬 발달했음에도 소통은 여전히 어렵기만 합니다. 우리 대부분은 자신의 목소리조차 듣지 못하고 있습니다. 잘 듣기 위해서는 무엇보다 현재에 온전히 존재하며 주의가 산만해지지 말아야 합니다. 이는 나 자신을 위해 현재에 존재하는 것을 의미합니다. 다시 말해, 자신의 목소리에 귀를 기울이고 마음다함의 호흡을 하면서 고요하면서도 새로운 마음을 되살리는 것입니다. 그렇게 할 때 내 앞에 앉은 사람에게 자신의 존재를 최대한 내어줄 수 있으며, 입 밖으로 꺼낸 말과 미처 말하지 못한 말까지 들을 수 있게 됩니다.

듣기에도 기술이 있습니다. 마음다함은 언제나 대상이 있어야 하는데, 듣기의 경우에 우리는 연민을 위한 마음다함을 수련해야 합니다. 무엇보다 우리가 가지고 있는 한 가지의 목적, 다시 말해 상대방에게 말할 기회와 고통을 줄일 기회를 주려는 한 가지 목적에 대한 통찰을 계속 유지해야 합니다. 그러한 의도를 계속 유지하기 위해서는 상대의 이야기를 경청하면서 마음다함의 호흡을 수련해야 합니다. 비록 상대가 진실이 아닌 이야기를 하거나 잘못된 인식과 비통함, 원망으로 가득 찬 이야기를 하더라도 연민의 마음다함을 수련하는 이들은 더욱 넓은 연민의 태도로 상대의 말에 귀를 기울여야 합니다. 연민은 다른 사람이 말한 것이 자신의 마음에 초조함이나 불안의 방아쇠를 당기지 않도록 방지하고 보호해줍니다. 1시간 정도 경청을 하고 나면 상대방의 고통도 많이 가라앉게 되고 그때부터는 서로 원만하게 소통할 수 있습니다.

도저히 상대의 말을 들을 수 없어서 곧바로 포기해버린다면, 그건 연민이 없어서가 아니라 아직 자기 내면의 고통을 변화시킬 수 없기 때문입니다. 언젠가 오프라 윈프리Oprah Winfrey가 학대의 경험으로 고통받았던 한 여성과 인터뷰하는 것을 본 적이 있습니다. 오프라는 인터뷰를 하던 여성 못지않게 괴로워했습니다. 너무 괴로운 나머지 제발 카메라를 꺼달라고 부탁하기도 했습니다. 그건 오프라 역시 비슷한 경험을 했기 때문이었습니다. 어린 시절 그녀 역시 학대를 받았고, 그 고통을 변화시킬 기회를 미처 얻지 못했기 때문에 다른 여성의 고통스러운 이야기를 듣고 그 자리에서 무너져버린 것입니다. 그러므로 먼저 내 안의 고통을 변화시킬 방법을 배워야만, 고통을 받고 도움이 필요한 사람들을 위해서 존재할 수 있습니다.

나는 교사나 교수 역시 시간을 내서 학생들의 고통에 귀를 기울여야 한다고 생각합니다. 그건 시간 낭비가 아닙니다. 만약 학생들이 너무나 큰 고통을 겪고 있다면 학업을 계속하기 어려울 수도 있습니다. 그래서 학생들의 고통을 덜어주는 것은 지식을 가르치는 것뿐만 아니라 지식을 전파하는 데 반드시 필요한 과정입니다. 우선 자신의 고통에 귀를 기울일 때 비로소 학생들의 고통에도 귀를 기울일 수 있습니다. 채 1시간도 되지 않는 시간 동안 그들의 이야기를 들어주는 것만으로도 학생들이 고통에서 벗어나는 데 큰 도움이 될 수 있습니다. 학생의 입장에서도 선생님의 고통에 귀를 기울일 수도 있습니다. 교육자 또한 자기만의 고통이 있을 테고 그 고통을 능숙하게 학생과 나눌 수 있다면, 서로 간의 소통이 훨씬 수월해질 수 있습니다. 이런 방식으로 학생과 교사 사이의 분위기가 바뀌면 가르치고 배우는 것도 훨씬 더 즐거워질 겁니다.

모든 조직에는 이렇게 연민의 듣기와 다정한 언행을 사용하는 기술을 잘 아는 사람들이 필요합니다. 그들이 해야 할 일은 그저 상대에게 다가가서 가만히 앉아서 귀를 기울여주는 것뿐입니다. 이런 식으로 말문을 열 수도 있겠지요. "친구, 요즘 어떤지 얘기 좀 해봐. 혹시 일하면서 힘든 일이나 막막한 상황이 있지는 않은지, 아니면 개인적으로나 집안에 무슨 일은 없는지 솔직히 얘기해주면 좋겠어." 상대의 말을 경청하고자 하는 사람은 다른 사람의 이야기를 듣고 고통을 줄일 수 있도록 도움을 주기 전에 먼저 자기 자신과 자기 가족들의 이야기를 들어야 합니다. 이런 식으로 동료들 사이에 원활한 소통이 이루어진다면, 그리고 모든 사람이 같은 의도를 가지고 같은 방향으로 나아갈 수 있다면, 그 조직은 서서히 공동체가 되어서 사회적 변화를 가져오는 도구가 될 수 있습니다.

하나의 국가로서 우리 자신에게 귀를 기울여야 하는 순간도 있습니다. 국가 내에 엄청난 고통이 있는 경우가 바로 그런 순간입니다. 불평등과 차별, 분노가 팽배해 있고, 많은 이들이 고통을 느끼고 있는데 누구도 자신의 이야기를 들어주거나 이해해주지 않는다고 느낍니다. 그럴 때는 경청의 힘을 가진 사람을 찾아서 모두 함께 모여서 국가 차원에서 차별과 불평등의 피해자가 된 이들의 말에 귀를 기울여주어야 합니다. 자신의 고통을 표현하는 것이 안전하다고 느끼는 환경을 만들어준다면, 며칠 혹은 몇 주가 걸리더라도 그런 과정에서 마음에 있는 모든 것을 털어놓을 수 있는 충분한 용기를 얻을 수 있습니다. 국가적 차원에서 서로의 이야기에 귀를 기울일 수 있게 된다면, 더 나아가 다른 나라의 이야기에도 귀를 기울일 수 있는 능력을 갖게 될 겁니다.

## ○ 지혜롭게 듣는다는 것

산크리트어로 '아발로키테슈와라야Avalokitesvara'는 세상의 울음소리를 경청하는 법을 아는 관음보살을 의미합니다. 인간을 포함한 모든 종은 각기 다른 방식으로 자신을 표현합니다. 우리가 어떤 방식으로 표현을 하더라도 관음보살은 모두 이해할 수 있습니다. 갓난아이의 말도 관음보살은 이해할 수 있습니다. 우리가 말이나 몸짓으로 마음을 표현해도 관음보살은 모두 이해합니다.

우리는 경청하는 법을 배워야 하고, 그러기 위해서는 훈련이 필요합니다. 다른 사람이 하는 말을 듣는 것이 힘들어지면, 상대의 말을 끊고 바로잡아주고 싶은 충동이 들 수도 있습니다. 그건 상대의 말이 자신의 고통을 건드려서 듣기가 괴롭기 때문입니다. 하지만 상대의 말에 끼어들지 않으려고 최대한 애써야 합니다. 상대가 하는 말이 옳고 그름은 중요하지 않습니다. 중요한 것은 상대가 무거운 짐을 벗을 수 있도록 기회를 주는 것입니다. 자신이 가진 연민을 다해 상대의 고통에 귀를 기울이는 것이 상대에게 도움을 줄 수 있는 유일한 길입니다. 누군가는 자기 말에 귀 기울여줄 사람이 필요하고, 어쩌면 당신이 그들의 인생을 통틀어서 유일하게 자신의 마음을 터놓을 수 있는 사람, 자신의 이야기를 경청해준 사람이 될 수도 있습니다. 이는 훈련이 필요한 매우 심오한 수련이기도 합니다.

자신에게 이렇게 말해보세요. '그들은 고통받고 있고, 누군가 귀 기울여줄 사람이 필요해. 내가 그들의 말을 들어주어야지.

나는 관음보살처럼 상대의 말을 경청하는 보살의 역할을 할 거야. 상대의 말에 귀를 기울이면서 마음을 다해서 호흡하는 것을 잊지 않고, 한 가지 사실을 떠올리는 거야. 나는 저 사람이 가슴에 쌓인 걸 털어놓을 수 있도록 기회를 주려는 한 가지 의도만을 가지고 경청해야 해. 상대가 잘못된 말을 하더라도, 그의 말이 비난과 원망, 잘못된 인식으로 가득 차 있더라도, 나는 계속해서 경청할 거야.' 바로 이것이 연민의 듣기입니다. 가만히 앉아서 상대의 말을 경청하는 것은 더할 나위 없이 친절한 행동이며, 관음보살의 역할을 하는 것과 같습니다. 또한 연민의 에너지로부터 보호받을 수도 있습니다. 이렇듯 경청의 자세를 유지할 수 있도록 훈련을 해야만 합니다.

그러면 상대의 말에 귀를 기울이면서도 상대의 말에 휩쓸리지 않을 수 있습니다. 우리는 모두 분노와 연민의 씨앗을 가지고 있습니다. 효율적으로 마음다함을 수련하면, 연민의 씨앗이 분노의 씨앗보다 조금 더 크게 자라날 겁니다. 그리고 연민의 씨앗이 충분히 힘을 가지고 있다면 상대의 말을 경청하는 동안에도 우리를 보호해줄 수 있습니다. 그러면 상대의 말을 듣고도 자신이 가진 분노의 씨앗을 건드릴 수 없게 됩니다. 연민의 마음으로 상대방의 이야기를 듣는 것은 상대로부터 자신을 따로 떨어뜨리고 분리하기 위한 것이 아닙니다. 연민의 마음으로 상대의 고통에 귀를 기울이고 그 고통을 알아차리고 포용하는 과정에서 내 마음속의 상처까지도 위로받기 위함입니다. 플럼 빌리지에서는 경청의 수련이 끝나고 나면 평화와 차분함, 생기를 회복하기 위해서 밖으로 나가서 걷기 명상을 합니다.

경청의 수련을 하는 동시에 우리는 자신의 한계를 파악해야 합니다. 균형 잡힌 삶을 살며 평화와 풍요로움과 즐거움을 누리기 위해 우리는 인생의 계획을 잘 세워야 합니다. 그래야 연민의 마음을 가지고 계속해서 다른 사람들의 이야기를 들을 수 있습니다. 너무나 많은 고통과 미움, 폭력이 내면에 가득 차 있어서 어떻게든 표현하고 싶어 하는 사람들이 있습니다. 그런 이들이 함께 앉아서 자신에게 귀를 기울여줄 사람을 찾는 것은 매우 어려운 일입니다. 우리가 그들의 이야기를 경청할 준비가 되어 있을 때, 그들은 우리의 시간과 배려를 제멋대로 남용하며 끝도 없이 자신의 이야기를 할지도 모릅니다. 며칠 혹은 몇 년이 걸릴지도 모릅니다. 어쩌면 얼마나 오래 이야기를 들어주어야 그들에게 도움이 될 수 있을지 판단하기 힘들 수도 있습니다. 그 시간 동안 그들은 똑같은 말만 계속해서 반복할 겁니다.

그런 상황에서 계속 상대방에게 귀를 기울이는 것은 영리한 경청이라고 할 수 없습니다. 그런 경우에는 상대방이 자신의 고통을 빨리 알아차리고 그 고통을 받아들이고 변화시킬 방법을 찾도록 적극적으로 도움을 주어야 합니다. 누군가 자기 이야기를 들어주면 당시에는 약간의 안도감을 느낄 수 있을지 몰라도 그것으로는 충분하지 않습니다. 그래서 우리는 협력자들을 찾아서 그들과 함께 조직적으로 도움을 주어야 합니다. 그들이 자신의 삶을 잘 꾸려나갈 수 있도록 돕고 그들의 고통을 더 심화시키는 근원을 제거할 수 있도록 해야 합니다. 무작정 상대의 말을 들어주다 보면 자칫 자신과 자기 내면의 보살을 해칠 수 있는데, 그것은 결코 바람직하지 않습니다.

## 경청하는 마음

다른 사람과 의견 충돌이 생기면, 가장 먼저 그 사람의 말을 들어줄 용기가 필요합니다. 어떤 식으로든 불평등을 경험했거나 무력함을 느낄 때면, 스스로가 분노와 증오의 피해자로 전락하지 않기 위해 엄청난 영적인 힘이 필요합니다. 양극화되고 온통 균열이 간 세상을 연결해줄 다리를 세우려면 어떻게 해야 할까요?

플럼 빌리지를 처음 방문하기 전에 나는 듣는 것도 배워야 한다는 사실을 알지 못했습니다. 그저 경청하는 재능을 타고나는 사람과 그렇지 않은 사람이 있다고 생각했고, 나는 사람들의 이야기를 듣는 데 재능이 없다고 여겼습니다. 하지만 시간이 지나면서 가만히 앉아 자신의 목소리에 귀를 기울일 수 있으면 다른 사람의 이야기를 들어줄 여유도 생긴다는 것을 알게 되었습니다. 그리고 하늘과 나무의 소리에 귀 기울일 수 있게 되면서 다른 사람의 이야기에도 귀 기울일 수 있게 되었습니다. 사람들에 대한 궁금증을 갖게되었고 그들의 희망과 두려움, 꿈에 대한 호기심도 생겼습니다. 사실, 말하기와 듣기가 서로 다른 영역이라는 것을 알게 되면, 듣는 것과 자신의 주장을 전달하는 것을 혼동하기 쉽습니다. 듣기는 훈련이자 수련입니다. 다른 이들에게 줄 수 있는 선물이지만 동시에 자신을 위한 선물이기도 합니다. 자신의 인식을 확장해주고 우리 앞에 있는 한 인간을 심오한 방식으로 마주할 수 있도록 해주기 때문입니다.

플럼 빌리지에서 우리는 온전한 하나의 인간으로서 듣는 법과 상대방이 말을 하는 순간 속에 오롯이 존재할 수 있도록 훈련받습니다. 첫 번째 요령은 상대의 말을 들으면서 자신의 호흡을 따라가는 것입니다. 그러면 그 순간 우리는 체화된 청취자가 될 수 있습니다. 자신의 호흡이 만들어내는 특별한 리듬에 주의를 기울이면 현재의 순간에 뿌리를 내릴 수 있게 되고, 자기 내면의 이야기에 주의가 흐트러지지 않게 됩니다. 경청하면서 마음을 다해 호흡을 하다 보면, 나의 호흡 안에 상대의 이야기에 대한 나의 반응의 흔적이 있다는 사실을 알 수 있습니다. 따라서 호흡을 잘 살피는 것만으로도 나의 마음속에서 어떤 반응이 일어나는지를 알아차리고 인정하고 받아들일 수 있게 되는 것입니다.

상대의 이야기를 들을 때 살펴야 할 것들도 많습니다. 우리 앞에 있는 사람과 그들이 하는 말, 우리의 몸과 호흡과 반응까지도 살펴야 합니다. 두 번째 요령은 상대방의 고통이 나의 호흡과 신체에 미치는 영향에 따라 그 고통을 대하는 것입니다. 긴장감을 느끼면 숨을 내쉬며 호흡을 통해 긴장을 풀어줍니다. 호흡이 불규칙해지거나 짧아지면 부드럽게 숨을 쉬면서 편하게 호흡을 해주면 됩니다. 나의 내면에서 어떤 감정이 솟구치든 결코 억눌러서는 안 됩니다. 어떤 감정인지 살피고 안아주고 듣기가 끝난 후에 그 감정을 자세히 들여다보려는 노력이 필요합니다.

듣기의 기술에는 중간에 끼어들지 않는 기술도 포함되어 있습니다. 이것이 세 번째 요령입니다. 누군가 잘못된 말을 내뱉으면 우선 상대의 말을 자르고 끼어들어서 무엇이 잘못되었는지 수정해주고 싶은 감정이 들기 마련입니다. 하지만 심오한 연민의 마음으로 들을 때에는 상대방이 하고 싶은 말을 다 할 수 있도록 해주는 것이 우리가 해야 할 일입니다. 그것은 상대가 마음으로 어떤 생각을 하는지 제대로 들을 수 있는 기회이기도 합니다. 만약 상대의 말을 듣는 것이 고통스럽다면, 타이가 말했듯이 연민의 에너지로 자신을 보호하고, 상대의 말을 듣는 데에는 한 가지 목표만 있다는 사실을 떠올려야 합니다. 그 목표는 바로 상대가 마음을 열고 말할 수 있도록 한다는 것입니다. 그렇게 상대의 깊은 두려움과 근심에 대해 이해하고자 하는 순수한 호기심을 키워나가야 합니다.

네 번째 요령은 듣는 시간 동안 연민의 감정을 유지해야 한다는 것입니다. 나의 경우에는 단어 자체에 지나치게 집중하지 않으려고 하는 편입니다. 비통하고 화가 가득한 껄끄러운 이야기를 들을 때는 서툴더라도 상대가 내뱉는 단어가 아니라 그 단어 뒤에 숨겨진 아픔, 상대가 표현하고자 하는 감정에 귀를 기울이는 것이 좋습니다. 타이는 관음보살의 심오한 듣기의 행동을 이렇게 묘사했습니다. "상대의 말을 경청하면서 최대한 주의를 기울일 때, 상대가 말하는 내용뿐만 아니라 말하지 않는 부분까지도 들을 수 있게 됩니다." 나의 감정을 단어로 표현한다는 것은 최고의 순간에도 힘들지만 최악의 순간에 있을 때는 너무나 어려운 일입니다. 상처를 입었거나 두려움과 분노가 촉발되었을 때는 더더욱 그렇습니다.

상대방이 불안하고 화가 나 있는 상태에서 이야기를 할 때는 나는 그 사람이 말하는 단어를 넘어서 상대방을 똑바로 보려고 노력합니다. 그리고 호흡을 따라가면서 "무엇 때문에 마음이 아픈 겁니까? 정확히 하고 싶은 말이 뭐죠?"와 같이 상대에게 묻고 싶은 것을 말없이 그대로 마음에 두려고 합니다. 상대방이 말하고자 하는 바와 우리가 듣는 단어 사이에는 깊은 골이 생길 수 있습니다. 마음다함의 에너지는 이런 깊은 골을 메울 수 있도록 도와줍니다. 이것이 다섯 번째 요령으로, 겉으로 표현하지 못했던 말을 듣는 것입니다.

마지막으로 상대의 이야기를 듣기 위한 최상의 조건을 만드는 것입니다. 휴대전화를 내려놓고, TV나 음악을 끄고, 잠시 밖에 나가서 산책하거나 커피를 마실 수도 있습니다. 어떤 상황이든 현재의 순간에 집중하는 데 조금이라도 나은 상황을 만들려는 노력이 필요합니다.

동시에 자신에게 솔직해져야 합니다. 진심으로 상대의 이야기를 들을 준비가 되어 있는지, 자신의 내면에 충분한 여유가 있는지 생각해봐야 합니다. 만약 경청을 위한 올바른 준비가 되어 있지 않다면, 솔직히 이야기하고 다른 시간을 잡아서 들어주겠노라고 말하면 됩니다. 우리는 자신의 한계를 인정하고 존중할 권리가 있습니다. 말하는 사람과 듣는 사람도 어울려 존재하고 있습니다. 누군가 내 이야기에 진심으로 귀 기울여주고 있음을 느끼는 순간, 마음에 있는 것들을 완전히 털어놓게 됩니다. 반대로 상대방이 진정 열린 마음과 연민으로 내 이야기를 듣고 있지 않다면 충분히 그것을 느낄 수 있습니다.

나는 가까운 관계일수록 심오한 차원의 소통을 하는 것이 더 어려울 수 있다는 사실을 깨달았습니다. 진심으로 아끼는 사람과 산책하면서 "정말 어떻게 지내세요?", "지금 당신의 가장 깊은 고민은 무엇인가요?" 또는 심지어 "제가 당신을 충분히 이해하고 있나요?"라고 묻는 것은 강력한 힘을 발휘할 수 있습니다. 어떤 사람들은 외향적인 사람의 마음을 모르면 듣지 않고, 내향적인 사람의 마음을 모르면 물어보지 않는다고 말합니다. 이상한 것은 가장 목소리가 큰 사람일수록 자기 말을 진심으로 들어주는 사람이 없다고 느낀다는 겁니다.

젊은 기자 시절에 혼자 사는 선배 기자 한 명이 있었습니다. 그는 매일 아침 교통 체증에 대한 불만, 뉴스에 뜬 속보, 로비에서 마주친 정치인에 대한 불만을 터뜨리며 사무실 문을 박차고 들어오기 일쑤였습니다. 동료 대부분은 책상에 앉은 채 고개도 들지 않고 "좋은 아침!"이라며 기계적인 인사를 건네고 하던 일을 할 뿐이었습니다. 나 역시 그러고 싶었지만, 당시에 나는 신입사원이었고 하필 그 선배 기자와 가장 가까운 자리에 앉게 되어 모른 척 무시하는 것도 힘들었습니다. 하루는 그가 아침마다 쏟아내는 불평불만이 10분 넘게 이어졌고, 나는 도저히 일에 집중할 수 없었습니다. 그가 화가 나서 내뱉는 말 한 마디 한 마디의 독성이 너무 강했고, 악에 받친 소리를 쏟아내는 걸 들으면서 나 역시 한계에 도달하게 되었습니다. 하지만 나보다 선배 기자였기에 조용히 해달라는 말도 할 수가 없어서 그 자리를 피하지도 못하고 그냥 하던 일을 해야 했습니다. 그러다가 참고 들어주는 것도 좋은 방법일지 모른다는 생각이 스쳤습니다.

그래서 의자를 홱 돌려서 그 선배 기자를 쳐다보고는 그의 말에 완전히 집중해서 귀를 기울이기 시작했습니다. 호흡을 천천히 따라가면서 차분하고 열린 마음으로 그를 똑바로 바라보았습니다. 아무도 듣는 사람이 없다고 생각하던 그는 처음에는 깜짝 놀랐습니다. 그러고 나서 몇 초가 지나자 그의 얼굴에 외로움과 짜증이 퍼져나가는 것을 느낄 수 있었습니다. 진심으로 그에 대한 연민이 느꺼졌습니다. 그래서 자세를 고쳐 앉고 호흡을 하면서 그의 이야기를 듣고 다시 호흡했습니다. 그러자 그가 몇 분 동안 씩씩대면서 화를 내더니 갑자기 이렇게 말했습니다. "뭘 듣고 있어? 얼른 일이나 해!" 그러고는 목소리 톤이 바뀌더니, "차 마실 건데. 한 잔 줄까?"라고 말하며 탕비실 쪽으로 걸어갔습니다. 그때부터 나는 그 선배 기자가 불평불만을 늘어놓을 때마다 의자를 돌려서 그의 말에 귀를 기울이기 시작했고, 그러면 그는 곧바로 조용히 입을 다물었습니다. 때로는 누군가 내 얘기를 들어줬으면 하는 마음이 들면서도 아직 준비되지 않은 때도 있습니다.

## ○ 화의 에너지를 연민으로 바꾸는 법

어떤 이는 화를 에너지로 여기면서 그 에너지를 정의와 사회적 평등을 위해 싸우는 데 쏟아부어야 한다고 생각합니다. 물론 화는 강력한 힘을 가지고 있습니다. 문제는 그 화를 다스릴 수 있는가 하는 것입니다. 화가 나서 의식이 또렷하지 못할 때는 자신이나 세상에 큰 피해를 줄 것을 감수하면서까지 모험을 하기 십상입니다. 하지만 화를 연민으로 바꾸는 방법을 알면 매우 강력한 에너지를 얻을 수 있습니다. 연민의 에너지를 갖게 되면 다른 사람의 생명을 구하기 위해서 목숨까지 내놓을 수 있게 됩니다. 두려움이 없어지기 때문입니다. 마치 자식을 구하기 위해서 자신을 희생하는 어머니와 같은 마음이 되는 겁니다. 원자력보다는 태양열에너지가 더 좋은 에너지인 것처럼, 연민은 화보

236

다 더 선한 에너지입니다. 그래서 여기서 설명하는 마음다함의 수련은 화와 맞서 싸우거나 억제하기 위한 것이 아니라, 그 감정을 알아차리고 포용하고 서서히 연민으로 변화시키는 방법입니다. 그러기 위해서는 어느 정도의 훈련이 필요합니다.

강력한 감정이 솟구칠 때 그 감정을 다루는 방법을 배우는 것은 연민 어린 언행을 성공적으로 수련하기 위해 반드시 필요한 과정입니다. 연민은 화를 조절하는 해결책이기도 합니다. 연민과 화는 어느 정도 연관이 있습니다. 마음속에 연민의 감정이 생길 때, 우리는 더 이상 화를 내지 않을 수 있습니다. 연민을 통해 소통과 화해를 끌어낼 수 있기 때문입니다. 뿐만 아니라 나 자신과의 소통도 쉬워지는 것은 물론이고 자신에 대한 이해가 깊어지며 다른 사람과 소통도 더욱 쉬워집니다. 반대로 화는 소통을 방해하는 걸림돌입니다.

나는 부부에게 항상 이런 조언을 합니다. 상대방에게 화가 날 때는 호흡을 하고, 마음다함의 걷기를 하고, 화를 안아주며, 그 내면을 깊이 살펴야 한다고 말해줍니다. 그러면 몇 분 혹은 몇 시간 내로 화의 감정을 변화시킬 수 있습니다. 하지만 이 방법이 효과가 없을 때에는 상대방에게 알려야 합니다. 차분한 말투로 이렇게 말하는 겁니다. "내가 고통받고 있다는 걸 당신이 알아주면 좋겠어. 당신이 왜 그렇게 했는지, 왜 그런 말을 했는지 정말로 이해가 안 돼." 만약 차분하게 말을 할 수 없을 정도로 화가 난 상태라면 말을 하는 대신 종이에 적어보는 것도 한 가지 방법이 될 수 있습니다.

두 번째로는 이렇게 말할 수도 있습니다. "내가 최선을 다했다는 사실만은 알아주면 좋겠어." "화가 나서 그런 말을 하거나 그런 행동을 했던 것이 아니라는 이야기를 하려는 것이 아니야. 만약 화가 나서 그랬다면 오히려 내 고통만 더 커졌을 거야. 나는 내 고통을 알아차리고 포용하고 자세히 살피기 위해서 최선을 다하고 있어." 이렇게 상대방에게 지금 화가 난 이유가 자신의 오해나 잘못된 인식, 혹은 관심 부족에서 비롯된 것인지 살피는 중이라는 사실을 알려주어야 합니다.

세 번째로 "당신의 도움이 필요해"라고 말할 수도 있습니다. 보통 화가 나면 이와 반대의 행동을 하며 "당신의 도움 따위는 필요 없어. 나를 내버려 둬"라고 말하기 십상입니다. 하지만 "도움이 필요해"라고 말하는 순간, "화를 극복하기 위해서 당신의 도움이 필요해"라고 말하는 것이 됩니다. 우리 존재는 매우 소중한 것입니다. 따라서 우리는 자신의 마음속에 자리 잡고 있는 감정을 공유할 자유를 가지고 있습니다. 하지만 상대에게 다정하게 말할 수 있어야만 상대도 진심으로 귀를 기울여줄 수 있습니다. 만약 상대가 지나치게 공격적이거나 비난조로 말을 한다면 진심으로 들어주기 힘들겠지요. 나를 잘 표현하는 것도 기술입니다. 여전히 화로 가득 차 있고, 비난과 처벌의 에너지가 가득하면 분열을 가중하는 결과를 가져올 뿐입니다. 그럴 때는 부정적인 감정을 종이에 적어서 진정한 소통을 위한 초대장을 보내보세요. 타인의 이야기를 들을 준비가 되었을 때, 이해할 준비도 되는 법이니까요.

## ○ 미워하지 않는 기술

보통은 갈등 상황에 빠지면 상대방이 더 이상 존재하지 않아야만 자신이 행복하고 평화로워질 수 있다고 믿습니다. 상대를 전멸시키고 파괴하고 완전히 가두고 싶은 욕망의 지배를 받는 것일지도 모릅니다. 하지만 깊이 들여다보면, 우리가 고통받은 것처럼 상대도 고통을 받는다는 사실을 알 수 있습니다. 우리는 평화와 안전 그리고 안정적인 삶을 살 수 있는 기회를 얻고 싶고, 상대도 그런 기회를 원하고 있습니다.

일단 상대방을 나의 마음속에 담으면, 아니 그런 의지를 갖는 것만으로도 우리의 고통은 줄어들 수 있습니다. 그런 다음에는 이렇게 질문할 수가 있겠지요. "당신의 안전을 보장하기 위해서 어떻게 해야 할까요? 당신이 평화와 안정감, 그리고 기회를 얻을 수 있게 하려면 어떻게 도와야 할까요? 제발 이야기해보세요." 이런 질문을 던질 수 있을 정도가 되면 상황은 매우 급격히 변합니다. 하지만 무엇보다 먼저 우리의 마음속에 변화가 일어나야 합니다. 상대방을 내 안에 품으려는 의지, 상대에게 기회를 주려는 의지를 가져야 합니다. 그런 의지만 있으면 우리의 고통은 곧바로 줄어들 수 있습니다. 그리고 더는 상대를 없애버리고 싶은 충동도 느끼지 않게 됩니다.

상대를 적으로 여기는 한, 우리는 상대를 반드시 이기고 없애야 한다고 느끼기 마련입니다. 상대방의 고통이 커질수록 기쁨을 느끼면서 말이지요. 하지만 이런 방식으로 생각하면 실패할 수밖에 없습니다. 부처님은 먼저 나 자신과 싸워서 이겨야 한다고 말씀하셨습니다. 이는 스스로 억울함과 분노, 그릇된 인식에서 자유로워져야 한다는 뜻입니다. 그래서 자신의 마음을 이겨내는 것이 우선이라고 하신 겁니다. 승리란 우리를 고통스럽게 만든 사람들과 싸워서 이기는 것이 아닙니다. 진정한 승리란 내가 마음에 품고 있는 무지와 분개와 싸워서 이겨내는 것입니다. 어쩌면 이 고통에 내 잘못은 하나도 없고 다른 사람이나 상대방 때문에 모든 고통이 시작되었다고 생각할 수도 있습니다. 하지만 그건 사실이 아닙니다. 나의 고통에는 나 자신의 책임도 조금은 있으니까요. 자세히 그 고통을 들여다보면 그 사실을 알 수 있습니다. 만약 아무리 봐도 모르겠다면, 다른 사람에게 살펴봐달라고 부탁해보세요.

소위 '테러리스트'라고 불리는 이들은 엄청난 증오심을 가지고 있습니다. 그리고 자신들이 받은 고통에서 비롯된 증오의 에너지를 가지고 행동을 합니다. 그렇다고 자신을 '테러리스트'라고 생각하지 않는 사람들에게 증오의 에너지가 없다는 의미는 아닙니다. 어느 쪽이 증오의 에너지를 갖지 않은 걸까요? 상황을 제대로 이해하고 있는 사람은 누구일까요?

우리는 자신이 원망하거나 증오하는 마음 없이 정의롭게 올바른 길을 가고 있다고 생각합니다. 그리고 내가 속하지 않은 다른 조직이 국제적인 안전이나 문명에 위협을 주고 있다고 생각할 수도 있습니다. 지금 우리에게는 그 어느 때보다 나 자신과 다른 사람들에게서 그런 꼬리표를 떼어내기 위한 이해의 검이 필요합니다. 내 편과 네 편이라는 꼬리표는 신의 이름으로, 민주주의의 이름으로, 자유와 문명의 이름으로, 상대에게 저항하고 상대를 해하기 위한 것에 불과합니다.

프랑스의 플럼 빌리지에서는 팔레스타인 사람들과 이스라엘 사람들을 초대해서 함께 수련합니다. 언제나 시작할 때는 쉽지 않습니다. 두 무리의 사람들이 도착하면 모두 화와 두려움, 의구심과 고통으로 가득 차서 서로 대화를 나누지도 않고 심지어 쳐다보지도 않으려고 하지요. 그래서 첫 주에는 두 그룹을 분리해서, 아픔을 가라앉히고 고통을 안아주기 위한 마음다함의 호흡과 마음다함의 걷기를 따로 수련하곤 합니다. 그리고 자기 내면과 주변에 존재하는 삶의 기적과 연결되면서 원하던 풍요로움을 얻을 수 있도록 안내를 하지요.

두 번째 주가 시작되면 심오한 연민의 마음으로 듣는 것과 애정이 담긴 언행을 하는 법을 훈련하기 시작합니다. 한쪽 그룹에게는 현재 느끼는 고통에 관해 이야기하도록 하고 다른 그룹은 심오한 연민의 마음을 가지고 듣는 수련을 합니다. 그런 수련을 하다 보면 첫 번째 수업만 마쳐도 고통이 많이 사라지곤 합니다. 상대방의 말을 듣다 보면, 그들 역시 자신들처럼 똑같은 고통을 받았다는 것을 깨닫게 되는 겁니다. 처음으로 상대도 그릇된 인식과 갈등의 피해자라는 사실을 깨닫게 되는 거지요. 이해와 연민의 감정이 생기면 더는 화를 느끼지 않습니다. 처음으로 상대 역시 나와 같은 인간이며, 나처럼 상대도 매우 고통스러웠다는 것을 알게 되기 때문입니다. 그렇게 서로 이해와 연민의 감정을 느끼게 됩니다. 그러고 나서 반대쪽 그룹 역시 자신이 겪은 고통과 어려움, 절망에 관해서 이야기할 기회를 얻게 되고 나머지는 그 이야기를 경청합니다. 이렇게 연민의 듣기 수련은 화를 없애고, 의구심을 사라지게 하며, 두려움을 사라지게 해줍니다.

베트남 전쟁 당시 미국은 50만 명의 병사를 베트남에 파병했고, 그 병사들은 수많은 베트남 사람들의 목숨을 앗아갔습니다. 우리 마을을 파괴하고 아이들의 목숨까지 빼앗았습니다. 5만 명에 가까운 미군 병사들이 베트남에서 전사했고, 수십만 명에 달하는 병사들은 부상을 입은 채 심리치료가 필요한 상태에서 미국으로 돌아갔습니다. 내가 소개하는 수련은 베트남에 파병되었던 미군을 미워하기 위한 것이 아닙니다. 그들 역시 현명하지도 않고 연민이 담기지도 않은 정책의 피해자일 뿐입니다. 우리는 미국에 피정을 하러 갈 때마다 베트남전 참전용사들을 초대해서 마음을 치유하고 새로운 삶을 살 수 있도록 돕고 있습니다. 그들 중 다수는 자신이 저질렀던 피해를 복구하기 위해서 다시 베트남으로 돌아가기도 했습니다.

누구나 용서할 수 있습니다. 나는 경험으로 그것을 알고 있습니다. 나 역시 수많은 불평등과 고통을 겪었습니다. 전쟁의 포화 속에서 간신히 살아남기도 했습니다. 많은 사람들이 나를 포함한 베트남 사람들과 나의 조국 베트남에 불평등한 만행을 저질렀습니다. 하지만 우리에게 고통을 주었던 사람들 역시 우리가 느꼈던 것과 같은 고통을 겪었음을 알게 된다면, 누구나 연민을 느끼며 용서할 수 있습니다. 그 고통을 이해할 수 있을 때, 우리는 연민의 마음으로 상대를 용서를 할 수 있습니다.

부처님을 통해 형상화된 사랑을 우리도 충분히 베풀 수 있습니다. 상대방의 미움에 사랑으로 답할 수도 있습니다. 폭력에 연민과 비폭력적 행동으로 답할 수도 있겠지요. 심오한 듣기와 애정 어린 말을 통해서 우리는 생각하는 방식을 완전히 바꿀 수 있습니다. 그렇다면 테러리스트를 죽일 필요도 없을 겁니다. 그들을 테러리스트로 만든 것은 다름 아닌 미움과 두려움, 분노입니다. 가만히 앉아서 그들의 이야기에 귀를 기울일 때 우리는 그들 안에 있는 분노와 두려움을 변화시키고 더 이상 테러리스트가 되지 않도록 만들 수 있습니다. 대화를 통해서 그릇된 인식을 지워나갈 수 있습니다. 해답은 심오한 듣기와 연민의 말에 있습니다.

## 미움과 변화의 갈림길

1967년 3월 25일, 마틴 루터 킹 목사가 베트남 전쟁에 반대하며 시카고의 도심에서 행진을 하고 나서 몇 달 후에 타이와의 만남이 이루어졌습니다. 타이는 베트남어와 영어로 "사람은 우리의 적이 아니다. 우리가 사람을 죽이면 누구와 함께 살아갈 것인가?"라고 적힌 배너를 들고 행진을 했습니다. 두 사람은 우리의 적은 상대편이 아니라는 통찰에 대해 뜻을 같이했습니다. 우리의 적은 바로 분노와 분개, 증오와 두려움, 차별이라고 생각한 겁니다. 타이와 찬콩 스님, 그리고 베트남의 다른 젊은 사회운동가들도 이같은 생각에 뜻을 더했고, 그래서 베트남 전쟁 중에도 어느 편에도 서지 않고 중도 노선을 지킬 수 있었습니다.

'적을 미워하지 않는' 길을 가기 위해서는 근본적인 영적 수련이 필요합니다. 언젠가 마틴 루터 킹 목사는 영적이고 윤리적인 능력만 충분하다면, 미움 대신 사랑의 마음을 가질 수 있다고 말했습니다. 그리고 "어떤 사람이 한 짓은 미워하더라도, 그 행동을 한 사람은 사랑해야 합니다"라고 말했습니다. 명상을 하는 사람으로서 우리는 이와 같은 수련을 해야 합니다. 그래야 미워하는 마음 없이 불평등에 맞설 수 있습니다. 우리의 삶에는 영적인 차원이 필요합니다. 타이는 어느 한쪽의 편만 드는 영적인 면을 쫓아서는 안 된다고 말했습니다. 하지만 그럼에도 그런 일이 빈번하게 일어나고 있음을 지적하며 "어느 한쪽이 신을 독점하고는 분열과 증오, 차별과 인내심 없음의 방향으로 신을 납치하여 상대편이 신의 뜻을 거역하는 것처럼 보이도록 만들려고 하고 있습니다"라고 말했습니다. 그리고 이 세상에 가장 필요한 것은 "연민의 신, 비차별의 신, 인내심의 신, 사랑의 신"이라고 이야기했습니다. 사랑은 우리가 한발 더 나아갈 수 있도록 해주고, 증오와 분노, 차별을 적에게 향하도록 하는 것이 아니라, 우리 내면에 있는 에너지로 삼아서 그 에너지를 껴안고 변화시킬 수 있도록 합니다.

앞에서 살펴보았던 어울려 존재함과 무상함에 대한 통찰을 통해서 우리는 한 사람의 시각이 오직 그 사람만의 것이 아님을 알게 되었습니다. 물론 어느 편으로 나눌 수 있는 것도 아닙니다. 우리는 나와 다른 정치적 견해를 가진 사람들에게 둘러싸여 있으며, 직장과 공동체 혹은 가족 중에도 그런 사람이 존재할 수 있습니다. 한 사람의 시각은 부분적인 것에 불과하며 절대적이지 않습니다. 우리의 시각은 영원하지 않으며 언제든 변할 수 있습니다. 어떠한 시각이 사람의 정신과 마음에 자리 잡고 있다는 것은 그 시각에 '먹이를 주는' 무언가가 존재한다는 의미입니다. 이에 대해서 타이는 "그 어떤 것도 자양분 없이 존재할 수 없습니다"라고 했습니다. 우리가 세상을 바라보는 시각은 뉴스와 마우스 클릭이라는 먹이를 먹고, 인터넷 알고리즘과 검색 결과에 의지해 자라난 것입니다. 다른 이들의 시각은 물론이고 자신의 시각도 지극히 제한적이라는 것을 깨닫고 무상의 자세로 변화하려는 태도를 가져야 합니다.

오늘날처럼 양극화된 사회 속에 살다 보면 문득 이런 질문이 떠오릅니다. 분열된 사회를 연결해줄 성숙한 대화를 이어나갈 수 있을까? 어떻게 진정한 소통을 할 수 있을까? 모두 함께 인간다워질 수 있는 방법은 있는 걸까? 이는 상대의 이야기를 듣고, 솔직한 태도를 보이면서 각자의 생각을 놓아버릴 수 있는지에 달려 있습니다. 이것은 어울려 존재함의 빛이라는 타이의 강력한 가르침이기도 합니다. 우리의 시각에 대해서는 물론이고 대화를 할 때에도 왼쪽이 없이는 오른쪽이 존재하지 않으며, 상대의 위치가 존재하기에 나의 위치가 존재한다는 사실을 인식해야 합니다. 우리의 위치 역시 서로 어울려 존재하고 있기 때문입니다. '진정한 대화'와 관련하여 타이는 "양쪽 모두가 변화를 위해 애써야 합니다"라고 말했습니다. 이는 곧 우리 모두가 자신의 시각을 내려놓을 준비를 해야 한다는 의미입니다.

어쩌면 우리는 "당신부터 달라져야지! 먼저 변하는 모습을 보이지 않으면 나도 노력하지 않을 거야!"라고 말하고 싶을지도 모릅니다. 하지만 우리가 어울려 존재함의 통찰력을 얻었다는 것은 곧 존재의 방식과 열린 마음으로 이미 상황을 바꾼 것이나 다름없습니다. 우리 인식에는 한계가 있음을 겸허히 인정하고, 새로운 것을 배우기 위해 열린 태도를 보이며, 상대방의 시각 변화에 대한 순수한 호기심을 갖기 위해서 노력해야 합니다. 플럼 빌리지의 전통에 따라 상대방이 나와 다를 수 있으며, 각자 무엇을 믿고 어떤 결정을 할지에 대한 권리를 가졌다는 사실을 존중해야 합니다. 앞서 우리는 연민이 있는 대화를 통해서 타인의 광적인 태도와 편협함을 변화시키는 데 도움을 주겠다고 약속했습니다. 진정한 이해를 위해서는 인내심이 필요합니다. '나는 옳고 너는 그르다'라는 입장에서 시작한다면, 깊은 이해에 도달할 수 없습니다. 우리는 그런 조건 없는 반응을 뒤집고 열린 마음으로 우리 앞에 있는 사람들이 가진 권리를 인정하며, 상대의 깊은 두려움과 고통과 근심을 이해하려는 자세와 연민의 마음을 가질 수 있는 방법을 찾으려 애써야 합니다. 비록 상대의 시각에 동의하지 않더라도 인간을 소중히 여겨야 함을 기억해야 합니다. 모든 사람이 함께 대화를 나누지 않고서는 우리 지구가 직면한 문제를 '해결하고 싸워서 승리할' 수 없기 때문입니다.

## 가장 혁신적인 기술, 경청

2015년 파리기후협약이라는 역사적인 자리에서 건축가 크리스티아나 피게레스Christiana Figueres는 암울한 상황에서조차 이러한 가르침을 수련과 변화에 적용하는 것이 가능함을 몸소 보여주었습니다. 크리스티아나는 타이의 제자로, 어울려 존재함, 심오한 듣기 그리고 개인적 사색에 대한 가르침을 자신의 작업의 핵심에 적용했습니다. 많은 어려움에도 불구하고 그녀는 파리기후협약이 성공하는 데 큰 역할을 했고, 195개의 국가는 기후협약을 받아들이기로 약속했습니다. 크리스티아나는 타이의 가르침이 "협약을 맺는 과정에서 총체적 위기의 순간에도 평정심을 유지하는 데 도움을 주었습니다"라고 말했습니다. 만약 타이의 가르침이 없었다면, 자신을 지탱해줄 "내면의 힘, 심오한 낙관주의, 깊은 헌신과 영감"을 얻지 못했을 거라고도 했습니다.

처음으로 크리스티아나를 사적으로 만난 것은 파리기후협약을 위한 회담이 열리기 전날 파리의 어느 교회 무대 위에서였습니다. 그녀는 보라색 제복을 입은 주교와 환하게 웃으며 춤을 추고 있었습니다. 그 자리는 기후 평등을 위해 집단적이고 국제적으로 행동하는 데 대한 도덕적인 필요성을 공유하려는 목적으로 서로 다른 종교의 지도자들이 함께 모여 기도와 기원을 하는 자리였습니다. 그 자리에서 우리가 맡은 역할은 명상을 주관하는 것이었습니다. 당시만 해도 회담의 성공 여부를 장담할 수 없었습니다. 여러 국가의 지도자들이 그날 오후 비행기를 탄다는 사실을 전해 듣고는 어쩌면, 정말로 어쩌면 기적이 일어날 수도 있으리라고 짐작할 뿐이었습니다.

크리스티아나가 춤을 추는 동안 나는 빽빽하게 들어선 사람들 사이를 지나 천천히 그녀에게 다가갔습니다. 18개월 전 타이는 자신의 지원과 응원과 사랑을 대신 전해달라고 나에게 부탁했습니다. 얼마 전 뇌졸중으로 쓰러지는 바람에 그 자리에 참석할 수 없게 되었기 때문입니다. 그래서 나는 열 명 남짓한 승려들과 함께 대표단을 꾸려서 타이 대신 그 자리에 참석했습니다. 크리스티아나가 무대에서 내려오는 것을 보고 나는 두 손을 펼쳐 인사를 하고 두 팔로 그녀를 안아주며 말했습니다. "타이와 우리 모두를 대신해서 인사를 드리는 거예요. 당신을 위해서 이 자리에 왔답니다." 춤추는 이들과 기자단, 그녀를 공항까지 안전하게 경호하기 위해 모여든 보안요원들로 아수라장이 된 상황에서 우리가 얼마나 오래 포옹을 하고 있었는지 확실하지 않습니다. 분명한 것은 우리 두 사람은 시공간을 가로질러서 깊은 마음다함의 호흡과 뜨거운 눈물을 공유했다는 사실입니다. 힘든 회담을 눈앞에 둔 터라 우리는 최대한의 영적인 힘이 필요했습니다.

크리스티아나는 본인을 고집이 세고 현실적인 낙관주의자라고 말합니다. 그녀에게 낙관주의란 특별한 결과를 기대하는 것이 아니라, 기후 변화를 막기 위해 특별한 에너지를 얻고자 하는 것입니다. 이는 단순히 긍정적인 결과를 기대하는 것이 아니라 낙관주의의 에너지 그 자체로 결과를 좋게 이끌 수 있다는 의미이기도 합니다. 수단과 목적 사이에 근원적으로 어울려 존재함이 있기에 가능한 것이지요.

크리스티아나는 이렇게 설명했습니다. "우리가 꼭 해야 한다는 것을 알기 때문에 낙관적인 자세로 이번 일에 참여했어요. 지금 당장 우리가 얻을 수 있는 성스러운 기회니까요. 현재에 살아 있으면서 역사와 인류가 위대한 변화의 순간 속에서 진정한 어른이 되어야 하는 거죠." 파리회담을 도우면서 다음과 같은 사실을 배웠다고도 했습니다. "우리 주변의 복잡한 풍경을 어떻게 다뤄야 할지 대부분은 잘 알지 못해요. 그렇다면 우리가 할 수 있는 가장 강력한 것은 우리가 속한 풍경 속에서 행동하는 방식부터 바꾸는 거죠. 나 자신을 전체적인 변화의 기폭제로 삼는 거예요."

크리스티아나는 기후협약을 진행하면서 가장 혁신적인 기술인 동시에 가장 과소평가된 기술을 경청이라고 하며 다음과 같이 말했습니다.

문제를 이해하지 못하고는 해결책을 찾기 위해 어떤 행동도 할 수 없어요. 효과적인 해결책은 우리가 서로 간의 차이를 존중하고 귀하게 여길 때만 얻을 수가 있는 거니까요. 테이블 건너편에 앉은 사람들의 필요와 고통을 진심으로 이해해야만 해결책을 얻을 수가 있어요.

파리기후협약을 위해서 여러 어려운 기술을 사용해야 했다는 건 꼭 이야기해야겠어요. 그중에서도 가장 '유연한 기술'로 꼽을 수 있는 것이 바로 경청이었어요. 국가 지도자들을 만나 기후 협상을 하기 위해서 전 세계 거의 모든 나라를 방문했는데, 문제는 상대에게 반드시 어떻게 해야 한다고 말하지 않으면서 우리 이야기를 전하는 것이었죠. 그리고 경청의 기술을 통해서 그들이 어디서 왔는지를 이해하도록 만들었어요. 만약 상대의 말을 귀 기울여 듣지 못했다면 서로 공통되는 부분이 있다는 것을 알 수 없었을 거예요.

그건 개인적으로 성장할 수 있었던 가장 강력한 경험이 되었어요. 사실 우리는 다른 사람의 개인적 경험은 그저 다른 사람의 경험일 뿐이라고 생각하잖아요. 하지만 진심으로 경청을 하면, 근본적으로 우리가 모두 같은 인간이라는 사실을 빨리 깨달을 수 있어요. 그리고 다른 사람이 생각하는 것이나 그들의 두려움, 불안, 슬픔 같은 감정들이 내 안의 어딘가에도 있다는 것을 알게 되죠. 서로 다른 색 코트를 입고, 다른 언어를 사용하고, 다른 지형 속에 살지만, 우리가 느끼는 감정은 비슷하기 마련이에요. 그래서 누군가 자신의 아픔을 공유하면, 우리 안에도 똑같은 감정이 있어서 상대를 깊이 느끼게 되고, 결국 그 감정이 와 닿으면서 우리 자신을 치유해줘요. 연약함과 연약함이 서로 만나서 상대방을 완전히 다른 가치로 경험하게 되고, 서로의 연약함을 공유하게 되는 거죠. 일단 그렇게 다른 사람에게 공감하고 나면, 그 관계의 가치는 전혀 다른 수준으로 이어지게 되죠. 그때부터 수많은 엄청난 일들에 대한 기술적인 토론을 할 수 있게 돼요. 결국 그 뿌리는 하나인 거죠.

## 연민의 마음에 예외는 없습니다

크리스티아나는 또한 '피해자'와 '가해자'의 개념을 초월해야 한다는 타이의 가르침이 협상에 얽힌 어려움을 해결하는 데 강력한 영향을 미쳤다고 했습니다. 많은 사람들이 그렇듯, 그녀 역시 어린 시절과 결혼 생활을 하며 겪었던 힘들었던 경험 때문에 자기 자신을 피해자로 생각했습니다. 그러나 영적인 수련을 하면서 과거를 돌이켜보고, 크리스티아나는 다음의 사실을 깨우치게 되었습니다. "나 자신에게 피해자라는 꼬리표를 붙이고 나면, 곧바로 누군가에게는 가해자라는 꼬리표를 붙이게 돼요." 그러면 그 상대는 곧바로 고개를 돌려 다른 사람을 보며 '가해자'라고 외칩니다. 그리고는 우리가 미처 깨닫기도 전에 "피해자와 가해자라는 시소게임이 시작되는 거예요. 모두가 피해자 혹은 가해자가 되는 거죠." 이러한 역학 속에서, "시점이 언제였는지, 누구와 어떤 상황에 있었는지에 따라 우리는 피해자가 될 수도 있고 가해자가 될 수도 있어요." 크리스티아나는 그런 역학 관계가 협상 중에도 발생했다며 다음과 같이 말했습니다. 개발도상국들은 "객관적인 관점에서 보면 기후 변화의 피해자이지만, 그 상태에 머물 필요는 없어요. 우리는 피해자와 가해자라는 역학 관계에서 벗어날 수 있으니까요." 사람들은 역사적 책임이라는 현실을 존중했고, 그와 동시에 지구상의 모든 인간의 미래와 지구의 미래가 서로 연결되어 있다는 미래지향적인 공동의 책임감을 느꼈습니다. 크리스티아나 역시 피해자와 가해자의 역학 관계에서 스스로 벗어나기 시작하면서, 협상의 전환점을 맞게 되었다고 말했습니다.

모두를 향한 연민이 제 역할을 해낸 겁니다. 어떻게 화석 연료의 수혜자이자 기후협약에 반대의 뜻을 보였던 세계적 부호 코흐 인더스트리의 코흐 형제에 대해 사랑의 마음을 호소할 수 있었는지를 묻는 질문에 대해 크리스티아나는 다음과 같이 대담하게 답했습니다.

그게 가장 어려운 부분이에요. 연민에 있어서는 누구도 예외가 되어서는 안 되잖아요. 그 누구도요. 어떤 일로 나를 화나게 만들더라도, 그들 역시 지구 위에서 함께 살아가는 인간이기 때문에 그들을 향한 나의 영적인 사랑이 소멸되어버리지는 않아요. 내가 가진 '사랑의 호$^{\text{arc of love}}$'를 나와 가까운 사람, 내가 사랑하는 사람, 또 내 영역 안에 있는 모든 이들에게 널리 퍼뜨리는 것이 나의 임무이기도 하죠. 반대로 나와 의견을 달리하는 사람, 아직 만나보지 못한 사람들에게도 사랑을 보내야 하죠. 코흐 형제들과 대화를 나누는 과정에서 그들에게 매력을 느낄 수 있었고, 비록 협약에 반대하는 태도를 보였지만, 그들에게도 나름대로 좋은 점이 있다는 걸 느낄 수 있었어요. 상대를 원망하는 게임을 시작하고 어떤 사람이나 회사 혹은 한 분야를 악마로 묘사하는 순간 우리는 게임에서 지는 것과 다름없어요. 그 순간부터 우리는 전혀 다른 수준으로 떨어지게 되고, 다시는 떠오르기 어렵게 되어버려요. 그때부터는 승자와 패자로 나뉘지 않고는 안 되는 거죠. 그리고 저는 그런 공간에 있고 싶지 않았어요. 모두가 승자가 되는 곳에 머물고 싶었죠.

크리스티아나는 모두의 이야기를 경청할 수 있고, 모두를 포함하며, 모두가 승리하는 근본적이고 새로운 미래에 모든 사람들이 이바지할 수 있을 거라는 태도를 고수하고 있습니다. 이는 마틴 루터 킹 목사가 말했던 것처럼 적이라고 생각했던 사람들조차 포용할 수 있는 '사랑받는 공동체'의 비전이기도 합니다. 크리스티아나는 누구나 이런 미래를 위해 이바지할 수 있는 부분이 있다고 주장합니다.

누구에 '대한' 힘을 갖는가의 문제가 아니에요. 이건 변화와 선을 '위한' 힘의 문제니까요. 어떤 것에 대한 특권을 '획득하는 가'의 문제가 아니라, 그저 인간이라는 존재에 대한 문제이고, 인류애를 위한 봉사를 논하려는 거니까요. 그보다 더 나은 특권이 어디 있겠어요? 우리가 모두 공유하는 특권이라면 바로 지금, 이 순간 살아 있을 수 있는 특권, 이 시대의 놀라운 순간 속에서 인간으로 살 수 있는 특권이겠죠. 자신의 나약한 면을 살펴보면, 인간적인 부분이 나타나기 마련이고, 그때부터 우리는 서로 공통점을 찾을 수 있고 진정한 힘이 어디에 숨겨져 있는지 발견할 수 있게 돼요. 변화를 위한 힘, 개선의 능력과 함께 일할 힘이 바로 거기서 나오는 거죠. 같은 인간으로서 서로 만나서 손을 잡고 함께 일하고 걷다 보면, 우리는 더욱 빨리, 더 멀리까지 갈 수 있어요.

## ○ 가족의 화해를 끌어낸 듣기의 힘

패배감에 사로잡혀 있거나 인생을 살면서 불공평한 대우를 받았거나 어린 시절을 불우하게 보낸 부모들이 있습니다. 그런 경우에는 가슴속에 짜증과 불평등, 증오가 가득 차 있습니다. 이런 폭력적인 에너지를 어떻게 바꿀지 몰라서 서로를 고통스럽게 하거나 자녀들마저도 병들게 합니다. 아이들은 폭력을 감내하면서 감히 반항하지도 못합니다. 그렇게 서서히 축적된 폭력은 기회가 생기면 폭발하곤 합니다. 수많은 가족이 제대로 소통하지 못하고 서로 벽을 쌓고 있습니다. 다른 이들의 말에 귀 기울이는 법을 아무도 알지 못해서 오해가 쌓이고 결국 모두 고통을 겪게 되는 것입니다. 우리 내면과 가정, 우리 세대 속에 담긴 이런 부정적 에너지를 바꾸는 법을 수련하지 못하면 미래는 산산조각이 나버립니다.

경청과 애정 어린 언행의 수련을 통해서 우리는 아버지와 어머니, 형제자매와 애인, 친구와 동료를 도울 수 있습니다. 나는 어린 친구들이 마음다함의 수련을 통해서 자신의 어려움은 물론이고 부모와의 갈등까지 받아들이고 치유하고 변화시키는 모습을 지켜본 적이 있습니다. 그리고 그 모습을 통해 여전히 해결 방법이 존재한다는 믿음을 얻게 되었습니다. 우리에게는 마음다함의 길이 있으니, 아무것도 두려워할 필요가 없습니다. 그저 함께 이 길을 걸어가기만 하면 됩니다.

평온하고 진실하고 다정한 목소리로 부모님에게 이렇게 말하면 됩니다. "엄마, 아빠. 지난 몇 년 동안 힘든 일이 많았다는 거 알아요. 많이 상처받는데 겉으로 표현하지 못하셨겠죠. 저도 도움을 드릴 수가 없었고요. 오히려 더 힘들게 만들었어요. 이제 알겠어요. 정말 죄송해요. 이제부터 두 분을 원망하지도 화나게 하지도 않겠다고 약속할게요. 그저 두 분이 덜 힘들 수 있도록 돕고 싶어요. 엄마, 아빠. 그동안 어땠는지 제게 말해주세요. 어떤 어려움을 겪으셨고 어떤 것이 두 분의 어깨를 무겁게 했는지 이해하고 싶어요. 저도 두 분과 나누고 싶은 이야기가 있어요. 예전에는 제가 너무 생각도 없고 대들기만 하고 서툴렀던 거 알아요. 다시는 그런 실수를 하지 않도록 도와주세요. 알고 싶은 것들이 너무나 많지만, 그저 기회가 없었을 뿐이에요. 올바른 일을 하고 싶고, 두 분께 자랑스러운 자식이 되고 싶어요. 하지만 두 분의 도움이 필요해요. 제가 잘못한 게 뭔지, 어떤 면에서 서툴렀는지 이야기해주세요. 예전처럼 대들지 않고 잘 들을게요. 제발 도와주세요." 이렇게 말할 수 있다면, 여러분은 연민을 담아 귀를 기울일 수 있는 관음보살이 된 것이나 다름없습니다.

정말 성공하고 싶다면, 온 마음을 담으려는 자세를 가져야 합니다. 아버지가 뭔가 이야기하려고 해도 아직 어떻게 말해야 할지 몰라서 애정이 담긴 말투로 이야기하지 못할 수 있습니다. 비통함과 분노, 원망과 비난조로 이야기를 할 수도 있지요. 그래도 자신을 보호하면서 가슴속에 연민을 계속 유지해야 합니다. 어떤 말씀을 하시더라도 초조해하거나 중간에 끼어들어서 말을 막거나 잘못 생각하는 거라고 반박해서는 안 됩니다. 그렇게 되면 상대를 짜증나게 하고 마음을 닫게 만들어서 또 다른 싸움을 시작하게 될 뿐이니까요. 스스로 이렇게 되새겨야 합니다. "이제부터 나는 듣기만 할 거야. 나중에 진실이 무엇인지 이야기할 기회가 분명히 있을 거고, 그때 부모님이 잘못 인식하고 있는 걸 바로 잡으면 돼." 부모님의 말씀을 듣는 동안 계속해서 연민의 마음이 살아 있도록 할 수 있다면, 성공에 이를 수 있습니다.

만약 어머니나 아버지가 말하기를 주저한다면, 다음과 같은 방식으로 부드러운 응원의 메시지를 보낼 수도 있습니다. "아빠, 그동안 얼마나 힘드셨을지 저로서는 상상조차 못 하겠어요. 엄마, 그동안 많이 힘드셨지요?"

경청하는 것을 수련한 덕분에 수많은 부모들이 자녀들과 화해를 할 수 있었습니다. 단 1시간만이라도 자신의 말에 귀 기울여줄 사람이 있다면, 마치 좋은 비타민을 먹은 것처럼 기분이 훨씬 좋아집니다. 나중에 모든 일이 정리되고, 적당한 시기가 되면 예전에 벌어졌던 일에 대한 정확한 정보를 전달할 방법을 찾을 수 있을 겁니다. 그러면 부모님도 잘못 인식했던 부분을 다시 생각하게 되겠지요. 제일 좋은 방법은 천천히, 한 번에 한 가지씩 이야기하면서 서서히 진실을 받아들일 수 있도록 하는 겁니다. 만약 인내심이 부족해서 한자리에서 모든 걸 바로잡으려고 한다면, 부모님도 어떻게 받아들여야 할지 알 수가 없겠지요. 연민이란 인내심과 함께 가는 것이니까요.


## ○ 치유의 언어

일단 부모님의 말씀에 귀 기울이는 데 성공하고 나면, 여러분의 말을 들어달라고 부탁드릴 수 있습니다. 그러면 기회가 없어서 미처 하지 못했던 말을 부모님께 이야기할 수 있습니다. 우리는 자신의 어려움이나 마음의 상처, 꿈을 포함해서 가슴 속 깊은 곳의 이야기를 전할 권리와 책임을 가지고 있습니다. 마음다함의 호흡을 통해 여러 가지 강력한 감정들을 포용하면, 상대가 받아들이기 쉬우면서도 노련한 단어를 사용할 수 있게 됩니다. 상대가 자신의 인식을 바로잡고, 우리의 고통과 어려움, 불평등이나 꿈에 대해서 깨달을 수 있도록 하는 것이 목표입니다. 애정 어린 말투를 사용하면 상대가 받아들이는 데 더욱 도움이 됩니다. 원망이나 비난, 규탄을 하는 것이 아니라 그저 나의 고통과 어려움에 대해서 솔직히 털어놓는 겁니다. 중간에 말허리를 자르지 않고 그냥 들어달라고 먼저 부탁을 한다면, 가슴 속 이야기를 모두 부모님과 함께 나눌 수 있을 겁니다.

나는 누구나 이렇게 할 수 있다고 믿습니다. 우리는 아픔을 느끼면, 나 자신은 물론이고 사랑하는 사람에게까지 상처를 주는 말들을 너무나 쉽게 내뱉곤 합니다. 하지만 애정이 담긴 말과 노련한 언행을 사용하려고 노력하면 서로에게 상처를 주지 않고도 치유할 수 있습니다. 아름다운 말은 우리의 사랑을 더욱 견고히 해주고 희망을 주며 다시 원활하게 소통할 수 있게 해줍니다. 또한 심연에 깔린 슬픔과 고통에서 벗어날 수 있도록 해줍니다. 친절하고 애정 어린 말을 전함으로써 자신을 포함해서 많은 이들에게 행복을 가져다줄 수 있습니다. 이는 나를 포함해 많은 어린 친구들도 성공한 방법입니다. 돈이나 권력이 있어야만 다른 사람들을 도울 수 있다고 생각하지 마세요. 지금 당장 따뜻한 말 한마디로 많은 이들에게 도움을 줄 수 있습니다.

나 자신에게도 애정 어린 말을 건네야 합니다. 많은 사람들이 어린 시절의 아픔을 가지고 있고 아직 그 아픔을 치유하지 못한 채 살아가고 있습니다. 그럴 때는 나 자신에게 다음과 같이 다정하게 말할 수 있습니다. "상처받은 어린 아가, 그 안에 있는 거 알아. 너무 바빠서 시간이 없다는 핑계로 너를 돌봐주지 못해서 미안하다. 이제 내가 여기에 있어"라고 자신에게 말해주세요. 마음다함의 호흡을 통해 자기 내면에 있는 아이의 곁에 머물면서 치유할 수 있도록 도와주세요. 이것이 바로 명상입니다. 더 이상 미뤄서는 안 됩니다. "자, 우리는 이제 성인이야. 더 이상 상처받기 쉬운 아이가 아니라고. 이제 나 자신을 보호하고 지킬 수 있어"라고 자신에게 말해주세요. 혹은 우리 안의 어린 소년과 소녀에게 "두려워할 거 없어. 같이 따뜻한 햇볕과 아름다운 언덕과 나무를 구경하러 나가자. 더 이상 숨지 않아도 괜찮아"라고 말해보세요.

이런 명상을 통해서 진정한 치유를 맛볼 수 있습니다. 여전히 두려움이 많이 남아서 숨고 싶을 수도 있을 겁니다. 그러면 여러분 자신에게 돌아가서 어린 소년과 소녀에게 함께 현재의 순간을 마음껏 즐겨보자고 말해보세요. 이것은 누구나 할 수 있는 일입니다. 이런 식으로 며칠만 수련하다 보면 내면의 아이와 대화를 할 수 있게 되고 여러분이 필요로 하는 치유에 이를 수 있습니다.

## 화와 분노를 껴안기

강력한 감정과 분노를 껴안는 기술을 터득하면, 말로 더 많은 상처를 주지 않을 수 있습니다. 화와 분노의 에너지를 강력하고 애정 어린 연민으로 변화시켜서 우리의 행동을 계속 지탱하고 번아웃에 이르지 않도록 스스로 훈련한다면 충분히 가능한 일입니다.

물론 항상 쉬운 것은 아닙니다. 때로는 화를 없애기 위해서 하늘에 대고 고함을 지르거나 바닥에 주저앉아서 눈물을 흘려야 할 수도 있습니다. 그래도 괜찮습니다. 우리는 어려운 시기를 살아가고 있어서 영적 수련과 집단적 지원을 통해서 사랑을 나누는 방식을 찾아갈 수 있습니다. 평소 친밀하게 느꼈던 '화'에 대해서 타이가 책을 썼다는 점에서 우리는 어느 정도 안도감을 느낄 수 있습니다. 타이는 본인의 삶을 통해서 화라는 부정적 에너지를 통찰과 애정 어린 행동으로 변화시키고 방향을 돌릴 수 있다는 사실을 입증한 장본인이기도 합니다.

이번 장에서 확인한 것처럼 심오하고 연민 어린 소통은 협상을 하거나 자신의 특정한 지위를 유지하기 위한 것이 아닙니다. 명상의 근본적인 통찰력을 통해서 우리가 무상하고, 우리의 시각과 우리가 얻은 지위 또한 무상하며, 여전히 우리는 다른 이들과 어울려 존재한다는 진실을 깨달을 수 있습니다. 중요한 것은 대화를 시작하려고 할 때는 항상 열린 마음과 호기심을 가져야 하고, 모든 것을 내려놓고 자신의 시각을 바꿀 준비가 되어 있어야 한다는 점입니다. 나 자신과 다른 사람들 사이에, 혹은 나 자신의 변화와 상황의 변화 사이에서 강경한 태도를 보여서는 안 됩니다. 그래야만 어렵게만 느껴지는 힘든 상황 속에서도 진정한 소통을 할 수 있기 때문입니다.

애정 어린 언행과 경청을 위한 마음다함의 수행법을 소개합니다. 처음에는 다소 힘들게 느껴질지 모르겠지만, 천천히 글을 되새기면서 용기 있고 연민이 가득한 대화를 위한 영감을 얻도록 노력해보기 바랍니다.

## 경청을 위한 마음다함의 수행법

무심한 언행과 다른 사람들의 말에 귀 기울이지 않는 것에서 고통이 시작됨을 알고, 애정 어린 말과 연민의 듣기를 통해서 고통을 줄이고 화해를 촉구하며, 나 자신과 다른 사람들, 윤리적이고 종교적인 단체는 물론이고 다른 국가들과도 평화를 이룰 것을 약속합니다. 말이 행복과 고통을 만들 수 있음을 알고, 진실한 마음으로 자신감과 즐거움, 행복을 주는 단어들을 사용하겠다고 약속합니다. 내 마음에 화가 가득할 때는 말하기를 삼가겠다고 약속합니다. 마음다함의 호흡과 걷기를 수련하여 내 안의 분노를 알아차리고 자세히 살피도록 하겠습니다. 화의 근원은 나의 잘못된 인식과 나 자신과 타인의 고통에 대한 이해심의 부족에서 기인한 것임을 알고 있습니다. 나 자신과 다른 사람의 고통을 변화시키고 힘든 상황에서 벗어날 수 있는 길을 모색하기 위해서 조심해서 말하고 잘 듣겠습니다. 확실하게 알지 못하는 이야기를 퍼뜨리지 않고, 분열과 불화를 초래하는 말을 뱉는 것을 금하겠다고 약속합니다. 이해와 사랑, 즐거움과 포용의 능력을 키우기 위해서 그리고 내 의식 속에 깊이 자리 잡은 화와 폭력, 두려움을 서서히 변화시키기 위해 바르고 부지런한 태도를 보이겠습니다.

# 7장

## 지구별을 위한
## 진정한 사랑의 마음

## ○ 살아 있는 지구별과 교감하기

사랑하는 마음을 가지면, 뜨거운 가슴과 원하는 것은 무엇이든 할 수 있는 생명력과 힘을 얻게 됩니다. 사랑의 마음은 평화와 연민의 도구이자 세상의 안녕을 위한 도구 역할을 하기로 맹세한 보살의 에너지와 같습니다. 사랑의 마음은 풍요로움을 가져다주고, 치유를 가능하게 하며, 환경과 지구를 보호하는 데 도움을 줍니다. 사랑의 마음은 깨우침이나 깨달음과 연결되어 있습니다. 사랑의 근원은 이해하는 마음이며, 이해하는 마음이란 곧 사랑의 또 다른 표현이기도 합니다. 누군가를 이해하게 되면 사랑이 시작된 것이나 다름없습니다. 그만큼 마음과 정신 사이에는 매우 심오한 관계가 있습니다.

플럼 빌리지에서는 사랑이란 그곳에 함께 있어주는 것이라고 단순하게 정의합니다. 나 자신을 위해서, 삶의 기적과 지구와 우리 주변의 모든 것들을 위해서 누구보다 먼저 그곳에 함께 있어주는 것이 바로 사랑입니다. 그리고 진정 그곳에 존재할 때, 자신의 존재를 사랑하는 이에게 줄 수 있습니다. 함께 있어주지 않는다면 어떻게 사랑을 전할 수 있겠습니까? 진심으로 존재할 수 있다면 선의 경지에 이른 것입니다.

명상은 현재에 머물면서 깊이 살피고, 주변의 사람들과 기적들을 알아차리는 것입니다. 다른 사람의 존재를 알아차리고 나서 그들이 행복해하면 자신도 행복해집니다. 나는 가끔 보름달이 비추는 밤에 걷기 명상을 하다가 하늘에 뜬 달을 보면서 미소를 지으며 이렇게 말하곤 합니다. "그곳에 있어주어서 고맙다. 달아, 별들아. 그곳에 있어주어서 고맙다." 그렇게 달과 별의 존재를 느낄 수 있습니다.

불이不二, non-duality의 눈으로 바라보면, 나의 마음과 지구의 마음이 이어지며 둘 사이에 매우 밀접한 관계가 형성됩니다. 아름다운 지구를 비활성체가 아닌 살아 있는 존재로 바라보면, 곧바로 우리 안에 일종의 교감, 다시 말해 사랑의 감정이 생겨납니다. 함께 존재하는 것은 바로 사랑을 의미하는 것이니까요. 누군가를 사랑하게 되면, 이렇게 말하고 싶어집니다. "당신이 필요해. 당신 안에서 위안을 얻고 싶어." 이건 미신이 아니라 일종의 기도와도 같습니다.

우리는 지구를 사랑하고 지구는 우리를 사랑합니다. 지구에 대한 우리의 사랑을 믿을 때, 지구가 우리를 배신하지 않으리

라는 것을 알 수 있습니다. 그러면 지구의 안녕을 위해서 무엇이
든 할 수 있게 되고, 지구 역시 우리의 안녕을 위해서 무엇이든
하겠지요. 이러한 관계는 마음다함으로부터 시작됩니다. 우리가
지구의 아이로 이곳에 있고, 지구와 운명을 함께하고 있음을 깨
닫는 겁니다. 대지는 우리 밖에 존재하는 것이 아니라 우리 안에
있습니다. 대지는 우리의 환경이 아닙니다. 우리가 곧 대지의 일
부입니다. 이와 같은 어울려 존재함의 통찰력과 차별 없음이 지
구와 진정한 소통을 하는 데 도움이 될 수 있습니다.

하지만 어떤 이들은 지구에 싫증이 나서 도저히 사랑하기
힘들다고 느낄 수 있습니다. 이런 고통스러운 삶을 가져다준 것
때문에 분개하고 원망하고 책망할 수도 있습니다. 다시 태어나
고 싶지도 않거니와 지구가 아닌 곳에서 태어나기를 바라는 마
음이 생길 수도 있습니다. 하지만 깊이 바라보면, 모든 고통과 억
울함을 극복하고 지구와 우리 자신의 진정한 본질을 볼 수 있게
됩니다.


## ○ 지구의 품 안에서

지구는 우리 안에 있고, 우리는 이미 지구 안에 있습니다.
지구로 돌아가기 위해서 죽을 때까지 기다릴 필요는 없습니다.
먼저 대지 안에서 위안을 얻는 방법을 배워야 합니다. 그것이 우
리를 치유하고 풍요롭게 만드는 가장 좋은 방법입니다. 지구가
우리 안에, 우리 주변에 존재하도록 하는 방법만 알고 있으면, 그

리고 우리가 바로 지구라는 사실만 깨달으면, 모든 것이 가능해집니다. 많은 것을 하지 않아도 됩니다. 사실 아무것도 하지 않아도 된다고 할 수 있습니다. 어머니의 자궁 속에 있을 때와 같습니다. 호흡을 할 필요도, 음식을 먹을 필요도 없습니다. 왜냐하면 어머니가 우리 대신 호흡을 하고 우리 대신 음식을 먹을 테니까요. 그때는 아무것도 걱정할 필요가 없었습니다.

자리에 앉으면 지금도 어머니의 자궁 속에 있을 때와 똑같이 할 수가 있습니다. 지구가 우리를 위해서 앉도록 하세요. 호흡을 하면서 지구가 우리를 위해 호흡하도록 하고, 걸을 때도 지구가 우리를 위해 걷도록 하세요. 어떠한 노력도 필요없습니다. 그저 지구가 하도록 내버려두면 됩니다. 지구는 어떻게 할지 너무 잘 알고 있으니까요. 뭔가를 하려고 애쓰지도 마세요. 괜히 덤비거나 명령하지 않아도 괜찮습니다. 억지로 숨을 들이마시거나 내쉬려고도 하지 말고, 평화를 얻으려 애쓰지도 마세요. 그저 자신을 위해서 지구가 모든 것을 할 수 있도록 해주세요. 공기가 폐로 들어와서 스스로 나가도록 하세요. 숨을 들이쉬고 내쉬기 위해서 애쓰지 않아도 괜찮습니다. 그저 자연과 지구가 우리를 위해 숨을 들이쉬고 내쉴 수 있도록 내버려두면 됩니다. 그리고 가만히 자리에 앉아서 호흡이 들어오고 나가는 것을 느껴보세요. 그러면 호흡만 있을 뿐, 숨을 들이쉬고 내쉬는 '나'라는 존재는 사라집니다. 숨을 마시고 내쉬는 데 '나' 혹은 '너'는 필요하지 않습니다. 호흡이 스스로 들어왔다가 나가도록 하면 되니까요. 한번 해보세요!

자리에 앉아서 자기 자신이 되어보세요. 아무것도 하지 마세요. 그저 스스로 자리에 앉도록 놔두면 됩니다. 괜히 앉아 있으려고 애쓸 필요가 없습니다. 그러면 휴식이 찾아옵니다. 휴식이 시작되면, 곧바로 치유가 이루어진다는 사실을 아시나요? 휴식이 없이는 치유도 이루어지지 않습니다. 휴식이란 아무것도 하지 않고 어떤 노력도 하지 않는 것을 의미합니다. 그래서 숨을 들이쉴 때 '내'가 호흡하는 것이 아니라, 그저 호흡이 이루어지는 것을 즐기면서 '치유가 되고 있다'라고 조용히 되뇌면 됩니다. 숨을 내쉴 때도 '치유가 되고 있다'라고 되뇌어보세요. 자신의 육체가 치유되고 다시 태어나고 풍요로워지도록 가만히 내버려두면 됩니다. 이것을 선종에서는 '비수련의 수련the practice of non-practice'이라고 합니다.

비수련의 수련을 알게 되면 너무 애쓰거나 전전긍긍할 필요가 없습니다. 그저 우리의 육체가 치유되도록 놔주면 됩니다. 마음이 치유되도록 그냥 가만히 두세요. 무엇을 하려고 애쓰지 마세요. 그저 휴식을 취하면서 온몸의 긴장이 풀리고 마음의 모든 걱정과 두려움이 사라지도록 가만히 있으면 됩니다. 자리에 앉아 있든, 걷고 있든, 누워 있든, 서 있든, 지구가 우리를 지탱할 수 있도록 하세요. 지구와 태양이 우리를 감싸 안아서 치유가 이루어지도록 가만히 두세요.

이런 식으로 앉아 있으면 굳이 앉아 있으려 애쓰지 않아도 괜찮습니다. 그저 앉아 있는 것을 깊이 즐기면서 아무것도 하지 않고 아무 데도 가지 않으면 됩니다. 그렇게 30분 동안 앉아 있으면 30분 동안 치유가 이루어집니다. 하루를 앉아 있으면 하루 동안 치유가 이루어지겠지요. 누구나 할 수 있는 일입니다. 즐거운 마음으로 치유되고 있음을 느끼며 풍요로움을 만끽해보세요. 노력하지 않아도 됩니다. 그저 대지의 품에서 스스로 위안을 찾도록 하면 됩니다. 그럼 대지가 우리를 위해 모든 것을 알아서 해줄 겁니다.

## ○ 사랑을 찾는 이들을 위한 조언

우리는 모두 평화로움과 이해하는 마음 그리고 사랑에 굶주려 있습니다. 내게 사랑을 줄 사람을 찾으려고 헤매고 있지만, 아직 찾지 못한 걸 수도 있습니다. 우리 사회와 지구를 도우려는 마음이 아무리 크다고 해도 사랑을 필요로 하는 기본적인 욕구가 충족되지 않는다면 아무것도 할 수가 없습니다.

아버지와 아들, 어머니와 딸, 배우자와의 관계를 포함해 모든 종류의 관계에서 우리는 상대방에게 세 가지를 얻고 싶어 합니다. 그 세 가지는 바로 내면의 평화와 이해하는 마음, 그리고 사랑입니다. 만약 상대가 그것을 주지 못하면 그 관계 속에서 욕구를 충족하지 못해 고통을 겪게 되겠지요. 그러면 어떻게 해야 할까요? 자신에게 이런 질문을 해보세요. 어떻게 하면 평화와 이해, 사랑의 에너지를 창조할 수 있을까?

어쩌면 우리가 사랑하는 사람도 고통을 겪고 있을지 모릅니다. 자기만의 꿈과 염원을 가진 것처럼 자기만의 어려움을 겪고 있을지도 모릅니다. 이런 사실을 이해하지 못한다면, 사랑하는 사람을 이해할 수 없습니다. 올바른 사랑을 통해서 이해하는 마음을 깊고 풍요롭게 만들려면 어떻게 해야 할까요? 상대방을 사랑하기 위해서는 먼저 자신이 겪는 어려움과 고통을 이해할 수 있어야 합니다.

나 자신을 사랑하고 싶은 마음은 누구에게나 있습니다. 그렇다면 자신의 육체와 감정을 보살펴주고 스스로를 사랑할 시간을 충분히 갖고 있나요? 나 자신을 사랑할 시간조차 없다면 어떻게 다른 사람을 도울 수가 있을까요? 어떻게 사랑을 할 수 있을까요? 일상에서 하는 모든 것들이 사랑의 행동이 될 수 있습니다. 컴퓨터 앞에 앉아서 1시간 동안 일하고 나서 잠시 하던 일을 멈추고 내 몸으로 돌아가서 호흡을 즐길 수 있나요? 그것은 사랑의 행동이자 화해의 행동이 될 수 있습니다.

온몸의 긴장을 풀기 위해서 마음다함의 태도로 걷거나 깊은 휴식을 취하는 것도 사랑의 행동이 될 수 있습니다. 비폭력적이고 부드러운 방식으로 자신과 화해할 수도 있습니다. 이렇게 조용히 말해보세요. "사랑하는 몸아. 내가 너를 위해 여기에 있단다." 이런 식으로 자신의 몸과 화해하고, 더 나아가 자기 자신과 화해할 수 있습니다. 문제는 사랑하고, 봉사하고, 사회를 치유하는 데 도움이 되기 위해서 나 자신을 치유할 충분한 시간을 가질 수 있느냐입니다.

자신의 행동과 습관의 에너지를 받아들이는 데 어려움을 느끼면, 자신을 사랑하지 못할 수 있습니다. 어쩌면 나 자신을 향한 증오와 미움의 감정이 남아 있는 것일 수도 있습니다. 그렇다면 명상을 통해서 자신의 행동을 깊이 살펴보며 그런 감정을 만들어낸 씨앗이 무엇인지 살펴보는 시간을 가져야 합니다. 그 씨앗은 나의 선조로부터 온 것일지도 모릅니다. 아버지와 할아버지, 증조부로부터 시작된 에너지가 내 안에서 발현된 것일 수도 있습니다. 혹은 어머니, 할머니, 증조할머니로부터 시작된 에너지일 수도 있습니다. 중요한 것은 나는 내가 아닌 요소들로 이루어져 있음을 기억하는 것입니다. 내가 살아가면서 얻은 씨앗도 있을 테고, 그보다 오래전부터 존재하던 씨앗일 수도 있습니다. 그러므로 좋은 행동이든 나쁜 행동이든, 그 어느 쪽도 아니든 상관없이 자신이 했던 행동을 모두 유심히 살펴야만 합니다. 자신의 모든 행동을 무아의 빛 속에서 바라봐야만 합니다.

때로는 습관의 에너지 때문에 어떤 행동이나 말을 하게 될 수도 있습니다. 그러고 싶었던 게 아닌데 어쩔 수 없이 그렇게 되는 경우가 있습니다. 당시에는 그런 행동을 했다는 사실조차 깨닫지 못하는 때도 있을 겁니다. 마치 습관처럼 그 씨앗이 우리보다 더 강한 힘을 발휘할 때 말입니다.

마음다함의 수련을 하면, 깨달음의 요소를 이용할 수 있는 기회를 얻게 됩니다. 그것은 정말 흥미로운 일입니다. 충분한 호기심만 있다면 최대한 집중하면서 유심히 들여다볼 수 있고, 내 행동의 뿌리를 살펴볼 수 있습니다. 만약 그 행동이 자신이나 세상에 아무런 도움이 되지 않는다는 걸 깨달았다면, 다시는 그런 행동을 반복하지 않겠다고 다짐하면 됩니다. 이런 식으로 우리는 자신뿐만이 아니라 자신의 선조들과 미래 세대를 위해서 수련할 수 있습니다. 그것은 온 세계를 위한 수련이라고 할 수 있습니다.

## ○ 경계 없는 사랑

사랑의 진정한 본성은 포용력과 차별 없음입니다. 차별이 남아 있다면 진정한 사랑은 존재할 수 없습니다. 불교에서는 이처럼 경계 없는 사랑을 사무량심四無量心, the Four Immeasurable Minds이라고 합니다.

사무량심의 첫 번째는 마이트리matri인데, 번역하면 '우정과 동료애, 애정 어린 친절함'이라고 할 수 있습니다. 행복을 가져다주지 못한다면, 그건 진정한 사랑이라고 할 수 없습니다. 그래서 마이트리는 기꺼이 행복을 나누는 마음뿐만 아니라 그 행복을 받아들이는 마음까지 포함합니다. 행복을 가져다줄 때 그것을 진정한 사랑이라고 할 수 있습니다. 자신이 맺고 있는 관계 속에 마이트리, 즉 자애심이 있는지 살펴볼 필요가 있습니다. 자애심이 있으나 아직은 약할 수도 있겠지요. 그렇다면 자애심이 자라나게 해야 합니다. 사랑이란 조금씩 쌓아나가는 것이기도 하니까요.

진정한 사랑의 두 번째 요소는 바로 카루나karunā, 즉 연민입니다. 카루나는 위안을 주고 고통을 없애주는 능력입니다. 우리가 맺고 있는 관계 속에 카루나(연민)가 담겨 있는지 살펴보아야 합니다. 연민이야말로 아픔과 고통을 완화하고 변화시킬 수 있는 능력을 갖추고 있기 때문입니다. 만약 우정과 사랑, 관계 속에 연민이 있다면 그것은 진정한 사랑이라고 할 수 있습니다. 반면 사랑이 고통을 완화하지 못하고 오히려 가중한다면 그건 진정한 사랑이 아닙니다.

연민의 감정은 치유의 힘을 가지고 있으며, 아무리 더해도 충분하지 않습니다. 일부 심리치료사들은 '연민 피로compassion fatigue'에 대해서 이야기하기도 합니다. 만약 자신에게 연민이 부족하다고 느낀다면 그건 연민을 계속 생산해내는 방식을 알지 못하기 때문입니다. 피로감은 연민이 넘쳐나서가 아니라 연민이 없을 때 느껴지는 것이기 때문입니다. 연민은 일종의 힘이고 에너지이기 때문에 매일 연민을 만들어낼 필요가 있습니다. 다른 사람들을 돕는 동시에 나를 돕는 방법이 있으며, 우리는 그 방식을 배워나가야 합니다. 그것은 마치 앞마당에 서 있는 나무와 같습니다. 나무가 온전한 상태로 건강하고 생기 넘치는 모습을 유지하는 것은 세상을 이롭게 합니다. 그와 마찬가지로 우리가 온전한 상태로 연민의 마음을 유지한다면 다른 사람에게도 도움이 될 수 있습니다.

집단적으로 연민의 에너지를 창조하는 것은 인류와 다른 종들에게 우리가 줄 수 있는 최선의 것입니다. 따라서 우리는 연민의 에너지를 만들어내는 방법을 배워야 합니다. 연민은 연민이 아닌 요소들로 이루어져 있기 때문에 두려움과 분노, 절망과 같은 연민이 아닌 요소들로 연민을 만들어낼 수 있는 기술이 필요합니다. 만약 세상의 고통을 어떻게 다루어야 할지 안다면, 그 고통을 연민과 사랑으로 바꿀 수 있게 됩니다.

세 번째 요소는 바로 무디타mudità, 기쁨입니다. 진정한 사랑은 항상 나 자신은 물론이고 다른 사람에게도 기쁨을 줍니다. 만약 사랑이 우리를 매일 눈물짓게 한다면 그건 진정한 사랑이 아닙니다. 사랑은 기쁨을 수반해야만 합니다. 우리는 사랑하는 사람에게 '우리의 사랑이 당신에게 기쁨을 주나요?'라고 물을 수 있습니다. 사랑한다는 것은 사랑하는 이를 위해 그곳에 있어주는 것입니다. 기쁨을 주기 위해서 물건을 사줄 필요는 없습니다. 그저 자신의 존재를 내어주기만 하면 됩니다.

진정한 사랑의 마지막 요소는 바로 우펙샤upeksā, 평정심입니다. 우리는 더 이상 누군가를 배제하지 말고 모두를 포용해야 합니다. 우리의 사랑은 오직 한 사람이 아닌 모두에게 이로움을 줄 수 있습니다. 나와 내가 사랑하는 사람은 하나입니다. 나의 고통은 그의 고통이고, 그의 고통은 곧 나의 고통입니다. 개별적 행복도, 개별적인 고통도 존재할 수 없습니다. 이것이 바로 무아無我의 상태입니다.

어느 날 부처님께서 왼손에는 물이 든 그릇을, 오른손에는 소금 한 주먹을 쥐고 있었습니다. 부처님은 소금을 물그릇에 붓고 천천히 젓고 나서 제자들에게 물었습니다. "자, 이 소금물을 마실 수 있겠는가? 이 소금물은 너무 짜서 마실 수 없다. 하지만 소금 한 주먹을 큰 강에 넣는다고 해도 강물은 짜지지 않고 수천 명의 사람들이 계속해서 강물을 마실 수 있다."

자애롭고 연민이 넘치며 넓은 마음을 가진 사람은 고통을 느끼지 않습니다. 누군가를 괴롭게 만드는 일을 겪는다고 해도 자애롭고 연민이 넘치며 넓은 마음을 가진 사람은 괴로움을 겪지 않습니다. 이처럼 소금 한 주먹은 조그만 그릇에 담긴 물을 짠물로 만들지만 커다란 강을 짠물로 바꿀 수는 없는 법입니다. 만약 자신의 마음이 너무 작다고 느껴지면 수련을 통해서 제일 먼저 나 자신의 고통을 살피고 연민과 평정심을 자라나게 해야 합니다.

나는 부처님이 말씀하신 사무량심에 두 가지를 더하고 싶습니다. 바로 믿음과 존경입니다. 물론 사무량심 안에 이 두 가지가 포함되어 있기는 하지만, 정확히 언급하여 더 확실히 해두고 싶습니다. 누군가 사랑할 때는 믿음과 그 사랑에 대한 자신감이 있어야 합니다. 믿음이 없는 사랑이란 진짜 사랑이 아니기 때문입니다.

또 하나 우리가 믿어야 할 것은 우리 내면에 보리심이 있고 깨우침의 씨앗이 있다는 것입니다. 내 안에 모든 우주가 있고 나는 별들로 이루어져 있음을 믿어야 합니다. 그래서 우리는 자신을 존중하며 자신에 대한 존경심을 보여주어야 합니다. 그래야 다른 사람을 바라볼 때도 그들이 별들로 이루어진 존재임을 알 수 있습니다. 이는 위대한 현현顯現입니다. 우리는 단지 100년의 세월 동안만 세상에 존재하는 것이 아니라 영겁을 품고 있기 때문입니다.

진정한 사랑은 매우 현실적입니다. 우리는 진정한 사랑이 존재하는지 아닌지를 알아볼 수 있습니다. 진정한 사랑을 키우기 위해서는 시간과 수련이 필요합니다. 진정한 사랑은 모든 이들의 마음속에 씨앗으로 존재하며, 우리는 단지 그 씨앗에 물을 주어 서서히 자라도록 하면 됩니다. 다정한 친절, 연민, 기쁨, 포용력, 믿음 그리고 존경심이라는 모든 요소를 성장시킬 수 있다면, 우리의 육체와 정신 속에서 사랑이 샘솟게 될 것입니다. 그때 비로소 우리는 사랑으로 충만해질 수 있습니다.

사랑은 빛과 같습니다. 빛을 뿜어내는 전구처럼 전기만 들어오면 환한 빛을 발합니다. 사랑은 세상을 밝게 비춥니다. 사랑은 차별 없이 모든 것을 밝힙니다. 이것은 부처님이 가르쳐주신 사랑이기도 합니다. 이러한 사랑은 우리를 더 이상 고통스럽게 하지 않으며, 위안과 풍요로움, 치유를 가능하게 합니다. 누군가를 사랑할 때는 이 사실을 기억해야 합니다. 진정한 사랑이라면 그 사랑으로 인간만이 아니라 동물과 식물을 포함하여 모든 존재를 아우를 수 있게 됩니다.

## 사랑이라는 정원 가꾸기

부처님의 제자 아난다<sup>Ananda</sup>는 이렇게 질문합니다. "좋은 영적 동반자를 만나면 영적인 길의 절반을 간 것과 같다는 말이 사실입니까?" 우리는 명상과 올바른 행동이 중요하다는 것은 알고 있습니다. 그렇다면 좋은 친구의 중요성에 대해서는 얼마나 알고 있나요? 50퍼센트 정도 중요할까요? 부처님의 대답은 다음과 같았습니다. "아니다, 아난다. 좋은 영적인 동반자를 얻으면 길을 다 간 것과 같다." 타이는 이같은 내용을 자신의 방식으로 이렇게 설명했습니다. "형제애와 자매애보다 더 중요한 것은 없습니다." 아마도 우리 세대의 사람들은 이렇게 말할 겁니다. "사랑과 우정, 연대감보다 중요한 것은 없습니다."

20대 초반 처음 플럼 빌리지에 갔을 때, 나는 타이가 맹세의 중요성과 특별한 방식으로 살아가려는 약속, 즉 염원의 힘에 대해서 강연하는 것을 듣게 되었습니다. 강연에서 타이는 자신의 이상이 무엇인지 알고, 그 이상을 최우선으로 여기며, 그 이상에 따라 살아야 한다고 이야기했습니다. 약속, 즉 맹세의 에너지는 우리를 붙잡고 있는 습관들을 바꾸겠다는 결심을 하게 합니다. 타이는 관계에 있어서 약속의 중요성에 관해서도 이야기했습니다. 서로를 향한 굳은 약속과 상대를 향한 헌신이 필요하다는 것이었습니다. 믿을 수 없는 친구가 되어서는 안 됩니다. 가장 어려운 순간에도 서로를 위해 그곳에 있어주겠다고 약속해야만 하고, 그것이야말로 진정한 결속이자, 진실한 친구, 진짜 사랑입니다.

당시 나에게는 사랑하는 사람이 있었습니다. 하지만 무상無常에 대한 가르침을 어떻게 사랑에 대한 가르침과 함께 적용해야 할지 알지 못했습니다. 내가 무상하고 상대가 무상한데, 어떻게 사랑을 약속할 수 있다는 것일까? 그렇다면 약속 자체가 무상한 것이 아닐까? 21일 동안 피정을 하면서 나와 나의 남자친구는 이 문제에 대해 질문했습니다. "무상의 빛 안에서 어떻게 서로에게 사랑을 맹세할 수 있나요?" 그러자 타이는 미소를 지으며 우리를 차례로 바라보고는 이렇게 대답했습니다. "오늘의 당신은 어제의 당신과 똑같은가요? 어제의 당신과 오늘의 당신은 같은 사람도 아니고 다른 사람도 아닙니다. 똑같은 당신이지만 동시에 완전히 다른 사람이기도 합니다."

우리는 사랑하는 사람을 잘 알고 있다고 생각하지만 어쩌면 100퍼센트 확신할 수 없는지도 모릅니다. 우리는 모두 변화무쌍한 시냇물과 같습니다. 어느 한 순간에서 다음 순간으로 이어지는 과정에서 우리의 육체와 감정과 인식은 계속해서 변하고 있습니다.

어찌 보면 무서운 일입니다. 누구도 사랑하는 사람이 변하기를 원치는 않을 테니까요. 물론 상대의 어떤 면이 변하기를 바라는 연인들도 있을 겁니다. 하지만 대부분 경우에는 변화를 두려워합니다. 우리가 사랑하고 우리를 사랑해주는 사람을 잃게 될까 두렵기 때문입니다.

타이는 모든 것이 변화무쌍하다는 사실에 대한 통찰력을 키우는 법을 가르쳐주었고, 언제나 그 변화가 더 나쁜 쪽이 아닌 더 좋은 쪽으로 이루어지도록 하는 것이 중요하다는 점을 알려주었습니다. 상대방을 온갖 식물과 꽃과 나무들이 자라는 하나의 정원으로 여기라고도 했습니다. 사랑하는 이라는 정원을 가꾸는 사람은 필요한 때에 햇빛이 비치고 그늘이 지는 환경을 만들어주고 적절한 때에 물을 줄 수 있습니다. 정원의 잡초를 뽑아주고 퇴비를 주는 것도 정원사의 책임입니다. 우리가 해야 할 일은 두려워하지 말고 정원사들이 준 퇴비를 잘 이용하여 정원을 더 풍성하고 아름답게 만드는 것입니다. 타이는 웃으면서 이렇게 말했습니다. "사랑은 유기물입니다."

그 대답을 듣고 우리는 무엇보다 서로를 위한 퇴비가 되기를 두려워해서는 안 되고 그 사실을 숨겨서도 안 된다는 것을 배웠습니다. 서로를 위해 기꺼이 퇴비와 같은 역할을 해줄 수 있는 동지가 되어야 하며, 상대방의 이야기를 경청하고 애정 어린 이야기를 해줌으로써 각자의 나쁜 습관을 고치도록 돕는 데 기쁨을 느끼고, 힘든 일도 즐겁게 나눌 수 있음을 깨닫게 되었습니다. 또한 과거에 서로에게 했던 약속 역시 살아 있는 유기체와 같아서 잘 성장하고 진화하도록 돌봄으로써 서로의 관계와 공통의 염원이 풍성해질 수 있도록 해야 한다는 것도 알게 되었습니다. 서로에 대한 약속 또한 성장하기 위해서는 양분과 자유와 공간이 필요하기 때문입니다.

런던 상원의원에서 타이가 사랑에 대한 문장으로 시작되는 연설을 하는 것을 보고 나는 매우 놀랐습니다. 우리는 '마음다함과 윤리'라는 주제로 한 연설에 정치인과 기자들을 초대했습니다. 타이는 과감하게 문제의 핵심인 본론부터 언급하여 연설을 시작했습니다. "사랑이 위대하다는 사실을 우리 모두 알고 있습니다. 마음속에서 사랑이 피어날 때, 고통은 사라지고 치유가 시작됩니다!"

그날 타이의 연설을 통해서 나는 참여 행동과 봉사를 통해 우리가 소망하는 연민의 감정이 친밀한 관계 속에서 피어나는 사랑과 다르지 않다는 사실을 배웠습니다. 연민은 전문적인 기술이 아닙니다. "아, 연민의 감정을 갖게 되면 원하는 것을 가장 효과적으로 얻을 수 있을 텐데!"라며 도구처럼 사용할 수 있는 것도 아닙니다. 진정한 사랑은 그보다 훨씬 더 위대합니다. 사랑하는 사람과 사랑받는 사람 모두를 바꿀 수 있는 엄청난 에너지를 가지고 있기 때문입니다. 진정한 사랑은 너그러운 마음으로 인내하고 용서하는 것입니다.

부처님은 우리가 관계 속에서 평화를 찾을 수 없다면 편한 방석 위에서조차 평화를 느낄 수 없다고 말씀하셨습니다. 스스로 평화로움을 느끼며 앉아 있고 싶다면, 스스로 확장시켜 자신의 주변과 지구까지도 보살필 수 있도록 자신의 몸과 마음을 기꺼이 수용하는 태도와 유연함을 갖춰야 합니다. 이것이 바로 크리스티아나가 말했던 '사랑의 호arc of love'입니다. 우리는 사랑의 호를 더욱 넓게 그리고 싶어 합니다. 때로는 자신의 마음과 외로움, 그리고 자신을 비판하는 마음에 사랑의 빛을 비추기가 가장 어려울 수도 있습니다. 그 안에 밝은 빛이 비치고 사랑이 자라나게 하려면 어떻게 해야 할까요?


## ○ 사랑을 위한 명상

사랑의 명상은 자신에게 먼저 행해야 하는 불자의 의무입니다. 부처님께서 말씀하신 자기 사랑의 수련은 전혀 어렵지 않고 매우 단순하면서도 효과적입니다. 그것은 우리가 진정 원하는 것이 무엇인지에 집중하는 것에서 시작됩니다. 내가 가장 원하는 것이 무엇인지 알아차리는 것이 무엇보다 중요합니다. 부처님은 다음의 것들을 깊이 숙고할 것을 제안하셨습니다.

나는 몸과 마음이 평화롭고 행복하고
빛이 나기를 바랍니다.

우리의 몸과 마음이 평화롭지 않고 빛나지 않는다면 어떻게 행복을 느낄 수 있을까요? 우리 몸과 마음이 너무나 무겁게 느껴져, 평화를 느끼지 못한다면 어떻게 행복을 느낄 수 있겠습니까? 나는 평화롭기를 바라고, 몸과 마음이 빛이 나기를 바랍니다. 여러분도 진정 원하는 것이 있다면 스스로 기원해보기를 바랍니다.
다음의 문장 또한 숙고해보기를 바랍니다.

나는 사고로부터 자유롭고 안전하기를 바랍니다.

세상에는 폭력과 사고가 너무 잦습니다. 자신이 보호받기를 원하고 안전하기를 바란다고 말해보세요. 이러한 사실을 알고 있다면, 마음다함의 수행을 통해 몸과 마음에 평화가 찾아오고 빛이 비칠 겁니다. 마음다함은 우리를 보호해주기 때문입니다.

다음의 내용도 숙고해보기 바랍니다.

나는 화로부터 자유롭기를 바랍니다.

화가 날 때는 행복하지 않습니다. 화로부터 자유로워지고 싶지요. 이럴 때 마음다함의 수련이 도움이 될 수 있습니다. 화에 사로잡히면 온몸이 소진되는 기분이 듭니다. 우리는 화와 절망, 질투와 두려움, 그리고 걱정을 포함하여 불안정한 마음의 상태로부터 자유로워지기를 바랍니다.

나는 이해와 사랑의 눈으로
나 자신을 바라보는 방법을 알기를 바랍니다.

때때로 우리는 자신을 인정하지 못하고 미워하며 심지어 자신에게 화를 내기도 합니다. 나 자신에게 만족하지 못하는 것입니다. 연민의 눈으로 자신을 바라보지도 못합니다. 연민을 가지고 다른 사람을 보기 위해서는 먼저 자신을 연민의 눈으로 바라볼 수 있어야 하며, 있는 그대로의 나를 수용해야 합니다. 다른 사람을 원망하지 않는 법을 수련하고, 그들의 고통의 근원을 깊이 살피며, 자신과 그들을 고통에 이르게 만든 이유와 상황을 알아차려야만 연민을 가지고 자신을 받아들일 수 있습니다. 나를 받아들이고 나면 고통은 바로 사라집니다. 그러므로 자신을 사랑하고 돌보는 방법을 배워야 합니다.

다음의 문장 또한 깊이 숙고해봐야 합니다.

**나는 내 안의 기쁨과**
**행복의 씨앗을 알아보고 느낄 수 있기를 바랍니다.**

우리는 남을 살피지 않고 무관심한 사람이 되기를 원하지 않습니다. 나 자신의 안녕과 다른 사람의 안녕에 관심을 기울이고 싶습니다. 무관심한 사람이 되고 싶지 않지만 반대로 집착과 혐오의 극단에 사로잡히고 싶지도 않습니다. 사랑의 열병과 갈망, 중독에 사로잡힐 때 우리는 고통을 겪습니다. 무언가에 화가 났을 때도 고통을 겪지요. 갈망과 혐오는 모두 우리의 자유와 행복을 앗아가는 요소입니다.

따라서 이 명상은 자기 자신을 위해 진정 원하는 것이 무엇인지 깊이 생각하게 해줍니다. 부처님은 위의 내용을 지금 당장 자신에게 적용해보라고 하셨습니다. 다음의 글은 사랑의 명상의 첫 번째 단계입니다.

**나는 몸과 마음이 평화롭고 행복하고**
**빛이 나기를 바랍니다.**

나는 부상에서 자유롭고 안전하기를 바랍니다.
나는 화와 마음의 불안정, 두려움과 걱정으로부터
자유롭기를 바랍니다.
나는 이해와 연민의 눈으로
나 자신을 바라보는 방법을 알기를 바랍니다.
나는 기쁨과 행복의 씨앗을 인식하고
느낄 수 있기를 바랍니다.
나는 매일 나 자신의 기쁨을
풍요롭게 만드는 방법을 배우기를 바랍니다.
나는 생동감 넘치고 견고하며
자유롭게 살 수 있기를 바랍니다.
나는 극도의 집착과 혐오에 사로잡히지 않으면서도
무관심하지 않기를 바랍니다.

가장 먼저 나 자신에게 사랑을 주는 법을 훈련해야 합니다.
그렇게 며칠 동안 연습한 후에 다음 단계로 넘어가서 다른 이들
에게 사랑을 주는 법을 배워야 합니다. 자신을 사랑하게 된 후에
는 다른 이에게도 사랑을 나눠줄 수 있습니다. 다음 문장을 묵상
해봅시다.

나는 당신의 몸과 마음이
평화롭고 행복하고 빛나기를 바랍니다.
나는 당신이 부상에서
자유롭고 안전하기를 바랍니다.

나는 당신이 화와 마음의 불안정, 두려움과 걱정으로부터
자유롭기를 바랍니다.
나는 당신이 이해와 연민의 눈으로
자신을 바라보는 방법을 알기를 바랍니다.

다음으로는 다른 사람의 안녕을 기원할 수 있습니다. 이것
은 명상 수련의 다음 단계입니다. 타인을 향해 사랑을 직접 나눠
주는 것이지요. 세 번째 단계는 자신의 사랑을 한두 명이 아니라
모든 사람은 물론이고 만물과 함께 나누는 것입니다. 진정한 사
랑에는 경계선도 한계도 없는 법이니까요. 그리고 이제 사랑의
대상을 더욱 확장해보세요.

나는 모든 사람의 몸과 마음이
평화롭고 행복하고 빛나기를 바랍니다.
나는 모두가 부상에서
자유롭고 안전하기를 바랍니다.

## ○ 외로움을 위로하는 법

우리는 외로움을 느낍니다. 외로움을 느끼는 이유는 자신과
다른 존재 사이의 관계가 눈에 보이지 않기 때문입니다. 공기와
햇살, 물, 사람들과 동물, 식물, 그리고 무기질과 나의 관계는 눈
으로 확인하기 어렵습니다. 나라는 개별적인 자아가 존재한다고

생각하면 자칫 외로워지기 쉽습니다. 그럴 때는 어울려 존재함의 통찰력이 외로움의 문제를 해결하는 데 도움이 됩니다.

만물은 당신을 위해 존재합니다. 그것은 분명한 사실입니다. 햇살도 당신을 위해 비추고 있습니다. 햇살이 없다면 이 세상에 생명은 존재하지 못할 것이고, 그러면 우리도 존재할 수 없습니다. 이처럼 나와 햇살의 깊은 관계를 볼 수 있어야 합니다. 우리는 햇살로 만들어졌으니까요. 햇살도 외로울까요? 물과 공기, 대지, 달과 별 모두가 우리를 위해 존재합니다. 호흡하고 걷고 앉아서 자신을 단련하다 보면 별과 나무, 공기와 햇살과의 관계를 느낄 수 있습니다.

삶은 기적이고, 우리의 육체와 감정도 기적입니다. 이 모든 것과 나의 관계를 볼 수 있을 때, 더 이상 외로움을 느끼지 않게 됩니다. 햇살은 사랑할 힘을 가지고 있습니다. 인간들도 사랑할 힘을 가지고 있습니다. 만약 햇살이 우리를 사랑한다면, 우리도 햇살에게 사랑을 돌려줄 수 있어야 합니다. 나무가 우리를 사랑한다면 다시 나무를 사랑할 방법을 배워야 합니다. 이렇게 사랑하는 방법을 터득하면 더 이상 외로움을 느끼지 않게 됩니다.

슬픔이나 외로움을 느끼는 것이 반드시 나쁜 건 아닙니다. 누구나 가끔은 슬프기도 하고 외롭기도 합니다. 그럴 때면 나 자신에게 돌아와서 외로움을 안아줄 방법을 배울 수 있습니다. 이는 위대한 수련의 방법 중 하나입니다. 자신의 외로움을 안아주고 따뜻하게 해줄 때면 편안함을 느낄 수도 있습니다. 억지로 외로움을 밀어내려고 하지 않아도 괜찮습니다. 외로움이 느껴지면 그저 받아들이면 되니까요. 그곳에 존재하기 위해 호흡을 하면서 외로움을 껴안아주세요. 때로는 외로움을 느끼면서 그 감정을 붙잡고 싶을 수도 있을 겁니다. 자신을 위해 오롯이 존재하면서 다른 사람의 도움이 필요하지 않다고 느낄 수도 있습니다. 이렇게 우리는 자신을 돌볼 수 있는 능력을 갖추고 있습니다.

진정한 사랑의 가르침은 매우 명확합니다. 사랑한다는 것은 그곳에 있으면서 다른 사람의 고통과 외로움을 깊이 살피기 위해서 귀를 기울여주는 것입니다. 나를 진정으로 이해해줄 사람이 하나라도 있다고 생각하면 외로움은 사라집니다. 진정으로 나를 이해하고, 내 고통과 어려움, 외로움에 공감해줄 사람이 있다면 정말 행운이겠지요. 이해의 힘이라는 선물을 받은 것이나 다름없습니다. 그렇다면 "내가 제대로 이해하고 있는 거지? 내가 이해할 수 있도록 도와줘"라며 상대에게도 똑같은 선물을 주어야 합니다. 사랑이란 상대방을 더 이상 외롭지 않도록 만드는 선물입니다.

## ○ 세 가지 종류의 친밀감

외로움과 고립감을 느낄 때나 고통 때문에 치유가 필요할 때, 성적인 관계가 외로움을 치유하고 안정감을 가져다줄 거라고 기대해서는 안 됩니다. 그런 관계는 자신은 물론이고 상대까지 고통스럽게 만들 뿐입니다. 먼저 자신의 내면에 진정한 집을 만들어 그 안에서 안정감을 느끼고 자신을 치유할 방법을 배워야 합니다. 진정한 집을 있다면 다른 사람에게 뭔가를 베풀 수 있습니다. 상대방도 자신을 치유하기 위해 같은 행동을 합니다. 그러면 기분이 좋아지고 편안함을 느끼며 자기 내면의 집을 나와 공유할 수도 있습니다. 그렇지 않을 경우 우리가 함께 공유할 수 있는 것은 치유에 도움이 되지 않는 외로움과 불편함뿐입니다.

친밀감에는 세 가지 종류가 있습니다. 첫 번째가 육체적이고 성적인 친밀감이고, 두 번째가 감정적인 친밀감, 세 번째가 영적인 친밀감입니다. 성적인 친밀감은 감정적인 친밀감에서 분리될 수 없으며, 두 가지는 서로 연결되어 있습니다. 영적인 친밀감을 느끼는 관계에서 육체적이고 성적인 친밀감은 더욱 의미 있고 건강해지며 서로를 치유하기도 합니다. 그렇지 않을 경우 육체적이고 성적인 친밀감은 파괴적일 수밖에 없습니다. 누구나 감정적인 친밀감을 추구하면서, 진정한 소통을 하며 상대방을 이해하고 교감을 나누는 조화로운 관계를 갖고 싶어 합니다.

자신의 몸을 받아들이는 것은 매우 중요한 수련입니다. 지금 모습 자체로도 우리는 이미 아름답습니다. 다른 누군가가 되려고 할 필요가 없습니다. 나의 육체를 받아들이고 평화로움을 유지할 때, 우리는 자신의 몸을 집으로 바라보며 평화와 따뜻함, 기쁨을 느낄 수 있습니다. 이처럼 내 안에 진정한 집이 생긴다는 것은 정말 행복한 일입니다.

육체적 쾌락과 성적인 욕망은 진정한 사랑이라고 할 수 없습니다. 그렇지만 우리 사회는 구조적으로 육체적 쾌락을 가장 중요한 것으로 만들고 있습니다. 기업들은 우리의 열망을 이용해 물건을 팔아서 이윤을 얻습니다. 하지만 성적 열망은 우리의 몸과 마음을 모두 파괴해버립니다. 우리에게 가장 필요한 것은 상호 간의 이해, 믿음과 사랑, 그리고 감정적이고 영적인 친밀감입니다. 성적인 친밀감 역시 아름다울 수 있지만, 그러기 위해서는 마음다함과 집중과 통찰력, 그리고 상호 간의 이해와 사랑을 바탕으로 해야 합니다. 감정적이고 영적인 차원에서의 교감과 상호 간의 이해가 수반될 때, 육체적이고 성적인 친밀감은 성스러운 것이 됩니다.

사랑은 매우 친밀한 감정으로, 우리 영혼의 매우 깊숙한 영역에 자리 잡고 있습니다. 우리 존재 안에는 성적인 영역이 존재합니다. 누구에게도 말하고 싶지 않고 오직 혼자 간직하고 싶은 자신만의 깊고 비밀스러운 감정이 있습니다. 우리는 이런 감정을 아무도 보지 못하도록 가까이에서 지키려고 합니다. 하지만 나를 깊이 이해해줄 수 있는 사람을 찾았을 때 우리는 마음을 활짝 열고 싶어 합니다. 그렇게 다른 사람을 내 마음으로 초대해 혼자서 소중하게 간직했던 성스러운 영역을 드러내 보여줍니다. 이것이야말로 깊은 교감이고 진실한 소통입니다. 그리고 이는 진정한 사랑이 있을 때만 가능한 일입니다. 다른 이들이 내 세상으로 들어오도록 허락하고 성스럽게 간직해왔던 모든 것을 나눌 준비가 된 것입니다. 나를 진정으로 이해해주는 사람만을 위해 합의된 일이지요.

육체와 정신을 별개의 것으로 생각해서는 안 됩니다. 육체와 정신은 서로 어울려 존재합니다. 육체에서 정신을 떼어내거나 반대로 정신에서 육체를 떼어내는 것은 불가능합니다. 현대 의학에서도 이런 통찰을 적용하기 시작했습니다. 심오한 교감과 깊은 소통이 가능해지면, 두 사람은 진실한 마음으로 서로를 이해하게 되고, 이런 마음으로 두 사람의 육체가 합일되면 두 사람 사이의 교감은 더욱 높아집니다. 상대방의 육체뿐만 아니라 정신까지도 매우 소중하다는 것을 인식하게 되기 때문입니다. 상대방의 육체와 정신을 존중하게 되면 육체는 더 이상 쾌락의 수단이 아닙니다. 진실한 사랑은 언제나 경외심과 존중의 마음을 모두 포함하는 것이어야만 합니다.

## ○ 나를, 그리고 너를 함께 알아가기

인간관계를 맺으면서 상대가 나의 이야기를 들어주지도 않고, 이해해주려고도 하지 않는다면 앞으로 그런 이유 때문에 상대와의 관계에서 고통을 받으리라는 것을 쉽게 예상할 수 있습니다. 그것은 매우 단순하고 명확한 일입니다. 대화를 나누면서 내 이야기를 들어주려고 하지 않고, 계속 말허리를 자르거나 자기주장만 하기 바쁘고, 나의 고통이나 어려움을 이해하려고 하지도 않고 관심조차 없다면, 그 사람은 나를 이해하지 못할 것이고 나에게 행복을 가져다주지도 않겠지요. 겉으로는 매력적이거나 지위가 높을지는 몰라도 내 이야기를 듣지도 않고 이해해주지 않는다면, 그 사람은 올바른 상대라고 할 수 없습니다. 그저 나를 힘들게 하는 사람일 뿐입니다.

이런 사실은 매우 쉽게 감지할 수 있습니다. 15분 정도 상대가 내 이야기를 듣고 이해해줄 능력을 갖추었는지를 곱씹어보면 됩니다. 그리고 자신에게도 물어보세요. 나는 상대의 이야기를 들어줄 능력을 갖췄는가? 그들의 고통을 이해하려고 노력하는가? 만약 나에게 상대의 고통을 이해하고 고통을 덜어주고자 하는 마음이 있다는 사실을 확인하면, 좋은 의도를 가진 것이므로 두 사람의 관계를 계속 이어가도 괜찮습니다.

이것은 분명한 사실입니다. 인간관계에서 내가 상대의 말을 듣고 이해해줄 능력을 갖추고 있는지, 상대도 그런 능력을 갖추었는지 살펴보는 것만으로도 내가 미래에 고통을 받을지 아니면 행복해질지 미리 판단할 수 있습니다. 이는 매우 중요하고도 필수적인 일입니다.

오해는 모든 사람들이 매일 겪는 일입니다. 다른 사람이 나를 오해할 수도 있지만, 때로는 자기 자신을 오해할 수도 있습니다. 내가 어떤 사람인지 나조차 알지 못하면서 다른 사람이 어떻게 나를 알아줄 거라고 기대하나요? 자신이 누구인지를 천천히 살피기 위해서 시간을 투자하지 않는다면, 내가 누구인지, 내 강점과 약점은 무엇인지 알 수가 없습니다. 그러면 나 자신에 대해 그릇된 인식을 하기 쉽습니다. 그런데도 상대방이 나를 정확하고 선하게 인식해주기를 바라는 건가요! 그건 어려운 일입니다. "나는 내가 어떤 사람인지 확실히 모르겠어요. 그러니까 당신이 살펴보고 내가 어떤 사람인지 좀 알려줘요. 나 자신을 이해할 수 있게 도와준다면 나도 당신을 이해해볼게요"라고 말할 수는 있습니다. 이것은 열린 마음의 자세입니다. 상호 간의 이해와 소통을 통해서 행복이 가능해지고 그런 관계는 오랫동안 지속될 수 있습니다.

상대방의 깊은 욕망과 염원을 파악하는 것은 매우 중요합니다. 상대의 깊은 욕망과 동기를 이해하지 못한다면, 그리고 상대의 동기를 알아차리고 그를 지원할 수 없다고 느낀다면, 진정한 친구가 될 수 없습니다. 반대로 우리도 자신의 깊은 욕망과, 삶을 통해서 이루고자 하는 의미 있고 아름다운 일에 대해서 분명히 밝힘으로써 상대가 나를 지지할 수 있는지 그렇지 않은지 확인할 수 있습니다.

우리가 살아가는 방식, 그리고 사랑하는 방식에는 완벽한 조화가 필요합니다. 내가 어떻게 생계를 유지하는지, 사회와 지구에 대한 걱정과 근심거리는 무엇인지를 사랑하는 사람에게 솔직히 말할 수 있어야 합니다. 진정한 사랑을 하는 사람이라면 반드시 해야 하는 일입니다. 매달 월급만 가져다주는 것으로는 부족합니다. 사랑하는 가족에게 행복과 평화를 주고 서로 행복과 평화를 가꾸어나갈 수 있도록 도와야만 합니다. 이것이 우리의 사랑이 계속해서 성장하기 위해서는 꾸준한 대화가 필요한 이유입니다.

## 사랑과 관계가 고통스러운 이들에게

선종의 지도자가 친밀감에 대해 이야기한다는 것은 의외의 일이지만, 많은 이들이 친밀감에 대한 질문을 하면서 타이는 그에 대해 가르침을 주게 되었습니다. 마음다함의 수련원에서 승려들은 성적 에너지, 호흡 에너지 그리고 영적 에너지라는 서로 다른 세 가지 에너지를 창의적이고 건강하게 유지하는 법을 배웁니다. 육체와 정신에 대해서는 이해하고 발견해야 할 것들이 많습니다.

타이가 명상의 전통에 가장 크게 기여한 점은 삶에서 생명력과 활력을 가꾸는 것의 중요성을 강조하며 수련의 과정에 '봄의 온기'를 가져다준 것입니다. 명상과 마음다함의 목적이 우리를 죽은 나무처럼 만드는 것은 아닙니다. 명상 수련은 우리에게 생기를 불어넣어주고, 활력과 사랑의 에너지를 세상에 도움이 되는 방향으로 사용할 수 있도록 돕기 위한 것입니다.

플럼 빌리지에서는 매년 여름 일주일 동안 전 세계의 젊은이들 수백 명을 대상으로 마음다함의 체험 피정을 주최합니다. 함께 모여서 명상을 하고 마음다함의 호흡과 휴식을 훈련하는 것입니다. 하이킹도 하고, 음악도 만들고, 모닥불도 피워놓고 즐기며, 함께 유기농 채소를 가꾸기도 합니다. 그중 가장 강력한 수업은 안전한 공간에서 소그룹으로 나뉘어서 성적인 친밀감에 대한 각자의 경험을 공유하고, 성적인 관계 속에서 경험했던 압박과 나약함에 대해서 이야기하는 시간일 겁니다.

이런 토론은 대부분 후끈 달아오르기 마련입니다. 섹스는 사랑과 분리되어야 한다고 주장하는 사람도 있고, 육체가 쾌락을 탐닉하는 과정에서 감정적 고통을 느낀 순간을 고백하는 사람들도 있습니다. 포르노가 없이는 건강한 삶을 상상조차 할 수 없다는 사람들도 있고, 포르노 때문에 연인과 헤어진 적이 있다고 말하는 이들도 있습니다. 이 모든 것이 단순히 소통과 합의의 문제일까요, 아니면 그보다 더한 심각한 문제일까요? 각자 자기만의 시각과 인식이 있고 저마다 나름대로 인생 경험을 가지고 있어서 그것을 가장 중요시하는 것도 당연한 일입니다. 우리가 상처받았을 때는 다른 사람들도 상처받았을 거라는 사실을 인식할 정도로 용기를 갖는 것도 중요합니다. 다른 이들의 말을 주의 깊게 듣고 그들의 이야기를 깊이 들여다보는 것은 나와 나의 육체는 물론이고 사랑하는 이와의 건강한 관계를 모색하는 데 필요한 존재의 가치와 소통의 자질을 발달시키는 데 도움이 됩니다.

다음에 소개할 글은 진정한 사랑에 대한 마음다함의 수행법에 대한 것입니다. 다소 어렵게 느껴질지 몰라도 사랑과 관계 속에서 고통을 느꼈던 점을 되돌아보고 치유와 만족을 위한 환경을 만들어주는 글입니다. 다섯 가지 마음다함의 수행법은 어떤 경우에도 변치 않는 진리를 전달하려는 것이 아닙니다. 그저 더욱 깊이 살피고 성장하기 위한 묵상을 위한 것입니다.


## 진정한 사랑을 위한 마음다함의 수행법

부적절한 성적 행위로 인해 고통이 찾아옴을 알고, 개인과 부부, 가족과 사회의 안전과 존엄함을 지키기 위해 책임감을 함양하고, 그 방법을 배우는 데 전념하겠다고 약속합니다. 성적인 욕망은 사랑이 아니며, 갈망으로 하는 성적인 행위는 나 자신뿐만 아니라 상대에게 언제나 해를 된다는 사실을 알고, 진정한 사랑과 가족과 친구에게 알릴 수 있을 정도로 진실하고 장기적인 약속 없이는 함부로 성적인 관계를 맺지 않겠다고 약속합니다. 아이들을 성적인 학대로부터 보호하고, 부부나 가족이 부적절한 성적 행위 때문에 분열되지 않도록 모든 힘을 다하겠습니다. 육체와 정신이 하나임을 알고 나의 성적인 에너지를 적절한 방법으로 보살피는 방법을 배울 것이며, 나 자신과 타인의 행복이 커지도록 진정한 사랑의 네 가지 기본 요소인 자애심과 연민, 기쁨과 포용력을 키울 것을 약속합니다. 나는 다가올 미래까지 진정한 사랑에 대한 수련이 아름답게 이어지도록 해야 함을 알고 있습니다.

## ○ 우리의 고향, 지구를 위한 마음다함 수행

다섯 가지 마음다함의 수행법을 함께 이어가는 것은 불자로서 새로운 글로벌 윤리에 기여하는 길입니다. 이는 집단적 깨달음을 얻을 방법을 제시하여 지구를 구하고 다음 세대에게 미래를 약속하여 함께 살아갈 수 있도록 합니다. 우리는 삶의 방식을 최대한 빨리 바꾸어야만 합니다. 그래야 더욱 큰 마음다함과 평화, 사랑을 얻을 수 있습니다. 지금 이 순간부터 우리는 이런 삶의 방식을 선택할 수 있습니다.

마음다함의 수행법을 마음에 새기고 아름다운 것을 지키고 보호하며 우리 시대의 보살이 되려는 생각을 가지고 있다면, 자신이 하는 모든 행동 속에서 보살이 되기 위해 필요한 에너지와 통찰을 얻을 수 있을 것입니다. 어떤 영적 뿌리를 가지고 있는지, 어떤 문화 출신인지에 상관없이 이 수행법은 우리 삶의 토대가 될 수 있고, 우리가 생각하는 이상적인 봉사 활동을 실현하는 데 도움이 될 것입니다. 마음다함의 수행은 어느 종파에도 속하지 않는 보편적인 본성을 가지고 있기 때문입니다.

다섯 가지 마음다함의 수행법은 진정한 사랑의 수련법이기도 합니다. 우리는 마음이 점점 성장해서 한 사람뿐만 아니라 온 세계를 포용할 수 있기를 바랍니다. 그것이 바로 어떤 경계도 없이 깨우침을 얻는 이들의 사랑입니다. 그리고 누구나 이런 사랑을 할 수 있습니다. 진정한 사랑의 길을 따라서 걷다 보면 많은 이들을 마음에 담게 되고 위대한 염원을 깨우칠 수 있게 될 겁니다.

나는 내 집과 고향이 바로 거대한 지구 전체라는 사실을 깨달았습니다. 나의 사랑을 아시아의 조그만 땅덩이인 베트남으로 한정하지 않았습니다. 나의 이런 시각 덕분에 엄청난 변화와 치유를 경험하기도 했습니다. 우리의 사랑은 아직도 너무 작은지도 모릅니다. 가슴을 더욱 넓혀서 사랑으로 온 지구를 껴안아야 합니다. 그것이 바로 부처와 보살, 그리고 마하트마 간디나 마틴 루터 킹, 테레사 수녀님처럼 위대한 인간의 사랑입니다.

그렇다고 완벽해질 필요는 없습니다. 중요한 것은 우리가 가야 할 사랑의 길을 가는 것이지요. 만약 캄캄한 밤에 나침반조차 없이 숲속에서 길을 잃었을 때는 북극성만을 바라보며 방향을 찾아 숲에서 벗어나야 합니다. 우리의 목표는 숲에서 벗어나는 것이지 북극성에 도착하는 것이 아닙니다. 따라서 우리에게 가장 필요한 것은 올바른 방향과 길을 찾는 것입니다. 그때부터 우리는 두려워할 것이 아무것도 없습니다.

다음 세대를 위한 길을 열어주기 위해서 우리는 결속과 연민, 형제애와 자매애의 새로운 길을 따라가야 합니다. 그것은 모두의 힘을 합쳐야만 가능한 일입니다. 우리 힘으로 현재 상황을 바꾸어야 합니다. 정부가 먼저 나설 때까지 기다리면 안 됩니다. 그러면 너무 오래 기다려야 할 수도 있을 테니까요.

3부.

**Thich Nhat Hanh**
Cherishing Life on Earth

새로운 세상을 만들어나갈
공동체를 위하여

wake up together

함께 깨어납시다.

## ○ 피난처로서의 공동체

부처님께서 깨달음을 얻은 후에 가장 먼저 한 일은 친구를 찾아 명상을 함께 할 동료들을 꾸리고 교단을 세운 것입니다. 우리도 그래야 합니다. 사는 곳이 어디든 평화와 함께함을 누릴 수 있는 섬을 만들어야 합니다. 교단은 피난처와 같습니다. 평화의 섬이라고 할 수 있습니다. 폭력과 미움, 절망에 저항하는 공동체이기도 합니다. 우리 모두에게는 피난처가 필요합니다.

'상하sangha', 즉 교단은 쉬운 말로 하면 공동체입니다. 정치적 정당도 일종의 교단이고, 가족도 교단이며, 기업이나 치료소, 학교도 교단의 일종입니다. 우리가 사용하는 '교단'이라는 단어는 조화와 마음다함, 집중과 통찰력이 있는 곳을 의미합니다. 물론 함께함과 즐거움이라는 뜻도 있습니다. 교단은 힘을 쟁취하기 위한 싸움이나 분열이 없는 곳입니다. 그런 공동체는 모두 교단이라고 부를 수 있습니다. 만약 꿈을 가졌다면, 얼마나 꿈을 이루고자 하는지와 상관없이 그 꿈을 깨닫게 해줄 교단 혹은 공동체가 필요합니다.

프랑스의 국가적 신조는 바로 자유와 평등, 박애입니다. 일생을 살면서, 박애 정신과 형제애, 자매애, 연대가 없이는 아무것도 할 수 없음을 나는 직접 경험했습니다. 공동체가 있으면 우리는 모두 평등한 기회를 얻을 수 있을 뿐만 아니라 절망이나 과거 혹은 미래라는 감옥으로부터 내적 자유를 창조하기 위한 힘을 얻을 수 있습니다.

오래전 예수회 신부이자 시인 그리고 평화운동가였던 나의 친구 대니엘 베리건 신부Father Daniel Berrigan와 저항 공동체에 관해서 이야기한 적이 있습니다. 우리는 사회의 부정적인 것들로부터 계속해서 침범당하고 있었습니다. 우리가 보고 듣는 것을 통해서 밤낮으로 공격을 당했고, 그로 인해 우리 안에 부정적인 씨앗이 계속 자라났습니다. 그래서 우리를 보호해줄 공동체를 조직하는 것에 대해 생각하게 되었습니다. 서로를 위해서 건강하고 연민이 넘치는 환경을 만드는 것이 무엇보다 중요하다고 생각했기 때문입니다.

우리는 사랑의 마음, 즉 보리심을 가지고 있고, 이는 변화의 의지이자 봉사의 욕망입니다. 깨우침을 얻어 이전과 다르게 살고 싶다는 것을 알게 된 것입니다. 보리심은 로켓의 연료와 같습니다. 너무 강력해서 로켓을 달까지 쏘아 올릴 수도 있습니다. 하지만 이런 보리심의 에너지를 강하고 지속 가능한 상태로 만들기 위해서 우리에게는 피난처가 되어줄 교단이 필요합니다. 수련을 할 수 있도록 지원해줄 공동체가 필요한 것입니다. 그 공동체는 우리의 염원을 강하고 풍요롭게 만드는 데 필요한 공간을 제공해주고, 우리는 그 공간을 통해 개인적이고 집단적인 상황에서 탈출할 수 있게 됩니다.

우리가 나아가는 길에서 성공을 거두기 위해서는 그 공동체를 피난처로 삼아야 합니다. 이것은 헌신의 문제가 아니라 우리를 치유의 방향으로 이끄는 행동의 문제이기도 합니다. 이런 공동체를 유지해나가면서 우리의 존재를 공동체에 위탁하고 마치 배에 탄 것처럼 친구들의 도움을 받아서 천천히 순항하면 됩니다. 교단, 즉 공동체는 배와 같아서 같은 배에 탄 사람들은 함께 수련하며 같은 방향으로 나아갑니다. 우리는 배의 일부이고, 그 배가 우리를 태우고 움직이도록 하면 됩니다. 만약 배가 없다면 모두 물속에 가라앉고 말겠지요. 이 역시 나의 경험에서 우러나온 것입니다. 교단이 있는 한 우리는 절대 외롭지 않을 것이고 길을 잃지도 않을 겁니다.

깨달음을 얻는 즉시 우리는 다른 삶을 살려는 염원을 드높이고 곧바로 치유와 변화를 시작해야 합니다. 단, 치유를 계속해나가기 위해서는 치유를 가능하게 해줄 공간이 필요합니다. 우리는 전사의 모습으로 길을 가고 있지만, 전사로서 계속 여정을 이어나가기 위해서 여전히 공동체가 필요합니다.

우리가 나아갈 길과 공동체를 찾고 나면 평화는 이미 얻은 것이나 다름없습니다. 그 길에 서 있기만 해도 평화를 얻을 수 있고, 그 평화는 꾸준히 성장하고 자라나게 될 테니까요. 마치 달리는 기차에 올라탄 것처럼 말입니다. 더는 달리기 위해서 애쓸 필요 없이 그저 자리에 앉아서 기차가 우리를 목적지까지 데려다줄 때까지 기다리기만 하면 됩니다. 우리 자신을 공동체에 의탁하고 친구들이 우리를 데려가도록 그대로 놔두기만 하면 평화로움을 얻을 수 있습니다.

## ○ 마음다함으로 일군 기적의 공동체

베트남 전쟁이 한창이던 시기에 우리는 '사회봉사를 위한 청년 학교'를 세웠고, 수백 명의 젊은이들이 함께 생활하며 수련하고 봉사하기 위해서 모였습니다. 그들 모두가 베트남을 위한 미래를 꿈꾸었고, 그 꿈을 현실로 만들기 위해서 매일 노력했습니다. 비록 주거 환경은 매우 단순했고 월급도 없고 개인 공간이나 자동차도 없었지만, 그 안에서 진정한 우정과 연대감을 쌓을 수 있었습니다. 포탄과 폭력이 난무하는 가운데 우리는 간이 마을을 세우고 농촌 재건 운동에 나섰고, 사회기반시설과 교육 및 의료 서비스를 제공하여 삶의 기반을 다지기 위해서 애썼습니다.

우리에게는 형제애와 자매애가 있었고, 매일 서로의 꿈을 나누면서 살다 보니 부와 명예, 권력이나 성적인 욕구를 쫓아야 할 필요를 느끼지도 않았습니다. 전쟁이라는 상황 속에서 봉사를 계속한다는 것은 어렵고도 위험천만한 일이었습니다. 비록 엄청난 도전 과제들과 맞서야 했지만 우리는 끝까지 포기하지 않았습니다. 나는 청년 학교의 일꾼들에게 마음다함의 수련을 가르치면서 《마음다함의 기적the miracle of mindfulness》이라는 책을 집필했습니다. 또한 가장 건강하고 집중된 상태에서 연민을 가지고 여러 사람의 염원을 꽃피우는 데 도움이 되는 설명서를 준비했습니다. 그래야만 즐거움과 평화로움 속에서 봉사자로서 임무를 계속 이어나갈 수 있을 테니까요.

마음다함의 삶을 사는 공동체에서 우리는 가진 것이 많지 않아도 행복하게 살 수 있다는 것을 스스로 입증해 보일 수 있었습니다. 몇 백 명의 사람들이 함께 모여 살면서 자신의 시간과 에너지를 바쳐 결속과 연민, 그리고 사랑을 키워나갈 수 있었기 때문입니다. 다른 이들을 초대해서 소비가 아닌 삶을 깊이 영위함으로써 행복과 기쁨을 경험할 수 있다는 것을 체험하게 할 수도 있습니다.

우리는 한적한 시골에 이런 공동체를 만들기 위해서 노력해야만 합니다. 반드시 불자가 될 필요는 없습니다. 그저 함께 모여 단순한 삶을 함께 살면서 지구와 환경을 보호하려고 애쓰기만 하면 됩니다. 집과 장비를 공유하고 우리가 원하는 학교를 짓고 땅을 경작할 수도 있습니다. 이런 조그만 공동체를 세움으로써 우리는 진정한 형제애와 자매애라는 에너지를 가질 수 있습니다. 그런 에너지는 슈퍼마켓에서 돈을 준다고 해서 살 수 있는 것이 아닙니다.

임제선사는 자유를 얻기 위해서 많은 것이 필요하지 않다고 말했습니다. 그저 "약간의 현미와 옷가지 몇 벌만 갖추고, 좋은 영적인 동반자를 찾기 위해 모든 에너지를 투자하면 된다"라고 했습니다. 그 이상의 것을 바라서는 안 됩니다. 그것만으로도 충분합니다. 좋은 영적인 동반자란 우리가 눈뜰 수 있도록 돕고, 우리 모습 그 자체로 살 수 있도록 해주는 친구를 의미하니까요.

## 함께함의 여섯 가지 원칙

타이는 우리 공동체의 힘은 얼마나 조화를 이루느냐에 달려 있다고 말했습니다. 조화로움이 없다면, 서로 다른 방향으로 끌어 당기느라 많은 에너지를 잃게 되고 공동의 염원을 깨달을 에너지조차 남지 않게 됩니다. 플럼 빌리지에서 타이는 육화六和, 즉 여섯 가지 조화를 이루는 것의 중요성에 대해서 강조했습니다. 이 원칙은 불교 교단의 화합을 위한 여섯 가지 계율인 육화경六和敬에서 유래한 것으로, '여섯 가지 함께함six togetherness'으로 번역할 수 있습니다. 이 여섯 가지 원칙은 능동적으로 조화를 이루기 위한 공동체의 삶과 협력을 위한 내용을 담고 있습니다. 그 여섯 가지 원칙에 대해 하나씩 살펴봅시다.

1. 육체적 존재
서로를 위해 존재하는 것은 매우 중요합니다. 우리의 시간과 에너지, 육체적 존재는 다른 사람과 우리가 공유하는 염원을 위해서 존재하기 때문입니다. 우리는 친구와 동료들이 기댈 수 있는 피난처가 되어주고 싶습니다. 불교에서는 이같은 원칙을 서로 조화를 이루면서 살거나 함께 지내는 것에 빗대어 '한지붕 아래에 산다'라고 표현하기도 합니다. 함께 힘을 합치고 현실에서도 자신의 실제 모습을 보여주면서 집단적인 힘을 얻고, 스스로 집단적 에너지와 통찰력을 위해서 헌신해야 한다는 뜻입니다. 우리는 공동체나 네트워크의 관계 속에서 스스로 이렇게 질문할 수 있습니다. 나는 충분히 모습을 드러내고 있는가? 진심으로 이 일에 참여하고 있는가? 나는 다른 사람이 의지할 만한가? 더 영감을 주는 환경을 만들고 함께 시간을 보내기 위해서 어떻게 해야 할까?

### 2. 물질적 자원의 공유

더 많이 나눌수록 더 조화로울 수 있습니다. 물질적 자원을 공유한다는 것은 모든 사람이 음식과 공익사업, 경비를 함께 부담하는 것처럼 단순한 일이 될 수도 있고, 공간과 투자를 공유하는 것처럼 큰 규모가 될 수도 있습니다. 플럼 빌리지에서 우리가 사용하는 자원들은 공동으로 유지하고 있으며, 자원을 어떻게 소비할 것인지에 대해서 모두의 의견을 반영합니다. 이는 엄청난 유대감을 줄뿐만 아니라 어울려 존재함의 수련을 위한 확실한 방법이기도 합니다. 하나의 개인으로서 어떤 것이 내게 속해 있다고 생각하게 해주고, 집단적 이득을 위한 결정을 내리는 데에도 도움이 되기 때문입니다. 우리는 스스로 이렇게 질문할 수 있습니다. 나는 충분히 나누고 있는가? 무언가를 지나치게 소유하려고 하거나 방해가 되고 있지 않은가? 우리의 믿음을 반영하고 서로에 대한 약속을 굳건히 하기 위해서 더 나눌 수 있는 것은 없을까?

## 3. 윤리적 원칙의 공유

단순한 행동 강령이든, 비폭력과 포용에 관한 확고한 선언이든, 반드시 지켜야 하는 특수한 규범을 제정하고 서로 간의 분쟁을 해결하는 방식이든, 함께 존재하고 행동하는 데 중심을 두면서 공유하는 가치와 방향에 있어서 합의점을 찾으려는 자세가 필요합니다. 그 원칙은 우리를 이끌어줄 나침판이자 우리를 담는 그릇으로 작용하기 때문입니다. 다섯 가지 마음다함의 수행법은 이를 위한 강력한 청사진으로, 전 세계 수천 개의 공동체에서 북극성처럼 그것을 행동 지침으로 삼고 있습니다. 무엇이 공동체를 하나로 묶고 지탱하게 해주느냐에 따라서 다섯 가지 수행법을 기초로 각 공동체만의 상황과 문화, 신념에 맞춘 새로운 양식을 발전시킬 수 있습니다.

## 4. 통찰력과 시각의 공유

타이는 독단주의와 차별, 증오와 폭력을 피하기 위해서는 인내심을 가지고 포용력을 키우며 다양한 시각에 대해 열린 마음을 가지는 것이 가장 필수적인 원칙이라고 가르쳤습니다. 여기서 통찰력과 시각을 공유한다는 것은 반드시 똑같은 통찰력과 시각을 가져야 한다는 것을 의미하지는 않습니다. 모든 시각과 목소리를 안전하게 표현하고 말할 수 있는 환경을 만들기 위해서 함께 노력해야 한다는 뜻입니다. 나의 시각을 타인에게 강요하지 않기 위해서 최선을 다해야 합니다. 시각의 다양화를 위한 공간을 창조하고 새로운 방식으로 사물을 보는 열린 태도를 보이려고 애써야 합니다. 타인의 통찰력과 경험에 대해 열린 태도를 가지려면 기존에 우리가 알고 있던 선입견을 내려놓을 필요가 있습니다. 이런 방식으로 진실한 집단적 통찰력과 '조화로운 시각'이 자연스럽게 피어날 수 있습니다.

### 5. 진심에서 우러난 공유

베트남어와 한자어에서는 마음과 정신을 하나의 단어로 표현합니다. 이 원칙은 때때로 '생각의 조화harmony of thought'라고 불리기도 합니다. 나의 경험과 진실을 진심으로 솔직하게 표현하는 법을 수련하고, 다른 사람이 진심으로 자신의 진심을 표현할 수 있는 여지를 주기 위해서 최선을 다하는 것을 의미합니다. 이는 신뢰와 결속감을 쌓기 위한 심오한 방식이기도 합니다. 나 자신과 상대방이 진심으로 생각하는 바는 무엇인가요? 우리 공동체에 대해 가장 크게 우려하는 점은 무엇입니까? 우리의 가장 심오한 꿈은 무엇입니까? 정직을 바탕으로 하는 공간에서 우리의 통찰력과 시각을 공유할 수 있을 때, 그리고 자신의 경험은 물론이고 두려움마저도 나눌 수 있을 때, 서로의 이야기를 듣고 마음에 새기면서 친구나 동료들을 더 깊이 이해할 수 있게 됩니다.

### 6. 연민의 소통

공동체에 해가 되지 않도록 자신이 하는 말을 지키고 자제심을 수련할 것을 서로 약속하는 것은 매우 중요합니다. 결과에 대한 책임 없이 그저 자신의 인식에 따라 진실을 '말하는 것'을 지양하기 위해서도 수단과 목적은 언제나 일치해야 합니다. 노골적이고, 직접적이고 서툴기 그지없는 소위 '진실'이라는 것은 어느 정도는 폭력적 결과를 가져올 수 있으며, 사람들 사이의 신뢰를 해칠 수 있는 여지가 있습니다. 플럼 빌리지에서는 차분함과 연민을 담아 말하고, 자신의 생각을 표현하는 법을 수련하고 난 후에 내려놓는 법을 훈련합니다. 그렇게 괜한 싸움을 벌이지 않도록 모두가 최선을 다합니다. 회의하다가 갑자기 격한 감정이 솟구칠 때는 잠시 밖으로 나가서 10분 정도 걷고 나서 차분한 마음으로 자신을 표현할 수 있도록 합니다. 두 사람 혹은 그 이상이 소통하다가 어떠한 이유로 벽이 생기게 되면, 마찰의 뿌리를 이해하고 상황에 대한 각자의 경험과 깊은 우려를 표현하기 위해서 잠시 시간을 내서 서로의 말을 경청하는 연습을 하려고 노력합니다.

플럼 빌리지의 집단 거주 공동체에는 여러 국가와 배경, 문화를 가진 사람들이 모여 있습니다. 그리고 모두 테이블이나 원형으로 된 자리에 앉을 때 사용하는 방석을 가지고 있습니다. 우리는 수련과 훈련의 하나로 이같은 길을 선택했고, 이는 함께함의 기반이기도 합니다. 타이는 우리가 마주하는 모든 사람을 '발견의 대상인 하나의 국가'로서 봐야 한다고 했습니다. 모두 자기만의 가치를 가졌고, 발견하고 발전되어야 할 재능을 가지고 있기 때문입니다. 이는 모든 공동체나 협력을 위해 뭉친 팀도 마찬가지입니다. 중요한 것은 정원에 핀 온갖 꽃들이 그들만의 독특한 방식으로 아름답게 피어오르도록 적절한 환경을 만들어주는 것입니다.

지금까지 40년이 넘는 시간 동안, 타이는 미국과 유럽, 아시아의 수십 개가 넘는 사원들의 지원을 받아서 플럼 빌리지의 전통을 고수하는 수천 개의 지역 명상 교단을 기점으로 마음다함의 삶을

306

위한 풀뿌리 네트워크 공동체를 세웠습니다. 그중 '지구를 지키는 교단Earth Holder Sangha'은 참여 불교와 인종 및 사회적 정의, 그리고 대지와 어울려 존재함의 가르침을 한 단계 발전시킨, 플럼 빌리지라는 나무의 가지에 해당하는 단체입니다. '지구를 지키는 교단'은 온라인 혹은 대면으로 매달 모임을 진행하면서 명상을 수련하고 일상에 지구를 사랑하기 위한 수련을 적용할 수 있는 경험과 통찰력을 공유하고 있습니다.

'웨이크업 운동Wake up movement'은 타이의 다섯 가지 마음다함의 수행법에 따라서 지역별 '저항 공동체'를 설립하기 위해 모인 젊은 이들의 국제적 네트워크입니다. 그들은 매주 혹은 매달 모임을 하면서 명상과 마음다함을 수련하고, 함께함과 염원의 피난처를 만들고, 균열이 생긴 사회를 연민의 마음으로 치유하기 애쓰고 있습니다. '어라이즈 교단ARISE Sangha'은 플럼 빌리지의 전통을 이어받은 관련 단체로, 집단적 깨달음을 위한 다르마Dharma, 즉 불교의 관념을 여는 문으로서 인종의 역학과 교차성, 그리고 사회적 평등 탐구하고 있습니다.

치유와 깨우침 그리고 지구 정의를 위한 강력한 공동체를 만들기 위해서는 다양한 경험과 시각이 반드시 동반되어야 합니다. 함께함과 조화 그리고 포용에 대한 타이의 가르침은 소외된 공동체의 존재와 그들의 목소리를 높이기 위한 리더십에 영감을 불어넣었습니다. 여럿이 모여서 하나의 공동체가 되면 경청과 연민의 언행에 관한 기술을 발전시킬 수 있고, 지금처럼 분열적 시각이 존재할 때에도 조화를 이루는 방법을 배우는 데 도움을 받을 수 있습니다. 이런 방식으로 포용력을 가진 공동체가 깊이 뿌리내리는 것이 가능해지고, 더 나아가 영적 연대감을 제공할 수 있으며, 진정한 집단적 통찰력을 생성하고, 모두를 위한 피난처이자 회복의 장소가 마련될 수 있습니다.

우리는 어디에 있든 공동체의 정신을 구축할 수 있습니다. 한 그루의 나무처럼, 기적은 작고 단순한 것에서 시작합니다. 자신의 에너지를 명상 교단이나 지역 친목 단체, 행동주의 네트워크, 혹은 같은 염원을 가진 NGO 단체에 쏟아붓기 힘든 상황이라면 자신이 거주하고 일하는 바로 그곳에서 이미 함께 시간을 보내는 주변 사람들과 함께 공동체를 구성하는 것부터 시작할 수 있습니다. 이는 동료나 이웃, 뜻이 통하는 친구들과 모여서 차와 쿠키를 나누는 것처럼 매우 간단한 일입니다. 평소처럼 편한 이야기부터 진심으로 대화를 나누고, 상대방의 걱정거리에 마음을 다해 귀를 기울이기만 하면 됩니다. 그 과정에서 모든 좋은 일들이 시작되는 법입니다.

언젠가 뉴욕에 설법하러 갔을 때 동행했던 승려 중 몇 명이 〈허핑턴포스트Huffington Post〉의 뉴욕 사무소에서 젊은 기자들을 위해 2시간가량 마음다함에 대한 강의를 해달라는 요청을 받았습니다. 나는 "대체 2시간 만에 어떻게 사람들의 변화를 끌어낼 수 있을까?"라고 생각했습니다. 결국 우리는 명상에 대한 가이드는 20분으로 압축하고, 10분가량의 짧은 휴식 시간 동안 대화를 해보기로 했습니다. 나머지 1시간 30분 동안에는 경청만 하기로 했습니다. 젊은 기자들이 가슴 깊숙이 담고 있던 이야기를 털어놓을 장소를 만들고 함께 호흡하면서 기자들이 하고 싶은 이야기를 전부 다 할 수 있도록 했습니다. 우리는 그들에게 이런 질문을 했습니다. "왜 이곳에 오셨습니까? 처음 기자가 되기로 결심한 이유는 무엇입니까? 여러분의 깊은 염원은 무엇입니까? 가장 두려운 것은 무엇입니까? 언제 기분이 좋습니까?" 기자들 중 일부는 이야기를 하다가 펑펑 울기도 했습니다. 강의의 마지막에 한 기자가 처음으로 한 팀이자 회사의 일원으로, 삶에 진심으로 도착한 기분이 들었다고 말했습니다. 다른 기자는 같이 일하는 동료의 진심을 처음으로 듣게 되었다고도 했습니다. 때때로 우리는 그저 가면을 벗고 인간으로서 자기 모습을 드러낼 필요가 있습니다. 그리고 인간으로서 함께 걸어가는 길 위에서 서툴지만 최선을 다하면 됩니다.

## ○ 타인을 위해 나를 지키세요

마음다함을 위한 삶의 공동체의 주요한 목표는 마음다함을 위한 행사나 사회적 정의 혹은 참여 행동을 위한 특별한 행사를 기획하는 것이 아닙니다. 교단의 중요한 목적은 형제애와 자매애를 기르고 조화로움을 만들어내는 것입니다. 사람들이 피난처로 삼을 수 있는 교단이 있다면 이 모든 것이 가능해집니다. 우리는 풍요로워지고 희망 또한 잃지 않을 수 있습니다. 마음다함의 자세로 소통하고 경청하며 애정이 담긴 언행을 하는 것이 중요한 이유가 바로 여기에 있습니다. 열린 마음으로 소통을 하고 서로의 시각을 공유하며 집단적 통찰과 합의에 이르는 방법을 찾는 것이 바로 교단의 진정한 목표이며, 이를 위해서는 시간과 에너지, 인내심이 필요합니다. 함께 앉아서 함께 먹고, 함께 이야기하고, 함께 일하면서 마음다함과 평화, 행복과 연민의 집단적 에너지를 만들어낼 수 있는 시간이 필요합니다.

이런 방식을 통해 서로의 삶을 지지하고 풍요롭게 만듦으로써 우리는 오랜 시간을 계속 수행하면서도 번아웃에 빠지지 않을 수 있습니다. 공동체는 피난처와 같습니다. 그 공동체에도 약점은 있겠지만, 더 높은 인식과 이해를 얻으며 사랑을 만들기 위한 방향으로 계속해서 나아갈 수 있습니다.

파리평화회담에 베트남 불교평화사절단의 대표로 참여했을 때, 많은 젊은이가 도움을 자청하고 나섰습니다. 우리는 함께 일하면서 간단한 식사를 했습니다. 저녁이면 함께 앉기 명상이나 걷기 명상을 했고, 깊은 휴식을 취하며 함께 노래를 부르기도 했습니다. 그러다가 얼마 후부터 근처에 있던 퀘이커 미팅 하우스에서 앉기 명상을 시작하게 되었습니다. 평화와 사회적 봉사를 위해서 일하는 젊은 행동가들과 가까이 지내다 보니, 그들의 어려움을 더욱더 강하게 느낄 수 있었습니다. 그렇게 애를 쓰니 쉽게 번아웃이 되는 것도 당연한 일이었지요. 나 역시 앉기 명상, 걷기 명상, 마음다함의 식사를 실천하면서 일하지 않았더라면 버틸 수 없었을 겁니다. 그래서 생존을 위한 처방의 일종으로 공동체를 설립했습니다. 참여 불교는 반드시 사회적 행동을 위해서만 존재하는 것은 아닙니다. 마음다함의 자세로 걷고 앉고 차를 마시는 것도 참여 불교의 행동이 될 수 있습니다. 마음다함이란 자신을 위해 행동하는 것이 아니며, 세상을 돕기 위한 방법으로서 자신을 보호하는 것이기 때문입니다.

때로는 적극적으로 활동하지만 그것이 연민의 마음으로부터 우러나온 행동은 아닌 것 같은 느낌을 주는 사람들을 만나게 됩니다. 그들은 대부분 많이 지쳐 있습니다. 제대로 된 연민의 감정을 갖지 못하면 행복을 느낄 수 없습니다. 그래서 쉽게 질투하고 짜증을 내고 화를 내게 됩니다. 우리는 자신의 한계를 알아야 합니다. 자신의 능력 이상의 것을 해낸다는 것은 불가능하며 자칫하다가는 번아웃에 이를 수 있기 때문입니다. 따라서 삶의 조화를 이루기 위한 계획을 세우는 것이 중요합니다. 공동체와 함께 일하면서 우리는 집단적 에너지로부터 지지를 받을 수 있습니다. 동료들이 우리가 일에 매몰되지 않도록 도움의 손길을 내밀어주기 때문입니다.

때로는 다른 사람들이 앞으로 나아가는 동안 한 걸음 뒤에서 지켜볼 수도 있습니다. 그때 '안 돼'라고 말할 용기를 내지 못하면 자신을 잃을지도 모릅니다. 그리고 나 자신을 잃는다는 것은 결국 다른 이들과 세상에 손실이기도 합니다. 교사로서 나에게 가장 힘든 일은 전 세계에서 피정을 열어달라는 요청이 들어왔을 때 거절의 의사를 전하는 것입니다. 물론 전 세계로 피정을 가면 사람들에게 큰 도움을 줄 수 있다는 것은 알고 있습니다. 하지만 자신의 한계를 깨닫는 것도 중요합니다. 나를 지키는 것은 타인을 위해 봉사할 우리의 기회를 사수하는 길이기도 합니다.

## 내 안에 없으므로 내어주지 못하는 것입니다

위스콘신주 매디슨의 경관 셰리 메이플스는 마음다함의 에너지와 공동체의 정신을 통해 자신과 자신의 염원을 성장시키는 방법을 알게 되었습니다. 1990년대 초에 타이와 함께 피정에 참여한 후 셰리는 지역 명상 교단에 가입하여 명상 수련을 계속해나갔습니다. 그리고 공동체와 관계를 맺으며 자신의 정신을 고취하고, 변화를 위한 장으로서 공동체를 양성하기 위해 적극적으로 활동했습니다. 그녀는 지역 명상 교단만이 아니라 직장과 가족과 지내는 곳 등 자신이 있는 곳은 어디든 공동체라고 생각했습니다. 셰리는 자기 내면의 일(스스로 "만물의 기반"이라고 부른 명상과 마음다함의 수행), 인간관계, 그리고 참여 수련의 세 가지에 집중했습니다. 그녀는 자신만의 '선 활동'이라고 할 만한 것을 찾아서 그것에 시간과 에너지를 투자해야 한다고 느꼈습니다. 그녀만의 '선 활동'이란 그녀를 "완전히 빠져들게 해서 마음다함과 마찬가지로 그것에 완전히 몰두하고 집중하게 만들며, 평범함 속에서 비범함을 찾을 수 있는" 활동이었습니다. 그리고 셰리에게 그것은 야구였습니다.

경관으로 일하며 항상 긴급 출동을 했던 셰리는 시간을 내서 갈등 해소를 위한 새로운 접근법을 찾으려 했습니다. 어느 날, 한 남자가 이혼한 전부인이 키우고 있는 자신의 어린 딸을 전부인에게 돌려보내지 않는다는 신고가 접수되었습니다. 셰리는 신고를 받고 남자의 집으로 출동했습니다. 160센티미터의 아담한 체구의 그녀 앞에 나타난 것은 머리끝까지 화가 난 190센티미터가 넘는 거구의 남자였습니다. 남자는 그녀를 협박했습니다. 셰리는 그 순간에 대해 이렇게 말했습니다. "그가 얼마나 고통을 받고 있는지 눈에 보였어요. 정말 분명히 느낄 수 있었죠." 그녀는 그 남자를 현장에서 체포하는 대신 그에게 잠시 이야기를 나누고 싶다고 말했습니다.

"경찰 수칙을 전부 어긴 거나 다름없었어요. 지원 병력도 없이 허리에 총을 차고 방탄조끼만 입은 채로 남자 옆으로 가서 소파에 앉았어요. 그건 절대로 해서는 안 되는 행동이었어요. 그런데 남자가 제 품에 안겨서 펑펑 울더군요."

결국 딸은 전부인에게 무사히 돌아갈 수 있었고, 남자를 체포해야 할 상황도 발생하지 않았습니다. 사흘 후 셰리는 거리에서 우연히 그 남자와 마주쳤습니다. 그러자 남자가 부리나케 달려오더니 두 팔로 그녀를 반갑게 안아주었습니다. "당신이군요! 그날 저녁 나를 구해준 사람!" 그로부터 몇 년 후, 셰리는 경찰 훈련 프로그램과 함께 심리분석 전문가와 판사, 변호사, 교도관과 사회봉사자를 위한 명상 프로그램을 담당하게 되었습니다.

셰리는 자신이 속한 팀 내에서 최대한 합의를 통해 의사결정이 이루어질 수 있도록 노력했고, 시간을 투자해서 다섯 가지 마음다함의 수행법을 신병 훈련과 통합할 수 있는 방법을 찾으려 했습니다. "초보 경관은 물론이고 조직 내부의 다른 동료들에게도 우리가 함께 하나의 공동체를 만들어가고 있다는 걸 보여줄 필요가 있었어요. 내 상관이 누구이고, 부하직원이 누구인지, 누가 무엇을 하고 안 하고의 문제가 아니라 각자 개별적으로 공동체를 구성하는 데 일조하고 있다는 사실을 말이에요. 이제 윤리도 개별적인 코스가 아니라 우리가 가르치는 수업에 포함되었어요." 경찰관들이 '지휘'나 '현장 제어' 같은 경찰 기술이 적절하게 사용되는지 그렇지 않은지를 배우는 데 도움을 주기 위해 신임 경관의 배우자와 가족을 일부 세션에 참여시키기도 했습니다. 셰리는 "그런 기술을 제대로 익히지 못하면 좋은 경관이 될 수 없을 거예요. 결국 배우자나 부모로서 해야 할 역할도 제대로 해낼 수 없을 테고요"라고 말합니다. 셰리는 동료 경관들이 "앞으로 어떤 인간이 되고 싶은지, 지구상의 다른 사람들과 어떻게 소통할지에 대해서 생각해보기를 바라요. 열린 마음을 가질수록 열린 태도로 경관이라는 직무를 효과적으로 수행할 수 있게 된다는 사실을 모두가 이해하기를 바라요"라고 말합니다.

엄청난 영향을 미칠 수 있는 일을 하면서 갑작스러운 장애물에 압도당하지 않고 감당할 수 없을 정도로 많은 가능성 앞에서도 무너지지 않으려면 어떻게 해야 할까요? 셰리는 자신의 직업적 재능과 내면의 영적 힘의 균형을 유지하면서 시스템의 변화를 위해 외부적 노력을 덧붙였다고 대답합니다. 그녀는 또한 자기 연민<sup>self-compassion</sup>에 대해 다음과 같이 말합니다. "번아웃은 우리 본성이 어떤 부분에서 침해당했다는 신호예요. 너무 많이 내어줬을 때 번아웃이라는 결과가 나온다고 생각하기 쉽지만, 나는 자신이 갖지 못한 걸 주려고 노력하다 보니 그런 결과가 나온 거라고 생각해요. 그런 의미에서 우리는 너무 적게 내어줄 수밖에 없죠. 하지만 우리가 내어주는 것이 우리 인생에서 반드시 필요하고 가치 있는 것이라면, 그것은 우리 내면의 유기적인 토대에서 나오는 것이므로 절대 소진되지 않고 자연스럽게 저절로 생겨날 거예요. 그건 결국 더 열심히 자신을 수련해야 한다는 의미죠."

셰리는 사법 체계를 개혁하기 위해서 통찰력 있는 방법을 제시했는데, 우선 인종 프로파일링의 근본 원인을 조사하고, 무력 사용에 대한 경찰 기준을 재고했으며, 경찰과 공동체 사이의 신뢰를 구축하는 확실한 방법을 제안했습니다. 또한 경찰들이 업무로 인해서 겪는 트라우마와 그들의 감정 회복을 가능할 수 있는 새로운 프로그램을 개발하기도 했습니다. 또한 그녀는 참여 불교 활동의 하나로 경찰 조직 내부에 존재하는 무의식적인 합의의 문화를 깊이 검토한 후에 어울려 존재함의 통찰력을 그 모든 과정에 적용하여 마침내 변화를 끌어냈습니다.

우리는 내가 아닌 다른 사람, 혹은 다른 무언가가 문제라고 굳게 믿으면서 그 사람이 더 나은 것을 얻으면 결과가 달라진다고 생각해요. 우리가 이 조직의 일원이라는 사실을 너무나 쉽게 잊는 거죠! 사람들이 회의를 마치고 나오면서 "오, 정말 끔찍한 회의였어!"라고 하면, 나는 이렇게 말해요. "당신도 회의에 참석했잖아요? 회의가 끔찍했던 건 우리가 그 회의를 그렇게 만들었기 때문이에요. 그러는 당신은 회의를 위해서 뭘 했는데요?" 진정한 공동체의 회원들은 언제나 공동체의 안녕에 대한 책임이 나 자신에게 어느 정도는 있다고 생각해요. 그러다 보면 그저 비평이나 하고 소비하는 데 그치지 않고, 이 세상과 조직, 회의와 모임이 우리가 모두 함께 만들어가는 거라고 믿기 시작하죠.

셰리는 2017년 자전거 사고 이후 찾아온 합병증을 이기지 못하고 끝내 세상을 떠났습니다. 그녀는 엄청난 용기를 보여주며 살았고, 자신의 평화뿐만 아니라 세상에 평화를 가져오는 데 일조했습니다. 행동의 차원에서 그녀는 앞으로도 영원히 밝게 빛날 것입니다.

## ○ 성공하고도 자유로울 수 있을까요?

커다란 야망을 품고도 마음다함이 가능할까요? 단순한 삶을 살면서도 성공하겠다고 결심할 수 있을까요? 힘의 문제는 매우 중요합니다. 우리 대부분은 많은 힘을 갖고 있지도 않으면서 자신의 힘을 남용하는 경향이 있기 때문입니다. 부모는 자녀에 대한 권한을 잘못 사용하면서도 여전히 자신이 무력하다고 느끼고, 자신이 변화를 위해 아무것도 할 수 없으며 자녀들을 도울 수도 없다고 느낍니다. 정치적, 경제적인 힘을 포함해서 힘이란 언제나 제한적이기 마련입니다. 심지어 미국 대통령이나 백만장자조차 자신이 무력하다고 느끼니까요.

부처님은 힘과 권력을 어떻게 정의하셨을까요? 불교에서는 누구나 세 가지 종류의 힘을 찾을 수 있다고 말합니다. 한자로는 삼덕 三德, 베트남어로는 땀득 tam duc이라고 하는 이 세 가지 힘은 나와 다른 사람 모두를 행복하게 해주기 때문에 그 힘을 쫓는다고 해도 아무 위험이 따르지 않는다고 합니다. 삼덕은 부와 명예, 영향력이나 섹스로부터 얻는 힘과는 다른 것입니다.

세 가지 힘 중 첫 번째는 단덕 斷德(베트남어로는 도안 득 doan duc)으로, 갈망과 분노, 두려움과 절망, 혹은 질투심처럼 활활 타올라서 우리를 전소시키는 것들을 끊어내는 힘을 의미합니다. 이러한 것들을 스스로 끊어낸다면 우리는 분명히 행복해질 겁니다. 일단 욕망이라는 목표를 갈망하기 시작하면, 미끼를 무는 물고기 신세가 되고 맙니다. 그 미끼에는 낚싯바늘이 달려 있지요. 그런데도 욕망에 눈이 멀어서 바늘을 보지 못하고 덥석 물고 맙니다. 하지만 이해심의 검을 갖게 되면 무엇을 갈망하든 미끼에 달린 바늘, 즉 위험을 감지할 수 있게 되고 마침내 갈망에서 스스로 벗어날 수 있습니다. 우리가 느끼는 분노와 질투 또한 마찬가지입니다. 이해심의 검으로 분노와 질투를 잘라내면 자유로워질 수 있습니다.

두 번째는 지덕知德(베트남어로는 찌득tri duc)입니다. 마음다함을 충분히 수련하면 집중력도 높아집니다. 마음다함과 집중을 통해서 깊은 곳을 살피고 현실의 핵심을 꿰뚫을 수 있습니다. 그릇된 시각과 오해, 잘못된 인식에서 스스로 벗어날 수 있다면, 진정한 자유를 얻을 수 있습니다.

위대한 이해심의 보살로 불리는 문수보살은 지혜의 검을 쥐고 있는 모습으로 묘사되곤 합니다. 그 검으로 온갖 종류의 오해를 잘라냅니다. 명상가이자 마음다함의 수련가로서 우리는 이미 자신이 직면한 어려움을 지혜로 풀어나갈 능력을 갖춘 것이나 다름없습니다. 그 지혜는 누구도 빼앗을 수 없고, 설령 총을 들고 위협하더라도 강탈해 갈 수가 없습니다.

우리는 첫 번째 영적인 힘인 단덕으로 갈망과 분노를 끊어내어 스스로 자유를 얻을 수 있고, 두 번째 영적인 힘인 지덕, 즉 이해의 힘으로 망상과 오해를 없앨 수 있습니다. 마지막은 바로 사랑의 영적인 힘인 은덕恩德(베트남어로는 언득an duc)입니다. 이는 다른 사람을 사랑하고 용서하고 수용하며 이해와 사랑을 내어주는 힘입니다. 다른 사람을 받아들이지 못하고 상황을 자기 멋대로 받아들이면서 어려운 시기를 겪는 사람들이 종종 있습니다. 그런 사람들은 "저 사람들도 변할 기미가 없는데 왜 우리가 변해야 하지? 저 사람들이 계속 저런 식으로 행동한다면, 우리도 계속 이렇게 행동할 할 권리가 있는 거잖아"라는 생각을 가지고 있습니다. 하지만 상대를 있는 그대로 받아들이고 상황을 그 자체로 보기 시작하면, 더 자유롭게 앞으로 나아갈 수 있습니다. 상대의 행동에 반응하지 않고 진심으로 행동을 하게 되기 때문입니다. 계속 상대방에게 반응만 하다 보면 더 발전할 수 없습니다. 하지만 사랑과 수용의 힘을 가지면 자애로움과 지혜를 담아서 상대를 향해 반응할 수 있게 되고, 자신이 처한 상황 자체를 변화시킬 수 있습니다. 수용하고 용서하는 능력은 엄청난 힘의 근원이 됩니다.

이러한 세 가지 덕을 얻기 위해서 시간을 쏟는다고 해서 위험할 것은 전혀 없습니다. 삼덕의 힘을 더 많이 가질수록 자신은 물론이고 주변 사람들도 더 행복해질 수 있습니다. 삼덕을 갖추게 되면 더 이상 성공의 피해자가 되지 않습니다. 세 가지 덕을 가지면 약간의 부와 명예를 갖게 되더라도 위험하지 않기 때문입니다. 그 힘으로 다른 사람을 돕고, 사회를 돕고, 나아가 지구를 돕게 될 테니까요. 좋은 명상가라고 해서 항상 빈곤함을 쫓아야 하는 것은 아닙니다. 돈을 소유하는 것은 괜찮지만, 그 돈을 어떻게 사용해야 할지 알아야 하고, 그 돈을 통해서 자신이 생각하는 이상적인 연민과 이해를 깨닫는 것이 중요합니다.

영적인 전통에서는 '자발적 빈곤'이라는 표현을 사용합니다. 우리는 돈을 버는 데 모든 시간을 쏟아붓지 않고 단순하게 살기를 원합니다. 지구에서 일어나는 경이로운 일들을 깊이 있게 즐기고 사랑하는 사람들과 더 많은 시간을 보내기를 바랍니다. 단순하게 산다는 것은 인생을 즐길 수 있는 시간을 더 많이 갖는 것입니다. 우리가 가난하다면 그건 스스로 가난을 선택했기 때문입니다. 가난해 보여도 사실은 부자인 셈이지요. 왜냐하면 햇살과 파란 하늘, 새들의 노랫소리, 아름다운 산들이 모두 우리의 것이기 때문입니다.

일상의 모든 순간은 우리의 것입니다. 소위 부자라는 사람들은 재력은 가졌을지 몰라도 하늘과 산은 갖지 못했고, 사랑하는 사람을 보살필 시간도 제대로 갖지 못하기 쉽습니다. 이에 대한 불교의 가르침은 매우 명확합니다. 불교는 돈을 소유하거나 좋은 지위를 얻는 것을 반대하지 않습니다. 진정한 영적인 힘을 가지고 있다면 갈망을 끊어낼 수 있고, 통찰력과 사랑을 갖추고 있다면 엄청난 자유와 행복을 가진 것이니까요. 아무리 많은 돈과 권력, 영향력을 가졌다고 해도 삼덕을 갖추었다면 스스로 이상적인 보살의 모습을 깨우칠 수 있습니다.


## ○ 진짜 힘이란 무엇일까요?

돈이나 지위가 없다고 해서 무력하다거나 위대한 일을 할 수 없을 거라고 예단해서는 안 됩니다. 나는 엄청나게 부유하고 권력이 있는 사람들을 많이 만나봤습니다. 그 사람들도 깊은 고통을 느끼고 대부분은 다른 사람을 돕지 못해서 힘들어합니다. 부를 축적하기 위해서 지나치게 신경을 쓰느라 자기 자신이나 가족을 돌볼 시간조차 없는 경우도 많습니다. 나는 부와 권력이 없어도 행복합니다. 많은 사람에게 도움을 줄 수 있으니까요. 다른 사람들은 하지 못하는 것을 나는 할 수 있습니다. 열흘 정도는 음식 없이도 버틸 수가 있습니다. 또 누군가가 나를 모욕하는 언행을 해도 화를 내지 않을 수 있지요. 오히려 미소를 지어 보일 수도 있습니다. 하지만 사람들은 대부분 그렇게 행동하지 못합니다.

제발 돈이 없다고 해서 아무것도 할 수 없다고 생각하지 마세요. 그건 사실이 아닙니다. 스스로 자유롭다면, 주변 사람들을 돕고 공동체를 돕기 위해서 많은 것들을 할 수가 있습니다. 자신이 스스로가 보살이 될 때 엄청난 힘을 갖추게 됩니다. 그 힘은 우리에게 자유를 주고 많은 사람에게 위안을 줄 수 있도록 해줍니다.

어떤 대가를 치르고서라도 정치적인 권력을 얻기 위해 안달하는 사람들도 있습니다. 그건 정치적인 힘이 없으면 아무것도 하지 못할 거라고 믿기 때문입니다. 하지만 자신의 가치를 파괴하면서까지 힘을 얻으려고 한다면, 자신은 물론이고 주변 사람들로부터도 신뢰를 잃게 됩니다. 그러니 힘을 얻기 위해서 노력할 필요가 없습니다. 그런 힘이 없어도 우리는 기반을 탄탄하게 함으로써 더 많은 신뢰와 사랑, 결속감을 키우고 주어진 상황을 변화시킬 수 있습니다. 자신과 가까운 사람들이 권력을 갖게 되고, 그다음으로 자신이 권력을 얻게 된다고 해도 그 힘을 지나치게 쫓아서는 안 됩니다. 그러다가 괜히 타락하기 십상이니까요. 진짜 힘에는 언제나 영적인 차원이 동반되어야 합니다.

## ○ 마음다함은 도구가 아닌 길입니다

언젠가 어떤 기자가 이런 질문을 했습니다. "마음다함을 기업에 적용하여 더 큰 성공과 이윤을 얻도록 하는 것이 올바른 일인가요? 마음다함을 사용해 부자를 더 큰 부자로 만드는 것은 옳은 일인가요? 그것이 진정한 마음다함입니까?" 마음다함의 가르침을 군대에 전파하는 것이 옳은지에 관해서 묻는 사람들도 있습니다. 퇴역 군인의 경우에는 마음다함의 가르침이 도움이 되겠지만 군인으로서 더 능동적으로 소임을 다하게 하는 것은 다른 이야기라는 것입니다. 총을 더 잘 쏘기 위해서 누군가에게 마음다함을 가르치는 것이 어떻게 윤리적인 일인가 하는 의문인 셈입니다. 그렇다면 마음다함이 그릇된 목표를 위해 착취되고 있는 것인가요?

문제는 마음다함이 모든 사람에게 이로운지 아니면 특정 분야의 사람들에게만 이로운지 판단하는 것입니다. 그렇다면 우리는 마음다함의 수련에 기업의 총수나 군대에 소속된 이들을 제외해야 하는 걸까요? 그렇다면 어부는 어떻습니까? 어부 역시 수많은 생명을 앗아가는 직업입니다. 무기 제조사의 직원들도 그렇고, 정육업을 하는 사람들도 마찬가지입니다. 그런 사람들을 제외해야 할까요?

프랑스의 플럼 빌리지 수련센터는 1990년대에 처음으로 기업가들에게 마음다함의 가르침을 제안했습니다. 우리는 그들 역시 우리처럼 고통받고 있음을 알고 있었습니다. 2500년 전 부처님께서도 사업가들에게 설법을 전파하셨습니다.

무엇보다도 올바른 마음다함은 도구가 아닌 길임을 알아야 합니다. 올바른 마음다함은 목적지에 도달하기 위해 사용하는 수단이 아닙니다. 날카로운 칼과 같은 도구는 여러 가지 목적으로 사용될 수 있습니다. 만약 누군가에게 칼을 주면 그 사람은 그 칼로 나무를 자를 수도 있고, 채소를 썰 수도 있으며, 살인을 저지르거나 도둑질을 할 수도 있습니다. 마음다함은 그런 도구가 아닙니다. 마음다함을 좋게도 나쁘게도 쓰일 수 있는 도구라고 생각해서는 안 됩니다. 하지만 많은 사람이 마음다함을 도구라고 말합니다. 그렇게 생각하면 마음다함을 통해 치유를 할 수 있고, 화해를 할 수 있으며, 누군가는 더 많은 돈을 벌 수도 있고, 또 누군가는 마음다함을 통해 적군을 더 효과적으로 죽일 수도 있다고 말할 수도 있겠지요.

하지만 진정한 마음다함은 행복으로 가는 길이 아니라 행복의 길입니다. 마음다함의 자세로 호흡을 할 때 들이쉬는 숨은 수단이 아니라 결과입니다. 어떻게 호흡하는지 알게 되면 호흡하는 즉시 즐거움과 평화, 치유를 얻을 수 있습니다. 호흡을 하면서도 고통을 느낀다면, 그건 "지금 나는 고통을 겪고 있으니까 뭔가 더 나은 것을 경험해봐야겠어"라는 마음으로 호흡을 하기 때문입니다. 그건 올바른 마음다함의 태도가 아닙니다. 올바른 마음다함에서는 호흡 하나, 걸음 하나하나가 곧 길이 됩니다. 그런 태도를 가져야 한다는 걸 계속 상기하면서 마음다함을 수련한다면 우리는 곧바로 평화와 차분함, 즐거움을 얻을 수 있습니다.

## ○ 올바른 마음다함의 길

인도차이나 전쟁(1946년 프랑스령 인도차이나의 독립을 둘러싸고 베트남 민주공화국 군대와 프랑스 군대 사이에 벌어진 전쟁-옮긴이)에서 공산당원과 반공산당원의 지휘관들은 병사들에게 공격 지시를 내렸습니다. 하지만 병사들은 서로를 죽이고 싶지 않았습니다. 그래서 강을 사이에 두고 벙커에 몸을 숨긴 채 공격하지 않고 가만히 있었습니다. 그렇게 몇 시간을 버티다가 그래도 상부의 지시는 지켜야 했기에 허공에 대고 총을 쏜 후에 점심을 먹고 다시 부대로 복귀했습니다. 라오스에서도 똑같은 상황이 벌어졌습니다. 이런 사례는 전쟁의 역사 속에서 심심치 않게 찾아볼 수 있습니다. 그 병사들은 통찰력을 가지고 있었습니다. 왜 서로 죽고 죽여야 하는지 이해할 수가 없었기 때문이지요.

병사들은 상대편 병사를 적으로 보지 않았습니다. 그들 모두 등 떠밀려서 전방으로 나와 죽고 죽여야 하는 신세일 뿐이었으니까요. 바로 그것이 마음다함이고, 마음다함이 있는 곳에는 통찰력이 있기 마련입니다. 이런 상황에서 통찰력이란 상대 또한 전쟁의 피해자로 바라보는 것입니다. 상대에게 총을 쏘지 않겠다고 다짐한 병사들은 마음다함의 자세와 함께 통찰력을 갖춘 셈입니다. 자신들이 처한 상황의 실체를 파악하고, 삶의 소중함을 알아차린 것입니다. 물론 상관은 화가 났겠지요.

우리 시대의 지휘관들은 병사들에게 그런 통찰력이나 마음다함의 자세를 갖추지 못하도록 훈련하는 것 같습니다. 마음다함이나 집중을 그저 도구로서 배워서 부대 배치에 활용하고 더 차분하고 집중된 자세로 적군을 죽이도록 하는 것이죠. 하지만 그건 진짜 마음다함이 아닙니다. 누군가에게 올바른 마음다함을 가르치면, 그 사람은 어떻게 호흡을 하고 어떻게 걸을지, 어떻게 자신의 기분과 감정을 알아차릴지, 자기 내면과 주변의 두려움과 분노를 어떻게 감지할지를 배우게 됩니다. 병사들이 올바른 마음다함을 깨우치면 통찰력을 얻게 될 것이고, 그 통찰력은 그릇된 생각과 그릇된 언행, 그릇된 행동을 저지르지 않도록 도와줄 겁니다.

만약 군대에서 적을 파괴하려는 목표를 더 잘 실현하도록 하기 위해 마음다함을 가르친다면 그것은 진정한 마음다함을 가르친 것이 아닙니다. 병사가 전쟁에 나가서 정해진 위치에 배치되었다고 생각해보세요. 그는 적군이 어디에 숨어 있는지 알아차리기 위해 숨을 들이마시고 내쉬겠지요. 마음다함의 상태에서 숨을 들이쉬며 적군의 위치를 파악하고, 숨을 내쉬면서 상대가 나를 쏘기 전에 내가 먼저 상대를 쏴야 한다고 생각하겠지요. 그 병사는 살고자 하는 의지와 그릇된 시각, 두려움 때문에 그런 행동하는 겁니다. 상대를 악마나 국가의 적, 국가의 안보를 위협하는 대상으로 바라보도록 훈련을 받은 탓이겠지요. 상대방만 없애면 이 세상이 더 나아질 거라고 굳게 믿으면서 말입니다. 병사로서 그런 훈련을 받았기 때문에 살인을 하고자 하는 의지를 갖게 된 겁니다.

마음다함을 가르치는 교사는 살인을 더욱 잘하도록 하기 위해 마음다함을 가르칠 수 없습니다. 병사에게 가서 그런 훈련을 하는 것 자체가 잘못된 마음다함이고, 그런 마음다함은 길이 아닌 도구로 사용될 뿐입니다. 그것은 통찰력이 수반되지 않은 마음다함에 불과합니다. 통찰력을 얻기 위해서 오랜 기간 동안 수련할 필요는 없습니다. 단 한 번의 마음다함의 호흡을 통해서도 우리는 삶이 소중하다는 통찰력을 얻을 수 있습니다. 병사들에게 올바른 마음다함을 가르친다면 병사들은 통찰력과 올바른 시각을 가질 수 있고, 일단 올바른 시각을 갖추면 잘못을 저지르지 않을 겁니다. 따라서 군대에 있는 병사들에게 올바른 마음다함을 가르친다고 해도 아무 걱정할 것이 없습니다.

병사들도 고통을 겪고 있고, 그들에게도 도움이 필요합니다. 그들의 고통을 덜어주는 데 도움이 된다면 군대에서 마음다함을 가르쳐도 아무 문제가 없습니다. 올바른 마음다함은 우리가 그들에게 줄 수 있는 선물입니다. 오늘날 우리는 전문 병력을 갖추게 되었고 젊은이들은 안정된 월급과 경력을 위해서 스스로 군대에 자원하면서 민간인으로 사는 것보다 더 나은 미래를 기대하기도 합니다. 군대에서의 경력이 그들에게 행복을 가져다줄 거라고 생각하기 때문이겠지요.

만약 한 사람의 병사로서 진정한 마음다함을 배울 수 있다면, 자신을 진정 행복하게 하는 것이 무엇인지 깨달을 수 있습니다. 자기 안의 두려움과 분노, 절망을 알아차리고 포용할 수도 있고, 그로 인해 고통을 덜 수도 있습니다. 진정한 행복을 맛보고 나면 자기 인생에 대한 깨달음을 얻게 되고 그로 인해 동기 역시 변화할 수 있습니다. 이러한 변화는 서서히 단계적으로 이루어집니다. 마음다함의 교사들이 그들에게 군인의 신분을 버려야 한다고 함부로 경고를 해서는 안 됩니다. 마음다함의 교사들은 병사들의 고통을 덜어주는 것만 생각하면 됩니다. 병사들이 고통을 덜어내고 진정한 행복을 알아차린다면 모든 것이 자연스럽게 변화하기 시작할 겁니다.

만약 군대나 정치적 지도자들이 그릇된 시각을 가지고 있으면, 수백만 명의 사람들이 목숨을 잃거나 파멸에 이를 수 있습니다. 베트남 전쟁 당시 미국 군인들은 이런 교육을 받았다고 합니다. "공산주의는 위험한 것이다. 만약 베트남이 공산주의자들 손에 넘어가면 공산주의는 동남아시아로 퍼질 것이고, 이는 뉴질랜드와 호주까지 확산되어 결국 미국에도 영향을 주게 될 것이다." 이는 두려움으로 인해 그릇된 시각을 갖게 된 탓입니다. 오늘날 미국은 공산주의 국가인 베트남과 활발하게 무역을 하고 있습니다.

이제 와 뒤돌아보면 그 많은 자본과 유독 물질, 무기는 물론이고 수많은 인력을 베트남에 투입했던 것이 결코 현명한 행동이 아니었음을 알 수 있습니다. 높은 자리에 있는 사람들이 그릇된 시각을 가졌던 탓에 엄청난 살상과 파괴가 자행되었던 것이지요. 그보다 올바른 시각을 가지고 더 현명한 접근법을 취했더라면 남부 베트남과 북부 베트남, 공산주의자와 반공산주의자 모두에게 조국을 재건하고 경제를 회복하고 교육에 투자하는 등의 도움을 주었을 수도 있을 겁니다. 그랬다면 미국은 훨씬 더 적은 자본금으로 남부와 북부 베트남 모두를 더 행복한 국가로 만들고 많은 친구를 얻을 수 있을 겁니다. 통찰력과 올바른 시각은 올바른 행동을 가져오는 법이니까요.

따라서 병사들이 더 올바른 마음다함과 통찰력을 갖도록 돕는 것만 중요한 것이 아닙니다. 그들의 상급자인 지휘관, 장군, 국방부와 정책 입안자들도 마음다함과 통찰력을 갖도록 도움을 주는 것 또한 중요합니다. 마음다함의 수련에 있어서는 그 누구도 소외되어서는 안 됩니다. 우리의 정치 지도자들이 국가 안보와 국제적 관심에 대해서 계속해서 그릇된 시각을 갖고 있다면, 많은 젊은이들이 전쟁의 피해자가 되어서 억지로 사람을 죽이고 또 죽임을 당해야 하는 처지에 놓이게 됩니다. 우리는 폭력적인 방식을 사용하는 것보다 국가적 이익과 안보를 위한 훨씬 더 좋은 방법이 있음을 깨달아야 합니다.

만약 부대에서 마음다함의 길을 소개하고 가르칠 기회가 있다면, 나는 기꺼이 찾아갈 생각입니다. 진정한 마음다함의 수행이 결국 세상을 바꾼다는 것을 잘 알고 있으니까요. 마음다함의 수련은 행복에 대한 병사들의 생각을 바꾸어줄 것이고, 더 나아가 그들의 삶의 방식까지도 변화시킬 수 있다고 믿습니다.


## ○ 우리는 모두 씨앗을 품은 마음

2013년 플럼 빌리지의 승려 100명은 캘리포니아에 위치한 구글 본사의 직원 700여 명에게 하루 동안 마음다함의 수련을 가르친 적이 있습니다. 우리는 구글에서 일하는 젊은 직원들이 얼마나 근면하고 영리한 사람들인지 잘 알고 있었습니다. 그들은 새로운 영감을 얻고, 최고가 되기 위해 혁신을 해야 하며, 회사를 1위로 만들기 위해서 노력해야 한다는 압박감에 사로잡혀 있었습니다. 그들의 목적은 오직 더 성공하는 것이었습니다. 그런 사람들에게 가서, "친구들이여, 그런 동기는 내려놓으세요. 그래야 마음다함을 수련할 수가 있습니다"라고 말할 수는 없는 노릇이었습니다. 누구보다 성공하기를 원하는 사람들이고 어쩌면 마음다함의 수련을 배움으로써 더 성공할 수 있다고 기대하고 있을지 모르니까요.

그렇지만 올바른 마음다함을 가르치는 동안 우리는 절대 두려워할 필요가 없습니다. 올바른 마음다함을 통해서 누구나 진정한 행복, 자유 그리고 사랑을 맛볼 수 있고, 그렇게 되면 처음의 의도는 자연스럽게 변화하게 될 테니까요. 최고가 되기를 바라는 대신 진정 행복해지기를 바라게 될 테니까요. 건강한 의도는 진정한 행복의 경험으로 이어지고, 다른 사람에게 마음다함을 권하는 것으로 이어집니다. 결국 그 사람은 행복을 위한 삶을 선택해서 고통은 줄어들고 진정한 기쁨을 느끼게 될 테고, 마침내 세상을 더욱 아름다운 곳으로 변화시킬 수 있을 겁니다.

부처님께서 올바른 마음다함이란 '팔정도八正道'의 고귀한 요소 중 하나라고 하셨습니다. 다시 말해 팔정도란 다섯 가지 마음다함의 수행법에서 이야기한 행복과 안녕의 길을 의미합니다. 팔정도의 관념 밖에서는 절대로 올바른 마음다함을 얻을 수가 없습니다. 혹시 마음다함을 얻었다고 해도 그것은 진짜가 아닙니다. 올바른 마음다함(정견正見, right mindfulness)은 올바른 집중(정정正定, right concentration)과 올바른 시각 혹은 통찰력(정념正念, eight view), 올바른 생각(정사유正思惟, right thinking), 올바른 언행(정어正語, right speech), 올바른 행동(정업正業, right action), 올바른 삶의 방식(정명正命,

right livelihood), 그리고 올바른 성실함(정정진正精進, right diligence)을 필요로 합니다. 올바른 마음다함은 어울려 존재함의 본성을 가지고 있으며 다른 팔정도의 요소들과 함께 존재합니다. 따라서 만약 다른 일곱 가지 요소들을 아직 보지 못했다면 진정으로 마음다함에 이르렀다고 할 수 없습니다.

우리는 이분법적으로 사고하는 경향이 있습니다. 그리고 이런 사고방식을 이분법을 초월하는 가르침이 담긴 영적인 전통에 적용하려고 합니다. 이런 일이 마음다함의 길에서도 자주 벌어질 수 있다는 것을 인지해야 합니다. 따라서 마음다함이 팔정도의 다른 요소들과 긴밀히 연결되어 있으며, 마음다함이 그 자체로 행복과 변화로 가는 길임을 이해하면서 이를 훈련하고 수련하도록 노력해야 합니다.

세계 곳곳에서 마음다함을 필요로 하고 있기 때문에 우리는 수천 명의 마음다함의 교사들과 수천만 명의 교사들을 훈련시켜야 합니다. 올바른 마음다함을 수련하기 위해서 부처가 될 필요는 없습니다. 이러한 가르침과 수련은 비단 불교를 믿는 사람뿐만이 아니라 전 인류의 유산이기도 합니다. 불교 또한 불교가 아닌 요소들로 이루어져 있다는 사실을 항상 기억해야만 합니다.

마음다함이 올바른 마음다함이 되느냐 아니냐는 오롯이 우리의 훈련과 수련에 달려 있습니다. 진정한 수련을 해야만 도움을 받을 수 있습니다. 두려워하지 마세요. 누구나 마음다함의 수련을 완벽히 해낼 능력을 갖추고 있고, 우리 모두 기쁨을 느끼며 스스로를 치유할 수 있고, 나아가 전 세계의 화해를 이끌어낼 수 있습니다.

## 지금 자비의 다리를 건너세요

어떻게 하면 올바른 마음다함의 통찰력을 통해 치유하고 폭력과 불평등, 그리고 우리 시대의 제도적 불공정을 변화시킬 수 있을까요? 래리 박사의 말처럼, 위기의 지구 위에서 살아가고 있는 인류 또한 심각한 위기의 상황에 처해 있습니다. 인종적 업보는 치유를 간절히 요청하고 있습니다. 사실 우리는 서로에게 해를 입히고 차별하듯이, 지구에도 계속 해를 입히고 차별적인 태도를 보였습니다. 이 두 가지는 상당히 밀접한 연관이 있습니다. 래리 박사가 자신의 저서 《미국의 인종적 업보》에 설명했듯이, 우리는 인간으로서 자비와 치유의 길로 가야 할 임무를 가지고 있습니다. "그래야만 우리의 인종적인 의식이 다시 인간화될 수 있고, 이를 통해 우리 자신과 지구를 돌볼 수 있기 때문입니다."

이를 위해 우리가 내적으로 또 외적으로 반드시 해야 할 일이 있습니다. 외적으로는 우리 사회 안에서 제도화된 인종차별적 시스템과 정책을 변화시키기 위해서 노력해야 하고, 내적으로는 영적인 수련을 응용하고 개발하기 위한 용기를 내야 합니다.

래리 박사의 말처럼, "우리의 육체는 미국의 인종적 업보에 대한 응징의 에너지를 담고 있습니다. 그 누구도 뼛속 깊은 곳에서부터 나오는 이 두려움과 떨림으로부터 벗어날 수 없습니다. 과거나 현재에 피해자나 가해자 혹은 증인이었다고 해도 우리는 감각적 경험과 그 기억으로 인해 생물학적으로 불가피하게 불안정해질 수 있습니다." 따라서 영적인 수련의 실행은 우리의 육체와 정신, 그리

330

고 마음에 새겨진 트라우마를 알아차리고 포용하고 치유하기 위한 것이며, 더 나아가 자신과 같은 경험을 한 사람들을 돕기 위한 것입니다. 래리 박사는 뿌리부터 이런 변화를 만들어내지 않고서는 심오하고 체계적인 변화의 가능성은 또다시 벽에 부딪히고 말 것이라고 경고합니다.

내면의 평화와 외면의 변화를 결합하려 노력해온 래리 박사는 '친절과 열린 마음, 자애로움과 분별력 그리고 사랑' 속에서 함께 살아가는 공동체를 구현하며 그것을 '회복력의 공동체'라고 불렀습니다. 래리 박사는 이러한 행동은 분명한 방식으로 세상에 확실히 드러나야만 한다고 강조했습니다. 치유는 일종의 기술이기 때문에, 우리는 그 여정에서 서로를 도와야 하고, 고통과 트라우마를 치유하기 위한 순간과 환경을 함께 조성해야 하며, 우리의 가족과 친구, 동료를 위한 치유에서 국민을 위한 치유로 발전시켜야 하기 때문입니다.

타이는 미국 상원 의회를 방문했을 당시, '현자들의 회의Council of Sages'를 창립하여 각 나라의 이야기를 경청하기 위한 자리를 조성하는 것이 어떻겠냐고 제안했습니다. 위대한 연민의 감정과 경청할 능력을 갖춘 지혜롭고 다정하고 영적인 지도자들을 의회로 초대하고, 스스로 사회의 차별과 불평등의 피해자라고 느껴왔던 사람들을 불러서 자유롭게 이야기하고 자신을 표현할 기회를 갖도록 안전한 공간을 만들자는 것이었습니다. 그리고 그 모든 과정을 생중계할 생각이었습니다. 그동안 고통받았던 사람들이 가슴 속에 담고 있던 이야기를 모두 털어놓는 용기를 내려면 며칠 아니 몇 주가 걸릴 수도 있을 겁니다. 타이는 이렇게 말합니다. "누군가는 나를 이상주의자라고 말할 겁니다. 그렇지만 분노의 상황에서 벗어나기 위해서는 반드시 연민의 수련을 거쳐야만 합니다. 그것이야말로 유일한 출구이기 때문입니다."

래리 박사의 말처럼, "자비의 다리는 우리 마음 깊은 곳에, 그리고 우리 사이에 놓여 있지만, 갈등과 잔혹함, 증오의 구름에 가려서 좀처럼 눈에 띄지 않습니다. … 업보는 치유될 수 있고 변할 수 있지만 그러기 위해서는 먼저 바퀴를 다른 궤도 위에 올려놓아야 합니다." 래리 박사는 구체적이고 생생한 인종적 치유를 위해 다음과 같은 세 가지 강력한 주문을 제안합니다.

1. 소유의 집에서 일어서세요

우리가 살고 있는 지구가 자신의 땅이 아닌 것처럼 행동하지 마세요. 책임자가 아닌 것처럼 행동하지 마세요. 우리 눈에는 이 땅에 대한 책임을 응당 맡아야 할 소유자와 권력이 지금, 이 순간 절대적으로 무능하게 보입니다. 그러니 당장 일어서세요! 진정한 인간인 것처럼 행동하세요. 인종차별의 메신저가 당신의 인생을 대신 정의하도록 내버려두지 마세요. 당신이 가진 힘을 대신 정의하도록 하지 마세요.

2. 치유와 변화의 테이블 앞에 앉으세요

언젠가 할머니는 "멍청이에게 자리를 뺏기지 마라"라고 말씀하셨습니다. 자기 자리를 찾으세요. 현재에 존재하며 스스로를 보살피고 사랑하세요. 자신을 사랑하고 돌볼 수 있을 때 비로소 밖으로 나갈 수 있습니다. 그 사랑은 성스러운 향기를 내뿜으면서 주변으로 널리 퍼져나갈 수 있습니다.

3. 두려워하지 말고 변화의 바람에 올라타세요

두려움이라고는 알지 못하는 나이 든 현자들처럼 행동하세요. 자연의 회복력과 인종적 업보를 치유하기 위해서 우리가 진짜 할 수 있는 것 무엇인지에 대한 그들의 생각을 받아들이세요.

위에서 말한 주문은 오랫동안 무시당하고 침묵해야 했던 이들에게 공간을 내어주어 정의와 평등을 간청하는 목소리를 내야 한다고 우리에게 말하고 있습니다. 어울려 존재함의 밝은 빛 속에서 우리는 기존의 인종차별적 의식을 변화시키기 위해 각자 맡은 역할을 해나가야 합니다. 래리 박사의 말처럼, 내적으로 또 외적으로 우리가 모두 해야 할 임무가 있는 것입니다.

## ○ 밤낮으로 품어야 할 화살

공동체와 함께한다면 우리가 처한 현실적 상황을 깊이 살피고 그곳에서 벗어날 길을 찾는 데 서로에게 든든한 지원군이 되어줄 수 있습니다. 선종에는 공안, 즉 선문답 수련이 있습니다. 공안은 자신의 가장 큰 걱정거리나 자신이 진심으로 관심이 있는 것을 대상으로 삼아야 합니다. 정말로 이해하고 싶고 변화시키고 싶은 것을 대상으로 해야 합니다. 마치 화살에 맞은 것처럼 가슴과 정신에 항상 공안을 담아야 합니다. 서 있거나 앉아 있을 때, 깨어 있거나 잠들어 있을 때도 그 화살을 몸에 지니고 있어야 합니다. 공안은 그렇게 유지되어야 합니다. 밤낮으로 마음에 담고 다정하게 안아주면서 깊이 살펴야 합니다. 그러다 보면 어느 날 통찰력이 생기고, 궁금했던 것을 이해할 수 있게 되고, 마침내 자유로워질 수 있습니다.

모든 인류를 위해서 중동 지역의 고통스러운 상황이나 인종적 불평등, 혹은 지구의 고통을 공안으로 삼는 것도 괜찮습니다. 하지만 평범한 인간으로 생활하다 보면, 너무 바빠서 그런 문제에 신경 쓸 여유가 없는 것도 사실입니다. 사회 속의 한 개인으로서 우리는 시급한 문제들에 대해 관심을 갖지만, 또 다른 위기와 커다란 문제에 직면하면 다시 마음이 흐트러지기 마련입니다.

공안을 해결하기 위해서 지적인 면만 활용하려고 들어서는 안 됩니다. 공안은 마음속 깊은 곳에 묻어두어야 합니다. 모든 힘과 에너지, 마음다함과 집중력을 동원하여 자신에게 닥친 어려움과 상황을 껴안고, 공안 속에 담긴 깊은 고통을 해결해나가려고 노력해야 합니다. 밤낮은 물론이고 매 순간 자신의 공안을 다정하고 깊이 감싸 안아보세요.

그러면 어느 날 돌파구가 눈앞에 나타날 겁니다. 머릿속에 통찰력이 스치게 되는데, 그것은 집단적 통찰력의 표현일 수도 있습니다. 이러한 공안의 수련을 공동체 차원에서 해나갈 수 있다면 우리는 매우 강력한 힘을 갖게 될 겁니다. 그래서 불교의 정신을 담은 회의를 조직할 때에도 피정에서 그랬듯이 앉기 명상이나 조용히 걷기 명상의 시간을 함께하는 것입니다. 나 자신

부터 현실에 대한 열린 마음을 가지고 우리가 듣고 경험한 것을
포용하고 집중의 에너지를 더해나간다면, 더 높은 차원의 통찰
력을 얻을 수 있습니다.


## ○ 함께 살고, 함께 일하고, 함께 깨닫기

나는 감히 21세기 전체를 개인주의라는 특징으로 규정할
수 있다고 생각합니다. 모두가 자신을 위해서 살아가고 있습니
다. 하지만 내가 학생들을 가르칠 때는 이와는 정반대입니다. 개
개인을 훈련하기보다 공동체를 발전시키기 위한 훈련을 하기 때
문입니다. 나는 함께 살고, 함께 일하고, 함께 깨달음을 얻는 방
법을 배워나가도록 돕습니다. 만약 다음 세대가 이전 세대와 조
금이라도 달라질 수 있다면, 그것은 함께하는 법을 알게 되었기
때문일 겁니다. 내가 진심으로 바라는 것은 젊은 세대가 변하는
겁니다. 함께 존재하고 함께 행동하는 법을 배운다면 충분히 가
능한 일입니다. 그러면 그들이 무엇을 하든 공동체의 정신을 담
아서 해낼 수 있을 겁니다.

마치 연꽃이 여러 개의 분자로 이루어지고 모든 분자가 모
여 서로 조화를 이루면서 아름다운 꽃과 나뭇잎을 피워내듯, 각
각의 개인들이 함께 모여서 우주적인 전체를 이루어낼 수 있습
니다. 만약 평화롭고 행복하고 연민이 담긴 사회를 만들고 싶다
면 먼저 세계적인 공동체를 머릿속에 그려보세요. 그저 강물처
럼 함께 흘러가는 법을 배우면 됩니다. 그렇게 된다면 세상을 바

꿀 수 있습니다.

그렇지만 하나의 유기체로서 공동체에 대한 개념을 반대하는 분위기가 아직도 사라지지 않은 것 같습니다. 여전히 나라는 사람, 나 자신이라는 개념에 의지하는 사람들이 많기 때문이겠지요. 우리가 공동체라는 몸을 구성하는 하나의 세포로서 살아갈 준비가 덜 된 탓일 겁니다. 내가 살아온 삶을 돌이켜보면, 부처님의 지혜를 떠올리고 더욱 자세히 살피며 공동체를 조직해나갔던 부처님의 자취를 살필수록, 내 앞에 놓인 수련의 길을 더욱 명확히 볼 수 있었습니다.

통찰력을 얻은 순간 나는 새로운 눈을 얻게 되었습니다. 친구들이나 학생들을 전혀 다른 방식으로 바라보게 된 것이지요. 그들 안에 내가 있고 그들이 바로 나 자신임을 알게 된 것입니다. 그리고 내가 행하고 생각하고 말하는 모든 것들이 그들을 풍요롭게 하고 통찰력을 전달하기 위함이라는 것도 알게 되었습니다. 앞으로 다가올 미래에 내가 존재할지 아닐지는 더 이상 중요치 않습니다. 왜냐하면 나는 무아의 통찰력으로 시공을 관통하고 있으니까요. 나는 나와 다른 이들을 차별적인 태도로 구분하지 않고, 더 이상의 저항심도 느끼지 않습니다. 나 자신을 받아들이듯 다른 사람을 받아들이면 됩니다. 그리고 그런 식의 관계를 맺다 보면 누구나 무한한 행복을 누릴 수 있습니다.

우리는 더 젊고 활기찬 공동체를 꿈꿉니다. 그래야 세상을 변화시킬 수 있고 마침내 대지를 보호할 수 있을 테니까요. 고통을 줄이고, 육체적이고 정신적인 건강을 널리 알리고, 명상 수련을 학교와 기업에 적용하고, 더 나아가서 군대에도 알릴 수도 있습니다. 또한 종교로서가 아닌 사회 구성원 모두에게 위안을 가져다줄 하나의 수련으로서 마음다함을 모든 곳에 알릴 수 있습니다.

## ○ 미래를 위해 깨어나세요

편협과 차별, 갈망과 분노, 절망에 빠진 사회를 변화시키는 데 일조하고 싶다면, 다섯 가지 마음다함의 수행법을 윤리적인 지침으로 삼으면 됩니다. 그것은 진정한 사랑과 연민을 수련할 수 있는 분명한 방법입니다. 다섯 가지 마음다함의 수행법은 지구는 물론이고 우리 모두 조화를 이루면서 살아갈 수 있는 확실한 방향을 제시해줍니다.

환경의 파괴, 불평등 그리고 부당함을 목격할 때 대부분의 사람들은 분노와 초조함을 느낍니다. 개인적으로 삶의 방식을 변화시킬 충분한 힘을 갖지 못한 것 같아서 절망감을 느끼기도 합니다. 하지만 하나의 공동체로 힘을 더하면 우리의 에너지를 하나로 모아 동시에 행동할 수 있는 길을 찾을 수 있습니다. 우리는 집단적 수련을 통해 나 자신은 물론이고 사회를 변화시키고 치유할 수 있습니다.

불교는 지혜의 원천이며, 이해와 사랑을 수련하는 오랜 전통입니다. 불교에서 말하는 다르마의 정신은 과학의 정신과 닮아 있습니다. 두 가지 모두 차별 없음의 정신과 열린 마음을 키우는 데 도움이 된다는 점에서 공통점이 있습니다. 어떤 문화와 영적인 뿌리, 신념을 가지고 있는지와 관계없이 누구나 집단적인 깨우침에 일조할 수 있습니다. 마이트리, 즉 자비와 자애심, 우정과 함께함의 수련은 이러한 마음다함의 길의 바탕이기도 합니다.

오직 집단적인 깨우침만이 우리 자신과 지구를 보호하는 데 필요한 변화를 끌어낼 충분한 힘을 줄 수 있습니다. 함께함과 형제애, 자매애의 에너지가 없다면 어떤 일도 해낼 수 없습니다. 이런 에너지는 현재의 순간 그리고 미래를 바꾸기 위해서 매우 중요합니다. 형제애와 자매애는 마치 기념비와 같아서 쌓아 올리는 데 오랜 시간이 필요합니다. 하지만 형제애와 자매애를 가질 수만 있다면 우리에게는 희망이 생기는 셈입니다.

미래는 젊은 세대에게 달려 있습니다. 이제 깨어나야만 합니다. 우리는 무언가가 될 수 있고, 도움을 주기 위해서 지금 무언가를 할 수도 있습니다. 언제나 우리가 할 수 있는 일이 있습니다. 아직 기회는 있습니다. 그러니 무엇을 해야 하는지 깨닫고 당장 실행에 옮기세요. 그러면 평화가 찾아올 겁니다.

# 경이로운 작은 행성,
# 지구를 보살필 시간

《금강경》에는 '경이로운 소리<sup>Wonderful Sound</sup>'라는 의미를 가진
가드가다스바라<sup>Gadgadasvara</sup>, 즉 묘음보살에 관한 이야기가 나옵니
다. 묘음보살은 음악가이자 작곡가로서 자신의 음악으로 세상을
위해 봉사한 보살입니다. 전설에 따르면 묘음보살은 다른 세상
에서 왔다고 합니다. 석가모니 부처는 가끔 제단에 앉아서, 마음
다함의 빛줄기를 우주까지 비추면서 다른 세상과 접촉을 했다고
전해집니다. 이런 식으로 다른 세상의 보살과 부처들이 이 조그
만 지구라는 행성에 부처의 가르침이 있다는 사실을 알게 된 것
이지요.

묘음보살은 석가모니가 보내는 빛을 받고 지구를 가만히 살
펴보았습니다. 부처와 그의 제자들이 영산에 있는 모습을 보고
나니, 지구라는 곳에 한번 가보고 싶어졌습니다. 다른 보살들도

그를 따라서 지구에 가겠다고 나섰습니다. 다른 세상의 보살들이 지구에 도착하기 전에 그들은 영산에 수천 개의 크고 아름다운 연꽃을 피웠습니다. 갑자기 아름다운 연꽃들이 피어나자, 사람들은 놀라움을 금치 못했습니다. 석가모니 부처는 이렇게 설명합니다. "곧 손님들이 도착할 것이다." 그리고 묘음보살에 관해서 설명했습니다.

플럼 빌리지에서도 음악을 들으며 수련을 합니다. 음악은 나 자신과 공동체 사이의 조화를 창조하는 데 도움을 줍니다. 때로는 내면의 많은 목소리가 너나 할 것 없이 자기 이야기를 표현하고 싶어 하고 동시에 목소리를 내기도 합니다. 호흡을 음악에 집중하면, 모든 목소리를 달래주고 조화롭게 만들 수 있습니다. 공동체가 함께 명상을 수련할 때 고요함과 심오한 마음다함의 호흡은 함께 즐길 수 있는 하나의 음악이 됩니다. 아무것도 하지 않아도, 그저 나 자신을 오롯이 살아 있도록 한다면 다른 사람의 존재 역시 인식할 수 있게 됩니다. 그것만으로도 벌써 풍요로움을 느끼며 치유될 수 있습니다. 음악이란 때로는 매우 고요해질 수도 있습니다. 음악은 차분함을 느끼게도 해줍니다. 음악은 치유를 해줍니다. 그리고 묘음보살은 그러한 성스러운 음악을 억겁의 세월을 거듭하면서 깊이 수련해온 장본인입니다.

묘음보살과 그의 친구들은 영산에 스스로 모습을 드러냈고, 그 땅의 석가모니 부처에게 경의를 표하고 인사를 나누었습니다. 하지만 아주 작은 지구라는 곳에 여전히 고통을 겪고 있는 이들이 많다는 것을 알게 되었습니다. 석가모니 부처는 중생들이 고통에서 벗어날 수 있도록 아주 열심히 노력하고 있었지요.

그 모습을 본 부처들이 지구에 남아 돕겠다고 자청하고 나섰습니다. 너무나 친절한 제안이었습니다. 하지만 석가모니 부처는 이렇게 말했습니다. "여러분의 성의는 고맙게 생각합니다. 하지만 우리를 보살필 보살들은 이곳에도 많이 있습니다." 석가모니 부처가 지구를 가만히 쳐다보자, 갑자기 수천만 명에 달하는 보살들이 경이로운 자태를 뽐내며 지구로부터 하나둘 나타나기 시작했습니다. 그 모습에 모두 놀라움을 금치 못했습니다.

석가모니 부처는 만인이 궁극의 차원을 볼 수 있도록 도움을 주었습니다. 궁극의 차원에서 부처의 수명은 제한이 없고 우리의 수명 또한 제한이 없습니다.

《금강경》은 우리가 궁극의 차원에 닿을 수 있도록 돕는 일종의 장치인 셈입니다. 궁극의 차원에 있는 나 자신과 부처, 스승을 보고, 궁극의 차원에서 지구를 보살펴줄 지구의 아들딸들이 충분히 존재한다는 사실을 깨닫도록 해줍니다.

지구상에 지구의 아들딸들만 존재한다고 확신해서는 안 됩니다. 다른 행성에서 온 생명체들 역시 존재하고 있기 때문입니다. 거대한 운석들과 함께 초기의 생명체들이 지구에 떨어졌습니다. 그래서 지구상에는 지구로부터 태어난 생명만 존재하는 게 아니라 운석과 함께 지구에 떨어져서 자연스럽게 살아가게 된 생명체들도 존재하고 있습니다.

《금강경》은 우리가 아주 작은 행성에 불과하다는 명확한 인상을 심어주고, 부처님 역시 지구의 자식 중 하나라는 사실을 깨닫게 해줍니다. 부처님은 지구를 보살피고자 하셨고, 많은 제자는 지구를 다정하게 품에 안고 보살필 준비가 되어 있었습니다.

우리의 집, 지구라는 행성을 보살필 사람들이 부족하다고 생각하면서 미리 겁낼 필요는 없습니다. 우리는 어떻게 지구를 보살펴야 할지 알고 있습니다. 관세음보살은 지구의 자식으로 인류가 지구의 고통을 끌어안고 지구의 아름다움과 경이로움을 지켜낼 충분한 능력을 갖추었음을 몸소 증명해 보였습니다. 우리는 모두 지구의 아들딸이고, 서로를 보살펴주어야 합니다. 우리의 자연환경도 보살펴야 합니다. 우리는 공동체와 함께함을 통해이 일을 충분히 해낼 수 있습니다.

오늘 아침, 새들의 즐거움이 떠오르는
해를 반갑게 맞이하네요
나의 아이여, 새하얀 구름이
여전히 둥근 하늘의 천장 위에 여전히 떠 있는 것을
알고 있나요?
지금 어디에 있나요?
현재의 순간이라는 나라 속에서
고대의 산은 여전히 그 자리에 서 있지요
하얀 문장이 새겨진 물결은
여전히 저 멀리 해변에 닿으려고 하지요
다시 보면, 당신 안에 내가 있고
모든 잎과 꽃봉오리 속에 내가 있는 게 보일 거예요
내 이름을 부르면, 곧바로 나를 볼 수 있지요
어디로 가고 있나요?

오늘 아침, 오래된 푸루메리아 나무가
향기로운 꽃을 피우고
당신과 나는 한 번도 떨어져 있던 적이 없어요
봄이 왔어요
소나무는 반짝이는 푸른 바늘을 새로이 뻗어내고
숲의 가장자리에는
야생자두나무가 꽃망울을 터뜨리네요

틱낫한의
《숲의 가장자리에서》중에서

# 여러분이 미래입니다

젊은 시절에 나는 나 자신과 내 가족, 그리고 세상이 처해 있던 상황을 변화시키겠다는 확신으로 가득 차 있었습니다. 하지만 내가 옳다고 생각한 것을 이룰 때마다 나 자신은 물론이고 가까운 친구들이 엄청난 대가를 치러야만 했습니다. 그 무렵에 타이를 만났고, 분노와 두려움, 절망의 감정에 압도당하고 길을 잃었다고 느껴지는 어려운 순간들을 어떻게 다루어야 할지를 배우게 되었습니다. 타이는 항상 호흡으로 돌아와야 한다고 가르쳐주었습니다. 오직 호흡 안에서 호흡과 함께 머물러야 한다는 것이었습니다. 이 방법을 통해서 우리는 최선에 이를 수 있습니다. 마음의 고요를 느끼고 맑은 정신을 드높일 수 있습니다. 바로 그 순간 마음속에서 깊은 깨우침과 연민이 모습을 드러내고, 그때부터는 소위 '적'이라고 느끼던 상대의 마음까지도 보고 또 느낄 수 있게 됩니다.

분노와 두려움 그리고 절망에 빠지는 바로 그 순간에도 부디 깨우침과 연민이 항상 자기 안에 있다는 것을 기억하기를 바랍니다. 그것이 신이든 알라신이든, 브라마이든 혹은 불성이든 자기 안의 성스러운 것에 가 닿을 수 있게 된다는 것도 잊어서는 안 됩니다. 마음다함의 호흡으로 돌아가기만 하면 아무것도, 아무 말도, 아무 생각도 하지 않고 그저 조용히 있기만 해도 이런 에너지와 함께할 수 있습니다. 아주 잠깐 들숨과 날숨을 오롯이 느끼다 보면, 평화와 연민의 실재에 닿을 수 있게 되고, 이미 마음 깊은 곳에 맑은 정신이 있음을 느낄 수 있습니다.

깨우침의 씨앗과 사랑은 이미 우리의 마음 깊은 곳에, 그리고 지구상의 모든 인간과 종의 안에 있습니다. 가끔 우리는 그 사실을 잊고 삽니다. 아마도 그 씨앗이 우리 의식 속에서 길을 잃었기 때문일 겁니다. 하지만 숨을 내쉬고 들이쉬면서 더 오랫동안 평화로움 속에 머물다 보면, 내면에서 평화와 연민의 안전한 피난처가 생겨납니다. 숨을 들이마시면 연민과 자애로움에 깊이 닿을 수 있고, 숨을 내쉬면서 주변의 사람들과 세상을 향해서 연민과 자애로움의 빛을 발산할 수 있습니다. 관세음보살의 에너지가 우리 안에서 모습을 드러내고 있기 때문입니다.

베트남의 사이공 강가에서 총에 맞은 네 친구의 시신을 발견했던 날을 나는 영원하지 못할 겁니다. 그 순간 나는 분노와 두려움과 절망에 완전히 압도당하고 말았습니다. 하지만 아무 생각도, 아무 원망도 하지 않고 소리를 지르거나 욕설을 내뱉지도 않으면서 몇 시간 동안 최대한 호흡에 집중하려고 노력했습니다. 관세음보살을 외치면서 사랑과 평화, 그리고 연민의 씨앗에 닿으려고 최선을 다했습니다. 쉬운 일이 아니었습니다. 당시의 절망감이 너무나 컸기 때문입니다. 하지만 계속해서 호흡으로 돌아가려고 노력했고, 그러자 서서히 깊은 고요함과 차분함이 마음속에서 자라기 시작했습니다. 마음에 부드러운 평화가 찾아오고 나서야 나는 동료들과 함께 침입자들에게 사랑과 이해, 용서로 응답하기 위한 방법을 찾을 수 있었습니다. 마음에 고요함을 찾고 나니, 그제야 침입자들도 그저 상부의 지시를 받은 것뿐이라는 사실을 깨달을 수 있었습니다. 본인이 원해서가 아니라 어쩔 수 없이 그런 짓을 저지른 것일 테니까요. 사랑하는 친구들의 장례식을 치르던 날, 침입자들의 정보원들도 그 자리에 있었습니다. 그렇게 우리 마음속의 사랑이 그들 마음속의 사랑에 닿았고, 그 이후로 다시는 우리를 공격하지 않았습니다. 그날 이후로 우리는 참여 행동을 해나가는 모든 과정에서, 마음다함의 길에서 수없이 많은 보살을 만났습니다.

내가 해냈으니 누구나 할 수 있습니다. 가슴이 철렁 내려앉는 소식을 듣거나, 불평등을 목격하거나, 무력함이 느껴질 때, 절망이 가득 차오를 때 제일 먼저 호흡으로 돌아와야 함을 기억하기 바랍니다. 평화와 차분함, 그리고 사랑에 닿기 전까지는 절대 아무 말도, 어떤 행동도 해서는 안 됩니다.

대지는 지금 우리를 필요로 하며, 우리의 도움을 요청하고 있습니다. 우리는 대지의 아이들이기에 우리가 사랑이 되고 빛이 되고 평화를 얻기를 간절히 바라고 있습니다. 우리 내면에는 보살의 에너지가 있습니다. 영적인 차원에서 삶을 영위해나간다면, 조화를 유지할 수 있고, 매 순간 깊이 있게 살 수 있으며, 살아가야 할 인생을 소중히 여길 수 있게 됩니다. 그리고 그 에너지를 통해서, 지구를 보호하고 서로를 보호하기 위해서 행동을 할 힘을 얻을 수 있습니다. 함께한다면 충분히 가능합니다. 외로운 전사가 되지는 마세요. 주변에서 동지를 찾아서 여러분이 있는 곳이 어디든 그곳에 공동체를 만들어가면 됩니다. 대지와 우리의 영적인 선조, 그리고 이 땅의 선조들이 모두 우리에게 의지하고 있습니다. 사랑과 믿음의 에너지를 우리에게 전하고 있습니다. 우리가 가는 모든 걸음마다 그들이 함께할 것입니다.

감사의 글

# 용감한 전사이자
# 조용한 현자였던
# 틱낫한 스님을 기억하며

이 책은 타이의 풍요로운 가르침의 정수을 엮은 것입니다. 2014년 뇌졸중으로 쓰러진 후에도 타이는 여전히 전사였고, 조용한 현자였습니다. 제일 먼저 우리 세대가 나아가야 할 길을 몸소 보여주신 타이와 선조인 스승님들에게 무한한 감사와 존경의 인사를 드리고 싶습니다.

진헌 스님과 함께 편집을 맡아준 이들에게도 감사를 전합니다. 그들은 능숙한 편집 기술과 깊은 통찰력, 창의적인 지도로 이 책을 위한 대담한 비전을 제시해주었습니다. 일명 '건축가 승려'인 팝 중, '영웅 여승'인 랑 웅이엠, '영혼 스님' 팝 링, 조 콘피노에게 감사의 마음을 전합니다. 이 책이 과녁에 가까이 다가갈 수 있었던 것은 모두 여러분 덕분입니다.

승려로서의 일상에 활발히 참여하는 와중에도 필사본을 편집하고 자료를 조사하는 것은 녹록치 않은 일이었을 것입니다. 우리를 믿고 지지해준 여러 공동체에 감사를 전합니다. 특히 베트남의 선종을 서양으로 전파하는 데 도움을 주었던 베트남 사원의 승려들에게 감사의 말을 전하는 바입니다. 덕분에 스승님의 진실한 가르침을 오늘날 새로운 세대가 접할 수 있게 되었습니다. 기후 정의, 영적 수련, 공동체 건설, 그리고 지구의 치유에 대한 새로운 깨달음의 길을 개척하고 있는 웨이크업 공동체와 지구를 지키는 교단인 어라이즈 교단의 여러 보살님에게 고마움을 전하고 싶습니다. 여러분이 보여준 영감 넘치는 예시들이 이 책에 모두 담겼다고 해도 과언이 아닙니다. 그 예시를 통해서 타이가 전해준 셀 수 없는 강력한 가르침들의 정수를 책 속에 그대로 담을 수 있었습니다.

타이의 가르침은 주석 작업 덕분에 더욱 풍요로워질 수 있었습니다. 찬콩 스님과 찬득 스님, 지나 스님, 낑 응이엠 스님, 팝 흐우 스님, 팝 라이 스님, 팝 르우 스님, 래리 박사님, 셰리 메이 플스, 저커 프레드릭슨, 존 벨, 글렌 슈나이더, 카이라 주얼 링고, 그리고 크리스티아나 피게레스에게 감사의 마음을 전합니다. 원고 작업의 최종 단계에서 사랑과 신뢰, 그리고 응원을 보내준 주디스, 패트릭 필립스, 레베카 필립스, 흐엉 응이엠 스님, 토아이 응이엠 스님, 레 응이엠 스님, 룩 응이엠 스님, 찌 응이엠 스님, 사샤린 모건, 산툼 그리고 기투 세스, 데니스 응우옌, 파즈 페리맨에게 진헌 스님을 대신해서 고마움을 전하는 바입니다.

연민과 긍정적인 기운을 보내준 하퍼원과 기드온 웨일, 집필 시작부터 믿음을 보여주셔서 정말 감사했습니다. 그리고 인내심과 뛰어난 솜씨로 책의 제작과 디자인을 맡아준 샘 테이텀, 리사 주니가, 이본느 찬, 고맙습니다. 근무 시간이 아닐 때도 지혜로운 조언과 안내를 아끼지 않았던 공동체의 작가 대리인 세실 바렌드스마에게도 감사를 전합니다. 그리고 이 책이 좌초되지 않고 마침내 출간될 수 있도록 친절과 자비, 뛰어난 능력을 보여준 출판 코디네이터 짜이 응이엠 스님에게도 감사합니다. 틱낫한 재단의 친구들과 래리 워드 박사님의 책《미국의 인종적 업보》의 일부는 물론이고 《마음다함의 종》의 셰리 메이플스의 인터뷰까지 발췌해서 마음껏 자료로 사용하도록 허락해준 패를렉스 프레스에도 감사를 전합니다. 그리고 세스 슐츠의 글과 〈회복력의 리더십 팟 캐스트〉의 스물세 번째 에피소드에서 피터 윌리스와 크리스티아나의 인터뷰 내용을 소개할 수 있도록 허락해준 헬렌 시빌과 〈리질리언스 시프트Risilience Shift〉 팀에도 지면을 빌어 감사를 전합니다. 더불어 크리스티아나와 그레그 달튼의 팟 캐스트 인터뷰 중 일부를 발췌할 수 있도록 해준 커먼웰스 클럽의 클라이미트 원 팀에게도 고마운 마음을 전합니다.

마지막으로 저희 피정에 참여해준 모든 분과 타이의 가르침에 귀 기울여준 관객들, 질문을 해주고 책을 읽어준 독자들, 스승님의 가르침을 삶에 적극적으로 반영하고 있는 모든 분들에게 무한한 감사의 마음을 전합니다. 여러분 덕분에 이 모든 것이 가능했습니다.

now
is the time
this is
it

지금이 바로 시작할 때입니다.

옮긴이 **정윤희**

서울여자대학교 영어영문학과 번역학 박사과정을 마치고 부산국제영화제, 부천영화제 등 다수의 영화제에 참여했다. 소니픽처스, 디즈니픽처스, 워너브러더스 등에서 50여 편의 영화를 번역하고, KBS, EBS 등 공중파와 케이블 채널을 통해 200여 편의 영상 작품을 우리말로 옮겼다. 하노이 국립인문사회과학대학, 동국대, 세종대, 부산대, EBS, iMBC에서 영미문학과 번역 그리고 통역을 강의했다. 현재 고려대 세종캠퍼스에서 번역 강의를 하면서 번역 에이전시 엔터스코리아에서 작업하고 있다. 주요 역서로는 《삶의 지혜: 지금 여기서 평화롭고 자유롭기》《행복한 교사가 세상을 바꾼다: 틱낫한이 전하는 교실 속 명상 안내서》《벤저민 프랭클린의 부의 법칙》《세네카의 인생론: 인생의 짧음과 마음의 평정에 대하여》《키케로의 우정에 대하여: 우정에 대한 위대한 통찰》 등이 있다.

# 틱낫한 지구별 모든 생명에게

**초판 1쇄 발행** 2022년 4월 25일

**지은이** 틱낫한
**옮긴이** 정윤희
**펴낸이** 정덕식, 김재현
**펴낸곳** (주)센시오

**출판등록** 2009년 10월 14일 제300-2009-126호
**주소** 서울특별시 마포구 성암로 189, 1711호
**전화** 02-734-0981
**팩스** 02-333-0081
**전자우편** sensio@sensiobook.com

**편집** 오순아
**디자인** STUDIO BEAR

**ISBN** 979-11-6657-061-2  03840

**소중한 원고를 기다립니다. sensio@sensiobook.com**